COLLECTION FOLIO

Philip Roth

J'ai épousé un communiste

Traduit de l'américain
par Josée Kamoun

Gallimard

Titre original :

I MARRIED A COMMUNIST

Philip Roth est né à Newark aux États-Unis en 1933. Il vit dans le Connecticut.

Son premier roman, *Goodbye, Colombus* (Folio n° 1185), lui vaut le National Book Award en 1960. Depuis, il a reçu de nombreux prix aux États-Unis : en 1987 pour *La contrevie* (Folio n° 2293), en 1992 pour *Patrimoine* (Folio n° 2653) et en 1995 pour *Le Théâtre de Sabbath* (Folio n° 3072). *Pastorale américaine* a reçu le prix du Meilleur Livre étranger en 2000. En 2002, il reçoit le prix Médicis étranger pour *La tache*.

Philip Roth est né à Newark aux États-Unis en 1933. Il vit dans le Connecticut.

Son premier roman, *Goodbye, Columbus* (Folio n° 1185), lui vaut le National Book Award en 1960. Depuis, il a reçu de nombreux prix aux États-Unis — en 1987 pour *La contrevie* (Folio n° 2293), en 1992 pour *Patrimoine* (Folio n° 2653) et en 1995 pour *Le Théâtre de Sabbath* (Folio n° 3072). *Pastorale américaine* a reçu le prix du Meilleur Livre étranger en 2000. En 2002, il reçoit le prix Médicis étranger pour *La tache*.

À mon amie et éditrice, Veronica Geng,
1941-1997

Des chansons, j'en ai entendu beaucoup dans mon pays natal,
Des chansons joyeuses et des chansons tristes.
Mais il en est une qui s'est gravée dans ma mémoire :
Le chant de l'humble travailleur

Han, lève la trique !
Ho ! hisse !
Tirons plus fort tous ensemble !
Ho ! hisse !

Doubinouchka,
chanson folklorique russe
exécutée et enregistrée dans
les années quarante, en russe,
par les chœurs et l'orchestre
de l'Armée rouge.

1

Ira Ringold avait un frère aîné, Murray, qui fut mon premier professeur d'anglais au lycée, et ce fut par lui que je me liai d'amitié avec Ira. En 1946, Murray rentrait tout juste de l'armée, où il avait servi dans la 17e division aéroportée à la bataille des Ardennes ; en mars 1945, il avait fait le fameux saut par-dessus le Rhin qui marquait le commencement de la fin de la guerre en Europe. C'était à l'époque un type chauve, bourru, insolent, pas aussi grand qu'Ira mais charpenté et athlétique, dont nous sentions la présence au-dessus de nos têtes, dans un état d'éveil permanent. Ses manières, son attitude corporelle étaient d'un naturel parfait, il avait le verbe riche et presque menaçant à force d'intellect. Avec sa passion d'expliquer, de clarifier, de faire comprendre, il décortiquait le moindre sujet pour en faire ressortir les principaux éléments tout aussi méticuleusement qu'il nous proposait l'analyse logique des phrases au tableau. Son talent spécifique résidait dans sa faculté de théâtraliser la recherche, de déployer les sortilèges du conteur alors même qu'il se contentait d'analyser et de passer au crible, à haute voix, ce que nous lisions et écrivions.

Outre sa vigueur physique et sa cérébralité évidente, Mr Ringold nous apportait en classe une charge de spontanéité viscérale qui fut une révélation pour les gamins bien sages et respectabilisés que nous étions, n'ayant pas encore saisi qu'obéir aux règles de conduite fixées par le professeur est une chose, et développer son intelligence une autre. Qui sait s'il ne sous-estimait pas lui-même cette sympathique manie qu'il avait de nous lancer le tampon à craie lorsque nous lui faisions une réponse à côté de la plaque ? Mais peut-être que non, peut-être savait-il pertinemment que des garçons comme moi avaient besoin d'acquérir une perception plus critique des mots, d'apprendre à s'exprimer avec précision, certes, mais aussi à être turbulents sans faire les imbéciles, à ne pas trop s'embusquer, à ne pas être trop bien élevés, à affranchir peu à peu l'exubérance masculine du carcan des institutions qui intimidait plus que tout autre les gosses doués.

On ressentait chez lui la puissance, au sens sexuel du terme, d'un professeur homme, une autorité masculine que ne diluait pas le discours bien-pensant, ainsi que la vocation, au sens sacerdotal du terme, d'un homme qui ne se perdait pas dans l'aspiration amorphe des Américains à la réussite sociale : lui qui, contrairement à ses collègues femmes, aurait pu faire à peu près n'importe quel métier, avait choisi, pour œuvre de sa vie, de se consacrer à nous. Il ne souhaitait rien d'autre que passer ses journées dans le commerce de jeunes dont il puisse former l'esprit, et la plus grande jouissance de sa vie, il la tirait de leur réaction.

Non que sa liberté de ton sur l'estrade ait inspiré de manière visible l'idée que je me faisais à l'époque de la liberté. Personne d'entre nous ne pensait cela de l'école, de son professeur ou de lui-même. Mais il faut pourtant bien que mon désir naissant d'indépendance sociale ait été en somme nourri par son exemple, et je le lui dis lorsque, en juillet 1997, et pour la première fois depuis que j'avais quitté le lycée, je tombai sur lui par hasard, après quarante-sept ans. À quatre-vingt-dix ans, tout disait qu'il était resté ce professeur dont la tâche, avec réalisme, sans forcer son talent, sans histrionisme, est de personnifier pour ses élèves la devise du franc-tireur : « Je m'en fiche pas mal », de leur apprendre qu'il n'est pas besoin d'être Al Capone pour transgresser, mais qu'il suffit de *penser*. « Dans la société humaine, disait-il, penser est la transgression la plus radicale. » Puis, se servant de ses jointures pour marteler chaque syllabe sur son bureau : « La pen-sée cri-tique, voilà la subversion absolue. » Je le dis à Murray, ces propos, entendus à un âge aussi précoce, de la part d'un type viril qui en était la démonstration vivante, m'avaient mieux que toute autre chose mis sur la voie de l'âge adulte, sans que j'en aie clairement conscience alors, petit lycéen provincial, protégé et idéaliste, qui aspirait à devenir un être rationnel, et libre, et jouant son rôle.

En retour, Murray me raconta tout ce que je ne savais pas et ne pouvais deviner à mon âge de la vie privée de son frère, une vie de malheur riche en bouffonnerie sur laquelle il se prenait encore à méditer sombrement, trente ans après la mort d'Ira. « Ils se sont comptés par milliers, à l'époque, les Américains anéantis pour leurs idées, victimes de la politique, de l'histoire. Mais je ne me rappelle personne qui ait été démoli tout à fait comme Ira l'a été. Ça ne s'est pas passé sur le grand champ de bataille américain qu'il aurait choisi lui-même pour tomber. Peut-être que malgré l'idéologie, la politique, l'histoire, une catastrophe authentique est toujours, au fond, une pitoyable affaire personnelle. Ce n'est pas la faute de la vie si les gens échappent parfois à la banalisation dérisoire. Il faut lui rendre justice, elle ne manque pas de ressources pour réduire un homme à l'insignifiance, pour le vider totalement de sa fierté. »

Murray me raconta aussi, à ma demande, comment il avait été réduit lui-même à l'insignifiance. Je connaissais les grandes lignes de l'histoire, mais pas les détails, car, lorsque je sortis de l'université en 1954, je partis au service militaire et ne revins pas à Newark avant des années, or le calvaire politique de Murray ne commença vraiment qu'en mai 1955. Nous partîmes donc sur son histoire à lui, et il fallut attendre la fin de l'après-midi, où je l'invitai à rester dîner, pour qu'il semble juger comme moi que, nos relations étant devenues plus étroites, il ne serait pas déplacé qu'il me parle ouvertement de la vie de son frère.

Là où je vis, dans l'ouest de la Nouvelle-Angleterre, une petite université du nom d'Athena propose des cours d'été d'une semaine pour les gens du troisième âge; Murray s'était donc inscrit, à quatre-vingt-dix ans, au cours sobrement intitulé « Shakespeare au tournant du millénaire ». Voilà comment je l'avais croisé en ville le dimanche de son arrivée — moi qui ne l'avais pas identifié, j'eus la chance qu'il me reconnût —, voilà comment nous passâmes ensemble six soirées. Voilà comment le passé se manifesta, cette fois-là, sous l'apparence d'un très vieil homme dont la grande force était de ne jamais accorder à ses tracas une seconde de plus qu'ils ne le méritaient, et qui n'avait toujours pas de temps à perdre pour parler de choses qui ne soient pas sérieuses. Une ténacité flagrante donnait à sa personnalité un relief rocailleux, et ce malgré le passage du temps, qui avait épuré à l'extrême son physique athlétique. En le regardant parler à sa manière familière, sans dissimulation, avec le plus grand soin, je pensais : La voilà la vie humaine, la voilà, l'endurance.

En 1955, presque quatre ans après qu'Ira s'était retrouvé sur la liste noire de la radio en tant que communiste, Murray avait été démis de ses fonctions par le Conseil de l'Éducation pour refus de coopérer avec la Commission des activités anti-américaines qui s'était installée à Newark pour quatre jours d'audience. On avait fini par le réintégrer dans ses fonctions, mais il lui avait fallu mener un combat de six ans qui s'était soldé par la décision de la Cour suprême de l'État (à cinq voix contre quatre), avec effet rétroactif sur son traitement, déduction faite de l'argent qu'il avait gagné pour faire vivre sa famille pendant six ans, en vendant des aspirateurs.

« Quand on ne sait pas quoi faire d'autre, dit Murray avec un sourire, on vend des aspirateurs. Au porte à porte. Des aspirateurs Kirby. On renverse un plein cendrier sur la moquette du client, et puis on aspire. On lui passe l'aspirateur dans toute sa maison. C'est comme ça que ça se vend. J'ai passé l'aspirateur dans la moitié des maisons du New Jersey, en mon temps. Tu vois, Nathan, je ne manquais pas de soutien. J'avais une femme dont les frais médicaux étaient constants, et nous avions un enfant, mais je commençais à avoir du boulot et j'en vendais, des aspirateurs, comme des petits pains. Et malgré sa scoliose Doris a repris un emploi. Elle est retournée travailler au labo de l'hôpital. Elle s'occupait des analyses de sang. Elle a même fini par le diriger, le labo. À cette époque-là, il n'y avait pas de cloisons étanches entre la partie technique et la partie médicale, Doris faisait tout, les prises de sang, le relevé sur lamelles de verre. Très patiente, très minutieuse au microscope. Bien formée, observatrice, pertinente, compétente. Elle quittait le Beth Israel, traversait la rue, rentrait à la maison et faisait le dîner sans même retirer sa blouse blanche. Nous étions la seule famille que j'aie connue où la vinaigrette était servie dans des fioles de laboratoire. Des flacons Erlenmeyer. On remuait le café à la pipette. Tous nos verres venaient du labo. Quand on était fauchés, Doris réussissait à joindre les deux bouts. Ensemble, on s'est débrouillés pour s'en sortir.

— Et ils te sont tombés dessus parce que tu étais le frère d'Ira ? demandai-je. C'est ce que j'avais toujours présumé.

— Je ne pourrais pas l'affirmer. Ira le pensait, lui. Peut-être qu'ils me sont tombés dessus parce que je ne m'étais jamais comporté comme un professeur est censé le faire. Peut-être que je les aurais eus sur le dos même sans Ira. J'ai commencé comme un boute-feu, moi, Nathan. Je brûlais du zèle d'établir la dignité de ma profession. C'est peut-être ce qu'ils digéraient le plus mal. Les indignités personnelles qu'il fallait subir en tant que professeur, à mes débuts — tu n'imagines pas ! On était infantilisés. Tout ce que disaient les supérieurs avait force de loi. Tout passait sans contestation. Vous arriverez à telle heure, vous signerez le registre de présence à temps. Vous passerez tant d'heures à l'école. Et vous serez appelé à diverses tâches l'après-midi et le soir, et tant pis si ça n'est pas dans votre contrat. Toutes sortes de tracasseries chiantes. On se sentait rabaissés.

« Je me suis lancé dans l'entreprise de monter notre syndicat. Très vite, j'ai été promu à la tête du Comité, à des postes de cadre ; j'étais grande gueule — j'avais du bagout, je le reconnais. Je croyais avoir réponse à tout. Mais ce qui comptait pour moi, c'était que les profs se fassent respecter, et soient payés convenablement pour leur travail. Les profs avaient des problèmes de salaire, de conditions de travail, d'intéressement aux bénéfices...

« Le censeur des écoles n'était pas mon ami. J'avais joué un rôle prépondérant dans le mouvement pour lui refuser la promotion à ce poste. J'avais soutenu un autre candidat et il avait perdu. Alors, comme je ne faisais pas mystère de ma position, ce fils de pute ne pouvait pas me sentir ; si bien que, en 1955, le couperet est tombé, et j'ai été convoqué en ville au Federal Building pour une séance de la Commission des activités anti-américaines. En qualité de témoin. Le président était un certain député Walter. Deux autres membres de la Commission l'accompagnaient. Tous trois étaient venus de Washington, avec leur avocat. Ils enquêtaient sur l'influence communiste dans tous les domaines de la vie de Newark, mais essentiellement sur ce qu'ils appelaient le noyautage du monde du travail et de l'éducation. Il y avait eu toute une vague d'audiences comme celles-ci à travers le pays. À Detroit, à Chicago. On savait qu'on allait y avoir droit. C'était inévitable. Nous, les profs, ils nous ont liquidés en une seule fournée, le dernier jour, un mardi de mai.

« Moi, j'ai témoigné cinq minutes. "Avez-vous aujourd'hui ou hier..." J'ai refusé de répondre. "Mais pourquoi ?" ils m'ont demandé. "Vous n'avez rien à cacher. Pourquoi ne pas vous laver de tout soupçon ? Nous, nous voulons des renseignements. C'est ce qui nous amène ici. Nous rédigeons des lois, nous ne sommes pas un corps punitif, etc." Mais selon mon interprétation des Droits du Citoyen, mes opinions politiques ne les regardaient pas, et je le leur ai fait savoir : "Ça ne vous regarde pas."

« Un peu plus tôt dans la semaine, ils s'en étaient pris au syndicat où adhérait Ira du temps qu'il était à Chicago, l'United Electrical Workers. Le lundi matin, un millier de syndicalistes étaient arrivés de New York dans des cars affrétés pour la circonstance, et ils avaient manifesté devant le Robert Treat Hotel, où les membres de la Commission étaient descendus. Le *Star Ledger* a décrit cette présence comme “une invasion de forces hostiles à l'enquête du Congrès”. Pour ce journal, ça n'était pas une manifestation légale, garantie par les droits inscrits dans la Constitution, non, c'était une invasion, comme celle de la Pologne ou de la Tchécoslovaquie par Hitler. L'un des députés de la Commission a fait observer à la presse — sans que l'anti-américanisme larvé de son propos ne l'embarrasse le moins du monde — que de nombreux manifestants scandaient des slogans en espagnol, preuve même selon lui qu'ils ignoraient le sens des mots écrits sur leurs banderoles, et qu'ils étaient les dupes ignares du Parti communiste. Mais ça lui remontait le moral de savoir que ces hommes avaient été tenus à l'œil par la police de Newark et sa brigade anti-subversion. Après que le cortège de cars avait retraversé le comté d'Hudson pour rentrer à New York, un flic haut placé aurait dit : “Si j'avais su que c'étaient des rouges, je les aurais bouclés tous les mille.” Voilà quelle était l'atmosphère chez nous, voilà ce qu'on lisait dans la presse quand j'ai été appelé à témoigner, le premier de tous, ce fameux mardi.

« Comme mes cinq minutes allaient être écoulées, devant mon refus de coopérer, le président m'a dit qu'il était déçu de voir un homme aussi instruit et éclairé que moi ne pas vouloir contribuer à la sécurité de son pays en disant à la Commission ce qu'elle voulait apprendre. J'ai entendu tout ça sans mot dire. La seule remarque agressive que je me sois permise, c'est quand l'un de ces salopards a terminé en me disant : “Monsieur, j'ai des doutes sur votre loyauté. — Et moi sur la vôtre", je lui ai répondu. Sur quoi le président a dit que si je continuais à "diffamer" un membre de la Commission, il me ferait expulser. "Nous n'avons pas à subir vos insanités ni à écouter vos calomnies. — Eh bien, moi non plus, Monsieur le Président, je n'ai pas à écouter les vôtres." Ça n'est pas allé plus loin. Mon avocat m'a chuchoté de laisser tomber, et ça a été la fin de mon témoignage. On m'a congédié.

« Mais au moment où je me levais pour quitter mon siège, l'un des députés m'a lancé, sans doute pour me provoquer : "Comment pouvez-vous être payé par le contribuable quand votre coupable serment d'allégeance au Parti communiste vous oblige à enseigner la ligne soviétique ? Comment, au nom du ciel, pouvez-vous être un agent libre, et enseigner ce que vous dictent les communistes ? Pourquoi ne quittez-vous pas le Parti pour faire machine arrière ? Je vous en conjure, revenez au mode de vie américain !"

« Mais je n'ai pas mordu à l'hameçon, je ne lui ai pas dit que ce que j'enseignais obéissait aux seuls diktats de la composition et de la littérature, quoique, au final, tout ce que je pouvais dire ou faire n'eût sans doute pas grande importance ; ce soir-là, dans la dernière édition sportive, j'ai vu ma binette en première page du *Newark News*, avec la légende : "Enquête sur les rouges : le témoin renâcle", et la citation : "'Nous n'acceptons pas vos insanités', dit la HUAC au professeur de Newark."

« Or, parmi les membres de la Commission se trouvait un certain Bryden Grant, député de New York. Tu te rappelles les Grant, Bryden et Katrina ? Du nord au sud, les Américains se rappellent les Grant. Eh bien, les Ringold ont été les Rosenberg des Grant. Ce joli garçon de la bonne société, ce nullard malfaisant, a pratiquement détruit notre famille. Et as-tu jamais su pourquoi ? Parce que, une fois, Grant et sa femme se trouvaient à une soirée d'Ira et Eve, sur la Onzième Rue ouest, et Ira s'en est pris à Grant comme il savait le faire. Grant était copain avec Wernher von Braun, ou en tout cas Ira se le figurait, et il lui est rentré dedans bille en tête. À voir comme ça, Grant était le type même de l'aristocrate fin de race qui portait sur les nerfs d'Ira. Sa femme écrivait des romans populaires que les dames dévoraient, et Grant écrivait encore dans les colonnes du *Journal-American.* Pour Ira, cet homme était le type même de l'enfant gâté, il incarnait les privilèges. Il ne pouvait pas le sentir. Tous ses gestes le dégoûtaient, ses opinions politiques lui étaient haïssables.

« Si bien que ça s'est terminé par une scène homérique, Ira braillant et insultant Grant, et, jusqu'à la fin de ses jours, mon frère n'a cessé de prétendre que Grant avait engagé sa vendetta contre nous ce soir-là. Ira avait cette façon de se présenter sans camouflage, tel qu'il était, sans rien cacher, en s'assumant. C'était l'origine du magnétisme qu'il exerçait sur toi, mais c'était aussi ce pour quoi ses ennemis le détestaient. Or Grant faisait partie de ses ennemis. Leur prise de bec avait bien duré trois minutes, mais, selon Ira, trois minutes qui avaient scellé son destin et le mien. Il venait d'humilier un descendant de Ulysses S. Grant, un diplômé de Harvard, un employé de William Randolph Hearst, et, qui plus est, le mari de l'auteur d'*Héloïse et Abélard,* meilleures ventes de l'année 1938, et de *La passion de Galilée*, meilleures ventes de l'année 1942, il n'en fallait pas plus. Nous étions finis : en insultant Bryden publiquement, Ira avait remis en question le parcours social sans fautes du mari, et l'ambition de sa femme, cette soif inextinguible d'avoir raison.

« Bon, je ne suis pas sûr que ça explique tout — mais en tout cas Grant n'avait pas plus de scrupules à se servir du pouvoir que le reste de la bande à Nixon. Avant d'être élu député, il écrivait cette rubrique dans le *Journal-American*, des chroniques mondaines sur Broadway et Hollywood, trois fois par semaine, avec un zeste d'attaques contre Eleanor Roosevelt en prime. C'est comme ça qu'a commencé la carrière de Grant dans le service public. Voilà comment il s'était hautement qualifié pour siéger à la Commission. Il était chroniqueur mondain avant que ça devienne le gros business que c'est aujourd'hui. Il s'y trouvait au début, à l'époque héroïque des pionniers. Il y avait Cholly Knickerbocker, Winchell et Ed Sullivan, avec Earl Wilson. Il y avait Damon Runyon, il y avait Bob Considine, il y avait Hedda Hopper — et Bryden Grant était le snob de cette meute ; ça n'était pas le voyou, le gars des bas-fonds, l'affranchi volubile qui traînait chez Sardi ou au Brown Derby, ou au Stillman's Gym ; c'était le sang bleu parmi la racaille qui traînait au Racquet Club.

« Grant a commencé avec une rubrique intitulée "Grant's Grapevine" — Les petits échos de Grant —, et, si tu t'en souviens, il a failli finir comme chef de cabinet de Nixon ; c'était un des favoris de Nixon, le député Grant. Il avait siégé comme lui à la Commission des activités anti-américaines. Il avait beaucoup pratiqué l'intimidation pour le compte du président, à la Maison-Blanche. Je me souviens du moment où la nouvelle administration Nixon a fait courir le nom de Grant, en 68, comme chef de cabinet. Dommage qu'ils l'aient laissé passer. C'est la pire décision que Nixon ait jamais prise. Si seulement il avait vu le parti politique qu'il pouvait tirer de nommer, à la place de Haldeman, ce journaleux aristo pour mener les opérations de camouflage sur le Watergate, la carrière de Grant se serait terminée derrière les barreaux. Bryden en prison, dans une cellule entre celle de Mitchell et celle d'Erlichman. Le tombeau de Grant. Mais ça ne devait pas arriver.

« On entend Nixon chanter les louanges de Grant sur les bandes magnétiques de la Maison-Blanche. C'est dans les transcriptions. "Bryden a le cœur où il faut, dit le président à Haldeman. Et c'est un dur. Il est capable de faire n'importe quoi. J'ai bien dit n'importe quoi." Il rapporte à Haldeman la devise de Grant pour contrôler les ennemis de l'administration : "Il faut les détruire dans la presse." Et puis le président ajoute, admiratif, en parfait esthète, doté d'un cynisme à l'éclat adamantin : "Bryden a un instinct de tueur. Personne ne fait un plus beau boulot que lui."

« Le député Grant est mort dans son sommeil, vieil homme politique riche et puissant, toujours très estimé à Staatsburg, État de New York, où on a donné son nom au terrain de football du lycée.

« Pendant l'audition, je regardais Bryden Grant, et j'essayais de croire qu'il ne se réduisait pas à un politicien animé par la vengeance personnelle, qui profiterait de l'obsession nationale pour régler ses comptes. Au nom de la raison, on cherche un mobile plus noble, une signification plus profonde — c'était encore mon habitude, de ce temps-là, j'essayais d'être raisonnable face à la déraison, je cherchais midi à quatorze heures. Je mettais mon intelligence à contribution là où elle n'avait que faire. Je me disais, Il ne peut pas être aussi mesquin, aussi falot qu'il en a l'air. Ça ne peut être que le sommet de l'iceberg. Il ne peut pas se résumer à ça.

« Mais pourquoi ? La mesquinerie et l'inconsistance peuvent se présenter sur une grande échelle.

Qu'y a-t-il même de plus stable que l'inconsistance et la mesquinerie ? Est-ce que ça empêche d'être rusé, d'être un dur ? Est-ce que la mesquinerie et l'inconsistance parasitent le désir d'être un personnage important ? Il n'est pas besoin d'avoir une vision du monde aboutie pour aimer le pouvoir. Il n'est même pas besoin d'avoir une vision du monde aboutie pour le prendre, ce pouvoir. À la limite, une vision du monde évoluée serait plutôt un handicap ; ne pas en avoir peut se révéler un atout magnifique. Pour comprendre le député Grant, il n'était pas nécessaire d'aller lui chercher une enfance patricienne malheureuse. Après tout, c'était lui qui avait repris le siège de Hamilton Fish, premier ennemi juré de Franklin D. Roosevelt. Aristocrate de l'Hudson River comme lui, Fish avait fait Harvard avec Roosevelt. Il l'avait envié, détesté, et, comme son district comprenait Hyde Park, il s'était retrouvé député de Roosevelt. C'était un sombre crétin d'un isolationnisme alarmant. Dans les années trente, Fish a été le premier ignare de la haute à présider l'organisme précurseur de cette pernicieuse Commission. Le prototype de l'enfoiré patricien, borné, imbu de sa propre vertu, chauvin, tel était Hamilton Fish. Et lorsque en 1952 on a remis en circulation le district de ce vieux crétin, c'est Bryden Grant qui a été son dauphin.

« Après l'audience, Grant a quitté le dais où il siégeait avec les trois membres et leur avocat et il s'est dirigé tout droit vers mon siège ; c'était lui qui m'avait dit : "J'ai des doutes sur votre loyauté." Mais voilà qu'il me souriait d'un air affable, il n'avait pas son pareil, pour ça, à croire qu'il avait inventé le sourire affable, et puisqu'il me tendait la main, malgré tout mon dégoût, je la lui ai serrée. La main de la déraison, et moi, raisonnablement, civilement, comme des boxeurs se touchent les gants avant le combat, je la lui ai serrée, et ma fille Lorraine a été horrifiée par mon attitude pendant des jours.

« Grant m'a dit : "Monsieur Ringold, je suis venu ici aujourd'hui pour vous aider à laver votre nom de tout soupçon. Je regrette que vous n'ayez pas été plus coopératif. Vous ne facilitez pas la tâche de ceux même qui vous ont en sympathie. Je veux que vous sachiez que ce n'était pas moi qui devais représenter la Commission à Newark. Mais j'ai appris que vous seriez témoin, alors j'ai demandé à venir, parce que je ne pensais pas que ça vous aiderait beaucoup si mon ami et collègue Donald Jackson arrivait à ma place."

« Jackson, c'était le type qui avait repris le siège de Nixon à la Commisssion. Donald L. Jackson, de la Californie, brillant penseur, adonné à des déclarations publiques du style : "L'heure est venue d'être américain ou non." C'est Jackson et Velde qui avaient mené la chasse à l'homme pour éradiquer la subversion communiste au sein du clergé protestant. Pour ces types-là, c'était un problème national pressant. Après que Nixon a quitté la Commission, Grant en a été considéré comme le fer de lance intellectuel, celui qui tirait des conclusions profondes — et le plus triste, c'est qu'à tout prendre, il l'était sans doute.

« Il me dit : "J'ai pensé que je pourrais peut-être vous aider mieux que mon honorable collègue de Californie. Malgré votre prestation d'aujourd'hui, je pense encore le pouvoir. Je veux que vous sachiez que si, la nuit portant conseil, vous décidez de laver votre nom…"

« C'est alors que Lorraine a explosé. Elle avait quatorze ans bien comptés. Elle et Doris étaient restées assises derrière moi, et, pendant toute la séance, elle avait pesté de manière encore plus audible que sa mère. Elle se tortillait sur son siège, elle fulminait, elle avait beaucoup de mal à contenir l'agitation qui ébranlait sa carcasse d'adolescente. "Mais laver son nom de quoi, au juste? elle a demandé au député Grant. Qu'est-ce qu'il a donc fait, mon père?" Grant lui a souri d'un air bienveillant. C'était un très bel homme, avec une magnifique chevelure argentée, une silhouette de sportif, les costumes les plus chers de chez Tripler; ses manières n'auraient pu froisser la plus pointilleuse des mères. Il avait une voix au timbre agréable, une voix pleine de respect où s'équilibraient parfaitement la douceur et la virilité et il a dit à Lorraine : "Vous êtes une fille loyale." Mais Lorraine n'allait pas s'en tenir là et ni Doris ni moi n'avons rien fait pour l'arrêter tout de suite. "Laver son nom? elle a dit au député. Il n'a pas besoin de laver son nom, lui, il n'est pas sale. C'est vous qui le salissez. — Miss Ringold, vous êtes à côté de la question. Votre père a une histoire. — Une histoire? Et quelle histoire? C'est quoi son histoire?" Il a souri de nouveau : "Miss Ringold, vous êtes une jeune fille charmante... — Charmante ou pas, ça n'a rien à voir. Quelle est son histoire? Qu'est-ce qu'il a fait? De quoi doit-il se laver? Dites-moi ce qu'il a fait, mon père. — Il faudra qu'il nous le dise lui-même. — Mon père a déjà parlé, et vous déformez tout ce qu'il dit, vous en faites un tissu de mensonges pour lui donner le mauvais rôle. Il *est* propre, son nom. Il peut dormir en paix le soir, mon père. Et je ne sais pas comment vous faites, vous, monsieur. Mon père a servi son pays aussi bien que les autres. Il sait ce que c'est que la loyauté envers son pays, la défense de son pays, et ce qui est américain. C'est comme ça que vous traitez les gens qui ont servi leur pays? C'est pour ça qu'il s'est battu? Pour que vous puissiez siéger ici et salir son nom ? Essayer de le traîner dans la boue ? C'est ça, l'Amérique ? C'est ce que vous appelez la loyauté ? Et vous, qu'est-ce que vous avez fait pour votre pays ? Des chroniques mondaines ? C'est patriotique, ça ? Mon père a des principes, et ce sont des principes américains honorables, et vous, vous n'avez pas à essayer de le détruire. Il enseigne aux enfants, il travaille tant qu'il peut. Des professeurs comme lui, il en faudrait un million. C'est ce qu'on lui reproche ? Il est trop bien ? C'est pour ça qu'il faut que vous racontiez des mensonges sur lui ? *Fichez-lui la paix, à mon père !*"

« Comme Grant ne répondait toujours rien, Lorraine lui a crié : "Qu'est-ce qu'il y a ? Vous étiez drôlement plus bavard, là-haut, et maintenant vous voilà bouche cousue ? Votre petite bouche peut plus s'ouvrir ?" C'est là que j'ai mis ma main sur la sienne en lui disant : "Ça suffit." Alors elle s'en est prise à moi. "Non, ça suffit pas. Ça suffira pas avant qu'ils arrêtent de te traiter comme ça. Vous n'allez donc rien dire, monsieur Grant ? C'est donc ça, l'Amérique ? Personne ne dit rien devant les jeunes de quatorze ans ? C'est seulement parce que je ne vote pas, c'est ça le problème ? Eh bien, de toute façon, j'irais jamais voter pour vous ni pour vos canailles d'amis !" Elle a éclaté en sanglots, et c'est là que Grant m'a dit : "Vous savez où me joindre", qu'il nous a souri à tous les trois, et qu'il est parti pour Washington.

« Voilà comment ça se passe. Ils te baisent, et puis ils te disent : "Vous avez de la chance que ce soit moi qui vous aie baisé plutôt que mon honorable collègue de Californie."

« Je n'ai jamais pris contact avec lui. Il se trouve que mes convictions politiques étaient assez circonscrites. Elles n'ont jamais été hyperboliques comme celles d'Ira. Je ne me suis jamais intéressé comme mon frère aux destinées du monde. Je m'intéressais davantage, d'un point de vue professionnel, au destin de la communauté. Ma préoccupation n'était pas tant politique qu'économique, et, je dirais, sociologique : les conditions de travail et le statut des professeurs à Newark. Le lendemain, le maire, Carlin, disait à la presse que des gens comme moi ne devraient pas enseigner à nos enfants, et le Conseil de l'Éducation m'a jugé pour conduite indigne d'un professeur. Le censeur des études a vu qu'il pourrait se débarrasser de moi à bon compte. Je n'avais pas répondu aux questions d'une agence habilitée par le gouvernement, donc, *ipso facto*, j'étais inapte. J'ai dit au Conseil que mes opinions politiques n'avaient pas à être prises en compte dans mon travail de professeur d'anglais au sein du système scolaire de Newark. Il n'y avait que trois motifs de renvoi : l'insubordination, l'incompétence et la turpitude morale. J'ai fait valoir qu'aucun de ces trois chefs ne s'appliquait à mon cas. D'anciens élèves sont venus témoigner que je n'avais jamais endoctriné personne, ni en classe ni ailleurs. À l'intérieur du système scolaire, personne ne m'avait jamais entendu tenter d'inculquer autre chose que le respect de la langue anglaise — aucun parent, aucun élève, aucun collègue. Mon ancien capitaine est venu témoigner pour moi. Il est venu de Fort Bragg. Ça a fait impression.

« J'aimais bien vendre des aspirateurs. Il y avait des gens qui changeaient de trottoir à mon approche, et même parmi eux des gens qui devaient avoir honte de le faire, mais qui craignaient la contagion — ça ne me chagrinait pas. J'étais très soutenu au sein du syndicat, et hors du syndicat. Il arrivait des contributions, on avait le salaire de Doris, et moi je vendais mes aspirateurs. Je rencontrais des gens de tous les milieux professionnels, mes contacts avec le monde tel qu'il est se trouvaient plus riches que du temps que j'enseignais. Tu sais, je faisais mon métier de prof, je lisais des livres, je faisais cours sur Shakespeare, je vous apprenais l'analyse logique à vous les jeunes, je vous faisais retenir la poésie, apprécier la littérature, et je pensais que c'était la seule vie qui valait d'être vécue. Mais quand je suis parti vendre mes aspirateurs, j'ai acquis une grande admiration pour des tas de gens que je rencontrais, et j'en suis toujours reconnaissant. Je crois que mon regard sur la vie est plus ouvert depuis.

— Soit, mais si la cour ne t'avait pas réhabilité ? Ton regard serait toujours plus ouvert ?

— Si j'avais perdu ? Je crois que j'aurais gagné ma vie convenablement quand même. Je crois que j'aurais survécu intact. J'aurais peut-être eu des regrets, mais je ne crois pas que ça m'aurait aigri le caractère. Dans une société ouverte, si mauvaise soit-elle, il y a toujours moyen de s'en sortir. Perdre son emploi et se faire traiter de traître par la presse, c'est très désagréable. Mais ce n'est pas une situation absolue comme en régime totalitaire. On ne m'a pas jeté en prison, je n'ai pas été torturé. On n'a rien refusé à mon enfant. On m'a retiré mes moyens d'existence et certaines personnes ne m'ont plus adressé la parole, mais d'autres m'admiraient. Ma femme m'admirait. Ma fille m'admirait. Nombre de mes anciens élèves m'admiraient. Ils le disaient ouvertement. Et puis je pouvais mener un combat légal. J'avais ma liberté de mouvement. Je pouvais donner des interviews, lever des fonds, prendre un avocat, lancer des défis au tribunal. Je ne m'en suis pas privé. Bien sûr, il peut arriver qu'on soit tellement déprimé, malheureux, qu'on en arrive à se coller une crise cardiaque. Mais on trouve d'autres solutions, ce que j'ai fait aussi.

« Ah, si le *syndicat* avait échoué, ça oui, ça m'aurait affecté. Mais on n'a pas échoué. On s'est battus, et on a fini par gagner. On a obtenu l'égalité des salaires pour les femmes ; l'égalité des salaires entre le primaire et le secondaire. On s'est assurés que les activités postscolaires étaient, premièrement, volontaires, deuxièmement, payées. Nous nous sommes battus pour obtenir des congés-maladie plus longs. Et la possibilité de s'absenter cinq jours pour convenances personnelles. Nous avons obtenu la promotion sur examen, plutôt qu'à la tête du client, ce qui voulait dire que toutes les minorités avaient leur chance. Nous avons fait venir des Noirs au syndicat, et comme leur nombre augmentait, ils ont pris des postes de premier plan. Mais c'était il y a des années, tout ça. À présent le syndicat me déçoit beaucoup. C'est devenu une pompe à fric. Tu n'es qu'un cochon de payant. Que faire pour éduquer les enfants, c'est bien le cadet de leurs soucis. Je suis très déçu.

— Ça a été affreux, pour toi, ces six ans ? Qu'est-ce que ça t'a enlevé ?

— Je ne crois pas que ça m'ait enlevé quoi que ce soit. Non, vraiment, je ne crois pas. On a pas mal d'insomnies, bien sûr. Il y a bien des nuits où l'on a du mal à s'endormir. On pense à des tas de choses — comment on va faire ceci, ce qu'on va faire après, qui appeler, etc. Je passais mon temps à réécrire mon histoire, et à me projeter dans l'avenir. Mais le matin est là, on se lève, on fait ce qu'on a à faire.

— Et comment est-ce qu'Ira a pris ce qui t'arrivait ?

— Oh, ça le rendait malheureux. J'irais jusqu'à dire que ça aurait brisé sa vie si elle n'avait pas déjà été brisée par tout le reste ; moi, j'étais persuadé que j'allais gagner, et je le lui disais. On n'avait pas eu de raison légale de me mettre à la porte. Il me disait sans cesse : "Tu te fais des illusions, ils n'ont pas besoin de raisons légales." Il avait connu trop de types qui avaient été virés, point final. J'ai fini par avoir gain de cause, mais il se sentait responsable de mes épreuves, et il a traîné ce sentiment comme un boulet jusqu'à la fin de ses jours. Pour toi aussi, il se sentait responsable, tu sais. De ce qui t'est arrivé.

— Moi ? Il ne m'est rien arrivé, j'étais gamin.

— Oh si, il t'est arrivé quelque chose. »

Certes, il ne faudrait jamais s'étonner que l'histoire de sa vie comporte un événement, un événement d'importance, sur lequel on ne sait rien — l'histoire d'une vie est en soi et par définition un domaine dont l'intéressé sait fort peu de chose.

« Si tu t'en souviens, dit Murray, quand tu es sorti de la fac avec ta licence, tu n'as pas obtenu la bourse Fulbright que tu demandais. C'était à cause de mon frère. »

En 1953-1954, lors de ma dernière année à Chicago, j'avais demandé une bourse d'études pour aller faire ma maîtrise de littérature à Oxford, et ma candidature avait été refusée. J'étais parmi les meilleurs de ma classe, j'avais des recommandations enthousiastes, et — je m'en souvenais tout à coup, sans doute pour la première fois depuis — j'étais resté sous le choc, non seulement parce que j'avais été écarté, mais parce que la bourse Fulbright pour étudier en Angleterre était allée à un de mes camarades nettement moins bon que moi.

« C'est vrai, Murray ? Moi, je me suis seulement dit que c'était moche, pas juste. Une de ces infidélités du destin. Je savais pas quoi penser. M'suis fait voler, je me disais — et puis il a fallu que je parte à l'armée. Comment sais-tu que c'est pour ça ?

— C'est l'agent qui l'a dit à Ira, l'agent du FBI qu'il a eu sur le dos pendant des années. Il passait lui rendre visite, comme ça. Il essayait de lui tirer des noms. Il lui disait qu'il pourrait se blanchir en en donnant. Ils te prenaient pour son neveu.
— Son neveu ? Mais comment ça ?
— Va savoir. Le FBI comprenait parfois de travers. Peut-être faisaient-ils exprès de comprendre de travers, ses agents, parfois. Le type a dit à Ira : "Vous savez, votre neveu qui a demandé une bourse Fulbright ? Le jeune de Chicago ? Il l'a pas eue parce que vous êtes communiste."
— Tu penses que c'était vrai ?
— Aucun doute. »

Tout en écoutant Murray, je considérais quelle allumette il était devenu et je songeais que ce physique ne faisait qu'exprimer son accord profond avec lui-même, cette vie passée dans l'indifférence à tout ce qui n'était pas la liberté dans son sens le plus austère, et je me disais qu'il était un essentialiste, que sa personnalité ne devait rien au hasard, et que, où que les circonstances l'aient placé, fût-ce à vendre des aspirateurs, il avait trouvé sa dignité... Je me disais que Murray (que je n'aimais pas et n'avais pas à aimer, avec lequel je n'entretenais que de classiques relations professeur-élève), Murray, donc, était Ira (que j'aimais) dans une version plus cérébrale, plus sensée, plus terre à terre, un Ira qui aurait eu un but social pragmatique, clair, bien défini, un Ira sans ambitions homériques, sans cette relation passionnelle surchauffée avec le monde, un Ira que n'altéreraient pas ses pulsions et son désir de chercher querelle à tout ce qui l'entourait. Tout en me faisant ces réflexions, j'avais en tête une image de lui torse nu, n'ayant rien perdu, à quarante et un ans, de sa jeunesse et de sa force. Cette vision que j'avais de Murray Ringold m'était apparue un mardi de l'automne 1948, en fin d'après-midi, alors que, penché à la fenêtre du premier étage de la maison qu'il habitait avec sa femme et sa fille, sur Lehigh Avenue, il s'employait à démonter les écrans-moustiquaires.

Démonter les moustiquaires, les remonter, dégager la neige, saler la glace, balayer le trottoir, tailler la haie, laver la voiture, ramasser les feuilles et les brûler; deux fois par jour, d'octobre à mars, descendre à la cave pour s'occuper de la chaudière — attiser le feu, l'alimenter, recueillir les cendres à la pelle, les monter dans un seau et les vider dans la poubelle —, le locataire devait être robuste pour s'acquitter de ces tâches avant et après le travail, robuste, vigilant et diligent, tout comme il fallait bien que les femmes soient robustes pour se pencher à leurs fenêtres ouvertes, les pieds vissés au plancher, et par toutes les températures, tels des matelots perchés dans les gréements, pendre les vêtements mouillés sur la corde à linge et les fixer avec des pinces, un par un, jusqu'à ce que la corde soit pleine de la lessive familiale trempée, qui claquait au vent dans Newark l'industrielle; après quoi on décrochait les vêtements les uns après les autres et on les pliait dans le panier à linge pour les emporter dans la cuisine, une fois secs et prêts au repassage. Pour qu'une famille fonctionne bien, il fallait d'abord gagner de l'argent, préparer à manger, imposer de la discipline, mais il fallait aussi se livrer à ces activités lourdes et malcommodes de marins, grimper, hisser, haler, tirer, embobiner, dérouler — autant de gestes dont je percevais le palpitement réglé comme du papier à musique, lorsque, sur ma bicyclette, je traversais les trois kilomètres qui me séparaient de la bibliothèque : tic tac, tic tac, le métronome de ce quotidien du quartier, la chaîne de l'être dans une ville américaine.

En face de chez Mr Ringold, sur Lehigh Avenue, se dressait l'hôpital Beth Israel, où je savais que Mrs Ringold avait travaillé comme laborantine avant la naissance de leur fille ; il suffisait de tourner le coin pour voir la bibliothèque d'Osborne Terrace, où je me rendais à bicyclette faire ma provision de livres hebdomadaire. L'hôpital, la bibliothèque, et, représenté par mon professeur, le lycée : ainsi se trouvait circonscrit le noyau des institutions du quartier, quasiment sur le même pâté de maisons, circonstance rassurante pour moi. Oui, tout le quotidien industrieux de la vie de quartier bourdonnait en cet après-midi de 1948 où je vis Mr Ringold penché par-dessus la corniche pour démonter un écran-moustiquaire.

Tandis que je freinais dans la descente — Lehigh Avenue étant raide — je le vis passer une corde dans l'un des crochets aux coins du cadre, et, après avoir crié : « Chaud devant ! », le descendre le long du mur de l'immeuble à deux niveaux et demi, jusque dans le jardin où un homme défit la corde et posa le cadre sur une pile, contre le porche de brique. Je fus frappé par la façon dont Mr Murray s'acquittait d'une tâche pratique et sportive à la fois. Pour s'en acquitter avec autant de grâce, il fallait en effet être très costaud.

Lorsque j'entrai dans la maison, je vis que l'homme du jardin était un géant à lunettes : Ira, ce frère qui était venu nous voir au lycée pour notre « Auditorium » où il jouait Abraham Lincoln. Il était apparu sur scène en costume, et là, tout seul, il avait prononcé le Discours de Gettysburg et le Second Discours inaugural, puis conclu par cette phrase dont notre professeur, frère de l'orateur, nous avait dit plus tard qu'aucun président américain, aucun écrivain américain, même, n'en avait jamais écrit de plus noble, de plus belle (il s'agit d'une longue phrase locomotive, traînant toute une ribambelle de wagons pesants, et qu'il nous avait fait décomposer, analyser et discuter pendant tout un cours). « Sans malveillance envers personne, avec charité envers tous, avec fermeté dans le bien tel que Dieu nous accorde de le voir, efforçons-nous de finir l'œuvre entreprise, de panser les plaies de la nation, de nous occuper de celui qui aura supporté la bataille, de sa veuve et de son orphelin, et faisons tout pour parvenir à la paix et la chérir, une paix durable et juste entre nous et avec toutes les nations. » Pour le reste du programme, Abraham Lincoln retirait son haut-de-forme, et débattait contre le sénateur esclavagiste Stephen A. Douglas dont le texte (nous qui faisions partie d'un groupe de discussion libre nommé le Club contemporain, en huâmes les passages les plus antinoirs) était lu par Murray Ringold, organisateur de cette visite de son frère à notre lycée.

En cet après-midi d'automne à Newark, comme s'il n'était pas assez déconcertant de voir Mr Ringold en public sans chemise ni cravate, ni même de tricot de corps, Iron Rinn n'était pas lui-même plus vêtu qu'un boxeur. En short et chaussures de sport, presque nu, ce n'était pas seulement l'homme le plus colossal que j'aie jamais vu de près, mais aussi le plus célèbre. Iron Rinn, on l'entendait à la radio tous les jeudis soir dans l'émission intitulée *The Free and the Brave* — Libres et Courageux —, feuilleton hebdomadaire romancé sur les épisodes les plus enthousiasmants de l'histoire d'Amérique, où il avait incarné des hommes comme Nathan Hale, Orville Wright, Wild Bill Hickok et Jack London. À la ville, il était marié à Eve Frame, l'actrice vedette d'une série hebdomadaire « sérieuse » intitulée *The Ameri-*

can Radio Theater. Ma mère savait tout sur Iron Rinn et Eve Frame par les magazines qu'elle lisait chez le coiffeur — elle en avait une triste opinion, tout comme mon père qui voulait que sa famille soit exemplaire, mais elle les lisait tout de même sous le casque, et puis elle voyait tous les journaux de mode lorsqu'elle sortait le samedi après-midi aider son amie Mrs Svirsky, qui tenait avec son mari une boutique de vêtements sur Bergen Street, juste à côté de la mercerie de Mrs Unterberg, où ma mère donnait aussi un coup de main de temps en temps le samedi, et pendant le rush d'avant Pâques.

Un soir, après avoir écouté *The American Radio Theater*, ce que nous faisions depuis des temps immémoriaux, ma mère nous parla du mariage d'Eve Frame avec Iron Rinn, et de toutes les célébrités de la scène et de la radio qui y étaient invitées. Eve Frame portait en la circonstance un tailleur de laine rose poudre, avec deux rangs de renard assorti au bas des manches ; elle était coiffée du type de chapeau qu'aucune femme au monde ne portait avec autant de grâce qu'elle. Ma mère appelait ce chapeau un « suivez-moi-jeune-homme à voilette » et Eve Frame l'avait mis à la mode en jouant face à Carlton Pennington, l'idole du muet dans *My Darling, Come Hither*, où elle incarnait à la perfection une jeune mondaine gâtée. Il était bien connu qu'elle portait un suivez-moi-jeune-homme à voilette lorsqu'elle prenait le micro, texte en main, pour passer dans *The American Radio Theater*, même si elle avait été photographiée devant un micro avec des feutres mous, des toques, des panamas, et une fois, un jour qu'elle avait été invitée au *Bob Hope Show*, un simple disque de paille noire, adorablement voilé d'une soie impalpable. Ma mère nous apprit qu'Eve Frame avait six ans de plus qu'Iron Rinn, que ses cheveux poussaient de deux centimètres et demi par mois, et qu'elle les éclaircissait pour la scène à Broadway, que sa fille, Sylphid, était harpiste, lauréate du conservatoire Juilliard et produit de son union avec Carlton Pennington.

« Aucun intérêt, dit mon père. — Pas pour Nathan, répondit ma mère, sur la défensive, Iron Rinn est le frère de Mr Ringold, et Mr Ringold est son *idole*. »

Mes parents avaient vu Eve Frame dans des films muets du temps que c'était un beau brin de fille. Elle était d'ailleurs toujours belle, je le savais parce que, quatre ans auparavant, pour mon onzième anniversaire, on m'avait emmené voir ma première pièce à Broadway, *The Late George Apley*, de John P. Marquand, et qu'elle jouait dedans. Après la pièce, mon père, dont le souvenir d'Eve Frame jeune actrice du muet semblait encore paré d'une aura amoureuse, avait déclaré : « Cette femme parle l'anglais du roi d'Angleterre, il n'y a pas à dire », et ma mère, n'ayant pas forcément compris de quel combustible s'alimentait cet éloge, avait répondu : « Oui, mais elle s'est laissée aller. Elle a une diction magnifique, son jeu était magnifique, et elle était adorable avec cette coiffure à la page, mais les kilos en trop ne vont pas à un petit gabarit comme le sien, surtout dans une robe d'été près du corps en piqué blanc, jupe en forme ou pas. »

La question de savoir si Eve Frame était juive revenait invariablement sur le tapis parmi les femmes du club de mah-jong de ma mère, lorsque c'était son tour de les recevoir à la maison pour leur partie hebdomadaire, surtout après le soir où, quelques mois plus tard, je fus invité chez Ira et Eve. Autour du jeune adorateur d'étoile que j'étais, les langues des autres adorateurs allaient bon train : le bruit courait qu'elle s'appelait Fromkin de son vrai nom. Chava

Fromkin; il y avait à Brooklyn des Fromkin censés être de sa famille; elle les aurait reniés en partant pour Hollywood, et aurait changé de nom.

« On s'en fiche ! » disait mon père le sérieux chaque fois que le sujet revenait et qu'il traversait le salon pendant une partie de mah-jong. « Ils changent tous de nom, à Hollywood. Dès que cette femme ouvre la bouche, c'est une leçon de diction. Il lui suffit de monter sur scène pour jouer une dame de la bonne société, on sait tout de suite que c'est une vraie dame.

— On dit qu'elle est de Flatbush, ajoutait immanquablement Mrs Unterberg, qui tenait la mercerie avec son mari. On dit que son père a une boucherie casher.

— On raconte bien que Cary Grant est juif, rappelait mon père à ces dames. Les fascistes disaient que Roosevelt était juif. Les gens racontent n'importe quoi. Moi, ça n'est pas ce qui m'intéresse. Je m'intéresse à son jeu, et je le trouve remarquable.

— N'empêche, enchaînait Mrs Svirsky, celle qui avait une boutique de vêtements avec son mari, le beau-frère de Ruth Tunick est marié à une Fromkin, une Fromkin de Newark. Et elle a des parents à Brooklyn, qui jurent qu'ils sont cousins avec Eve Frame.

— Qu'est-ce qu'il en dit, Nathan? s'enquérait Mrs Kaufman, femme au foyer et amie d'enfance de ma mère.

— Il dit rien », répondait ma mère. Je l'avais dressée à faire cette réponse. Comment ? Facile. Quand elle m'avait demandé, de la part de ces dames, si je savais si Eve Frame de *The American Radio Theater* était véritablement Chava Fromkin de Brooklyn, je lui avais répondu : « La religion est l'opium du peuple ! Ces choses n'ont pas d'importance — je m'en fiche; je n'en sais rien et je m'en fiche ! »

« C'est comment, chez eux ? Comment elle était habillée ? demandait Mrs Unterberg à ma mère.

— Qu'est-ce qu'elle a servi à dîner ? voulait savoir Mrs Kaufman.

— Comment elle était coiffée ? s'enquérait Mrs Unterberg.

— Il mesure vraiment un mètre quatre-vingt-dix-sept ? Qu'est-ce qu'il en dit, Nathan ? C'est vrai qu'il chausse du quarante-six ? Il y en a qui disent que c'est juste pour la publicité.

— Et est-ce qu'il a la peau grêlée comme sur les photos ?

— Qu'est-ce qu'il dit de la fille, Nathan ? C'est quoi, comme nom, Sylphid ? demandait Mrs Schessel, dont le mari était podologue comme mon père.

— C'est son vrai nom ? demandait Mrs Svirsky.

— C'est pas juif, commentait Mrs Kaufman. Sylvia c'est juif, mais ça je crois que c'est français.

— Mais le père était pas français, objectait Mrs Schessel. Le père, c'est Carlton Pennington. Elle a joué avec lui dans tous ces vieux films. Elle s'enfuyait avec lui dans ce film, là, où il jouait le baron d'âge mûr.

— C'est le film où elle porte le fameux chapeau ?

— Il y a pas une femme au monde, disait Mrs Unterberg, qui porte les chapeaux comme Eve Frame. Mettez-lui un petit béret qui lui emboîte la tête, un petit chapeau de dîner à fleurs, une charlotte au crochet, une grande capeline à voilette, mettez-lui n'importe quoi, un chapeau tyrolien avec une plume, un turban de jersey blanc, un capuchon d'anorak, tiens ! elle est toujours somptueuse.

— Dans un film, disait Mrs Svirsky, ça je l'oublierai jamais, elle portait une robe du soir blanche brodée d'or avec un manchon d'hermine blanche. J'ai jamais vu pareille élégance de ma vie. Il y avait une pièce — comment ça s'appelait, déjà ? —, on y était allées ensemble, les filles. Elle portait une robe de laine rouge chaudron, avec un corsage et une jupe en forme et des bandes de broderies à ravir !

— Oui, avec ce chapeau à voilette assorti, rouge chaudron. Un grand chapeau de feutre, reprenait Mrs Unterberg, avec une voilette froissée.

— Vous vous la rappelez avec sa robe à jabot, dans cette autre pièce, là ? disait Mrs Svirsky. Personne ne porte le tuyauté comme elle. Un double jabot blanc, sur une robe de cocktail noir !

— Quand même ce nom, *Sylphid*, tentait de nouveau Mrs Schessel, ça vient d'où ?

— Nathan le sait. Il faut demander à Nathan, disait Mrs Svirsky. Il est là ?

— Il fait ses devoirs, disait ma mère.

— Demande-lui. C'est quoi, comme nom, Sylphid ?

— Je lui demanderai tout à l'heure », répondait ma mère.

Mais elle s'en gardait bien. Pourtant, en secret, depuis que j'étais entré dans le cercle magique, je brûlais d'envie d'en parler à tout le monde. Comment ils sont habillés ? Qu'est-ce qu'ils mangent ? De quoi ils parlent quand ils mangent ? À quoi ça ressemble, chez eux ? C'est spectaculaire.

Le mardi où je rencontrai pour la première fois Ira, devant chez Mr Ringold, on était le 12 octobre 1948. Si les championnats du monde n'avaient pas eu lieu la veille, lundi, peut-être que, par timidité, pour respecter l'intimité de mon professeur, je serais passé bien vite devant la maison où il décrochait les moustiquaires avec son frère, sans même un signe de la main ou un « hello », pour tourner à gauche, vers Osborne Terrace. Seulement voilà, la veille, j'avais entendu, assis sur le plancher du bureau de Mr Ringold, les Indians battre la vieille équipe des Boston Braves en finale. Mon professeur avait en effet apporté une radio pour la circonstance, et après son cours, en dernière heure, il avait invité les élèves dont les parents n'avaient pas la télévision, et qui étaient encore la majorité d'entre nous, à passer directement de la classe à son petit bureau de chef de département d'anglais, au bout du couloir, pour suivre le match déjà engagé chez les Braves.

La courtoisie exigeait donc que je ralentisse à fond, et que je lui crie : « Merci pour hier, monsieur Ringold ! » Elle exigeait que j'adresse un salut de la tête et un sourire au géant qui se trouvait dans sa cour. Et enfin que, la bouche sèche et le geste raide, je m'arrête et me présente. Et que je réponde non sans niaiserie (il venait de me lancer un déconcertant : « Comment ça va, mon pote ? ») que, l'après-midi où il avait animé nos activités d'auditorium, je faisais partie de ceux qui huaient Stephen A. Douglas lorsqu'il avait jeté à la face de Lincoln : « Je suis opposé à la citoyenneté des Noirs sous quelque forme que ce soit (Hou !). Je considère que ce gouvernement a été fait sur des bases blanches (Hou !). Pour les Blancs (Hou !) dans l'intérêt des Blancs (Hou !) et de leur postérité à jamais (Hou !). Je suis donc favorable à l'idée de restreindre la citoyenneté aux Blancs au lieu de l'accorder aux Noirs, aux Indiens, et autres races inférieures (Hou ! Hou ! Hou !). »

Quelque chose de plus profond que la courtoisie cependant (l'ambition, l'ambition d'être admiré pour mes convictions morales) me fit surmonter ma timidité, et trouver le culot de lui dire, à cette trinité, un seul Ira en trois personnes — Abraham Lincoln, le martyr patriote du podium, Iron Rinn, l'Américain audacieux et spontané des ondes et Ira Ringold, le voyou repenti de Newark qui avait fait son chemin — que c'était moi qui donnais le signal des huées.

Mr Ringold descendit du premier étage, en sueur, simplement vêtu d'un pantalon de treillis et de mocassins. Sur ses talons parut Mrs Ringold, qui, avant de remonter, déposa un pichet d'eau glacée avec trois verres. Et c'est ainsi qu'en ce 12 octobre 1948, dans la fournaise de l'automne, à quatre heures et demie de l'après-midi le plus stupéfiant de ma jeune vie, je couchai ma bicyclette sur le flanc et m'assis sur le porche de mon professeur d'anglais avec Iron Rinn, mari d'Eve Frame et vedette de *The Free and the Brave*, pour commenter un championnat du monde où Bob Feller avait perdu deux matchs — incroyable ! — et Larry Doby, le premier joueur noir de l'American League, que nous admirions tous, mais pas comme nous admirions Jackie Robinson, avait marqué sept fois sur vingt-deux occasions.

Et puis on parla de boxe ; Louis avait mis K.-O. Joe Walcott de Jersey alors que ce dernier le devançait largement aux points ; Tony Zale avait repris son titre de poids moyen à Rocky Graziano en juin, au Rupert Stadium de Newark, en l'assommant d'un gauche au troisième round, tout cela pour reperdre le titre au profit du Français Marcel Cerdan, à Jersey City, une quinzaine de jours auparavant, en septembre... Et puis, après m'avoir parlé de Tony Zale, Iron Rinn passa sans transition à Winston Churchill, et s'en prit à un discours qu'il avait prononcé quelques jours plus tôt et qui l'avait fait bouillir ; Churchill y déconseillait aux États-Unis de détruire leurs réserves atomiques, car la bombe était la seule chose qui empêchait les communistes de dominer le monde. Ira parlait de Winston Churchill sans plus de cérémonie qu'il parlait de Leo Durocher et de Marcel Cerdan. Il traita Churchill de salopard réactionnaire et de va-t-en-guerre sans plus d'hésitation qu'il traitait Durocher de grande gueule et Cerdan de clochard. Il parlait de Churchill comme s'il tenait la pompe à essence de Lyons Avenue. Chez nous, c'est plutôt de Hitler que de Churchill que nous aurions parlé de cette façon-là. Dans la conversation d'Ira comme dans celle de Murray, il n'y avait pas de frontière invisible de la bienséance à respecter, pas de tabous conventionnels. C'était une marmite où l'on pouvait remuer tout et le reste : le sport, la politique, l'histoire, la littérature, les opinions à l'emporte-pièce, les citations polémiques, l'idéalisme, la rectitude morale... il y avait là quelque chose de merveilleusement tonique ; c'était un monde tout autre, dangereux, exigeant, direct, agressif, affranchi de l'impératif de plaire. Et affranchi de l'école, aussi. Iron Rinn n'était pas qu'une vedette de la radio. C'était un homme qui, hors de ma classe, n'avait pas peur de dire tout ce qu'il avait à dire.

Je venais tout juste de finir un livre sur un autre homme qui n'avait jamais peur de dire ce qu'il avait à dire, Thomas Paine, et le livre que j'avais lu, un roman historique de Howard Fast qui s'appelait *Citizen Tom Paine*, faisait justement partie du lot que je transportais sur mon porte-bagages pour le rendre à la bibliothèque. Pendant qu'Ira me dénonçait Churchill, Mr Ringold s'était approché de la pile de bouquins répandus sur le trottoir, devant le porche, et il regardait leur dos pour voir ce que je lisais. La moitié des livres était des romans de base-ball, par John Tunis, et l'autre moitié avait trait à l'histoire d'Amérique, vue par Howard Fast. Mon idéalisme comme ma conception de l'homme étaient en train de se constituer selon des parallèles, l'une nourrie de romans sur des champions de base-ball qui gagnaient leurs matchs à la dure, en supportant l'adversité, l'humiliation, et bien des défaites sur la voie de la victoire, et l'autre entretenue par des romans sur des Américains héroïques, qui luttaient contre la tyrannie et l'injustice, des champions de la liberté de leur patrie et du genre humain tout entier — en somme, je donnais dans la souffrance héroïque.

Citizen Tom Paine n'était pas tant un roman construit selon le schéma classique qu'une série d'envolées lyriques retraçant les contradictions d'un homme désagréable, doté d'un intellect incandescent et de l'idéal social le plus pur, à la fois écrivain et révolutionnaire. « C'était l'homme le plus haï au monde, et peut-être aussi le plus aimé, de quelques-uns. » « Une intelligence qui le consumait lui-même comme peu d'intelligences dans l'histoire de l'humanité. » « Sentir claquer sur son âme le fouet qui s'abattait sur l'échine de millions d'hommes. » « Ses pensées et ses idées étaient plus proches de celles du travailleur moyen que ne le furent jamais celles de Jefferson. » Tel était Paine, selon le portrait de Fast, sauvagement mû par un but unique, peu sociable, batailleur épique et folklorique, négligé, sale, même, fagoté comme un mendiant, armé d'un mousquet dans les rues turbulentes du Philadelphie de la guerre, homme caustique, amer, souvent ivre, habitué des bordels, traqué par des assassins, sans amis. Il avait tout fait tout seul. « La révolution est ma seule amie. » Lorsque j'arrivai au terme du livre, j'étais convaincu que vivre et mourir comme Tom Paine était la seule voie possible pour qui voulait, au nom de la liberté des hommes, exiger à la fois des dirigeants lointains et de la populace grossière, la transformation de la société.

Il avait tout fait tout seul. Il n'y avait rien chez

Paine qui puisse être plus attachant, malgré la sobriété délibérée avec laquelle Fast évoquait son isolement, conséquence d'une indépendance circonspecte et de déboires personnels. Car Paine avait également fini ses jours tout seul, vieux, malade, misérable, seul, oui, victime de l'ostracisme et des trahisons, méprisé par-dessus tout pour avoir écrit dans son ultime testament, *Age of Reason* : « Je ne crois pas en la foi que professe l'Église juive, ni l'Église de Rome, ni l'Église grecque, ni l'Église turque, ni l'Église protestante, ni aucune autre que je connaisse. Mon esprit est ma seule Église. » Lire son histoire m'avait rempli d'audace et d'indignation, et, surtout, m'avait donné la liberté de me battre pour les idées.

Citizen Tom Paine était justement le livre que Mr Ringold avait tiré de la pile pour le rapporter sur le porche.

« Tu le connais, celui-là ? » dit-il à son frère.

Iron Rinn prit mon livre de bibliothèque dans ses énormes mains à la Abraham Lincoln et commença d'en feuilleter les premières pages : « Non, déclara-t-il, j'ai jamais lu Fast. Faudrait. C'est un type formidable. Il en a dans le buffet. Il a soutenu Wallace dès la première heure. Je lis sa rubrique chaque fois que je tombe sur le *Worker,* mais j'ai plus le temps de lire des romans, à présent. En Iran, si, quand j'étais à l'armée, j'ai lu Steinbeck, Upton Sinclair, Jack London, Caldwell...

— Quitte à lire Fast, c'est son meilleur livre, dit Mr Ringold. Je me trompe, Nathan ?

— Non, c'est un livre formidable, répondis-je.

— Tu as lu *Common Sense* ? me demanda Iron Rinn. Tu as déjà lu du Paine ?

— Non.

— Il faut en lire, me dit-il tout en continuant de feuilleter le livre.

— Howard Fast cite souvent les écrits de Paine », dis-je.

Levant les yeux, Iron Rinn récita : « “La force des masses est la révolution, mais, curieusement, l'humanité a traversé des millénaires de servitude sans s'en rendre compte.”

— C'est dans le livre, dis-je.

— J'espère bien.

— Tu sais en quoi consiste le génie de Paine ? me demanda Mr Ringold. C'est le génie de tous ces hommes, Jefferson, Madison. Tu sais ce que c'est ?

— Non.

— Mais si, tu le sais.

— Défier les Anglais.

— Ça, il y en a des tas qui l'ont fait. Non, ça a été de formuler leur cause en anglais. La révolution a été totalement improvisée, totalement désorganisée. Tu ne trouves pas que c'est ce qui se dégage du livre ? En somme, ces gars-là, il leur a fallu trouver une langue à leur révolution. Trouver les mots d'un grand dessein.

— Paine a déclaré, dis-je à Mr Ringold : “J'ai écrit un petit livre parce que je voulais que les hommes sachent sur quoi ils tiraient.”

— Et c'est bien ce qu'il a fait.

— Tiens, dit Iron Rinn en désignant un passage du livre, à propos de George III, écoute : “Je souffrirais les tourments de mille diables si je devais faire de mon âme une putain en rendant allégeance à un homme qui n'est qu'une brute épaisse, un imbécile, borné, têtu, indigne.” »

Ces deux citations de Paine — il les avait dites de la voix rugueuse d'enfant du peuple qu'il prenait dans *The Free and the Brave* — faisaient partie de la douzaine que j'avais moi-même recopiées et retenues.

« Il te plaît, ce passage, me dit Mr Ringold.

— Oui, j'aime bien la formule : "faire de mon âme une putain".

— Pourquoi ? »

Je commençais à suer à grosses gouttes ; j'avais le soleil dans l'œil, rencontrer Iron Rinn me mettait en effervescence, et voilà que je me retrouvais de surcroît sur la sellette, censé répondre à Mr Ringold comme si j'étais en classe alors que j'étais assis entre les deux frères torse nu, deux types qui dépassaient largement le mètre quatre-vingts, deux costauds bien dans leur peau, qui respiraient la virilité vigoureuse et intelligente à laquelle j'aspirais. Ces hommes, qui savaient parler de base-ball et de boxe, parlaient de livres. Et ils en parlaient comme s'il y avait des enjeux dans un livre. Pas pour ouvrir le livre et l'encenser, ou être élevé par sa lecture, ni se couper du monde. Non, eux, ils *boxaient* avec le livre.

« Parce que, répondis-je, on n'a pas coutume de voir son âme comme une putain.

— Mais qu'est-ce qu'il entend par prostituer son âme ?

— La vendre, vendre son âme.

— C'est ça. Tu vois comme il est plus fort d'écrire "je serais au supplice si je devais faire de mon âme une putain", plutôt que d'écrire "vendre mon âme".

— Oui, je vois.

— Pourquoi c'est plus fort ?

— Parce qu'il la personnifie.

— Ouais, et encore ?

— Eh bien, le mot "putain", on n'a pas l'habitude de l'employer, on ne l'entend pas en public. Les gens ne passent pas leur temps à l'écrire, ou à le dire en public.

— Et pourquoi donc ?

— Ils auraient honte, ils seraient gênés, ça n'est pas convenable.

— Pas convenable. Très bien. C'est ça. C'est donc une formule audacieuse.

— Oui.

— Et c'est bien pour ça que tu aimes Tom Paine, non ? Pour son audace ?

— Je crois, oui.

— Eh bien, à présent, tu sais pourquoi tu aimes ce que tu aimes. Tu viens de marquer un point, Nathan. Et tu le sais parce que tu t'es arrêté sur un des mots employés, un seul, et tu y as réfléchi, tu t'es posé des questions sur ce mot, tu l'as regardé à la loupe, tu en as fait le tour, pour trouver la source de la puissance de ce grand écrivain. Il est audacieux, Thomas Paine, audacieux. Mais est-ce que ça suffit ? Ce n'est qu'une partie de la formule. L'audace doit servir un but, autrement elle reste facile, médiocre, vulgaire. Pourquoi Thomas Paine est-il audacieux ?

— Au nom de ses convictions, répondis-je.

— Mais qu'est-ce qu'il me plaît, ce môme-là, s'écria tout à coup Iron Rinn. C'est bien lui qui a hué Mr Douglas ! »

C'est ainsi que je me retrouvai cinq jours plus tard invité par Iron Rinn dans les coulisses de La Mosquée, le plus grand théâtre de la ville, à un meeting de soutien à Henry Wallace, candidat à l'élection présidentielle du tout nouveau Parti progressiste. Wallace avait fait partie du gouvernement Roosevelt comme ministre de l'Agriculture pendant sept ans, avant d'en être vice-président lors du troisième mandat de Roosevelt. En 1944, il avait été écarté du « ticket » et remplacé par Truman, dans le gouvernement duquel il avait brièvement servi comme ministre du

Commerce. En 1946, le président avait congédié Wallace parce qu'il avait pris fait et cause pour la coopération avec Staline et l'amitié avec l'Union soviétique, au moment précis où Truman et les démocrates commençaient à voir en l'URSS non seulement un ennemi idéologique, mais une menace sérieuse contre la paix, et concluaient qu'il incombait à l'Ouest de contenir son expansion en Europe et ailleurs.

La question qui divisait les démocrates — entre leur majorité antisoviétique menée par le président et leur aile « progressiste » menée par Wallace, sympathisante des Soviets et opposée à la doctrine de Truman et au plan Marshall — trouvait un écho chez nous, dans la faille entre père et fils. Mon père, admirateur de Wallace du temps qu'il était le protégé de Roosevelt, était cependant hostile à sa candidature pour la raison qui empêche traditionnellement les Américains de soutenir les candidats du troisième parti : en l'occurrence, parce que cela risquait de retirer à Truman les suffrages de l'électorat le plus à gauche et d'aboutir inévitablement à l'élection du gouverneur Thomas E. Dewey, de New York, le candidat républicain. Les partisans de Wallace laissaient entendre que leur parti obtiendrait six ou sept millions de voix, un pourcentage infiniment plus important que tout ce qu'un troisième parti avait jamais obtenu.

« Ton candidat ne fera qu'interdire la Maison-Blanche aux démocrates, me dit mon père. Et si les républicains passent, le pays en pâtira comme il en a toujours pâti. Tu n'étais pas né du temps de Hoover, et de Harding et de Coolidge. Tu n'as pas touché du doigt à quel point les républicains sont sans cœur. Tu méprises la Grande Entreprise, Nathan ? Tu méprises ce que toi et Henry Wallace appelez les “gros bonnets de Wall Street” ? Eh bien, tu ne sais pas ce que c'est quand le parti de la Grande Entreprise piétine les gens ordinaires. Moi, si. Je connais la pauvreté, moi, je connais les épreuves comme toi et ton frère, Dieu merci, vous ne les avez jamais connues. »

Mon père était né dans les taudis de Newark, et il n'était devenu podologue qu'en allant aux cours du soir, tout en livrant du pain dans la journée ; et sa vie durant, même après qu'il s'était fait quelques sous et que nous avions acheté une maison, il continua de s'identifier aux intérêts de ceux qu'il appelait les “gens ordinaires” et que je m'étais mis à nommer, avec Henry Wallace, les “hommes du commun”. Je fus abominablement déçu d'entendre mon père refuser carrément de voter pour le candidat qui, j'essayais de l'en persuader, défendait ses propres principes du New Deal. Wallace voulait un programme de couverture sociale, la protection des syndicats, un intéressement aux bénéfices pour les travailleurs. Il s'opposait à la loi Taft-Hartley, qui persécutait le monde syndical, et à la loi Mundt-Nixon, qui persécutait les gauchistes. Si le projet de loi Nixon-Mundt passait, cela voulait dire qu'il faudrait déclarer au gouvernement tous les communistes, et les organisations censées servir de couverture au Parti. Wallace avait affirmé que cette loi serait le premier pas vers un État policier, qu'il fallait y voir une tentative pour réduire les Américains au silence par l'intimidation ; il disait que c'était le projet de loi le plus « subversif » jamais présenté au Congrès. Le Parti progressiste soutenait la liberté de penser, pour une concurrence loyale sur le marché aux idées, comme disait Wallace. Ce qui m'impressionnait le plus c'était que, lorsqu'il avait fait campagne dans le Sud, Wallace avait refusé de parler devant un public non multiracial — il était le premier candidat à la présidentielle qui ait eu ce degré de courage et d'intégrité.

« Les démocrates ne feront jamais rien pour mettre un terme à la ségrégation, dis-je à mon père. Ils ne déclareront jamais le lynchage hors la loi, ni le suffrage censitaire ni les lois scélérates de Jim Crow. Ils ne l'ont jamais fait, et ils ne le feront jamais.

— Je ne suis pas d'accord avec toi, Nathan, répondit-il. Prends Harry Truman. Il a des mesures sur les Droits civiques dans sa plate-forme, remarque bien, tu vas voir ce qu'il va faire maintenant qu'il est débarrassé de ces chauvins sudistes. »

Wallace n'était pas le seul à avoir faussé compagnie aux démocrates, cette année-là, les « chauvins » dont mon père parlait, les démocrates des États du Sud, avaient fait de même et formé leur propre parti, le parti des Droits des États, les Dixiecrates, comme on disait. Ils proposaient à la présidentielle le gouverneur Strom Thurmond, de Caroline du Sud, raciste enragé. Les Dixiecrates allaient donc eux aussi drainer des votes qui revenaient d'ordinaire au Parti démocrate, ceux du Sud — raison de plus pour que Dewey ait toutes les chances de battre Truman en cas de raz-de-marée.

Tous les soirs au dîner, à la cuisine, je tentais de persuader mon père de voter pour Henry Wallace et le retour du New Deal, et, tous les soirs, il s'efforçait de me faire comprendre la nécessité d'un compromis dans une élection comme celle-ci. Mais j'avais pris pour héros Tom Paine, le patriote le moins compromis de toute l'histoire de l'Amérique, et à la première syllabe du mot « compromis », je me levais d'un bond et lançais à mes parents et mon petit frère âgé de dix ans (qui, chaque fois que je montais sur mes grands chevaux, se plaisait à me répéter en contrefaisant une voix exaspérée : « En votant pour Wallace tu fais cadeau de ta voix à Dewey ») que je ne pourrais plus jamais manger à la même table que mon père.

Un soir, au dîner, il changea de cap — il tenta de m'en dire plus sur le mépris des républicains à l'endroit des valeurs qui m'étaient chères, l'égalité économique et la justice politique, mais je ne voulus pas en entendre davantage. Pour moi, les deux grands partis étaient également dépourvus de conscience quant à la question des droits des Noirs, également indifférents aux injustices du système capitaliste, également aveugles aux conséquences catastrophiques pour le genre humain tout entier si notre pays provoquait à dessein le pacifique peuple russe. Au bord des larmes, et en toute sincérité, je dis à mon père : « Tu me surprends vraiment beaucoup », comme si c'était lui, le fils intransigeant.

Or je n'étais pas au bout de mes surprises. Le samedi, en fin d'après-midi, il m'annonça qu'il préférerait que je n'aille pas au meeting de soutien à Wallace le soir même. Si j'avais encore envie d'y aller après que nous en aurions parlé, il n'essaierait pas de m'en empêcher, mais il voulait au moins que je l'écoute jusqu'au bout avant de prendre ma décision finale. Le mardi de la bibliothèque, sitôt rentré chez moi, j'avais annoncé triomphalement au dîner que j'étais invité par Iron Rinn, l'acteur de radio, au meeting Wallace, en ville. J'étais manifestement si excité d'avoir rencontré Iron Rinn, si enchanté qu'il se soit intéressé à ma modeste personne, que ma mère avait tout bonnement interdit à mon père d'émettre des réserves sur cette sortie. Mais, à présent, il voulait que j'écoute ce qui lui semblait de son devoir de parent de discuter, et sans que je saute au plafond.

Mon père me prenait tout autant au sérieux que

les Ringold, mais il n'avait pas la témérité politique d'Ira, ni l'ingéniosité littéraire de Murray ; surtout, il ne partageait pas leur indifférence quant au respect des conventions, et de la bonne tenue. Les frères Ringold, avec leur punch, étaient le double direct qui allait m'expédier dans la grande arène, me permettre de comprendre peu à peu ce qu'il faut pour devenir un homme sur une plus grande échelle. Les Ringold m'obligeaient à me situer à un niveau de rigueur qui correspondait à l'homme que j'étais désormais. Ils ne se souciaient pas que je sois bien sage. Ils ne s'intéressaient qu'à mes convictions. Il faut dire que leur responsabilité n'était pas celle d'un père, qui veut éviter à son fils toutes les chausse-trappes. Le père s'en préoccupe d'une manière qui n'est pas celle du professeur. Il faut bien qu'il s'inquiète de la conduite de son fils, il lui faut le socialiser, son petit Tom Paine. Mais une fois que le petit Tom Paine a découvert la compagnie des hommes et que son père continue de le chapitrer comme un gosse, le père est fichu. Certes, il s'inquiète des chausse-trappes — il aurait tort de ne pas s'en inquiéter. N'empêche qu'il est fichu. Le petit Tom Paine n'a plus le choix, il le raye de la liste, il le trahit, et il s'élance pour foncer tête baissée vers le premier piège de la vie. Et ensuite, tout seul — c'est d'ailleurs là ce qui fera la véritable unité de son existence —, il sautera d'une chausse-trappe à l'autre toute sa vie, jusqu'au tombeau, qui, à défaut d'autres avantages, est bien la dernière trappe où tomber.

« Écoute-moi jusqu'au bout, dit mon père, et puis tu prendras ta décision. Je respecte ton indépendance, mon fils. Tu veux porter un badge pro-Wallace sur tes vêtements quand tu vas au lycée ? Vas-y. On est en république. Mais il faut que tu connaisses bien les faits. Tu ne peux pas prendre de décision en toute connaissance de cause sans être au courant des faits. »

Mrs Roosevelt, la veuve révérée du grand homme, s'est retournée contre Wallace et lui a retiré son soutien. Pourquoi ? Harold Ickes, le ministre de l'Intérieur loyal, qui avait toute la confiance du président, un grand homme, lui aussi, à sa manière, s'est également retourné contre Wallace et lui a retiré son soutien. Pourquoi ? Et le CIO, le plus ambitieux des syndicats que ce pays ait jamais eus, pourquoi a-t-il retiré son soutien financier et son soutien tout court à Henry Wallace ? Parce que la campagne de Wallace est infiltrée par les communistes. Mon père ne voulait pas que j'aille à ce meeting parce que les communistes avaient quasiment la mainmise sur le Parti progressiste. Selon lui, Henry Wallace était soit trop naïf pour s'en rendre compte, soit, et c'était sans doute plus vraisemblable, hélas, trop malhonnête pour en convenir, mais les communistes, surtout ceux qui venaient des syndicats communistes déjà exclus du CIO...

« Anticommuniste primaire ! » lui criai-je, en quittant la maison. Je pris le bus 14 et me rendis au meeting. J'y rencontrai Paul Robeson. Il me tendit la main après qu'Ira m'eut présenté comme le petit jeune du lycée dont il lui avait parlé : « Le voilà, Paul, c'est lui qui menait les huées contre Stephen A. Douglas. » Paul Robeson, le chanteur et acteur noir, coprésident du Comité de soutien à Wallace; quelques mois plus tôt seulement, lors d'une manifestation contre le projet de loi Mundt-Nixon, il avait chanté *Ol'Man River* à une foule de cinq mille manifestants rassemblés au pied de la statue de Washington; sans se laisser intimider par la Commission judiciaire au sénat, il avait répondu, quand on lui demanda s'il se plierait à la loi, à supposer qu'elle passe : « Je l'enfreindrais », puis, avec le même aplomb quand on lui demanda ce que représentait le Parti communiste : « L'égalité totale pour le peuple noir. » Paul Robeson, donc, prit ma main dans la sienne, et me dit : « Ne vous dégonflez pas, jeune homme. »

À La Mosquée, derrière la scène avec les intervenants et les présentateurs, enveloppé dans deux mondes exotiques en même temps, celui de l'extrême gauche et celui des « coulisses » — je n'étais pas moins en émoi que si je m'étais trouvé dans l'abri pendant un match avec des joueurs de première division. En coulisses, j'entendis Ira jouer les Lincoln une fois de plus, pas pour déchiqueter Stephen A. Douglas, mais les va-t-en-guerre des deux partis, « qui soutiennent les régimes réactionnaires dans le monde entier, qui arment l'Europe de l'Ouest contre la Russie et qui militarisent l'Amérique »... Je vis Henry Wallace lui-même, à quelque cinq mètres de moi, au moment où il montait sur scène faire son discours, puis je me retrouvai quasiment à ses côtés lorsque Ira alla lui chuchoter quelque chose pendant la réception qui clôtura le meeting. Je regardai intensément le candidat à la présidentielle, ce fils de fermiers républicains de l'Iowa, qui avait une tête d'Américain type, une voix d'Américain type, et qui était contre la cherté de la vie, le grand capital, la ségrégation, la discrimination, qui refusait d'apaiser les dictateurs comme Franco et Tchang Kaï-chek, et je me rappelai ce que Fast avait écrit de Paine : « Ses pensées et ses idées étaient plus proches de celles du travailleur moyen que ne le furent jamais celles de Jefferson. » Et en 1954, six ans après cette soirée à La Mosquée, où le candidat de l'homme du commun, le candidat du peuple, du parti du peuple me donna la chair de poule en criant depuis la tribune, poing serré : « Nous sommes en butte à une attaque impitoyable contre notre liberté », je me voyais refuser une bourse Fulbright.

Je n'avais aucune importance, moi, aucune, et pourtant le fanatisme anticommuniste était arrivé jusqu'à moi.

Iron Rinn était né à Newark en 1913, deux décennies avant moi. Pauvre enfant, d'un quartier difficile, souffrant d'une situation familiale douloureuse, il avait fait un bref passage au lycée Barringer, où il était nul partout sauf en gym. Avec sa mauvaise vue, et ses lunettes inadaptées, il avait du mal à lire son manuel, et encore plus ce que le professeur écrivait au tableau. N'y voyant rien, n'apprenant rien. « Un jour, expliquait-il, j'ai oublié de me réveiller pour aller à l'école, voilà tout. »

Le chapitre paternel, Ira refusait même de l'aborder. Dans les mois qui suivirent le meeting de soutien à Wallace, tout ce qu'il me confia fut : « À mon père, je ne pouvais pas parler. Il n'a jamais accordé la moindre attention à ses deux fils. Il ne le faisait pas exprès. C'était la nature de la bête. » Sa mère, dont il chérissait le souvenir, était morte quand il avait sept ans, et la femme qui lui avait succédé auprès de son père, il la décrivait comme « une de ces marâtres dont parlent les contes de fées. Une vraie garce ». Il quitta le lycée au bout d'un an et demi ; quelques semaines plus tard, à l'âge de quinze ans, il s'en allait de chez lui pour n'y plus jamais revenir et se faisait embaucher comme terrassier à Newark. Jusqu'à ce que la guerre éclate, en pleine Dépression, il erra donc au fil des circonstances, dans le New Jersey d'abord, puis dans toute l'Amérique, prenant le premier boulot qui se présentait, en général un boulot où il fallait avoir l'échine robuste. Aussitôt après Pearl Harbor, il s'engagea dans l'armée. Il ne voyait pas le tableau des lettres de l'ophtalmo, mais la file des recrues attendant cet examen était si longue qu'il eut le temps de s'approcher du tableau, de mémoriser autant de lettres qu'il le pouvait, et de reprendre sa place ; c'est ainsi qu'il fut reconnu apte. Lorsqu'il rentra de l'armée, en 1945, il vécut un an à Calumet City, dans l'Illinois, où il partageait une chambre avec le meilleur copain qu'il se soit fait à l'armée, un sidérurgiste communiste nommé Johnny O'Day. Ils avaient été dockers tous deux en Iran, où ils déchargeaient du matériel en prêt-bail qu'on expédiait par train en URSS via Téhéran. À cause de sa force à la tâche, O'Day avait surnommé Ira l'Homme de Fer. Le soir, O'Day apprenait à l'Homme de Fer à lire un livre, à écrire une lettre, et il lui donna une instruction marxiste.

O'Day était un type à cheveux gris, qui pouvait avoir dix ans de plus qu'Ira : « Comment il avait pu s'engager à son âge, disait Ira, c'est resté un mystère pour moi. » Un grand échalas d'un mètre quatre-vingts, maigre comme un clou, et pourtant le type le plus dur qu'il ait jamais connu, O'Day transportait dans son paquetage un sac de sable léger, pour ne pas perdre le rythme ; il était si rapide, si fort qu'« en cas de force majeure », il pouvait rosser deux ou trois types en même temps. Et puis, il était brillant. « Je ne connaissais rien à la politique, rien à l'action politique, disait Ira, je n'aurais pas su distinguer une philosophie politique ou une philosophie sociale d'une autre. Mais ce type m'a beaucoup parlé. Il parlait du travailleur, de ce qui se passait en général aux États-Unis, du tort que notre gouvernement faisait aux travailleurs. Et il étayait ses dires par des faits. Et puis anticonformiste, avec ça... rien de ce qu'il faisait n'était jamais orthodoxe. Oui, il a beaucoup fait pour moi, O'Day, je le sais bien. »

Comme Ira, O'Day était célibataire. « Les alliances qui te lient pieds et poings, moi, je veux pas en entendre parler, jamais, dit-il à Ira. Les enfants sont les otages des malfaisants. » Il n'était allé à l'école qu'un an de plus qu'Ira, mais il s'était « formé tout seul, comme il disait, aux polémiques verbales et écrites » en recopiant servilement des tas de passages dans des livres divers et variés, et en s'aidant d'une grammaire du primaire pour analyser la construction des phrases. C'est O'Day qui donna à Ira le dictionnaire de poche qui avait, prétendait ce dernier, changé sa vie. « J'avais un dictionnaire que je lisais le soir comme on lit un roman. Je me suis fait envoyer un Thesaurus. Après avoir déchargé les bateaux toute la journée, je bossais tous les soirs pour enrichir mon vocabulaire. »

Il découvrit la lecture. « Un jour, ça a dû être une des pires erreurs que l'armée ait faites — on nous a envoyé une bibliothèque complète. Quelle boulette ! dit-il en riant. Je crois bien qu'au bout du compte j'ai dû lire tous les bouquins. Ils avaient monté une hutte en préfabriqué en guise de magasin, avec des étagères, et puis ils avaient dit aux gars : "Si vous voulez un livre, il vous suffit d'entrer vous servir." » C'était O'Day qui lui avait dit, et lui disait encore, d'ailleurs, quels livres choisir.

Assez tôt dans notre relation, Ira me fit voir trois feuilles de papier intitulées « Quelques suggestions concrètes à l'intention de Ringold » qu'O'Day lui avait rédigées du temps qu'ils étaient ensemble en Iran. « Un : Aie toujours un dictionnaire sous la main ; un bon dictionnaire, avec beaucoup de synonymes et d'antonymes, même si tu n'écris qu'un mot au laitier. Et sers-t'en. Ne prends pas de libertés avec l'orthographe et les nuances de vocabulaire comme tu l'as fait jusqu'à présent. Deux : Pense à sauter une ligne en écrivant, pour te permettre de rajouter les idées qui te viennent en décalage, et de faire des corrections. Que ce soit contraire à l'usage dans la correspondance privée, je m'en fiche pas mal tant que ça te permet de préciser ta pensée. Trois : N'enchaîne pas toutes tes idées à la suite sur une page sans paragraphe. Chaque fois que tu en abordes une nouvelle ou que tu développes ce que tu viens de dire, va à la ligne. Ça paraîtra peut-être moins lisse, mais ce sera beaucoup plus lisible. Quatre : Évite les clichés. Même si ce doit être un peu tiré par les cheveux, tâche d'exprimer autrement que l'auteur ce que tu as lu ou entendu citer. Prenons par exemple l'une des phrases que tu as écrites, l'autre soir, à la bibliothèque : "Je viens de recenser brièvement les maux du régime actuel..." Ça tu l'as lu quelque part, l'Homme de Fer, ça n'est pas de toi ; c'est la phrase d'un autre. On dirait qu'elle sort d'une boîte de conserve. Supposons que tu exprimes la même idée à peu près comme ça : "Mon argumentation sur l'effet de la grande propriété et la mainmise des capitaux étrangers repose sur ce que j'ai observé en Iran." »

Il y avait vingt points comme ceux-ci en tout, et si Ira me les fit voir c'était pour m'aider à écrire moi-même, non pas des pièces de lycéen pour la radio, mais mon journal intime, que je voulais « politique » et où je commençais à consigner mes « idées » quand j'y pensais. J'avais entamé ce journal pour faire comme Ira, qui l'avait fait pour faire comme Johnny O'Day. Nous avions tous trois choisi la même marque de carnet ; un bloc à bon marché de chez Woolworth, cinquante-deux feuilles quadrillées, d'environ huit centimètres sur dix, reliées en haut, et encadrées par deux couvertures de carton marron marbré.

Lorsque O'Day mentionnait un livre dans une de ses lettres, n'importe quel livre, Ira se le procurait et je faisais de même ; je me précipitais à la bibliothèque pour l'emprunter. « J'ai lu *Young Jefferson*, de Bower, tout récemment, écrivait O'Day, ainsi que d'autres approches des débuts de l'Histoire d'Amérique ; les Comités de Correspondance de l'époque étaient la principale agence qui permettait aux colons révolutionnaires de mieux comprendre la situation et de coordonner leurs plans. » C'est ainsi que je me mis à lire *Young Jefferson* quand j'étais au lycée. O'Day écrivait : « Il y a deux semaines, j'ai acheté la douzième édition des *Bartlett's Quotations*, soi-disant pour ma bibliothèque de référence, mais en fait pour le plaisir de la parcourir. » J'allai donc en ville, dans la grande bibliothèque, je m'assis au milieu des ouvrages de référence et parcourus le *Bartlett* comme j'imaginais O'Day le faire, mon journal à portée de main, écumant chaque page pour y trouver la sagesse qui m'aiderait à mûrir plus vite et ferait de moi un homme avec qui compter. « J'achète régulièrement le *Cominform* » (organe officiel du Parti publié à Bucarest), écrivait O'Day ; seulement le *Cominform* — le Bureau d'information communiste —, je savais que je ne le trouverais dans aucune bibliothèque du coin ; et la prudence me disait de ne pas me mettre à le chercher.

Mes pièces pour la radio, n'étant composées que de dialogues, s'inspiraient moins des suggestions concrètes d'O'Day que des conversations qu'il avait avec Ira et qu'Ira me répétait, ou plutôt me rejouait mot pour mot, comme si je les avais tous les deux sous les yeux. Ces pièces étaient en outre colorées par l'argot du travailleur qui continuait à fleurir dans le langage d'Ira longtemps après son arrivée à New York, où il était acteur de radio, et les convictions que j'y défendais se trouvaient fortement influencées par les longues lettres qu'O'Day écrivait à Ira et que ce dernier, quand je le lui demandais, me lisait souvent à haute voix.

J'y prenais pour thème le lot de l'homme du commun, l'homme ordinaire, celui que le dramaturge de radio Norman Corwin appelait avec admiration le « petit bonhomme » dans *On a Note of Triumph,* une pièce de soixante minutes, diffusée sur la chaîne CBS le soir de l'armistice en Europe, puis, à la demande du public, rediffusée huit jours plus tard. Par mon choix de thème, je me laissai prendre avec fougue à ces aspirations littéraires salvatrices, qui tentent de redresser les torts universels par l'écriture. Aujourd'hui, je ne tiens pas à savoir si une pièce que j'aimais autant que *On a Note of Triumph* était de l'art ou pas. Ce fut elle qui me révéla la *puissance magique* de l'art, et m'aida à raffermir mes premières idées sur ce que je souhaitais et attendais de la langue d'un artiste : prêter un sanctuaire au combat des assiégés. (Et la pièce m'apprit en outre qu'on pouvait, n'en déplaise à mes professeurs catégoriques, commencer une phrase par *et.*)

La pièce de Corwin avait une structure lâche, sans intrigue, « expérimentale », expliquai-je à mon podologue de père et à ma ménagère de mère. Elle était écrite dans un style familier et allitératif peut-être influencé par Clifford Odets et Maxwell Anderson, ces dramaturges des années vingt et trente qui voulaient forger pour la scène un idiome américain caractéristique, naturaliste, et pourtant teinté de lyrisme, avec un fond de sérieux, un vernaculaire poétisé qui, chez Norman Corwin, associait les rythmes de la phrase parlée avec une légère affectation littéraire et créait un ton qui me semblait, du haut de mes douze ans, démocratique dans son esprit, héroïque dans son ampleur, équivalent verbal d'une fresque murale de la WPA. Whitman avait réclamé l'Amérique pour les êtres frustes, Norman Corwin la revendiquait pour le petit bonhomme, l'Américain qui avait fait la guerre des patriotes et revenait au sein d'une nation qui l'adulait. Le petit bonhomme, c'étaient les Américains eux-mêmes, pas moins ! Ce « petit bonhomme » de Corwin, c'était l'expression américaine pour « prolétariat », et, comme je le comprends à présent, la révolution entreprise et aboutie de la classe ouvrière américaine, c'était la Seconde Guerre mondiale, ce grand événement auquel nous avions tous participé et jusqu'aux plus modestes, la révolution qui avait confirmé la réalité du mythe d'un caractère national partagé par tous.

Y compris moi. J'étais un petit Juif, pas de doute là-dessus, mais je ne tenais pas à partager le caractère juif. Je ne savais d'ailleurs pas au juste ce que c'était, et je n'avais aucune envie de le savoir. Moi, je voulais partager le caractère national. Rien n'avait semblé plus naturel à mes parents, nés aux États-Unis, ou à moi-même, aucune méthode n'aurait pu me sembler plus profonde que d'y participer par la langue de Norman Corwin, quintessence linguistique du sentiment de communauté exalté par la guerre, cette poésie populaire au sens noble que fut la liturgie de la Seconde Guerre mondiale.

Avec réduction d'échelle, l'Histoire se trouvait personnalisée, et avec réduction d'échelle, l'Amérique se trouvait personnalisée : pour moi, tel était l'enchantement que me prodiguaient non seulement Corwin mais l'époque que je vivais. On s'immergeait dans l'Histoire et elle s'immergeait en vous. On s'immergeait dans l'Amérique et l'Amérique s'immergeait en vous. Et pour que tout cela se réalise, il suffisait d'avoir douze ans en 1945, de vivre dans le New Jersey et d'écouter la radio. À une époque où la culture populaire, n'ayant pas encore rompu avec le dix-neuvième siècle, faisait encore des effets de langue, il y avait là quelque chose de vertigineux.

On peut le dire sans porter la guigne à la campagne :
En somme les démocraties décadentes, les bolcheviques maladroits, les nigauds, les femmelettes
Étaient plus durs au combat que les brutes en chemise noire, et plus malins, aussi.
Car sans fouetter un prêtre, brûler un livre, tabasser un Juif, sans traquer une fille dans un bordel, ou saigner un enfant pour avoir du plasma,
Des hommes ordinaires comme il y en a partout, des hommes peu spectaculaires mais libres, ont quitté leurs habitudes et leurs foyers, se sont levés de bonne heure un matin, ont fait saillir leurs muscles, appris, en amateurs, le maniement des armes, puis se sont lancés à travers des plaines et des océans périlleux pour mettre une raclée aux professionnels.
Et ils l'ont fait.
Pour toute confirmation, voir le dernier communiqué, qui porte le sceau du Haut Commandement allié.
Le découper dans la presse du matin, le tendre aux enfants, pour qu'ils le gardent en souvenir.

Dès qu'*On a Note of Triumph* parut en livre, je l'achetai, et ce fut le premier livre relié que je possédai au lieu de l'emprunter à la bibliothèque où j'étais abonné. En quelques semaines, j'avais retenu les soixante-cinq pages de paragraphes présentés comme des vers libres, en y appréciant tout particulièrement les vers qui prenaient des libertés ludiques avec l'anglais parlé à chaque coin de rue (« Ça chauffe dans la bonne ville de Dnipropetrovsk, ce soir ») ou bien introduisaient des noms propres improbables pour créer, me semblait-il, des effets de surprise et d'ironie vibrante (« Le puissant guerrier dépose son sabre de samouraï aux pieds du marchand de légumes de Baltimore »). Au bout d'un effort de guerre considérable qui avait procuré un superbe stimulus au patriotisme de base chez un enfant de mon âge — j'avais presque neuf ans à la déclaration de guerre et j'allais sur treize à l'armistice —, le simple fait de citer à la radio le nom des villes et des États d'Amérique (« Dans l'air piquant de la nuit du New Hampshire », « D'Égypte jusqu'au cœur de la prairie d'Oklahoma », « Et les raisons de pleurer ses morts au Danemark sont les mêmes que dans l'Ohio ») atteignait parfaitement l'apothéose recherchée.

Alors ils se sont rendus.
Les voilà enfin défaits, et le rat est mort dans une ruelle derrière Wilhelmstrasse.
Chapeau, GI,
Chapeau, petit bonhomme.
Le surhomme de demain gît à vos pieds, hommes du commun, cet après-midi.

Tel était le panégyrique sur lequel la pièce s'ouvrait. (À la radio, on avait entendu une voix sans faille qui évoquait assez celle d'Iron Rinn lorsqu'il désignait sans hésitation le héros auquel notre hommage était dû. Résolue, bourrue mais compatissante, un brin moralisatrice, c'était la voix de l'entraîneur du lycée — qui est aussi prof d'anglais — à la mi-temps ; la voix de la conscience collective chez l'homme du commun.) Et telle était la coda de Corwin, une prière qui, par son enracinement dans le temps présent, me semblait, à moi — déjà athée déclaré —, parfaitement séculière et laïque, et pourtant plus puissante, plus audacieuse que toutes celles que j'entendais réciter à l'école quand la journée commençait, ou que j'aie pu lire en traduction dans le livre de prières de la synagogue, où j'allais avec mon père pour les grandes fêtes.

Seigneur, Dieu de la trajectoire et de l'explosion...
Seigneur, Dieu du pain frais et des matins tranquilles...
Seigneur, Dieu du pardessus et du minimum vital...
Mesure des libertés nouvelles...
Affiche des preuves que la fraternité...
S'est assise à la table du traité, et convoiera les espoirs des petits peuples
À travers les épreuves attendues...

Des dizaines de millions de familles américaines installées devant leur radio avaient, malgré sa difficulté par rapport au niveau de leurs programmes habituels, suivi cette émission qui avait libéré en elles comme en moi, pensais-je dans mon innocence, un torrent d'émotion ; il suffisait de s'y abandonner pour en être transformé, et pour ma part, aucune émission de radio ne m'en avait jamais inspiré autant. La puissance de cette diffusion ! Stupeur, la radio diffusait du sentiment profond. Le courage de l'Homme du Commun avait inspiré ce grandiose *mélange* *[1] d'adoration populiste, cette effusion de mots issus du cœur des Américains et bouillonnant dans leur bouche, cet hommage d'une heure à la

1. Les mots en italique suivis d'un astérisque sont en français dans le texte.

supériorité paradoxale de ce que Corwin tenait à nommer une humanité américaine tout à fait ordinaire : « Des hommes ordinaires, comme il y en a partout, peu spectaculaires, mais libres. »

Corwin venait de me moderniser Tom Paine en démocratisant les risques qu'il avait pris ; il ne s'agissait plus d'un seul juste réfractaire, mais d'un collectif de petits bonshommes justes tirant dans le même sens. La dignité et le peuple ne faisaient qu'un. La *grandeur* et le peuple ne faisaient qu'un. Idée exaltante. Et comme Corwin s'employait à imposer sa réalisation, du moins dans l'imaginaire !

Après la guerre, pour la première fois, Ira entra consciemment dans la lutte des classes. Il y avait été plongé jusqu'au cou toute sa vie, me dit-il, sans comprendre ce qui se passait. À Chicago, il travaillait pour quarante-cinq dollars la semaine dans une usine de disques contrôlée par United Electrical Workers et où le syndicat était si bien implanté qu'il embauchait lui-même. Pendant ce temps, O'Day retrouva son emploi dans une chaîne de montage, chez Inland Steel, à Indiana Harbor. De temps en temps, il rêvait de s'arrêter, et, le soir dans leur chambre, il épanchait sa frustration auprès d'Ira. « Si je pouvais y consacrer six mois à plein temps, sans entraves, on arriverait à construire le Parti, ici même, dans le port. On manque pas de types bien, mais ce qu'il faudrait, c'est quelqu'un qui puisse consacrer tout son temps à mettre les choses sur pied. Je suis pas un as de la mobilisation, c'est vrai. Il faut savoir prendre les bolcheviques timorés par la main, alors que moi, j'aurais plutôt tendance à leur cogner la caboche. Mais, de toute façon, qu'est-ce que ça change ? Le Parti est trop fauché pour entretenir un permanent. On gratte jusqu'au dernier sou pour défendre notre leadership, pour la presse et pour une douzaine de choses qui ne peuvent pas attendre. J'étais fauché, après ma dernière paie, mais j'ai réussi à m'en sortir au baratin pendant quelque temps. Seulement entre les impôts, cette fichue bagnole, ceci et cela… j'y arrive pas, l'Homme de Fer, *faut* que je bosse, j'ai pas le choix. »

J'adorais qu'Ira me répète l'argot des durs du syndicat, y compris de Johnny O'Day, dont les phrases étaient plus élaborées que celles de l'ouvrier moyen, mais qui connaissait la puissance de leur parler, et qui, malgré l'influence éventuellement corruptrice du Thesaurus, la mania avec efficacité toute sa vie. « Il faut que je lève le pied pendant un moment… Tout ça pendant que la direction s'apprête à frapper… Dès qu'on appuiera sur le détonateur… Dès que les gars vont faire la grève sur le tas… S'ils essaient de nous forcer à accepter ce contrat de sales jaunes, ça va saigner aux ateliers… »

J'adorais qu'Ira m'explique le fonctionnement de son syndicat, l'UE, et qu'il me décrive les gens de son usine de disques : « C'était un syndicat uni, géré de manière progressiste, contrôlé par la base. » *La base*, le mot m'enthousiasmait, comme l'idée du labeur, du courage, de la ténacité, et d'une juste cause pour fondre les trois. « Sur les cent cinquante membres d'une équipe, environ une centaine assistait aux réunions deux fois par semaine. On était payés à l'heure, d'accord, me dit Ira, mais ça marchait pas à la baguette, tu piges ? Si un patron avait un truc à te dire, il le faisait courtoisement. Même en cas de faute grave, le fautif était convoqué au bureau avec son délégué. Ça change tout. »

Ira me racontait ce qui ressortait d'une réunion syndicale ordinaire — « On va traiter les affaires courantes, des propositions pour renégocier les contrats, le problème de l'absentéisme, des contentieux sur les places de parking, il y a des discussions sur les menaces de guerre (il voulait dire entre l'Union soviétique et les États-Unis), le racisme, le mythe hausse des salaires égale hausse des prix » — et s'il m'en parlait, ce n'était pas seulement parce qu'à quinze-seize ans j'étais avide de savoir tout ce qu'un ouvrier faisait, comment il s'exprimait, agissait, pensait, mais aussi parce que, même après avoir quitté Calumet City pour venir à New York travailler à la radio où il s'était fait une très bonne place sous le nom d'Iron Rinn, dans *The Free and the Brave*, Ira continuait de parler la langue charismatique de ses camarades comme s'il partait encore à l'usine, tous les matins. Ou plutôt tous les soirs, car assez vite, il s'était fait inscrire dans l'équipe de nuit pour pouvoir assurer le jour son « œuvre missionnaire », expression qui désignait pour lui, je finis par le découvrir, le prosélytisme en faveur du Parti communiste.

O'Day avait fait entrer Ira au Parti du temps qu'ils étaient sur les docks, en Iran. Tout comme moi, qui n'avais rien d'un orphelin, je m'étais trouvé la cible idéale pour l'instruction que me dispensait Ira, Ira l'orphelin avait été la cible idéale pour l'instruction d'O'Day.

Ce fut lors de la kermesse de son syndicat pour l'anniversaire de Washington et Lincoln que quelqu'un eut l'idée de déguiser en Abe Lincoln Ira, le dégingandé aux jointures noueuses, avec ses crins noirs d'Indien et ses grands pieds qui lui faisaient la démarche traînante ; avec une paire de favoris, un haut-de-forme, des bottines à boutons et un vieux costume démodé qui tombait de travers, on l'envoya sur l'estrade lire, dans les débats entre Lincoln et Douglas, l'une des condamnations les plus efficaces de l'esclavage. Il fit preuve d'un tel talent pour donner au mot « servitude » une résonance ouvrière, politique, et il en tira un tel plaisir, qu'il poursuivit en récitant le seul texte qu'il ait appris par cœur au cours de ses neuf ans et demi de scolarité, le discours de Gettysburg. Il souleva le public avec le final de ce discours : depuis que le monde est monde on n'a jamais entendu de phrase plus glorieusement résolue sur la terre comme au ciel. Levant sa main velue et d'une souplesse insolite, il plongea le plus long de ses doigts démesurés dans les prunelles de son public syndical pour ponctuer par trois fois, en laissant tomber sa voix comme au théâtre et avec une diction rugueuse, le mot « peuple ».

« Tout le monde a cru que je m'étais laissé emporter par l'émotion, que c'était l'émotion qui m'avait enflammé. Mais c'était pas l'émotion. C'était la première fois que je me laissais emporter par l'*intellect*. C'était la première fois de ma vie que je comprenais ce que je racontais, dis donc ! Je comprenais ce qui se passe dans ce pays. »

Après cette soirée, les week-ends et les jours fériés, il se rendait dans la région de Chicago pour le compte du CIO, parfois jusqu'à Galesburg et Springfield, dans le berceau de Lincoln, et il incarnait le grand homme pour des colloques, des programmes culturels, des défilés, des pique-niques. Il passa à l'émission de radio d'UE, où, même si personne ne pouvait le voir avec ses cinq centimètres de plus que le grand Lincoln lui-même, il réussit formidablement bien à rendre l'homme vivant pour les masses en prononçant chaque mot de manière que le sens en soit clair. Les gens se mirent à amener leurs enfants quand Ira Ringold devait se produire sur l'estrade ; après son passage, des familles entières montaient lui serrer la main et les gosses demandaient à s'asseoir sur ses genoux et lui racontaient ce qu'ils voulaient pour Noël. Les syndicats pour lesquels il se produisait étaient, on ne s'en étonnera pas, des syndicats locaux qui finirent par rompre avec le CIO ou encore s'en faire expulser lorsque, en 1947, son président, Philip Murray, se mit en devoir de débarrasser les syndicats de leurs leaders puis de leurs membres communistes.

Mais en 1948, Ira était une vedette de la radio qui montait, et il venait d'épouser l'une des actrices de radio les plus révérées ; pour l'heure, il était efficacement protégé contre la croisade qui allait éliminer à jamais, et pas seulement du mouvement syndical, une présence politique pro-soviétique stalinienne en Amérique.

Comment passa-t-il de son usine de disques à une dramatique radiodiffusée ? Et d'abord, pourquoi quitta-t-il Chicago et O'Day ? Je ne me serais jamais douté à l'époque que cela puisse avoir affaire en quoi que ce soit avec le Parti communiste, surtout parce que je ne me doutais pas le moins du monde qu'il était membre du Parti.

Ce que je compris, c'est qu'Arthur Sokolow, qui écrivait pour la radio, se trouvait de passage à Chicago, et qu'un soir, dans le West Side, il tomba sur le numéro qu'Ira faisait dans des locaux syndicaux. Ils s'étaient déjà rencontrés dans l'armée. Sokolow était en effet venu en Iran comme GI avec l'émission *This is the Army*. Il y avait beaucoup de gauchistes qui accompagnaient la tournée, et un soir tard, Ira était parti avec eux pour une discussion musclée au cours de laquelle il se rappelait avoir traité toutes les questions politiques possibles. Parmi le groupe se trouvait Sokolow, qu'Ira ne tarda pas à admirer parce qu'il était toujours en lutte pour une cause. Du fait qu'il avait grandi à Detroit, petit Juif des rues défendant son territoire contre les Polonais, il le reconnut d'emblée, et se sentit avec lui une parenté qu'il n'avait jamais éprouvée de cette manière avec O'Day, l'Irlandais déraciné.

Lorsque Sokolow, retourné à la vie civile — il écrivait les épisodes de *The Free and the Brave* —, parut à Chicago, Ira était sur scène depuis une bonne heure à jouer Lincoln ; il ne se contentait pas de réciter ou de lire des extraits de discours et de documents, il répondait aux questions du public sur les controverses politiques actuelles sans quitter son déguisement de Lincoln, ni se départir de sa voix haut perchée, de son accent nasillard de paysan, de ses gestes gauches de géant, de son langage cocasse, ni de son franc-parler. Lincoln soutenait le contrôle des prix, il condamnait la loi Smith. Lincoln défendait les droits des travailleurs, vilipendait Bilbo, le sénateur du Mississippi. Les gars du syndicat adoraient le numéro de ventriloque de leur irrésistible et vigoureux autodidacte, les ringoldismes, les o'dayismes, les marxismes et les lincolnismes qui fleurissaient son discours. (« Mets toute la gomme », criaient-ils à Ira, avec sa barbe et ses cheveux noirs. « Rentre-leur dedans, Abe ! ») Sokolow l'adora de même, et le signala à l'attention d'un autre ex-GI juif, producteur de soap opera aux sympathies gauchisantes. Présenté au producteur, Ira passa l'audition qui lui procura le rôle d'un gardien d'immeuble batailleur à Brooklyn, dans un feuilleton de la journée.

Il gagnait cinquante-cinq dollars la semaine, ce qui ne faisait pas lourd, même en 1948, mais c'était un boulot stable, et de toute façon mieux payé que celui qu'il faisait à l'usine de disques. D'ailleurs, tout de suite après, il trouva d'autres engagements en plus, des tas d'engagements partout, de sorte qu'il sautait dans des taxis en attente et fonçait de studio en studio, d'une émission à l'autre — jusqu'à six par jour —, où il jouait toujours des personnages d'extraction ouvrière, des types au parler rude, cependant mutilés de leurs options politiques, m'expliqua-t-il, pour que leur colère soit acceptable. « Le prolétariat américanisé pour la radio, couilles coupées, cerveau vidé. » Ce furent ces diverses productions qui le propulsèrent en quelques mois jusqu'à la prestigieuse émission hebdomadaire d'une heure, *The Free and the Brave,* de Sokolow, où il devint acteur vedette.

Dans le Midwest, il avait commencé d'éprouver des misères physiques, ce qui lui donnait une raison de plus de revenir dans l'Est, tenter sa chance dans un domaine nouveau. Des douleurs musculaires lui faisaient souffrir le martyre, de sorte que plusieurs fois par semaine, quand il n'était pas obligé de serrer les dents pour sortir jouer Lincoln ou accomplir son œuvre missionnaire, il rentrait droit chez lui, trempait une demi-heure dans un tub fumant, au bout du couloir, et se couchait avec un livre, son dictionnaire, son carnet, et ce qu'il avait à manger sous la main. Apparemment, ces douleurs étaient les séquelles de deux sévères raclées reçues à l'armée. À la suite de la plus violente — une bande de types du port lui étaient tombés dessus parce qu'ils le considéraient comme « un type qui aimait les nègres » — il s'était retrouvé trois jours à l'hôpital.

Ils s'étaient mis à lui chercher noise parce qu'il se liait d'amitié avec deux soldats de l'unité noire stationnée sur les rives du fleuve, à cinq kilomètres. À cette époque, O'Day s'occupait d'un groupe qui se retrouvait à la bibliothèque de la hutte en préfabriqué, et qui, sous son patronage, discutait politique et lecture. À la base, presque personne ne s'occupait de cette bibliothèque ni des neuf ou dix GI qui s'y retrouvaient après le rata un ou deux soirs par semaine pour parler de *Cent ans après*, de Bellamy, de la *République* de Platon, ou du *Prince* de Machiavel, jusqu'à ce que deux soldats de l'unité noire se joignent à ce groupe.

Au début, Ira essaya de discuter avec les hommes de sa compagnie qui lui reprochaient d'aimer les nègres. « Pourquoi vous faites ces réflexions désobligeantes sur les gens de couleur ? Chaque fois que je vous entends parler des Noirs, c'est pour faire des remarques désobligeantes. En plus vous n'êtes pas seulement contre les Noirs, vous êtes contre les syndicats, contre les libéraux, contre tout ce qui pense. Vous êtes contre tout ce qui est dans votre intérêt, bon sang ! Comment est-ce qu'on peut donner trois ou quatre ans à l'armée, voir mourir ses potes, être blessé, se faire fiche sa vie en l'air, et toujours pas comprendre le pourquoi du comment ? Tout ce que vous savez, vous, c'est que Hitler a commencé. Tout ce que vous savez, c'est que votre nom a été tiré au sort. Vous voulez que je vous dise, les mecs ? À la place des Allemands, vous referiez ce qu'ils ont fait. Ça prendrait un peu plus longtemps, à cause du côté démocratique de notre société, mais on finirait quand même fascistes, avec un dictateur et tout et tout, à cause de ceux qui crachent la merde que vous crachez autour de vous. Que les officiers supérieurs qui dirigent ce port soient racistes, c'est déjà triste, mais alors vous, vous qui venez de familles pauvres, qui n'avez jamais trois sous en poche, vous qui n'êtes bons qu'à faire tourner les chaînes de montage, les bagnes industriels, les mines de charbon, vous sur qui le système pisse — mal payés alors que les prix montent et que d'autres font des bénéfices astronomiques —, vous n'êtes finalement qu'une bande de grandes gueules bornées qui bouffent du communiste, des pauvres connards qui savent même pas... » Sur quoi il leur disait ce qu'ils ne savaient pas.

Discussions enflammées qui ne changeaient rien, et qui, à cause de son caractère, il en convenait, envenimaient même les choses. « Au début je gâchais une bonne part de mes arguments parce que j'étais trop émotif. Après j'ai appris à me calmer, avec ces gars-là, et je crois quand même que je leur ai fait toucher certains faits du doigt. Mais c'est très difficile de leur parler, tellement leurs préjugés sont enracinés. C'est dur de leur expliquer les ressorts psychologiques de la ségrégation, ses ressorts économiques, les raisons psychologiques pour lesquelles ils emploient le mot "nègre" qu'ils aiment tant — ils sont trop limités pour saisir. Ils disent nègre parce qu'un nègre, c'est un nègre, je leur expliquais tant que je pouvais, et voilà ce qu'ils me répondaient. Je leur bourrais la caisse sur l'éducation des enfants, la responsabilité qu'on y prend, et j'ai eu beau leur expliquer tant que j'ai voulu, ils m'ont laissé sur le carreau, j'ai cru crever. »

Sa réputation de type qui aimait les nègres prit un tour vraiment dangereux lorsqu'il écrivit au *Stars and Stripes* pour se plaindre de la ségrégation des unités et exiger l'intégration. « C'est là que j'ai pris mon dictionnaire et mon Thesaurus. Je les dévorais, ces deux bouquins, alors j'essayais de les mettre en pratique en écrivant. Écrire une lettre, pour moi, c'était comme de dresser un échafaud. J'aurais sûrement été critiqué par quelqu'un qui connaissait l'anglais. Mes fautes de grammaire, je t'en parle pas. Mais j'ai écrit quand même, parce que je pensais que c'était mon devoir. J'étais tellement furieux, tu vois. Tu piges ? Je voulais leur dire, à ces gens, que c'était mal. »

Après la publication de la lettre, un jour, alors qu'il

travaillait au filet de chargement, juste au-dessus de la cale, les gars qui manœuvraient le filet avaient menacé de le larguer dans la cale s'il se décidait pas à la fermer sur les nègres. Ils l'avaient laissé tomber plusieurs fois de suite de trois mètres, de cinq mètres, de six mètres, en lui promettant bien que la prochaine fois, il pouvait numéroter ses abattis, mais malgré toute sa peur, il avait refusé de dire ce qu'ils voulaient lui faire dire, et pour finir, ils l'avaient laissé sortir. Le lendemain matin, au mess, il s'était fait traiter de sale Juif. De sale Juif qui aimait les nègres. « C'était un péquenot du Sud, avec une grande gueule, me dit Ira. Il faisait toujours des réflexions sur les Juifs, sur les Noirs, au mess. Et ce matin-là, j'étais assis au mess, c'était la fin du déjeuner, il restait pas grand monde, le voilà qui se met à dégoiser sur les nègres et les Juifs. Moi, j'avais pas encore décompressé depuis l'incident de la veille, à bord du bateau, et j'en avais ras le bol. Alors j'ai retiré mes lunettes et je les ai confiées au gars qui était assis à côté de moi, il était bien le seul qui voulait encore s'asseoir à côté de moi. Parce qu'à ce moment-là, quand je parcourais le mess, il y avait deux cents gars à table, mais, à cause de mes opinions politiques, j'étais complètement exclu. Enfin, je me le suis pris, ce salopard. Il était deuxième classe et moi sergent. D'un bout à l'autre du mess, je te l'ai cogné comme un sourd. Et voilà que le sergent-chef s'approche de moi et me dit : "Vous voulez porter plainte contre ce type ? un deuxième classe qui attaque un sous-officier ?" Moi, je réfléchis assez vite, que je dise oui ou non, j'aurais tort. Tu vois ? Mais, en tout cas, de ce moment-là, personne s'est plus permis la moindre réflexion antisémite quand j'étais dans le secteur. Ce qui veut pas dire qu'ils ont levé le pied sur les nègres. Les nègres par-ci, et les nègres par-là, cent fois par jour. Le péquenot là, il a réessayé de me provoquer le soir même. On était en train de rincer nos plateaux-repas. Tu as vu les petits couteaux de merde qu'on a là-bas ? Le voilà qui vient me chercher avec ce couteau ; j'ai eu le dessus de nouveau, je l'ai neutralisé, mais j'ai rien fait de plus. »

Quelques heures plus tard, à la nuit close, il était tombé dans une embuscade et s'était retrouvé à l'hôpital. Tout au plus pouvait-il cerner la cause de ces douleurs apparues quand il travaillait encore à l'usine : elles provenaient des dégâts causés à son corps par cette sévère raclée. À présent, il n'arrêtait pas de subir claquage sur foulure — cheville, poignet, genou, nuque — et la plupart du temps, sans rien faire de spécial, sinon descendre de l'autobus, ou tendre la main pour attraper le sucre sur le comptoir de la gargote où il dînait.

Et c'est pourquoi, malgré les faibles chances de voir quoi que ce soit se concrétiser, dès qu'on lui avait parlé d'une audition à la radio, il avait sauté sur l'occasion.

Peut-être y avait-il plus de manipulations que je ne me le figurais à l'époque dans l'arrivée d'Ira à New York et dans son triomphe éclair à la radio, mais je n'en avais pas idée. Je n'avais pas de raison d'en avoir idée. Pour moi, il était le type qui allait compléter mon éducation entamée par Corwin, qui allait me parler des GI, d'abord, dont Corwin ne disait rien, ces GI, d'ailleurs moins sympathiques, et moins antifascistes que les héros de *On a Note of Triumph*, ces GI qui traversaient les océans en emportant avec eux leur obsession des nègres et des youpins, et qui rentraient chez eux sans s'en être débarrassés. C'était un homme passionné, un homme rugueux, marqué par les cicatrices de l'expérience et apportant avec lui les preuves incontestables de toute cette brutalité américaine que Corwin avait ignorée. Je n'avais pas besoin de mettre son succès instantané sur les ondes au compte de relations communistes. Moi, je me disais simplement : « Ce type est formidable. C'est vraiment un homme de fer. »

2

Ce soir de 1948, à Newark, au meeting de soutien à Henry Wallace, j'avais aussi fait la connaissance d'Eve Frame. Elle s'y trouvait avec Ira, et avec sa fille, Sylphid, la harpiste. Je ne perçus rien de ce que Sylphid éprouvait pour sa mère, je n'ai d'ailleurs rien su de leur conflit jusqu'à ce que Murray entreprenne de me dire ce qui m'était passé par-dessus la tête dans mon extrême jeunesse, tout ce qui concernait le couple d'Ira et que je n'avais pas compris, pas pu comprendre, ou encore qu'il m'avait caché durant ces deux ans où je le voyais tous les deux mois, soit qu'il vienne rendre visite à Murray, soit que j'aille le voir dans sa cabane — qu'il appelait sa bicoque — du hameau de Zinc Town, dans le nord-ouest du New Jersey.

Ira se retirait à Zinc Town pour vivre non pas tant près de la nature qu'au ras du quotidien, à la dure : il se baignait dans l'étang vaseux jusqu'en novembre, arpentait les bois en après-skis au plus froid de l'hiver, ou encore, les jours de pluie, prenait le volant de son coupé Chevy 1939 d'occasion, pour faire des tours et des détours, bavarder avec les éleveurs laitiers et les vieux mineurs de zinc, auxquels il essayait de faire comprendre que le système les baisait. Il y avait une cheminée, dans sa bicoque, où il avait plaisir à rôtir ses hot dogs et ses haricots sur la braise, et même à torréfier son café — le tout pour ne pas perdre de vue que s'il était devenu Iron Rinn et qu'il avait tâté de l'argent et de la célébrité, il était tout de même resté un « tâcheron », un homme simple, aux goûts et aux espoirs simples, qui avait brûlé le dur pendant les années trente et eu un coup de veine incroyable. Quand il parlait de cette bicoque qu'il s'était achetée, il disait volontiers : « Ça m'aide à garder l'entraînement à la pauvreté. On sait jamais. »

Cette bicoque était donc l'antidote à la Onzième Rue ouest, une sorte d'asile par rapport à la Onzième Rue ouest ; il allait y éliminer ses toxines sociales. L'endroit assurait aussi le lien avec sa jeunesse vagabonde, où il survivait parmi des inconnus pour la première fois, et où le quotidien était pénible, incertain, et chaque jour un combat, ainsi qu'il devait en aller toute sa vie. Après avoir quitté son foyer à l'âge de quinze ans, et creusé des fossés pendant un an à Newark, il avait pris des boulots dans la région nord-ouest du New Jersey ; il avait fait le balayeur dans diverses usines, s'était loué comme journalier dans des fermes, avait été gardien, homme à tout faire, après quoi, pendant deux ans et demi, jusqu'à la veille de ses dix-neuf ans où il était parti dans l'Ouest, il avait aspiré l'air dans un tuyau par quatre cents mètres de profondeur, dans les mines de zinc du Sussex. Sitôt après la déflagration, alors que la mine était encore enfumée, et qu'elle puait la dynamite et les gaz à en vomir, il travaillait aux côtés des Mexicains avec un pic et une pelle, au plus bas de l'échelle comme « éboueur ».

En ce temps-là, les mines du Sussex, non syndiquées, étaient aussi rentables pour la compagnie New Jersey Zinc, et aussi pénibles pour les mineurs, que n'importe quelle mine de zinc de par le monde. Le minerai était extrait par fusion pour en faire du métal sur Passaic Avenue, à Newark, et on en tirait aussi de l'oxyde de zinc pour la peinture. Or si, vers la fin des années quarante, lorsque Ira fit l'acquisition de cette bicoque, le zinc perdait du terrain au profit de la concurrence étrangère, et si les mines étaient déjà vouées à disparaître, ce qui l'avait tenté de revenir dans les collines du Sussex, c'était tout de même la première grande immersion dans cette vie de brute — huit heures par jour sous terre, à charger des fragments de roche et de minerai sur des bennes, huit heures à endurer des maux de tête atroces et à ingurgiter la poussière rouge et brune, à chier dans des seaux de sciure... le tout pour quarante-deux cents de l'heure. Par cette bicoque de Zinc Town, l'acteur de radio exprimait de manière ouvertement sentimentale sa solidarité avec le minus mal dégrossi qu'il avait naguère été — un outil humain sans cervelle s'il en fut, comme il se décrivait lui-même. Un autre homme, la réussite acquise, aurait pu vouloir abolir une fois pour toutes ces souvenirs effroyables. Ira, au contraire, faute de rappels tangibles de l'histoire de son insignifiance, aurait éprouvé une perte de réalité, un sentiment de cruelle dépossession.

Lorsqu'il venait à Newark — après mon dernier cours, nous allions nous balader à pied dans Weequahic Park, en faisant le tour du lac pour finir par manger un hot dog avec les « ouvriers » chez Millman, imitation locale du bistrot Chez Nathan, à Coney Island —, j'ignorais qu'il ne venait pas seulement voir son frère, sur Lehigh Avenue. Or ces après-midi après la classe, où Ira me racontait ses années de guerre, ce qu'il avait appris en Iran, me parlait d'O'Day et de tout ce qu'O'Day lui avait enseigné, et de son passé plus récent d'ouvrier et de syndicaliste, ainsi que de son expérience de jeune qui dégageait la merde à coups de pelle dans les mines, il fuyait un foyer où, dès son arrivée, il s'était retrouvé indésirable et rejeté par Sylphid, et de plus en plus en décalage avec Eve à cause de son mépris imprévu des Juifs.

Enfin, elle ne méprisait pas tous les Juifs, m'expliqua Murray — pas les Juifs arrivés au sommet de l'échelle, pas ceux qu'elle rencontrait à Hollywood, à Broadway, et à la radio, pas, d'une manière générale, les metteurs en scène, les acteurs, les écrivains, les musiciens, qui peuplaient largement sa maison de la Onzième Rue qu'elle transformait en salon. Non, son mépris allait au Juif modèle courant, au Juif standard, qu'elle voyait faire ses courses dans les grands magasins, ce Juif du tout-venant, à l'accent new-yorkais, qui travaillait derrière un comptoir, possédait sa petite boutique dans Manhattan, conduisait un taxi, ces familles juives qu'elle voyait se promener en bavardant dans Central Park. Ce qui l'excédait particulièrement, dans la rue, c'étaient ces dames juives qui l'adoraient et qui, la reconnaissant, s'approchaient pour lui demander un autographe. Elles avaient constitué son public à Broadway, et elle les méprisait. Les Juives d'un certain âge en particulier, elle ne pouvait pas les croiser sans un gémissement de dégoût. « Regardez-moi ces visages ! disait-elle avec un frisson, regardez-moi ces visages hideux ! »

« C'était une maladie, expliqua Murray, cette aversion qu'elle avait pour les Juifs trop mal déguisés. Elle était capable de passer longtemps à côté de la vie. Pas *dans* la vie mais en parallèle. Elle savait être très convaincante dans ce rôle de dame chic ultracivilisée qu'elle s'était choisi : voix douce, élocution soignée. Dans les années vingt, quand les Américaines voulaient se faire actrices, elles cultivaient le style vieille Angleterre. Or, chez Eve Frame, qui faisait justement ses débuts à Hollywood à ce moment-là, ce style s'était imposé, il avait pris consistance. L'aristocratie anglaise avait durci comme des couches successives de cire — sauf qu'au milieu de cette cire brûlait une mèche, une mèche ardente qui n'avait rien d'aristocratique. Elle savait toutes les attitudes, le sourire bienveillant, la réserve étudiée, les petits gestes délicats. Et puis tout d'un coup, elle quittait cette pseudo-vie parallèle, elle effectuait un virage à cent quatre-vingts degrés, et il se produisait un épisode à vous donner le vertige.

— Ça m'avait complètement échappé, dis-je. Elle était toujours gentille, attentionnée, prévenante avec moi, soucieuse de me mettre à l'aise, ce qui n'était pas une mince affaire. J'étais un gamin excitable, et elle avait gardé une grande part de son aura de star de cinéma, même à une époque où elle jouait à la radio. »

Tout en disant cela, je repensais à cette soirée à La Mosquée. Elle m'avait confié, à moi qui ne savais quoi lui dire, qu'elle ne savait jamais quoi dire à Paul Robeson ; qu'en sa présence elle ne pouvait pas articuler un mot. « Est-ce qu'il vous intimide effroyablement, vous aussi ? me chuchota-t-elle comme si nous avions tous deux quinze ans. C'est le plus bel homme que j'aie jamais vu. C'est honteux, je n'arrive pas à détacher les yeux de lui. »

Je comprenais bien ce qu'elle éprouvait, car je n'arrivais pas à détacher les yeux d'elle ; je la regardais comme si, à force, un sens allait se dégager de son image. Je la regardais à cause de la délicatesse de ses gestes, de la dignité de son maintien, de l'élégance de sa beauté aux multiples facettes, où l'exotisme coloré le disputait à la timidité charmante dans des proportions qui ne cessaient de changer, un type de beauté qui avait dû être envoûtant au temps de sa splendeur ; mais je la regardais surtout à cause de ce tremblement imperceptible de son être, malgré son empire sur elle-même, cet aspect volatil, qu'à l'époque j'avais mis sur le compte de l'exaltation qu'elle éprouvait à être Eve Frame.

« Tu te souviens du jour où j'ai rencontré Ira ? demandai-je à Murray. Vous étiez en train de travailler, tous les deux, vous démontiez les moustiquaires, sur Lehigh Avenue. Qu'est-ce qu'il faisait chez vous ? On était en octobre 48, quelques semaines avant les élections.

— Oh, c'était un mauvais jour. Je m'en souviens très bien, de ce jour-là. Il allait mal, et il était arrivé à Newark le matin pour passer un moment avec Doris et moi. Il a dormi deux nuits sur le canapé. C'était la première fois que ça se produisait. Ce mariage n'a jamais marché, Nathan. Il avait déjà fait une tentative du même genre, d'ailleurs, mais à l'autre bout de l'échelle sociale. Ça crevait les yeux, cette différence énorme de tempérament et de centres d'intérêt. N'importe qui s'en serait rendu compte.

— Mais pas Ira ?

— Ira, s'en rendre compte ? Bon, enfin, pour être généreux, disons quand même qu'il était amoureux d'elle, d'abord. Ils s'étaient rencontrés, il était tombé raide et il s'était empressé d'aller lui acheter un chapeau chic pour le défilé de Pâques, qu'elle n'aurait jamais porté parce que, en matière de vêtements, elle ne jurait que par Dior ; et lui, il lui a acheté ce grand chapeau ridicule et il l'a fait livrer chez elle après leur premier rendez-vous. Coup de foudre, des petites étoiles dans les yeux. Il était ébloui par cette femme. Il faut bien dire qu'elle était éblouissante, et que l'éblouissement a sa logique propre.

« Qu'est-ce qu'elle lui trouvait, à ce grand péquenot qui s'était dit : "À nous deux New York", et qui avait décroché un rôle dans un soap opera ? Pas besoin d'être grand clerc pour le comprendre. Au bout d'un court apprentissage, il n'était plus un simple péquenot, il était la vedette de l'émission *The Free and the Brave*, premier point. Ira s'imprégnait de ces héros qu'il jouait. Moi, je n'y croyais pas, mais l'auditeur moyen le prenait pour leur incarnation. Il était entouré d'une aura de pureté héroïque. Il croyait en lui. Il lui a suffi d'entrer dans la pièce, et crac, c'était gagné ! Il est allé à une soirée, elle s'y trouvait. Elle était là, l'actrice solitaire, une quarantaine d'années, trois fois divorcée, et puis elle a vu ce visage neuf, cet homme neuf, cet *arbre* ; et elle, elle était en manque, elle était célèbre, elle s'est rendue à lui. N'est-ce pas comme ça que ça se passe ? Toute femme a ses tentations, celle d'Eve était de se rendre. À voir comme ça, c'était un géant dégingandé avec des mains énormes, qui avait été ouvrier d'usine, docker, et qui était maintenant acteur. C'est qu'ils sont drôlement tentants, ces gars-là. On a du mal à croire qu'un être brut puisse être tendre, aussi. La tendresse brute, la bonté d'un grand type rugueux, tout ça, quoi. Irrésistible, pour elle. Comment est-ce qu'un géant aurait pu lui faire un autre effet ? Elle trouvait un certain exotisme à cette garce de vie qu'il avait menée. Elle a eu l'impression qu'il avait vraiment vécu, et une fois qu'il a entendu son histoire à elle, il a eu l'impression que c'était elle qui avait vraiment vécu.

« Quand ils se sont rencontrés, Sylphid était en France où elle passait l'été avec son père, donc Ira n'a pas vu tout ça en direct. Par conséquent, ce puissant instinct maternel, *sui generis*, qu'elle éprouvait, c'est Ira qui en a profité, et ils ont vécu leur idylle tout l'été. Ce type n'avait plus de mère depuis l'âge de sept ans, il était assoiffé des attentions délicates dont elle l'entourait en permanence, et ils vivaient tous deux dans la maison sans la fille, alors que lui, depuis son arrivée à New York, il habitait en bon membre du prolétariat dans un vague taudis du Lower East Side. Il traînait dans des endroits minables, mangeait dans des restaurants minables, et puis voilà qu'ils se retrouvaient seuls au monde dans la Onzième Rue ouest, et c'était l'été à Manhattan, et c'était formidable, c'était le paradis sur terre. Il y avait des photos de Sylphid dans toute la maison, Sylphid petite fille, en tablier d'écolière, et il trouvait fabuleuse la dévotion de la mère envers sa fille. Elle lui racontait ses déboires dans le mariage et avec les hommes ; elle lui racontait Hollywood, les metteurs en scène tyranniques, les producteurs béotiens, la vulgarité effroyable, effroyable, de tout ça. C'était Othello à l'envers : "C'était étrange, et plus qu'étrange ; c'était pitoyable, c'était singulièrement pitoyable." Il l'aimait pour les dangers qu'elle avait traversés. Il était médusé, sous le charme — et il se sentait nécessaire. C'était un grand costaud, physique, il a foncé. Une femme entourée d'une auréole de pathétique. Une belle femme au destin pathétique, une histoire à raconter. Une femme qui savait faire rimer décolleté avec spiritualité. Qu'est-ce qu'il aurait pu trouver de mieux pour activer ses tendances protectrices ?

« Il l'a même amenée à Newark pour nous la présenter. On a bu un verre chez nous, et puis on est allés dîner à La Taverne, sur Elizabeth Avenue, et elle s'est bien comportée. Rien d'inexplicable là-dedans. Elle semblait incroyablement facile à situer.

Ce soir-là, quand il nous l'a amenée et que nous sommes sortis dîner, je m'y suis laissé prendre moi-même. Il faut être juste, il n'y avait pas qu'Ira à ne se douter de rien. Il ne voyait pas qui elle était parce que, pour être honnête, personne ne s'en serait douté au premier coup d'œil. Ça ne sautait pas aux yeux. En société, Eve était invisible derrière le déguisement que lui assurait sa civilité à toute épreuve. Par conséquent, même si d'autres que lui auraient peut-être pris leur temps, lui, avec sa nature, ne pouvait que foncer.

« Ce que j'ai évalué d'emblée, ce n'étaient pas ses lacunes à elle, mais les siennes à lui. Elle me semblait trop maligne, trop policée et, à coup sûr, trop cultivée pour lui. Je me disais, Voilà une actrice de cinéma qui pense. En effet, il est apparu qu'elle lisait consciencieusement depuis qu'elle était gosse. Je ne crois pas qu'il y ait eu un seul livre sur mes étagères dont elle n'aurait pu parler avec familiarité. Ce soir-là, elle m'a même donné l'impression que son plaisir le plus profond dans la vie était la lecture. Elle se rappelait les intrigues compliquées des romans du dix-neuvième siècle — moi qui faisais cours dessus, je n'arrivais même pas à les retenir.

« Certes, elle se montrait sous son meilleur jour. Certes, comme tout le monde lors d'une première rencontre, comme nous tous, elle tenait à l'œil son côté le plus négatif. Mais il y avait aussi un côté très positif, elle n'en était pas dépourvue. Il paraissait bien réel, sans la moindre ostentation, et, chez quelqu'un d'aussi célèbre, c'était un trait des plus séduisants. Certes, je voyais bien, je ne pouvais pas m'en empêcher, que ce n'était pas la belle union de deux belles âmes. Ils n'avaient sans doute pas la moindre affinité. Mais j'étais ébloui moi-même, ce premier soir, par ce que j'avais pris pour sa nature sereine, en prime de sa beauté.

« N'oublie pas l'effet de la célébrité. Doris et moi, on avait passé notre enfance sous l'influence des films muets. Elle jouait toujours avec un partenaire un peu mûr, des types grands, souvent à la chevelure neigeuse, et, elle, elle avait l'air d'une gamine — on aurait dit leur fille, leur petite-fille ! et ils voulaient toujours l'embrasser, et elle disait toujours non. Il n'en fallait pas plus, en ce temps-là, pour chauffer une salle de cinéma. Un de ses films, le premier peut-être, s'appelait *Cigarette Girl.* C'était elle qui vendait les cigarettes, dans un night-club ; à la fin du film, si je me souviens bien, le patron de la boîte l'emmenait à une vente de charité. Ça se passait sur la Cinquième Avenue, chez une riche douairière guindée. La vendeuse de cigarettes passait une blouse d'infirmière et les messieurs étaient invités à enchérir pour lui donner un baiser — l'argent allant à la Croix-Rouge. Chaque fois qu'un homme faisait monter les enchères, Eve se couvrait la bouche et gloussait comme une geisha. Les enchères montaient, vertigineuses, et on voyait les dames patronnesses effarées. Mais au moment où un banquier distingué avec une moustache noire — Carlton Pennington — se voyait adjuger le privilège pour la somme astronomique de mille dollars et montait sur l'estrade donner ce baiser que tout le monde attendait, les dames se pressaient comme des folles pour voir. Si bien qu'en fin de compte, au lieu d'un baiser en plein milieu de l'écran, on avait droit aux gros derrières bien gainés des dames patronnesses.

« C'était quelque chose, ça, en 1924. Et Eve, c'était quelqu'un : sourire radieux, haussement d'épaules de désespoir, en ce temps-là, on jouait avec les yeux — elle avait maîtrisé tout ça dès l'enfance. Elle savait exprimer la défaite, la colère, elle savait pleurer en se tenant le front ; elle savait faire rire en tombant sur les fesses, aussi. Lorsque Eve Frame était heureuse, elle se mettait à courir avec un petit saut, elle sautillait de bonheur. Irrésistible. Tantôt elle jouait la vendeuse de cigarettes ou la pauvre blanchisseuse qui rencontrait le gros richard, tantôt elle jouait les riches gâtées qui perdaient la tête pour le contrôleur du trolley. C'étaient des films où on transgressait les barrières sociales. Des scènes de rue où on voyait les pauvres immigrants, avec leur énergie brute, et puis des dîners où on montrait les riches Américains, avec leurs privilèges, leurs contraintes, leurs tabous. Du sous-Dreiser. On ne pourrait plus regarder ça, aujourd'hui. Déjà à l'époque c'était tout juste regardable, et uniquement à cause d'elle.

« Doris, Eve et moi, nous étions du même âge. Elle avait fait ses débuts à Hollywood à l'âge de dix-sept ans, et puis, toujours avant guerre, elle avait joué à Broadway. Doris et moi, on était allés la voir, au balcon, dans certaines de ces pièces, et elle était bonne, tu sais. Les pièces n'étaient pas terribles, mais sur les planches, elle, elle était directe, pas du tout comme dans ces films muets qui avaient fait sa célébrité dans le style gamine. Sur les planches, elle avait le talent de faire paraître intelligentes des pièces qui ne l'étaient guère, et sérieuses des pièces qui ne l'étaient pas du tout. C'est curieux, ce parfait équilibre qu'elle avait sur scène. À la ville, elle a fini par sombrer dans l'outrance, alors que, sur scène, elle était la modération même, la discrétion, sans le moindre excès. Et puis, après la guerre, on l'a entendue à la radio, parce que Lorraine aimait bien écouter, et même dans ces émissions de l'*American Radio Theater*, elle arrivait à donner un certain bon ton à des dialogues assez effroyables. Alors, à l'avoir là dans notre salon, en train de parcourir les étagères, à parler avec elle de Meredith, de Dickens et de Thackeray — je me disais, Qu'est-ce qu'une femme qui a son expérience et ses centres d'intérêt peut bien foutre avec mon frère ?

« Ce soir-là, j'étais loin de me douter qu'ils allaient se marier. Pourtant on voyait bien que sa vanité à lui était flattée, qu'il était excité, fier comme Artaban devant sa langouste thermidor, à La Taverne. C'était le restaurant le plus chic où allaient les Juifs, à Newark. Et voilà que l'ex-voyou du Newark des usines était arrivé là avec à son bras Eve Frame, l'incarnation de la classe au théâtre, et qu'il se sentait parfaitement à l'aise. Tu savais qu'Ira avait été garçon de salle à La Taverne ? C'était un des petits boulots qu'il avait faits après avoir quitté l'école. Ça avait duré un mois à peu près. Il était trop grand pour courir avec des plateaux chargés d'assiettes entre les portes de la cuisine. Ils l'ont remercié quand il a cassé son millième plat, et c'est comme ça qu'il a pris la direction du comté du Sussex et des mines de zinc. Or vingt ans plus tard, le voilà de retour à La Taverne, devenu lui-même vedette de la radio, il frimait ce soir-là, pour son frère et sa belle-sœur. Lui qui maîtrisait son destin, sa vie l'enivrait.

« Le propriétaire de La Taverne, Teiger, Sam Teiger, repère Eve Frame et s'approche de la table avec une bouteille de champagne ; Ira l'invite à boire une coupe avec nous et le régale de l'histoire de ses trente jours dans l'établissement, en 1929 ; à présent qu'il s'en est sorti, tout le monde trouve très drôle la comédie de ses mésaventures, et l'ironie du sort qui le ramène ici. Nous apprécions tous sa sportivité devant ses vieilles blessures. Teiger va dans son bureau et revient avec un appareil photo ; il nous prend tous les quatre en train de manger, et puis il accroche la photo au mur du vestibule, avec d'autres clichés de notables venus dîner là. La photo serait restée jusqu'à ce que La Taverne ferme pour travaux, après les émeutes de 1967, du moins si Ira ne s'était pas retrouvé sur la liste noire seize ans plus tôt. J'ai cru comprendre qu'on avait retiré la photo du jour au lendemain, exactement comme si, en fin de compte, il ne s'en était *pas* sorti dans la vie.

« Pour en revenir aux débuts de leur idylle : le soir, il rentre chez lui, dans cette chambre qu'il loue, mais assez vite, il finit par ne plus rentrer, et il vit chez elle ; ce ne sont plus des gosses, il ne lui est pas arrivé grand-chose, à elle, ces derniers temps ; c'est passionné, c'est fabuleux, ils sont bouclés tout seuls dans la maison de la Onzième Rue ouest comme deux délinquants sexuels attachés au lit. Et toute cette intrigue spontanée aux alentours de la quarantaine. On lâche tout et on se laisse aller dans cette liaison. C'est l'affranchissement d'Eve Frame, sa libération, son émancipation. *Son salut*. Ira vient de lui fournir un scénario tout neuf, il ne tient qu'à elle de le jouer. À quarante et un ans, elle croyait bien que tout était fini pour elle, et voilà qu'elle est sauvée. “Moi qui ne voulais surtout pas m'emballer, lui dit-elle, adieu bonnes résolutions.”

« Elle lui dit des choses que personne ne lui a jamais dites. Elle appelle leur liaison “notre étrange histoire, si excessivement, si douloureusement délicieuse”. Elle lui dit : “Cet amour me liquéfie.” Elle lui dit : “Je suis en pleine conversation avec quelqu'un, et puis tout d'un coup, je pense à autre chose.” Elle l'appelle *mon prince* *. Elle cite Emily Dickinson — Emily Dickinson, pour Ira Ringold ! — “Avec toi, dans le désert / Avec toi dans la soif / Avec toi dans les tamariniers / Le léopard respire — enfin !”

« Bref, Ira croit avoir trouvé l'amour de sa vie. Et

avec l'amour de sa vie, on ne va pas pinailler sur les détails. Un pareil trésor, ça ne se balance pas. Ils décident de se marier, et c'est ce qu'Eve annonce à Sylphid dès son retour de France. Maman se remarie, mais cette fois avec un homme merveilleux. Sylphid est censée y croire. Sylphid née d'un précédent scénario.

« Eve Frame représentait le grand monde pour Ira. Comment s'en étonner ? Il n'était pas né d'hier, il avait traîné ses guêtres dans pas mal de milieux difficiles et il savait être dur lui-même. Mais Broadway ? Hollywood ? Greenwich Village ? C'était tout nouveau, pour lui. Pour les affaires de cœur, il y avait plus futé. Il avait beaucoup appris par lui-même. Avec l'assistance d'O'Day, il avait fait son chemin depuis Factory Street. Mais seulement dans le domaine politique. Et encore, il ne s'agissait pas de penser intensément. Il ne s'agissait même pas de penser du tout. Le vocabulaire marxiste, pseudo-scientifique, la rhétorique utopiste qui allait avec — on peut toujours servir ça à un adulte qui n'est pas allé à l'école et qui n'a pas d'instruction, comme Ira ; par la séduction des Grandes Idées Totalisantes, on peut endoctriner un adulte qui n'est pas entraîné à faire marcher sa cervelle, on peut inculquer ce qu'on veut à un homme d'une intelligence limitée, quand il est aussi excitable qu'Ira, aussi véhément... Enfin ça, les rapports entre l'amertume et l'absence de réflexion, ça serait un chapitre à part entière...

« Tu me demandes ce qu'il faisait à Newark le jour où vous vous êtes rencontrés. Les comportements habituels d'Ira n'étaient guère faits pour résoudre les problèmes du couple. Et c'étaient les premiers temps, ça ne faisait que quelques mois qu'il avait épousé cette star de la scène, de l'écran et de la radio, et qu'il avait emménagé chez elle, dans sa maison de ville. Comment est-ce que j'aurais pu lui dire que c'était une erreur ? Il avait sa petite vanité, lui aussi, en somme. Il n'était pas dépourvu de prétention, mon frère. Ni d'envergure. Il avait l'instinct du théâtre, une attitude immodeste envers lui-même. Faut pas croire que ça le dérangeait de voir les projecteurs braqués sur lui. Apparemment, les gens n'ont pas besoin de plus de trois jours pour s'adapter à cette situation-là, et en général, ça leur fait un effet tonique. Tout d'un coup, tout est plein de possibilités, tout bouge, tout est *imminent* — Ira est au cœur du drame dans tous les sens du terme. Il a réussi le tour de force de contrôler sa vie. Il baigne aussitôt dans l'illusion narcissique qui consiste à croire qu'il a été arraché aux réalités de la douleur et de la perte, que sa vie n'est pas vaine, tout sauf vaine. Il ne marche plus dans la vallée de l'ombre de ses limites. Il n'est plus ce géant exclu, voué à être l'éternel étranger. Il entre dans la vie avec un courage effronté, le voilà. Il a échappé aux griffes de l'obscurité. Et il est fier de sa transformation. Ça l'exalte. Ce rêve naïf, il est en plein dedans ! L'Ira tout neuf, l'homme qui connaît le monde. Le grand type qui mène une vie à sa mesure. Gare à vous !

« D'ailleurs, je lui avais déjà dit que c'était une erreur — après quoi on ne s'était plus parlé pendant six semaines, et pour le récupérer, il m'avait fallu aller à New York, lui expliquer que j'avais eu tort et le supplier de ne pas m'en garder rancune. Il m'aurait flingué pour de bon si j'avais recommencé. Et une brouille totale aurait été abominable pour nous deux. Je m'occupais de lui depuis sa naissance. J'avais sept ans que je le promenais déjà dans sa poussette le long de Factory Street. Après la mort de notre mère, quand notre père s'est remarié et qu'on a eu une belle-mère à la maison, si je n'avais pas été là, il aurait fini en maison de correction. On avait une mère extraordinaire. Et elle n'avait pas dû s'amuser tellement dans l'existence, elle non plus. Mariée à notre père, c'était pas une partie de plaisir...

— Il était comment, votre père ?

— Mieux vaut ne pas aborder le sujet.

— C'est ce qu'Ira disait toujours.

— Il n'y a rien d'autre à dire. On avait un père qui... enfin, bien plus tard dans la vie, j'ai compris ce qui le faisait courir, mais c'était trop tard. J'ai tout de même eu plus de chance que mon frère. Quand notre mère est morte, après ces affreux mois d'hôpital, j'étais déjà au lycée. Et puis j'ai obtenu une bourse à l'université de Newark. J'étais lancé. Mais Ira était encore tout gosse. Un dur, un primitif. Plein de méfiance.

« Tu as entendu parler des funérailles du canari, dans ce qui était le Premier arrondissement, le jour où un cordonnier du coin a enterré son canari ? Ça va te montrer à quel point Ira était dur, et aussi à quel point il ne l'était pas. Ça se passait en 1920. J'avais treize ans et Ira sept, et sur Boyden Street, à deux rues de notre immeuble, il y avait un cordonnier, Russomanno, Emidio Russomanno, un petit vieux qui avait l'air d'un pauvre, des grandes oreilles, le visage émacié, une barbiche blanche, et sur le dos, un costume usé jusqu'à la corde qui avait bien cent ans. Comme animal de compagnie dans sa boutique, il avait un canari en cage. Ce canari s'appelait Jimmy, et Jimmy a vécu longtemps, et puis un jour il a mangé quelque chose qui ne lui a pas réussi, et il est mort.

« Russomanno était anéanti ; alors il a engagé une fanfare, loué un corbillard et deux voitures à chevaux, et après que le canari a été exposé sur un banc dans la boutique — Russomanno n'avait pas lésiné : fleurs, cierges, crucifix —, le cortège funèbre a traversé les rues du quartier. Ils sont passés devant l'épicerie Del Guercio, où il y avait des bourriches de palourdes à l'étalage et un drapeau américain dans la vitrine, devant les fruits et légumes Melillo, devant la boulangerie Giordano, la boulangerie Mascellino, la boulangerie italienne Arre "À la Bonne Croûte". Ils sont passés devant la boucherie Biondi et la sellerie De Lucca, le garage De Carlo, la torréfaction D'Innocenzio, les chaussures Parisi, les bicyclettes Nole, la *latteria* Celentano, l'académie de billard Grande, le barbier Basso, le barbier Esposito, et le stand du cireur avec deux vieux sièges en cuir éraflé sur une estrade où les clients devaient grimper.

« Voilà quarante ans que ça a disparu, tout ça. La ville a démoli tout le quartier italien en 1953, pour faire place à des barres de logements sociaux. En 1994, on a fait sauter les barres devant les caméras de télé. Plus personne n'y vivait depuis vingt ans. C'était devenu inhabitable. Maintenant il ne reste plus rien là-bas. À part Sainte-Lucie. C'est le seul édifice encore debout, l'église de la paroisse, seulement il n'y a plus de paroisse, et plus de paroissiens.

« Le café Nicodemi, sur la Septième Avenue, et le café Roma, de même que la banque d'Auria, toujours sur la Septième. C'était la banque où, avant la Seconde Guerre mondiale, on avait prêté de l'argent à Mussolini. Quand Mussolini a pris l'Éthiopie, le curé a sonné les cloches de l'église pendant une demi-heure. Ici, en Amérique, dans le Premier arrondissement de Newark.

« L'usine de macaronis, la fabrique de bibelots, la marbrerie, et le théâtre de marionnettes, le cinéma, les bowlings, et la fabrique de glace, l'imprimerie, les clubs, les restaurants. Ils sont passés devant le Café Victory qui était le repaire de Ritchie Boiardo, le caïd de la pègre. Dans les années trente, à sa sortie de prison, Boiardo a fait construire le Château Vittorio, à l'angle de la Huitième Avenue et de Summer Street. Les gens du show-biz venaient de New York pour y dîner. C'est au Château que Joe DiMaggio dînait quand il venait à Newark. C'est là qu'il a célébré ses fiançailles. C'est du Château que Boiardo régnait sur le Premier arrondissement. Ritchie Boiardo faisait la loi chez les Italiens du Premier, et Longy Zwillman chez les Juifs du Troisième, et entre ces deux gangsters, c'était la guerre permanente.

« Le cortège s'est déroulé en passant devant les douzaines de saloons du quartier, d'est en ouest, du nord au sud au fil des rues, jusqu'à Clifton Avenue et ses Bains Douches municipaux — la plus belle pièce montée architecturale de l'arrondissement après l'église et la cathédrale, ces vieux bains publics massifs où ma mère nous emmenait nous faire propres quand on était tout petits. Mon père aussi y allait. Douche gratuite, un penny la serviette.

« Le canari reposait dans un petit cercueil blanc, avec quatre hommes pour tenir les cordons du poêle. Une foule énorme s'était rassemblée, il devait bien y avoir dix mille personnes sur le passage du cortège. Les gens se pressaient le long des escaliers d'incendie jusque sur les toits. Il y avait des familles entières penchées aux fenêtres de leurs immeubles pour voir la scène.

« Russomanno suivait le catafalque en voiture, et il pleurait, Emidio Russomanno, pendant que tout le reste de l'arrondissement riait. Il y en avait qui riaient tellement qu'ils ne tenaient plus debout, ils se roulaient par terre. Même les croque-morts riaient. C'était contagieux. Le gars qui conduisait le corbillard riait. Par respect pour l'affligé, les gens qui bordaient le trottoir essayaient de se retenir jusqu'au passage de sa voiture, mais c'était carrément trop hilarant pour la plupart, surtout pour les gosses.

« Notre petit quartier en grouillait, de gosses ; il y en avait dans les ruelles, ils se massaient sous les porches, ils se déversaient depuis les immeubles pour aller écumer Clifton Avenue jusqu'à Broad Street. Toute la journée, pendant l'été, jusqu'à minuit, on entendait ces gosses se crier : "Guahl-yo ! Guahl-yo !" Partout où on tournait les yeux, il y avait des gosses, en bandes, en bataillons — ils lançaient des pennies, ils jouaient aux cartes, aux dés, au billard, ils mangeaient des glaces, ils allumaient des feux de camp, ils faisaient peur aux filles. Pour en venir à bout, il n'y avait que les bonnes sœurs, à coups de règle ! Ce jour-là il y avait des milliers et des milliers de gamins, tous de moins de dix ans. Ira était du nombre. Des milliers et des milliers de petits Italiens batailleurs, fils des Italiens venus poser les voies de chemin de fer, paver les rues, creuser les égouts, fils de colporteurs et d'ouvriers d'usine, de chiffonniers et de tenanciers de saloon. Des mômes qui s'appelaient Giuseppe, Rodolfo, Raffaele et Gaetano, et puis un petit Juif tout seul de son espèce, qui s'appelait Ira.

« Enfin, bon, les Italiens n'avaient jamais tant rigolé. Ils n'avaient encore jamais rien vu qui ressemble aux funérailles de ce canari, et ils n'ont jamais rien vu de pareil depuis. Certes, des enterrements, il y en avait eu, avec cortège, fanfare jouant des hymnes funèbres, familles endeuillées plein les rues. Avec tous ces saints qu'ils avaient ramenés d'Italie dans leurs bagages, il y avait des fêtes toute l'année ; par centaines, les gens vénéraient leur saint patron en se mettant sur leur trente et un pour porter sa bannière brodée par les rues, avec des cierges gros comme des enjoliveurs. Et puis, pour Noël, il y avait le *presepio* de Sainte-Lucie, réplique d'un village napolitain où la naissance de Jésus était représentée avec une centaine de santons dont Marie, Joseph et le Bambino. Des cornemuseux italiens défilaient avec un bambino en plâtre, et derrière, la procession chantait des cantiques de Noël en italien. La veille de Noël, tous les marchands ambulants vendaient de l'anguille pour le réveillon. Pour toutes ces fêtes carillonnées, les gens affluaient, et ils glissaient des dollars sur la robe du saint de plâtre, et ils jetaient des pétales de fleurs par les fenêtres comme on jette du ruban de machine à écrire. Même, parfois, ils ouvraient les cages de leurs oiseaux, on voyait des colombes affolées voler d'un poteau télégraphique à l'autre, au-dessus de la foule. Ces jours de fête-là, les colombes devaient regretter amèrement d'avoir découvert le monde extérieur.

« Pour la Saint-Michel, les Italiens déguisaient deux petites filles en anges. Ils les faisaient glisser au-dessus de la rue, d'un escalier d'incendie à l'autre, par un filin auquel elles étaient harnachées. Des petites maigrichonnes en robe blanche, avec une auréole derrière la tête et des ailes dans le dos ; la foule était muette de respect quand elles paraissaient dans les airs, avec une prière sur les lèvres. Et quand elles avaient fini leur rôle d'ange, c'était le délire. C'est là qu'on lâchait les colombes et qu'on tirait des pétards — il y avait toujours quelqu'un pour se retrouver à l'hôpital avec deux doigts en moins.

« Autant dire que l'animation n'avait rien de neuf en soi pour les Italiens du Premier arrondissement. Les personnages comiques, le chahut du Vieux Continent, le bruit, les bagarres, les numéros hauts en couleur — rien de neuf là-dedans. Les enterrements, surtout, ça n'était pas nouveau. Pendant l'épidémie de grippe, il y avait eu tellement de morts qu'on avait été obligé d'aligner les cercueils le long de la rue. En 1918. Les pompes funèbres ne suffisaient plus à la demande. Derrière les cercueils, les cortèges se déployaient toute la journée depuis Sainte-Lucie jusqu'au cimetière du Saint-Sépulcre, à trois kilomètres de là. Il y avait de tout petits cercueils pour les bébés. Quand on perdait son enfant, il fallait prendre son tour; il fallait attendre que les voisins aient enterré le leur. Une terreur inoubliable, pour un gosse. Et puis deux ans après cette épidémie, voilà les funérailles de Jimmy le canari... c'était le bouquet, quoi.

« Tout le monde était plié en quatre, ce jour-là. Tout le monde, enfin presque. Ira était bien le seul à Newark qui ne voyait pas ce qu'il y avait de drôle là-dedans. Je n'arrivais pas à le lui expliquer. J'ai essayé, mais il ne pouvait pas comprendre. Pourquoi ? Peut-être parce qu'il était bête, peut-être parce qu'il n'était *pas* bête. Peut-être parce que, tout simplement, il n'était pas né avec le sens du carnaval — peut-être que les utopistes ne l'ont pas. Ou encore parce que notre mère était morte quelques mois plus tôt seulement et qu'on avait eu droit à notre enterrement familial, même s'il avait commencé par refuser d'y aller. Il voulait traîner dans la rue pendant ce temps-là, lui, taper dans un ballon. Il m'a supplié de ne pas l'obliger à se changer pour aller au cimetière — il était en salopette. Il a essayé de se cacher dans un placard. Mais il est venu quand même. Notre père y veillait. Au cimetière, il nous a regardés l'enterrer, mais il a refusé de me donner la main, il ne m'a pas laissé le prendre par l'épaule. Il a regardé le rabbin d'un œil torve. Il l'a fusillé du regard. Il a refusé qu'on le touche, qu'on le console.

Il ne pleurait pas, d'ailleurs, il n'a pas versé une larme. Il avait trop de colère pour ça.

« Mais quand le canari est mort, tout le monde rigolait à l'enterrement, sauf lui. Ira ne connaissait Jimmy que pour être passé devant chez le cordonnier en allant à l'école, on voyait la cage depuis la vitrine. Je ne crois même pas qu'il était entré dans la boutique, et pourtant, à part Russomanno, il était le seul à être en larmes.

« Quand *moi* je me suis mis à rire — parce que *c'était* comique, Nathan, très comique, même — il a perdu les pédales. C'était la première fois que je le voyais dans cet état. Il a commencé à me crier dessus, en balançant ses poings dans tous les sens. Tout môme, il était grand pour son âge, et je n'ai pas pu le maîtriser, alors il s'est mis à balancer des coups de poing à deux gamins à côté de nous qui étaient malades de rire, et quand j'ai tendu le bras pour le cueillir et l'empêcher de se faire massacrer par une flopée de gosses, son poing m'a atterri sur le nez. Il m'a cassé le nez, un gosse de sept ans ; je saignais, on voyait que cette saloperie de nez était sûrement cassé, alors Ira s'est sauvé.

« Il a fallu attendre le lendemain pour le retrouver. Il avait couché derrière la brasserie de Clifton Avenue. Ça n'était pas la première fois. Dans la cour, derrière le quai de chargement des marchandises. Mon père l'a trouvé là le matin. Il l'a pris par la peau du cou, il l'a traîné à l'école, où la classe avait déjà commencé. Quand les gosses ont vu Ira, qui portait encore la salopette crasseuse dans laquelle il avait dormi se faire jeter dans la salle de classe par son vieux, ils ont commencé à le huer : Bou-hou ; et pendant des mois c'est resté son surnom. Bou-hou Ringold. Le petit Juif qui avait pleuré aux funérailles du canari.

« Heureusement pour lui, il a toujours été plus grand que les gosses de son âge, il était costaud, et il savait jouer au base-ball. S'il avait pas eu ce problème de vue, ça aurait été un athlète vedette. Le respect dont il jouissait, dans le quartier, il le devait au base-ball. Mais alors, les bagarres... de ce jour-là, il a passé son temps à se bagarrer. C'est là que son extrémisme a commencé.

« Ça a été une bénédiction, tu vois, qu'on n'habite pas dans le Troisième, avec les Juifs pauvres. Enfant, dans le Premier, il n'était qu'un petit youpin grande gueule, un intrus chez les Italiens, si bien qu'il avait beau être grand, fort, agressif, Boiardo n'a jamais pu voir en lui un talent local en train d'auditionner pour entrer dans le milieu. Tandis que dans le Troisième, chez les Juifs, ça n'aurait pas été la même histoire. Il n'aurait pas été le proscrit de service. Ne serait-ce qu'à cause de sa taille, il aurait attiré l'attention de Longy Zwillman. D'après ce que j'ai cru comprendre, Longy, qui avait dix ans de plus qu'Ira, était du même genre que lui quand il était gosse : furieux; un môme costaud, menaçant, qui avait quitté l'école, lui aussi, peur de rien dans les bagarres de rue, une physionomie impressionnante, avec une cervelle en prime. Il a fini par tout contrôler : les bootleggers, les jeux de hasard, les distributeurs automatiques sur les quais, les syndicats — partout. Mais même quand il s'est retrouvé au sommet, associé à Bugsy Siegel, Lansky et Lucky Luciano, il a gardé pour intimes les copains avec lesquels il avait grandi dans la rue. Des petits Juifs du Troisième comme lui, à qui il n'en fallait pas beaucoup pour se sentir provoqués. Niggy Rutkin, son gros bras, Sam Katz, son garde du corps. George Goldstein, son comptable, Billy Tiplitz, qui s'occupait de la loterie. Doc Stacher, son conseiller financier. Abe Lew, le cousin de

Longy, c'était lui qui dirigeait le syndicat des employés chez les détaillants. Et puis, bon Dieu ! il y avait aussi Meyer Ellenstein, autre gosse des rues du ghetto : quand il est devenu maire de Newark, Ellenstein lui servait presque de prête-nom pour gérer la ville.

« Ira aurait pu finir homme de main pour Longy, à accomplir loyalement leurs basses besognes. Il était mûr pour se faire recruter. Il n'y aurait rien eu d'aberrant là-dedans ; la délinquance, toute leur éducation les y avait préparés, ces mômes-là. C'était le pas suivant, en toute logique. Ils avaient en eux cette violence tactique qui s'impose quand on fait du racket, pour inspirer la peur, et marquer des points sur la concurrence. Ira aurait pu faire ses débuts au port, à charger sur les camions de Longy du whisky de contrebande arrivé du Canada par hors-bord ; et il aurait pu finir comme Longy, avec une demeure de milliardaire dans le West Orange, et une corde autour du cou.

« Ça tient à peu de chose, hein ? Où on finit, comment on finit. Ça n'est que grâce à un petit accident géographique que l'occasion de lier son sort à celui de Longy ne s'est jamais présentée. L'occasion de se lancer dans une carrière réussie en maniant le nerf de bœuf contre les concurrents de Longy, en mettant la pression sur ses clients, en surveillant les tables dans ses casinos. L'occasion de terminer cette carrière en déposant pendant deux heures devant la commission Kefauver avant de rentrer chez lui se pendre. Quand Ira a rencontré un type plus dur que lui, et plus malin, qui allait avoir la plus grande influence sur lui, il était déjà dans l'armée, et voilà pourquoi ça n'a pas été un gangster de Newark qui l'a transformé, mais un sidérurgiste communiste. Son Longy Zwillman à lui, ç'a été Johnny O'Day. »

« Pourquoi je ne lui ai pas dit, la première fois qu'il est venu coucher chez nous, de balancer son mariage au panier et de se tirer ? Parce que ce mariage, cette femme, cette belle maison, tous ces livres, ces disques, ces tableaux aux murs, cette vie qu'elle menait, pleine de gens talentueux, policés, des gens intéressants, instruits — c'était justement ce qu'il n'avait jamais eu. Je ne parle même pas du fait qu'il était devenu quelqu'un. Voilà qu'il avait un foyer ! Il n'en avait jamais eu, à trente-cinq ans ! À trente-cinq ans, voilà qu'il n'habitait plus une chambre de location, qu'il ne mangeait plus dans les cafétérias, qu'il ne couchait plus avec les serveuses et les barmaids ou pis encore, dont certaines n'auraient pas su écrire leur propre nom…

« À son retour de l'armée, avant de partir à Calumet City s'installer avec O'Day, Ira avait eu une liaison avec une strip-teaseuse de dix-neuf ans qui s'appelait Donna Jones. Il l'avait rencontrée à la laverie automatique. Au début, il l'a prise pour une lycéenne, et pendant un moment, elle ne s'est pas donné la peine de le détromper. Une petite môme menue, batailleuse, effrontée, une dure. En tout cas superficiellement. Avec ça, une vraie petite usine à plaisir. Passant sa vie la main sur la chatte.

« Donna venait du Michigan, d'une station balnéaire au bord d'un lac, nommée Benton Harbor. À Benton Harbor, Donna travaillait l'été dans un hôtel des rives du lac. Femme de chambre à seize ans, elle se fait engrosser par un client de Chicago. Lequel ? Elle n'en sait rien. Elle porte le bébé jusqu'à son terme, l'abandonne légalement, quitte la ville dans l'opprobre et se retrouve effeuilleuse dans une boîte de Calumet City.

« Quand il ne faisait pas sa tournée du dimanche

en jouant Lincoln pour le syndicat, Ira empruntait la voiture d'O'Day pour emmener Donna à Benton Harbor, voir sa mère. Sa mère travaillait dans une petite usine qui fabriquait des bonbons et des fondants, qu'on vendait aux vacanciers dans Main Street. Des friandises balnéaires, en somme. Ces fondants étaient réputés, on en expédiait dans tout le Midwest. Ira se met à parler avec le type qui dirige l'usine, il voit comment le fondant se fabrique, et voilà-t-il pas qu'il m'écrit qu'il va épouser Donna et s'installer avec elle dans sa ville natale; ils vivront dans un bungalow au bord du lac, et il investira ce qui lui reste de sa prime au retour dans l'affaire du gars. Plus les mille dollars qu'il a gagnés aux dés sur les transporteurs de troupe, en rentrant aux États-Unis — tout ça peut passer dans l'usine de bonbons. Ce Noël-là, il a envoyé à Lorraine une boîte de fondants en cadeau. Seize parfums différents : chocolat à la noix de coco, beurre de cacahuète, pistache, pépites de chocolat à la menthe, rocher... tout ça frais et crémeux, en provenance directe de Fudge Kitchen, Benton Harbor, Michigan. Je te demande un peu, qui pourrait être plus loin du bolchevique au couteau entre les dents, prêt à renverser le système américain, que le genre de gars qui, depuis le Michigan, envoie du fondant dans un beau papier-cadeau à ta vieille tatie pour les fêtes de fin d'année! "Les Douceurs du Lac" — c'était le slogan marqué sur la boîte. Pas "Travailleurs de tous les pays unissez-vous", non, "Les Douceurs du Lac". Si Ira avait épousé Donna Jones, ce slogan, ça aurait été son plan de vie.

« C'est O'Day, pas moi, qui s'est chargé de lui faire lâcher Donna. Pas parce qu'une gamine de dix-neuf ans, qui passait au Kit Kat Klub de Cal City sous le nom de "Miss Shalimar, recommandée par Duncan

Hines pour la bonne bouche", risquait de faire une épouse et une mère problématiques ; pas parce que papa Jones, qui avait disparu, était un ivrogne qui battait femme et enfants ; ni parce que les Jones de Benton Harbor étaient des culs-terreux ignares, et pas une famille qu'un type qui rentre de quatre ans d'armée puisse avoir envie de prendre en charge à longue échéance — comme j'avais moi-même tenté de le lui dire avec ménagement. Mais pour Ira, tout ingrédient qui entrait dans la recette de la catastrophe domestique jouait en *faveur* de Donna. Le charme des opprimés. La lutte des déshérités pour s'arracher aux bas-fonds avait à ses yeux un charme irrésistible. Quand on boit le fond de la coupe, on goûte à la lie : pour lui, humanité rimait avec épreuves et calamité. Avec les épreuves, même sous leurs formes les plus glauques, il se sentait des liens de parenté indestructibles. Il a fallu un type comme O'Day pour venir à bout de l'aphrodisiaque que représentaient Donna Jones et ses fondants aux seize parfums. C'est O'Day qui lui est rentré dedans pour avoir mélangé politique et vie privée, et il ne l'a pas fait avec mes raisonnements bourgeois. Il ne s'est pas excusé de prendre la liberté de critiquer ses faiblesses. O'Day ne s'excusait jamais de rien. O'Day remettait les gens à leur place.

« Il lui a donné ce qu'Ira appelait un cours de remise à niveau sur l'incidence du mariage dans la révolution mondiale, cours basé sur sa propre expérience dans ce domaine, avant guerre. "C'est pour faire ça que tu m'as accompagné à Calumet City ? Pour te préparer à diriger une usine de bonbons, ou pour lancer la révolution ? C'est pas le moment de faire des âneries pareilles. On y est, mon gars. Vivre ou mourir pour les conditions de travail qu'on a connues ces dix dernières années. Les factions et les groupes sont en train de tous converger vers ici, dans le comté du Lac. Tu vas voir. Si on arrive à tenir, si personne ne saute du navire, alors là, bon sang, l'Homme de Fer, dans un an, deux au plus, les usines sont à nous !"

« C'est comme ça qu'au bout d'à peu près huit mois, Ira dit à Donna que c'est fini, alors elle avale des cachets, elle essaie un peu de se tuer. Et puis un mois plus tard — elle est de retour au Kit Kat Klub, et elle s'est trouvé un autre mec — voilà que son ivrogne de père refait surface, et qu'il se pointe avec un de ses fils à la porte d'Ira, soi-disant pour lui donner une leçon après ce qu'il a fait à sa fille. Ira est sur le seuil, à repousser les deux types, et le père tire un couteau, alors O'Day balance son poing dans la gueule de ce salaud, il lui casse la mâchoire et lui prend son couteau... Voilà la première famille dans laquelle Ira ait envisagé d'entrer.

« Après une bouffonnerie pareille, on met parfois du temps à retomber sur ses pieds, et pourtant, en 1948, le sauveur putatif de la petite Donna est devenu l'Iron Rinn de *The Free and the Brave*, et le voilà fin prêt pour sa prochaine bourde. Il aurait fallu que tu l'entendes quand il a appris qu'Eve était enceinte. Un enfant ! Une famille à lui ! Et pas avec une ex-strip-teaseuse que son frère n'apprécie pas, non, avec une actrice en renom que le royaume de la radio idolâtre. C'était la plus fabuleuse occasion qui se soit présentée à lui. Ce terrain solide où poser les pieds, qui lui avait toujours manqué. Il arrivait à peine à y croire. Deux ans — et cette aubaine. Il en avait fini avec l'impermanence.

— Elle a été enceinte ? Quand ça ?

— Après leur mariage. Ça n'a duré que dix semaines, et encore ; c'est pour ça qu'il était venu loger chez moi et que vous vous êtes rencontrés. Elle avait décidé d'avorter. »

Nous étions installés dehors, sur ma terrasse de bois, qui donne sur l'étang avec, au loin à l'ouest, la chaîne de montagnes. La maison est petite, j'y vis tout seul, il y a une pièce où j'écris et où je prends mes repas — une salle de travail avec salle de bains, et un coin-cuisine au bout, une cheminée de pierre perpendiculaire à un mur de livres, et une rangée de cinq fenêtres à guillotine, douze carreaux sur le vantail supérieur et autant sur celui du bas, qui donne sur un grand champ de foin avec un escadron de vieux érables protecteurs qui me séparent du chemin de terre. L'autre pièce, où je couche, est de belles proportions, rustique, avec un lit à une place, une commode, un poêle à bois, de vieilles poutres apparentes dressées aux quatre coins, d'autres étagères, une chaise longue où je lis, une petite écritoire, et, sur le mur ouest, une porte-fenêtre coulissante qui donne sur la terrasse où Murray et moi étions en train de boire un Martini en apéritif. J'avais acheté la maison, je l'avais équipée pour l'hiver — c'était à l'origine une résidence d'été — et je m'y étais installé à l'âge de soixante ans, pour y vivre seul, à l'écart du monde, en somme. Cela se passait il y a quatre ans. Bien qu'il ne soit pas toujours désirable de vivre de manière aussi austère, loin des activités diverses qui font une existence humaine, je crois avoir fait le choix le moins préjudiciable. Mais ma vie d'ermite n'est pas le sujet de cette histoire. Ce n'est d'ailleurs pas une histoire. Je suis venu ici parce que je ne voulais plus avoir d'histoire. Mon histoire, elle est derrière moi.

Je me demandais si Murray avait reconnu en ma maison une réplique améliorée de la bicoque à deux pièces d'Ira, sa retraite chérie sur les gorges du Delaware, côté New Jersey, lieu où je me trouve avoir goûté pour la première fois à l'Amérique rurale lorsque je l'y rejoignis pour une semaine, l'été 1949 et le suivant. J'avais adoré vivre pour la première fois tout seul avec Ira dans cette bicoque, et j'ai pensé à elle dès que l'on m'a fait visiter ma maison actuelle. Moi qui cherchais quelque chose de plus vaste, et qui ressemble davantage à une maison conventionnelle, je l'ai aussitôt achetée. Les pièces étaient sensiblement de la même taille que chez Ira, et leur disposition semblable. La longue mare ovale était à peu près aussi grande que la sienne, et à la même distance de la porte de derrière. Chez moi c'était plus clair (avec le temps, ses murs de pin étaient devenus presque noirs, les poutres du plafond étaient basses — ridiculement basses pour lui — et les fenêtres, d'ailleurs rares, petites) mais la maison était blottie à l'écart, sur un chemin de terre, comme la sienne, et si, de l'extérieur, elle n'avait pas cette physionomie sombre, affaissée, de guingois qui proclame : « Arrière ! Demeure d'ermite ! » les dispositions du propriétaire se lisaient cependant dans l'absence de tout sentier pour traverser le champ de foin jusqu'à la porte verrouillée. Un étroit chemin de terre carrossable montait jusqu'à la maison, et contournait le mur de la salle de travail, pour mener à un abri ouvert où je garais ma voiture en hiver, petite baraque de bois antérieure à la maison, et tout droit sortie des huit acres en friche d'Ira.

Comment se fait-il que la bicoque d'Ira ait pu me laisser une impression aussi durable ? Eh bien, ce sont les images les plus anciennes, les images d'indépendance et de liberté surtout, qui ont la vie la plus dure, malgré les bonheurs et les coups de masse de l'existence dans sa plénitude. Au reste, ce rêve de cabane n'appartient pas en propre à Ira. Il a une histoire. Rousseau l'a fait, Thoreau l'a fait. C'est le palliatif de la hutte primitive. Le lieu où l'on se dépouille de l'accessoire, celui où l'on revient, quand bien même il ne serait pas le lieu de naissance, pour se décontaminer et s'absoudre de ses efforts. C'est le lieu où l'on abandonne, tous tant qu'ils sont, les uniformes qu'on a portés, les costumes que l'on a endossés, où l'on se dépouille des coups reçus dans l'existence, du ressentiment, de l'apaisement et de la méfiance vis-à-vis du monde, ce monde manipulateur, et dont on a soi-même activé les manettes. Avec l'âge, l'homme quitte la société pour vivre dans les bois — les philosophies extrême-orientales sont riches de ce motif, que ce soit dans la pensée taoïste, hindoue, chinoise. L'« habitant de la forêt », c'est la dernière étape du voyage de la vie. Il n'est que de voir ces peintures chinoises du vieil homme au pied de la montagne, vieux Chinois tout seul sous la montagne, une fois fuie l'agitation de l'autobiographique. Il s'est colleté de bon cœur avec la vie, jadis ; à présent, dans les grands calmes, il va se colleter avec la mort, l'austérité l'attire, grande affaire finale.

C'était Murray qui avait eu l'idée de boire ces Martini. Bonne idée, certes, mais pas géniale après tout : boire un verre, à la fin d'un après-midi d'été, avec quelqu'un qui me plaisait, parler avec quelqu'un comme Murray, me remettait en mémoire les plaisirs de la compagnie des hommes. J'avais eu grand plaisir au commerce de mes semblables, je n'avais pas participé à la vie avec indifférence, je n'en avais pas retiré mes billes...

Mais c'est l'histoire d'Ira. Pourquoi c'était impossible pour *lui*.

« Il aurait voulu un fils, reprit Murray. Il mourait d'envie de lui donner le nom de son ami ; il l'aurait appelé Johnny O'Day Ringold. Doris et moi nous avions Lorraine, notre fille, et chaque fois qu'il venait dormir sur le canapé, Lorraine arrivait toujours à lui remonter le moral. Dans l'encadrement de la porte, elle aimait regarder dormir Lemuel Gulliver. Il s'est attaché à cette petite, avec sa frange de cheveux noirs. Et elle s'est attachée à lui. Quand il venait nous voir, elle lui demandait de jouer avec ses poupées russes. Il les lui avait offertes pour un anniversaire, tu sais, ces poupées russes en costume folklorique qui s'emboîtent les unes dans les autres jusqu'à la plus petite, grosse comme une noix, au centre. Ils inventaient des histoires sur chacune des poupées, ils racontaient combien les petites gens travaillaient dur en Russie. Et puis il entourait la série fermée dans l'une de ses mains et elle y disparaissait. La série des poupées disparaissait complètement dans ses doigts spatulés ; des doigts étranges à force d'être démesurés, des doigts à la Paganini. Lorraine adorait ce geste : la plus grande de ces poupées gigognes, c'était son oncle immense.

« Pour l'anniversaire suivant, il lui a apporté l'album du chœur de l'Armée rouge avec son orchestre, jouant des chants russes. Il y avait plus d'une centaine de choristes, et autant de musiciens. Le grondement des basses était prophétique — un son magnifique. Elle et Ira s'amusaient bien avec ces disques. Les chants étaient en russe, et ils les écoutaient tous deux, Ira faisant semblant d'être le soliste à la voix de basse, articulant ces mots incompréhensibles et faisant de grands gestes déclamatoires, censément russes ; lorsque le refrain revenait, c'était Lorraine qui en articulait les paroles incompréhensibles. Elle savait jouer la comédie, ma fille.

« Il y avait un chant qu'elle aimait particulièrement, et c'est vrai qu'il était beau. C'était une chanson populaire traditionnelle qui s'appelait *Doubinouchka* ; une chanson émouvante, mélancolique comme un cantique, une chanson simple, sur fond de balalaïka. Les paroles étaient traduites en anglais à l'intérieur de la pochette et Lorraine les avait apprises par cœur ; pendant des mois, elle les a chantées dans toute la maison.

Des chansons, j'en ai entendu beaucoup dans mon pays natal
Des chansons joyeuses et des chansons tristes.
Mais il en est une qui s'est gravée dans ma mémoire :
Le chant de l'humble travailleur.

« Ça, c'était le couplet. Mais ce qu'elle préférait chanter, c'était le refrain. Parce qu'on y disait : "Ho ! hisse !"

Han, lève la trique
Ho ! hisse !
Tirons plus fort tous ensemble
Ho ! hisse !

« Quand Lorraine était toute seule dans sa chambre, elle alignait les poupées russes et passait *Doubinouchka,* en chantant d'un air tragique : "Ho ! hisse !" tandis qu'elle poussait ses poupées dans toutes les directions sur le plancher.

— Arrête une minute, Murray, attends », dis-je. Je me levai et rentrai dans la maison, jusqu'à ma chambre où se trouvaient mon lecteur de CD et mon vieux phonographe. Presque tous les disques étaient rangés dans des cartons au fond d'un placard, mais je savais dans quel carton trouver celui que je cherchais. Je pris donc l'album qu'Ira m'avait offert, à moi, en 1948, et en tirai le disque sur lequel se trouvait *Doubinouchka*, joué par les chœurs de l'Armée rouge. Je plaçai le curseur sur 78 tours, époussetai le disque et le mis sur le plateau. Les portes coulissantes de ma chambre ouvertes, je posai l'aiguille sur le sillon de la dernière plage et montai le volume pour que Murray entende depuis la terrasse, puis je sortis le rejoindre.

Dans le soir nous écoutâmes, non pas chacun les paroles de l'autre, mais tous les deux *Doubinouchka*. La formule de Murray était juste. C'était bien une belle chanson populaire traditionnelle, émouvante et mélancolique. Malgré le crissement sur la surface usée (il revenait à intervalles réguliers, non sans rappeler les petits bruits familiers de la nuit, l'été, à la campagne), le chant semblait nous parvenir tout droit de son lointain passé historique. Ce n'était pas du tout comme d'écouter, allongé sur ma terrasse, les concerts classiques à la radio, le samedi soir, en direct de Tanglewood. « Ho ! hisse ! Ho ! hisse ! » venait du fond des temps et de l'espace ; c'était le vestige fantomatique de ces heures d'ivresse révolutionnaire où tout un chacun, dans son appétit de changement, sous-estime comme de juste avec naïveté — folie impardonnable — la capacité de l'humanité à massacrer ses plus nobles idées pour qu'elles tournent à la farce tragique. Ho ! hisse ! Ho ! hisse ! Comme si la ruse, la faiblesse, la bêtise et la corruption ne risquaient pas de peser plus lourd que l'élan collectif, la force du peuple, tirant ensemble pour rebâtir sa vie à neuf et abolir l'injustice. Ho ! hisse !

À la fin du disque, Murray demeura silencieux ; et je me mis à entendre de nouveau tout ce que j'avais évacué en l'écoutant : les grenouilles, avec leurs ronflements, leurs trilles, leurs nasillements, les râles dans le Marais bleu, ce marécage plein de roseaux qui se trouve à l'est de chez moi, les râles et leur kek-kik-keuk, avec les roitelets qui jacassaient leur accompagnement. Et puis les huarts, les huarts maniaco-dépressifs, avec leurs pleurs et leurs rires. Toutes les cinq minutes on entendait couiner une chouette effraie, et, en continu, l'orchestre à cordes des criquets de la Nouvelle-Angleterre nous sciant un concerto pour criquet de Bartók. Un raton laveur gazouilla dans les bois tout proches, et, le temps passant, je pensai même entendre les castors ronger un arbre, là où les affluents de la forêt alimentent mon étang. Des biches, leurrées par le silence, avaient dû trop s'approcher de la maison, car tout à coup, ayant senti notre présence, on entendit leur code en morse pour inviter à la fuite : un renâclement, un grattement de sabot, un piétinement, une cavalcade, elles s'enfuient d'un bond. Leurs corps se précipitent gracieusement dans le fourré et puis, à peine audibles, elles courent comme si leur vie en dépendait. On n'entendit plus que la respiration de Murray, l'éloquence du souffle régulier d'un vieillard.

Il ne s'écoula pas loin d'une demi-heure avant qu'il ne reprît la parole. Le bras du phonographe n'était pas revenu en position de départ, et, à présent, j'entendais l'aiguille frémir sur l'étiquette. Je ne me levai pas pour la remettre en place, car j'aurais interrompu ce qui avait fait taire mon conteur et créé l'intensité de son silence. Je me demandais combien de temps il resterait sans rien dire, et s'il n'allait plus rien dire du tout, et se lever pour me demander de le raccompagner à sa résidence universitaire — au cas où les pensées libérées en lui exigeraient toute une nuit de sommeil pour perdre leur véhémence.

Mais avec un rire discret, il finit par me dire : « Ça m'a touché.

— Ah bon ? Pourquoi ?

— Ma petite fille me manque.

— Où est-elle ?

— Elle est morte, Lorraine.

— Mais quand ?

— Il y a vingt-six ans, en 1971. Méningite. Elle est morte du jour au lendemain, à l'âge de trente ans, en laissant un mari et deux enfants.

— Et Doris, elle est morte ?

— Doris ? Bien sûr. »

Je rentrai dans la maison, pour soulever l'aiguille du phonographe et la remettre à l'arrêt. « Tu veux écouter un autre morceau ? » demandai-je.

Cette fois, il éclata d'un rire franc. « Tu essaies de tester ma résistance ? Tu te fais une idée de ma force, mon cher Nathan, qui me semble un tout petit peu grandiose. *Doubinouchka* a eu raison de moi.

— J'en doute, dis-je en sortant le rejoindre sur la terrasse, où je repris mon siège. Tu disais...

— Je te disais... je te disais... Oui, quand Ira s'est fait virer à coups de pied au derrière, Lorraine était navrée. Elle n'avait que neuf ou dix ans, mais elle s'est révoltée. Après qu'Ira s'est fait mettre à la porte pour être communiste, elle ne voulait plus saluer le drapeau américain.

— Le drapeau américain ? Où ça ?

— À l'école. Où veux-tu qu'elle ait eu à saluer le drapeau ? La maîtresse a essayé de la protéger, elle l'a prise à part, et elle lui a dit qu'il fallait absolument le faire. Mais la petite refusait. Elle bouillonnait de colère. Une vraie colère Ringold. Elle adorait son oncle. Elle tenait de lui.

— Comment ça s'est terminé ?

— J'ai eu une longue conversation avec elle, et elle s'est remise à saluer le drapeau.

— Qu'est-ce que tu lui as dit ?

— Je lui ai dit que j'aimais mon frère, moi aussi. Que je pensais que c'était injuste, moi aussi. Je lui ai dit que je pensais comme elle, que c'était un scandale de virer quelqu'un pour ses opinions politiques. Que je croyais en la liberté de penser. La liberté absolue de penser. Mais je lui ai dit : Il ne faut pas chercher ce genre de bagarre. Ça n'en vaut pas la peine. À quoi ça t'avancerait ? Qu'est-ce que tu gagnerais ? Ne va pas te battre quand tu sais que tu ne peux pas gagner, et que ça n'en vaut même pas la peine. Je lui ai dit ce que je disais à mon frère à propos des discours enflammés — ce que j'essayais de lui dire depuis qu'il était tout petit, pour ce que ça lui a servi ! Que ce n'est pas la colère qui compte, mais de se mettre en colère pour les bonnes raisons. Je lui ai dit : Vois les choses sous l'angle de Darwin. La colère sert à rendre efficace. C'est sa fonction de survie. C'est pour ça qu'elle t'est donnée. Si elle te rend inefficace, laisse-la tomber comme une pomme de terre brûlante. »

Du temps qu'il était mon professeur, cinquante ans plus tôt, Murray savait donner du relief à son propos, mettre la leçon en scène, il avait des douzaines de « trucs » pour que notre attention ne faiblisse pas. Enseigner était pour lui un métier de passion, et c'était un maître stimulant. Mais aujourd'hui, quoique loin d'être un vieillard vidé de sa sève, il ne jugeait plus nécessaire de se mettre en quatre pour être clair, et il en était arrivé à parler de manière presque totalement dépourvue de passion. Il s'exprimait sur un ton passablement monocorde, mesuré, sans tenter d'orienter, ou de désorienter son interlocuteur par des inflexions de voix ou des mimiques trop expressives de son visage ou de ses mains — pas même en chantant : « Ho ! hisse ! »

Son crâne paraissait si petit, si fragile à présent. Pourtant quatre-vingt-dix ans d'existence s'y abritaient. Il y en avait, là-dedans. Tous les morts, d'abord, leurs actions, leurs mauvaises actions convergeant avec toutes les questions sans réponse, les choses dont on ne sera jamais sûr, pour lui assigner une tâche écrasante : raconter cette histoire sans trop d'erreurs.

Le temps, nous le savons, passe très vite vers la fin ; mais Murray était vers la fin depuis si longtemps que, lorsqu'il parlait comme il le faisait, avec patience, avec pertinence, et même une certaine neutralité — ne s'arrêtant que de temps en temps pour boire une bonne gorgée de Martini —, j'avais le sentiment que le temps s'était dissous, pour lui ; qu'il ne s'écoulait plus ni lentement ni vite, et que mon maître ne vivait plus dans le temps, mais seulement à l'intérieur de son être. Comme si cette vie active, pleine d'efforts, entreprenante, où il avait été en toute conscience professeur, citoyen et père de famille avait été une longue lutte pour atteindre un état dont toute ardeur serait absente. Vieillir jusqu'à la décrépitude n'était plus insupportable, pas davantage que le puits sans fond de l'oubli ; ni même le fait que *tout* se ramenait à *rien*. Tout avait été supportable, y compris de mépriser, sans rémission, ce qui méritait de l'être.

En Murray Ringold, pensais-je, l'insatisfaction humaine a trouvé son maître. Il a survécu à l'insatisfaction. Voici ce qui reste lorsque tout est passé : le stoïcisme, qui tient sa tristesse en bride. Voici la retombée de la fièvre. Pendant longtemps, la vie brûle, tout est tellement intense, et puis, peu à peu, la fièvre tombe, on refroidit, et puis viennent les cendres. L'homme qui m'a appris le premier à boxer avec un livre est revenu aujourd'hui démontrer comment on boxe avec la vieillesse.

Et c'est un talent stupéfiant, un noble talent, car rien ne nous apprend moins à vieillir que d'avoir vécu une vie robuste.

3

« La raison pour laquelle Ira était venu me voir, et avait passé la nuit chez nous le jour où vous vous êtes rencontrés, c'est ce qu'il avait appris ce matin-là.

— Elle lui avait dit qu'elle voulait avorter ?

— Non, ça, elle le lui avait déjà dit la veille au soir ; elle lui avait dit qu'elle comptait aller à Camden, se faire avorter. Il y avait là-bas un médecin que les gens riches allaient trouver du temps où l'avortement n'était pas une affaire sans risques. Sa décision ne l'a d'ailleurs pas stupéfait. Ça faisait des semaines qu'elle hésitait, elle ne savait pas quoi faire. Elle était plus âgée qu'Ira, quarante et un ans. Son visage n'en trahissait rien, mais ce n'était plus une jeunesse. Avoir un enfant à son âge lui causait souci. Ira le comprenait, mais il ne l'acceptait pas, il refusait de voir son âge comme un obstacle. Il n'était pas du genre circonspect, vois-tu. Il fonçait dans la vie comme un rouleau compresseur, et il a donc tenté de la convaincre qu'ils n'avaient pas de souci à se faire.

« Il croyait d'ailleurs l'avoir convaincue. Mais il s'est posé un nouveau problème, celui du travail. Déjà, la première fois, quand elle avait eu sa fille

Sylphid, elle avait trouvé dur de gérer sa carrière en s'occupant d'un bébé. Eve n'avait que dix-huit ans, à la naissance de Sylphid — elle était starlette à Hollywood. Elle était mariée à cet acteur-là, Pennington. Très célèbre, dans ma jeunesse, Carlton Pennington, le héros du muet au profil ciselé selon les canons de la beauté classique. Grand, élancé, gracieux, la chevelure noire et lustrée comme l'aile du corbeau, la moustache noire. Élégant jusqu'à la moelle. Membre en bonne place de l'aristocratie sociale et de l'aristocratie d'Éros — ce dont son jeu de scène tirait le meilleur parti. Le prince charmant et une centrale électro-érotique, le type qui vous conduit à l'extase dans une Rolls plaqué argent.

« C'est le studio qui a arrangé le mariage. Elle et Pennington avaient eu un tel succès ensemble, et elle était tellement toquée de lui que le studio a décidé qu'il fallait qu'ils se marient. Et une fois mariés, qu'ils aient un enfant. Tout ça pour faire taire les rumeurs selon lesquelles il était pédé. Et il l'était, bien sûr.

« Pour qu'elle puisse épouser Pennington, il fallait se débarrasser d'un premier mari. Pennington a été son deuxième. Le premier s'appelait Mueller, elle s'était enfuie avec lui à l'âge de seize ans. C'était un voyou illettré qui venait de passer cinq ans dans la marine. Grand, costaud, d'ascendance germanique, fils de barman, il avait grandi à Kearny, près de Newark. Des origines frustes, pour un type fruste. Une sorte d'Ira sans idéalisme. Elle l'avait rencontré dans un groupe de théâtre du quartier. Il voulait être acteur, elle voulait être actrice. Il vivait dans une pension de famille, elle habitait encore chez ses parents et allait au lycée ; ils se sont enfuis à Hollywood. C'est comme ça qu'Eve s'est retrouvée en Californie, elle s'est sauvée toute gamine avec le fils du barman. Au bout d'un an, elle était déjà vedette, et donc, pour se débarrasser de Mueller, qui lui n'était rien, le studio l'a acheté. Il a même tourné dans quelques muets, ça faisait partie de son dédommagement, et il a eu un ou deux rôles de dur dans le parlant, mais ses relations avec Eve ont disparu des archives. Jusqu'à une date ultérieure du moins. On va le retrouver, Mueller. L'intéressant, c'est qu'elle épouse Pennington, coup de pub pour tout le monde : mariage au studio, bambin, douze ans de vie conjugale avec Pennington, douze ans où elle a vécu comme une nonne.

« Elle avait coutume d'emmener Sylphid voir son père en Europe même après son mariage avec Ira. Pennington est mort, aujourd'hui, mais il vivait sur la Côte d'Azur, après la guerre. Il avait une villa dans les collines, au-dessus de Saint-Tropez. Il était ivre tous les soirs, il partait en chasse, c'était devenu une ex-célébrité aigrie qui passait son temps à déblatérer contre les Juifs qui dirigeaient Hollywood et qui avaient ruiné sa carrière. Elle emmenait Sylphid voir son père en France, ils sortaient dîner à Saint-Tropez tous les trois, il buvait une ou deux bouteilles de vin, et il se mettait à reluquer un serveur pendant tout le dîner, et puis il renvoyait Eve et Sylphid à leur hôtel. Le lendemain, quand elles allaient chez lui prendre le petit déjeuner, le serveur était à table avec eux en peignoir de bain, et tout le monde mangeait des figues fraîches. Eve retournait auprès d'Ira en larmes, elle racontait que ce type avait grossi, qu'il buvait, et qu'il y avait toujours un gosse de dix-huit ans qui couchait chez lui, un serveur, un jeune clochard levé sur la plage, un balayeur — elle ne pourrait plus jamais retourner en France. Mais elle y retournait pourtant, à tort ou à raison, elle emmenait Sylphid à Saint-Tropez voir son père deux ou trois fois par an. Ça ne devait pas être bien facile pour la petite.

« Après Pennington, Eve a épousé un promoteur immobilier, ce Freedman dont elle prétendait qu'il avait dépensé jusqu'à son dernier sou à elle, et failli l'obliger à hypothéquer sa maison. Si bien que lorsque Ira est arrivé dans le monde de la radio, à New York, elle est tout naturellement tombée amoureuse de lui. Noble pourfendeur de barrières, entreprenant, impollué, formidable conscience ambulante, toujours à japper pour réclamer la justice et l'égalité pour tous. Ira et ses idéaux attiraient toutes sortes de femmes, de Donna Jones à Eve Frame, avec toutes les catégories d'emmerderesses intermédiaires. Les femmes en détresse étaient folles de lui. Sa vitalité. Son énergie. Un géant, un Samson révolutionnaire. Chevaleresque à sa manière de rustre. Et puis il sentait bon. Tu t'en souviens ? C'était naturel. Lorraine disait : "Oncle Ira, il sent le sirop d'érable." C'était vrai. Il sentait la sève.

« Au début, l'idée qu'Eve aille remettre sa fille à Pennington le rendait fou. Je crois qu'il pensait qu'elle ne le faisait pas seulement pour permettre à la petite de voir son père, mais qu'elle lui trouvait encore quelque chose. C'est bien possible, d'ailleurs. Peut-être justement son homosexualité. Peut-être ses origines sociales prestigieuses. Vieille fortune californienne. Qui lui permettait de vivre en France, du reste. Parmi les bijoux que Sylphid portait, il y avait des pièces espagnoles collectionnées par la famille de son père. Ira me disait : "Sa fille est chez lui, dans une pièce, et lui, il est dans une autre pièce avec un matelot. Eve devrait *protéger* sa fille de ces situations, au lieu de la traîner en France pour les lui mettre sous le nez. Pourquoi est-ce qu'elle ne protège pas sa fille ?"

« Je connaissais bien mon frère. Je savais ce qu'il avait envie de dire. Il avait envie de dire, Je t'interdis d'y retourner. Moi, je l'ai averti : "Tu n'es pas le père. Tu n'es pas en position d'interdire quoi que ce soit à sa fille. Si tu estimes que c'est une raison suffisante pour rompre, soit. Autrement, reste, et fais avec."

« C'était ma première occasion de lui laisser entendre — pas question de le dire crûment — ce que j'avais sur le cœur depuis longtemps. Avoir une aventure avec elle, passe encore. Une vedette de cinéma, pourquoi pas ? Mais l'épouser ? Non, ça c'était une erreur criante à tous égards. Cette femme n'avait aucun contact avec la politique, le communisme surtout. Elle s'y retrouvait dans les intrigues embrouillées des romans victoriens, elle aurait pu débiter tous les noms des personnages de Trollope, mais de la société, de ses fonctionnements quotidiens, elle ne savait rien. Elle s'habillait chez Dior, des vêtements fabuleux. Elle devait avoir un millier de petits bibis à voilette. Elle portait des sacs et des chaussures en reptile. Elle dépensait une fortune en vêtements. Tandis qu'Ira, c'était le type qui mettait quatre dollars quatre-vingt-dix-neuf dans une paire de chaussures. Un jour, il tombe sur la facture d'une de ses robes : huit cents dollars. Il ne comprend même pas ce que ça veut dire. Il va jusqu'à la penderie et il essaie de s'imaginer comment elle peut coûter ce prix-là. Normalement, en tant que communiste, elle aurait dû l'agacer dès la première seconde. Alors qu'est-ce qui peut bien expliquer qu'il l'ait épousée, elle, plutôt qu'une camarade ? À l'intérieur du Parti, tu ne crois pas qu'il aurait pu en rencontrer une qui le soutienne, qui soit avec lui dans la lutte ?

« Doris l'excusait toujours, elle lui trouvait des circonstances atténuantes, elle prenait toujours sa défense quand je commençais. “Oui, elle disait, voilà un communiste, un grand révolutionnaire, un membre du Parti avec tout son enthousiasme, et tout d'un coup, il tombe amoureux d'une actrice écervelée qui porte des jupes longues et des vestes à taille de guêpe, célèbre, belle, plongée comme un sachet de thé dans ses prétentions à l'aristocratie, il est en pleine contradiction avec ses valeurs morales, seulement c'est ça l'amour. — Tu crois ? je lui demandais. Moi, j'y verrais plutôt de la crédulité, de la confusion mentale. Ira n'a aucune intuition dans le domaine des émotions. Ce manque d'intuition est classique chez ce genre de gauchiste sans nuances. Ces gens-là ne sont pas d'une grande finesse psychologique.” Mais la parade de Doris, c'était de le justifier par le pouvoir annihilant de l'amour. “L'amour, disait-elle, l'amour ça n'est pas logique. La vanité n'est pas logique. Ira non plus. Chacun de nous, en ce bas monde, a sa vanité, et par conséquent son aveuglement sur mesure. Eve Frame est la vanité d'Ira.”

« Même à son enterrement, où il n'y avait pas vingt personnes, Doris, qui avait pourtant le trac quand il s'agissait de parler en public, s'est levée pour faire un discours. Elle a dit que c'était un communiste qui était porté sur la vie ; un communiste passionné, mais surtout pas fait pour vivre dans l'enclave fermée du Parti ; et c'était ce qui l'avait détourné de sa voie, et détruit. Il n'était pas parfait du point de vue du communisme — Dieu merci. Il ne savait pas renoncer à la vie personnelle. Les considérations personnelles ne cessaient de faire irruption chez lui, tout militant et déterminé qu'il essayait d'être. C'est une chose de faire allégeance à son Parti, c'en est une autre d'être qui l'on est, et de ne pas savoir se restreindre. Il ne savait refouler aucune facette de son être. Ira s'investissait dans tout ce qu'il vivait, a dit Doris, et jusqu'à la garde, y compris dans ses contradictions.

« Ma foi, peut-être que oui, peut-être que non. Ses contradictions étaient indéniables. Ouvert en tant que personne, secret en tant que communiste. La vie de famille, la vie de Parti. Le besoin d'avoir un enfant, le désir de fonder une famille — est-ce qu'un membre du Parti qui avait ses aspirations devrait tellement se soucier d'avoir un enfant ? Même à ses contradictions il faut savoir imposer une limite. Un gars des rues épouser une *artiste* * ? Un type d'une trentaine d'années épouser une femme qui en a quarante, avec un grand bébé adulte encore au foyer ? Leurs incompatibilités étaient sans nombre. Seulement voilà, ça le stimulait. Avec Ira, plus ça clochait, plus il y avait à remédier.

« Je lui ai dit : "Ira, pour ce qui est de Pennington, la situation est impossible à redresser. La seule façon d'y remédier, c'est de ne pas être là." Je lui ai répété plus ou moins ce qu'O'Day lui avait dit à propos de Donna. "C'est pas de la politique, c'est de la vie privée. Tu peux pas importer dans ta vie privée l'idéologie que tu apportes dans le vaste monde. Tu peux pas changer cette femme. Telle qu'elle est, elle restera ; si c'est insupportable, alors mets les voiles. C'est une femme qui a épousé un homosexuel, qui a vécu douze ans avec lui sans qu'il la touche et qui continue d'entretenir un certain commerce avec lui, alors qu'il se conduit devant leur fille d'une manière qu'elle considère préjudiciable à son équilibre. Elle considère sans doute qu'il serait encore plus préjudiciable pour elle de ne pas voir son père du tout. Elle est prise entre deux feux, il n'y a sans doute pas de bonne solution — alors laisse faire, n'y pense pas, laisse tomber."

« Puis je lui ai demandé : "Dis-moi, est-ce qu'il y a

d'autres choses que tu ne supportes pas ? D'autres choses que tu voudrais changer ? Parce que, s'il y en a, n'y pense même pas. Tu ne peux *rien* changer."

« Mais changer les choses, c'était la grande affaire de sa vie. Le sens de sa vie. Le sens de cette vie d'efforts. C'était l'essence même de cet homme que de traiter tout obstacle comme un défi à sa volonté. Il fallait toujours qu'il fasse un effort, qu'il change tout. Selon lui, c'était pour ça qu'on était venus au monde. Tout ce qu'il voulait changer s'y trouvait.

« Mais dès qu'on désire passionnément ce qui échappe à son contrôle, on s'expose à des mécomptes — on se prépare à se faire mettre à genoux.

« "Dis-moi, j'ai dit à Ira, si tu devais mettre en colonne toutes les choses insupportables, tirer un trait dessous et les additionner, est-ce que ça donnerait le résultat 'totalement insupportable' ? Parce que si c'est le cas, quand bien même tu serais arrivé l'avant-veille, quand bien même ton mariage serait tout neuf, il faut que tu t'en ailles. Parce que toi, quand tu te trompes, tu as tendance à ne pas t'en aller, au contraire. Tu as tendance à corriger les choses à ta manière véhémente, comme les gens de notre famille aiment corriger les choses. Ça me fait souci, ça, en ce moment."

« Il m'avait déjà parlé du troisième mariage d'Eve, avec Freedman, alors je lui ai dit : "On dirait qu'elle collectionne les désastres. Et qu'est-ce que tu vas y faire, au juste ? Tu vas défaire les désastres ? Le Grand Libérateur à la ville comme à la scène ? C'est pour ça que tu es allé la chercher au départ ? Pour lui montrer que tu es plus grand et meilleur que la grande vedette hollywoodienne ? Et qu'un Juif n'est pas un capitaliste rapace comme Freedman, mais une machine à rétablir la justice, comme toi ?"

« Doris et moi, nous avions déjà dîné chez eux.

J'avais vu la famille Pennington-Frame en action, alors j'ai vidé mon sac sur ce chapitre aussi, j'ai vidé mon sac jusqu'au bout. "Cette fille est une bombe à retardement, Ira. Elle est pleine de rancune, elle est morose, elle est sinistre — c'est quelqu'un qui ne pense qu'à s'exhiber, le reste du temps, elle est absente. C'est une volontaire, qui a l'habitude d'obtenir ce qu'elle veut, et toi, Ira Ringold, tu l'encombres. Certes, toi aussi tu as de la volonté, tu es plus grand qu'elle, plus âgé. Mais tu ne pourras pas faire connaître ta volonté. En ce qui concerne cette fille, ce n'est pas ta supériorité physique et ton âge qui te donneront la moindre autorité morale. Tu vas en être frustré, toi, le magnat du racket à l'autorité morale. Avec toi, la fille va découvrir le sens d'un mot que sa mère ne lui a jamais donné l'occasion de rencontrer : résistance. Tu es un obstacle d'un mètre quatre-vingt-dix-sept, une menace pour sa tyrannie sur la vedette qu'est Maman."

« Je n'ai pas mâché mes mots. J'étais intense moi-même, à l'époque. L'irrationnel me déstabilisait, surtout venant de mon frère. Je me suis montré plus véhément que j'aurais dû, mais je n'ai pas vraiment exagéré les choses. Je m'en suis aperçu tout de suite, sitôt la porte passée, quand on a dîné chez eux. Ça me paraissait flagrant, mais Ira s'est indigné. "Et qu'est-ce que tu en sais ? Comment tu sais tout ça ? Parce que tu es très intelligent, ou parce que je suis trop crétin ? — Ira, il y a une famille de deux personnes qui vit sous ce toit, pas une famille de trois personnes ; une famille de deux personnes qui n'a aucune relation humaine concrète avec les autres. Il y a sous ce toit une famille qui n'a le sens des proportions en rien ni pour rien. Sous ce toit, la mère est en butte au chantage affectif de sa fille. Tu ne peux pas vivre heureux en protégeant quelqu'un qui est victime d'un chantage aux sentiments. Dans cette maison les rôles se renversent, la mère n'a pas d'autorité, c'est la fille qui en a, ça crève les yeux. C'est Sylphid qui fait la loi. Et sa rancune amère contre Eve crève les yeux. Cette fille a une dent contre sa mère, pour un crime impardonnable, ça crève les yeux. Elles ne connaissent aucun frein à leurs émotions exacerbées, ça aussi, ça crève les yeux. Elles n'éprouvent aucun plaisir à la compagnie l'une de l'autre. Il ne pourra jamais rien y avoir qui ressemble à une entente raisonnable, convenable, entre une mère aussi apeurée et une fille aussi sévère, jamais sevrée.

« "Tu vois, Ira, la relation entre une mère et sa fille, une mère et son fils, ça n'est pas si compliqué, je lui ai dit. Moi j'en ai une, de fille. Je m'y connais en filles. C'est une chose de vivre avec ta fille parce que tu l'aimes, parce que tu en es épris, c'en est une autre de vivre avec elle parce qu'elle te terrifie. Ira, la fureur de cette fille contre le remariage de sa mère voue d'emblée ton ménage à l'échec. 'À chaque famille son malheur', moi je te décris seulement de quelle façon cette famille-là est malheureuse."

« C'est alors qu'il a contre-attaqué. "Écoute, moi, j'habite pas Lehigh Avenue. J'adore ta Doris, c'est une épouse formidable, une mère formidable, mais moi, le couple juif bourgeois avec deux services à vaisselle, ça m'intéresse pas. J'ai jamais vécu dans les conventions bourgeoises, alors c'est pas aujourd'hui que je vais commencer. Tu me proposes carrément d'abandonner une femme que j'aime, un être humain extraordinaire, plein de talent — dont la vie, soit dit en passant, n'a pas été un lit de roses —, de l'abandonner et de me tirer à cause de cette gosse qui joue de la harpe ? Tu crois vraiment que c'est ça, le problème de ma vie ? Le problème de ma vie, c'est le syndicat auquel j'appartiens, Murray, faire bouger ce foutu syndicat d'acteurs, qui est coincé sur ses positions. Le problème de ma vie, c'est le type qui écrit mes rôles. Mon problème, c'est pas de déranger la gamine d'Eve, c'est de déranger Artie Sokolow. Je négocie avec ce type, avant qu'il rende son scénario ; je le lis avec lui, et si j'aime pas mon texte, Murray, je lui envoie pas dire. Je refuse de dire un texte qui me convienne pas. Alors je m'assieds à table avec lui et je me bats jusqu'à ce qu'il me donne un texte qui fasse passer un message socialement utile."

« Tu pouvais toujours compter sur Ira pour être à côté de la plaque avec agressivité. Il pensait, certes, mais il n'avait pas les idées claires. Il avait des idées fortes. Moi, je lui réponds : "Que tu joues les caïds dans ton métier et que tu apprennes aux auteurs à écrire leurs scénarios, moi je m'en fiche pas mal. Je te parle pas de ça. Je te parle pas de mariage bourgeois, conformiste ou anticonformiste. Je te parle d'un foyer où la pauvre mère n'est qu'un paillasson que sa fille piétine. C'est quand même dingue que toi, fils de notre père, toi qui as grandi chez nous, tu ne voies pas à quel point les rapports domestiques peuvent être explosifs, destructeurs pour ceux qui les vivent. Ces chamailleries qui te vident de ton énergie, cette désespérance quotidienne. Ces négociations pied à pied. Ce foyer où tu vis est complètement déjanté."

« Bon, Ira n'était pas du genre à se gêner pour te dire : "Va te faire foutre", et ne plus jamais te revoir. Il faisait pas dans la nuance. Il démarrait en première, et crac, il passait la cinquième et adios. Je pouvais pas m'arrêter, je voulais pas, et donc, bien sûr, il m'a dit d'aller me faire foutre et il est parti. Six semaines plus tard je lui ai écrit, mais il n'a pas répondu. Alors j'ai téléphoné, pas de réponse non plus. Pour finir, je suis allé à New York et je l'ai coincé pour m'excuser : "Tu avais raison, j'avais tort, ça me regarde pas. Tu nous manques. On veut que tu viennes nous voir. Tu veux amener Eve, tu l'amènes, tu veux pas, tu l'amènes pas. Tu manques à Lorraine. Elle t'adore, elle ne sait pas ce qui s'est passé. Tu manques à Doris, etc." Ce que j'aurais voulu lui dire, c'est : "Tu te trompes de danger. Ce qui te menace, c'est pas le capitalisme impérialiste. Ce qui te menace, c'est pas tes actions publiques, c'est ta vie privée. C'est pas d'hier, et ce sera toujours comme ça."

« Il y avait des nuits où je n'arrivais pas à dormir. Je disais à Doris : "Mais pourquoi il s'en va pas ? Qu'est-ce qui l'empêche ?" Et tu sais ce qu'elle me répondait, Doris : "Ce qui l'empêche c'est qu'il est comme tout le monde — on ne comprend les choses que quand c'est fini. Et toi, pourquoi tu me quittes pas ? Tout ce qui rend la vie difficile entre les gens, on le vit pas, tu crois ? On a des disputes, des désaccords. On a les mêmes problèmes que tout le monde, de vétilles en bêtises, les petites insultes, les petites tentations qui s'accumulent. Il y a des femmes à qui tu plais, tu crois que je ne le sais pas ? Des collègues, des femmes de ton syndicat, à qui tu plais énormément, toi, mon mari. Quand tu es rentré de guerre, tu as passé un an à te demander ce que tu faisais avec moi, à te dire tous les jours : 'Mais pourquoi je la quitte pas ?' — Tu crois que je ne le sais pas ? Mais tu ne l'as pas fait. En général les gens ne le font pas. Tout le monde est insatisfait, mais, en général, on reste. Surtout les gens qui ont été abandonnés eux-mêmes, comme toi et ton frère. Après ce que vous avez passé, vous placez la stabilité très haut. Trop haut sans doute. Le plus difficile, dans la vie, c'est de couper le cordon. Les gens sont prêts à s'adapter de dix mille manières à la conduite la plus pathologique. Comment se fait-il qu'un homme qui a son profil affectif se lie avec une femme comme elle ? Pour la raison habituelle : leurs tares se complètent. Ira ne peut pas plus se sortir de ce mariage qu'il ne peut se sortir du Parti communiste."

« Bon, pour en revenir au bébé. Johnny O'Day Ringold. Eve a expliqué à Ira que quand elle avait eu Sylphid, à Hollywood, entre elle et Pennington, il y avait deux poids deux mesures. Qu'il parte tous les jours sur un tournage, tout le monde trouvait ça normal ; qu'elle parte tous les jours sur un tournage en confiant son bébé à une gouvernante, ça faisait d'elle une mauvaise mère, une mère négligente, égoïste, et ça rendait tout le monde malheureux, elle comprise. Elle lui a expliqué qu'elle ne voulait pas revivre cette situation. Ça avait été trop dur pour elle, trop dur pour Sylphid. Elle lui a expliqué que par bien des côtés, c'était cette pression qui avait miné sa carrière à elle dans le cinéma.

« Mais Ira a répondu qu'elle ne faisait plus de films, mais de la radio, et encore, au sommet de sa carrière. Elle ne partait pas travailler tous les jours, mais deux fois par semaine. Ça n'avait rien à voir. Il ne fallait pas confondre Ira Ringold avec Carlton Pennington. Ça n'était pas lui qui allait la laisser en plan avec le gosse. Pas besoin de gouvernante. Au diable, la gouvernante. Il l'élèverait lui-même, le petit Johnny O'Day, s'il le fallait. Quand Ira tenait un os, il le lâchait pas facilement. Et Eve était incapable de résister à ce type de pression. Dès qu'on la poussait dans ses retranchements, elle s'effondrait. Il a donc cru l'avoir convaincue sur ce chapitre-là aussi. Au bout du compte, elle lui a dit qu'il avait raison, que ça n'était pas du tout la même chose, d'accord, ils allaient l'avoir ce bébé; alors pour lui, c'était l'euphorie, le septième ciel — il fallait l'entendre.

« Seulement voilà, la veille du jour où il est venu chez nous à Newark et où vous vous êtes rencontrés, elle a craqué, elle lui a dit qu'elle n'y arriverait pas. Elle lui a dit à quel point elle était déchirée de lui refuser quelque chose qu'il voulait tellement, mais elle ne voulait pas revivre ça. Leur discussion a duré des heures, qu'est-ce qu'il pouvait faire? Quel bien ça allait faire à qui que ce soit — elle, lui, ou le petit Johnny — si leur vie de famille devait se dérouler sur ce fond de malheur? Il était effondré et ils ont veillé jusqu'à trois ou quatre heures, cette nuit-là, mais en ce qui le concernait, c'était fini. C'était un type tenace, mais il n'allait tout de même pas l'attacher à son lit pendant sept mois pour qu'elle l'ait, ce bébé. Si elle n'en voulait pas, elle n'en voulait pas. Alors il lui a dit qu'il l'accompagnerait à Camden chez le médecin avorteur. Elle ne serait pas toute seule. »

En écoutant Murray, je me laissais malgré moi rattraper par les souvenirs de mes moments avec Ira, des souvenirs que je n'aurais pas cru garder, la façon dont je me gorgeais de ses mots, de ses convictions d'adulte; il me revenait des souvenirs palpables de nous deux en train de traverser le parc de Weequahic, lui me parlant des gamins miséreux qu'il avait vus en Iran.

« Quand je suis arrivé en Iran, me disait-il, les indigènes souffraient de toutes les maladies possibles et imaginables. Vu qu'ils sont musulmans, ils se lavaient les mains avant de déféquer et après — seulement ils le faisaient dans le fleuve, ce fleuve qui passait devant nous, pour ainsi dire. Ils se lavaient les mains dans l'eau où ils urinaient. Leurs conditions de vie étaient terribles, Nathan. Le pays était aux mains des cheiks. Pas des cheiks d'opérette, hein, des dictateurs de tribu, tu piges ? L'armée leur donnait de l'argent pour que les indigènes travaillent pour nous, et nous on donnait aux indigènes des rations de riz et de thé. Du riz et du thé, et basta. Ces conditions de vie ! J'avais jamais rien vu de pareil. J'avais couru après le boulot, pendant la Crise, moi, j'avais pas été élevé au Ritz, mais là c'était autre chose. Nous, par exemple, quand on déféquait, on le faisait dans des seaux de l'armée — des seaux en fer, quoi. Et il fallait aller les vider, si bien qu'on les vidait sur la décharge. Et qui tu crois qui se trouvait sur la décharge ? »

Tout à coup, Ira s'est senti incapable de continuer, incapable de parler. Incapable de marcher. Je m'affolais toujours quand ça lui arrivait. Et comme il le savait, il agitait la main en l'air pour me faire signe de l'attendre, me dire que ça allait passer.

Les choses qui ne lui plaisaient pas, il était incapable d'en discuter calmement. Tout son maintien viril pouvait s'altérer au point qu'il devenait méconnaissable dès qu'il s'agissait de la dégradation de l'être humain. Lorsqu'il me dit : « Et qui tu crois qui s'y trouvait ? », j'ai très bien compris qui à cause de sa respiration : « Aaah, aah, aaah... » On aurait cru qu'il allait rendre le dernier soupir. Dès qu'il a retrouvé ses esprits, suffisamment pour pouvoir marcher, je lui ai demandé, comme si je ne le savais pas : « Qui, Ira, qui donc ?

— Les gosses. Ils y vivaient. Ils écumaient la décharge pour trouver à manger. »

Cette fois, quand il avait cessé de parler, j'avais été pris de panique ; j'avais peur qu'il se bloque, qu'il soit si chaviré — pas seulement par ses émotions mais par une immense solitude qui semblait le vider brutalement de sa force — qu'il ne puisse redevenir le héros plein de courage et de colère que j'adorais. Je savais qu'il fallait que je tente quelque chose, n'importe quoi, et j'essayai du moins de compléter sa pensée. Je lui dis : « Et c'était affreux. »

Il me donna une tape dans le dos, et nous nous remîmes en route.

« Pour moi, oui, répondit-il enfin. Mais mes potes de l'armée en avaient rien à foutre. Personne n'en a jamais rien dit. J'ai jamais vu personne — parmi mes chers compatriotes — déplorer la situation. Moi, ça me faisait vraiment chier. Mais j'y pouvais rien. Y a pas de démocratie à l'armée, tu piges ? Tu vas pas dire ta façon de penser à tes supérieurs. Et ça durait depuis le commencement des temps, ça. C'est l'histoire du monde. Voilà comment les gens vivent. Voilà comment on les *oblige* à vivre ! »

Nous nous baladions dans Newark, tous les deux, pour qu'il me montre les quartiers non juifs que je ne connaissais pas vraiment. Le Premier arrondissement, où il avait grandi avec les Italiens pauvres ; le quartier de Down Neck où vivaient les Irlandais et les Polonais pauvres ; et au fil de ces virées, il m'expliquait que, contrairement à ce que j'avais peut-être entendu dire, ces gens n'étaient pas que des goys ; c'étaient « des travailleurs, comme tous les travailleurs de ce pays, industrieux, pauvres, impuissants, qui luttaient pied à pied, jour après jour, pour mener une vie décente et digne ».

Nous allions dans le Troisième arrondissement, où les Noirs avaient fini par occuper les rues et les vieux taudis des immigrants juifs. Hommes, femmes, garçons et filles, Ira parlait à tous les gens qu'il rencontrait ; il leur demandait ce qu'ils faisaient, comment ils vivaient, et ce qu'ils diraient de la possibilité de « changer ce système de merde et tout ce mécanisme de cruauté ignorante » qui les privait de leur égalité. Il s'asseyait sur un banc devant la boutique d'un coiffeur, dans Spruce Street, une rue minable à deux pas de Belmont Avenue où mon père avait grandi dans un immeuble de rapport, et il disait aux hommes assemblés sur le trottoir : « Moi, je suis le type qui adore rentrer dans la conversation des autres », sur quoi il se mettait à leur parler de leur droit à l'égalité ; il ne ressemblait jamais davantage à ce bronze de Lincoln aux formes étirées qui se trouve au pied du grand escalier du tribunal du comté d'Essex, à Newark, un Lincoln familier aux gens du cru, que Gutzon Borglum a représenté assis sur un banc de marbre, accueillant aimablement le visiteur à qui sa posture avenante et son visage barbu et émacié révèlent qu'il est sage et avisé, grave et paternel, et bon. Quant à moi, devant chez ce coiffeur de Spruce Street, à entendre Ira déclamer parce qu'on venait de lui demander son opinion : « Un Noir a le droit de manger où il veut bien payer la note », je me rendis compte que je n'avais jamais imaginé, et encore moins vu, un Blanc aussi à l'aise avec les Noirs, aussi naturel.

« Ce que les gens prennent pour de la morosité et de la bêtise, chez eux, tu sais ce que c'est, Nathan ? C'est une carapace protectrice. Mais dès qu'ils rencontrent quelqu'un qui est exempt de préjugés raciaux, tu vois ce qui se passe, ils n'ont plus *besoin* de cette carapace. Ils ont leur lot de cinglés, bien sûr, mais tu peux me dire où il n'y en a pas ? »

Un jour, devant chez le coiffeur, Ira découvrit un très vieux Noir aigri qui n'aimait rien tant que d'épancher sa bile dans des discussions véhémentes sur la vacherie de l'humanité : « Tous les maux que nous avons sous les yeux ne sont pas nés de la tyrannie des tyrans, mais de la tyrannie de l'humanité, avec sa cupidité, son ignorance, sa brutalité, sa

haine. Le tyran du mal, c'est chacun d'entre nous. »
Nous y sommes donc retournés plusieurs fois, et les gens faisaient cercle autour de nous pour entendre Ira se colleter avec ce mécontent majeur, toujours vêtu avec soin d'un costume-cravate sombre et que tous les autres appelaient respectueusement Mr Prescott. Ira faisait du prosélytisme personnalisé, il entreprenait un Noir à la fois; un remake assez singulier du débat Lincoln-Douglas.

« Êtes-vous toujours convaincu, lui demanda-t-il aimablement, que la classe ouvrière va se contenter des miettes qui tombent de la table impérialiste ? — Monsieur, je le suis ! Quelle que soit leur couleur, les masses sont et seront toujours écervelées, veules, bêtes et méchantes. Si elles devaient devenir moins pauvres, elles n'en seraient que plus écervelées, plus veules, plus bêtes et plus méchantes. — Eh bien, j'y ai réfléchi, monsieur, et je suis convaincu que vous êtes dans l'erreur. Le simple fait qu'il n'y ait pas assez de miettes pour bien nourrir une classe ouvrière docile réfute cette théorie. Vous tous ici, messieurs, vous sous-estimez l'imminence de l'effondrement industriel. C'est vrai que la plupart des ouvriers soutiendraient Truman et le plan Marshall s'ils étaient sûrs que ça garantisse leur emploi. Mais la contradiction, la voilà : le gros de la production va au matériel de guerre, tant pour les forces américaines que pour les gouvernements fantoches, et ce détournement *appauvrit les travailleurs américains*. »

Même face à la misanthropie chèrement acquise, semblait-il, de Mr Prescott, Ira tentait d'introduire un peu de raison et d'espoir dans la discussion, de faire germer, sinon en Mr Prescott lui-même, du moins chez les auditeurs du trottoir, une conscience des transformations à effectuer dans la vie des hommes par une action politique concertée. Pour moi, ce que je vivais s'apparentait aux grandes heures de la Révolution française telles que les évoque Wordsworth : « Quel bonheur d'être vivant en cette aube / Mais y être jeune, c'était le paradis même. » Nous étions deux Blancs, entourés d'une dizaine, d'une douzaine de Noirs ; nous n'avions pas de sujet d'inquiétude, ils n'avaient rien à craindre : nous n'étions pas leurs oppresseurs, ils n'étaient pas nos ennemis. Notre ennemi-oppresseur commun, qui nous faisait si peur, c'était la façon dont la société était organisée et gouvernée.

C'est après cette première virée dans Spruce Street qu'Ira m'a offert du cheesecake au petit restaurant de Weequahic, et que, tout en mangeant, il m'a parlé des Noirs avec lesquels il avait travaillé à Chicago.

« L'atelier se trouvait en plein dans la Ceinture noire de Chicago. À peu près quatre-vingt-quinze pour cent des employés étaient des gens de couleur, et c'est là qu'intervient l'*esprit** dont je te parlais. C'est le seul endroit que j'aie fréquenté où un Noir soit parfaitement à égalité avec n'importe qui d'autre. Si bien que les Blancs ne font pas de complexe de culpabilité, et les Noirs n'ont pas la rage au cœur en permanence. Tu piges ? La promotion se fait strictement à l'ancienneté — donc pas de magouilles.

— Ils sont comment, les Noirs, quand on travaille avec eux ?

— Pour autant que j'ai pu en juger, il n'y avait pas de suspicion à l'égard des Blancs. Déjà, ils savaient très bien que tous les Blancs que le syndicat envoyait dans cette usine étaient soit communistes, soit de vieux, vieux compagnons de route. Donc ils n'étaient pas coincés. Ils savaient qu'on était aussi exempts de préjugés raciaux qu'un adulte pouvait l'être de notre temps, dans notre société. Quand on voyait quelqu'un lire le journal, deux contre un que c'était le *Daily Worker*. En seconde position arrivaient le *Chicago Defender* et le journal hippique, au coude à coude. Hearst et McCormick, chez nous, interdits de séjour.

— Mais en tant que personnes, les Noirs, ils sont comment ?

— Ben, mon pote, il y en a d'odieux, si c'est ce que tu me demandes. C'est pas une légende. Mais ils sont une toute petite minorité, et il suffit de prendre le métro aérien et de traverser les ghettos noirs pour comprendre, à condition d'avoir l'esprit ouvert, ce qui les rend moches comme ça. Le trait qui m'a le plus frappé, chez les Noirs, c'est leur chaleur humaine. Et puis, dans notre usine de disques, leur goût pour la musique. Chez nous, il y avait des haut-parleurs et des amplis partout, et si quelqu'un voulait entendre un air en particulier — parce que la musique marchait tout le temps —, il lui suffisait de le demander. Les gars chantaient, ils esquissaient des pas de danse — c'était pas rare qu'il y en ait un qui attrape une fille pour danser. Un tiers des employés étaient des jeunes Noires. Des filles très bien. On fumait, on lisait, on faisait notre café, on discutait en braillant à pleins poumons, et le boulot se faisait sans à-coup ni accroc.

— Tu t'es fait des amis, parmi les Noirs ?

— Bien sûr ! Et comment ! Il y avait un grand type, Earl quelque chose, qui m'a plu tout de suite parce qu'il ressemblait à Paul Robeson. J'ai pas mis bien longtemps à découvrir qu'il était à peu près le même genre de trimardeur du turbin que moi. Il prenait le tram puis le métro aérien aussi loin que moi sur la ligne, et on faisait exprès de prendre le même, comme font les gars, pour avoir quelqu'un avec qui jacter. Jusqu'aux portes de l'usine, Earl et moi, on parlait et on riait comme pendant le boulot. Mais une fois montés dans la rame, où il y avait des Blancs qu'il connaissait pas, il se fermait comme une huître, et il me disait juste : "Salut !" quand je descendais du métro. »

Dans les pages du petit carnet marron qu'Ira avait rapporté de guerre, parmi ses remarques et ses convictions au jour le jour, se trouvaient les noms et les adresses de tous les soldats politisés du même bord que lui qu'il avait rencontrés à l'armée. Il avait commencé à les repérer, à leur écrire dans tout le pays et à aller voir ceux qui résidaient dans l'État de New York et dans le New Jersey. Un jour, nous sommes allés faire une virée en banlieue, à Maplewood, pour voir l'ancien sergent Erwin Goldstine, qui, en Iran, était aussi à gauche que Johnny O'Day (« Un marxiste bon teint », disait Ira), mais qui, une fois rentré — c'est ce que nous avons découvert —, s'était marié avec une femme dont la famille possédait une fabrique de matelas à Newark, de sorte qu'aujourd'hui, père de trois enfants, il adhérait à tout ce qu'il avait combattu hier. Sur la loi Taft-Hartley, sur les relations raciales, sur le contrôle des prix, il ne discuta même pas avec Ira. Il lui rit au nez.

Sa femme et ses gosses étaient partis passer l'après-midi chez ses beaux-parents ; nous voilà donc assis dans sa cuisine, à boire du soda, tandis que ce petit bonhomme noueux, avec les airs supérieurs d'un voyou des rues, n'arrête pas de ricaner dédaigneusement de tout ce que dit Ira. Comment il explique son retournement de veste ? « Je savais rien de rien, à l'époque, je confondais la merde avec le cirage, je savais pas de quoi je parlais. » Puis s'adressant à moi : « Écoute pas ce qu'il te raconte, petit. Tu vis en Amérique. C'est le pays le plus formidable du monde, le système le plus formidable du monde. Il y a des gens qui se font chier dessus, d'accord. Tu crois qu'il y en a pas en Union soviétique ? Il te dit que dans le capitalisme, les loups se mangent entre eux ? C'est quoi, la vie, sinon un système où les loups se mangent entre eux ? Notre système est en prise directe avec la vie. Et c'est pour ça qu'il marche. Écoute, tout ce que disent les communistes sur le capitalisme, c'est vrai. Et tout ce que disent les capitalistes sur le communisme, c'est vrai. Seulement la différence, c'est que notre système marche parce qu'il est fondé sur une vérité : l'égoïsme humain ; le leur marche pas parce qu'il est fondé sur un conte de fées : la fraternité humaine. Il est tellement dingue, leur conte de fées, qu'ils sont obligés de te coller les gens en Sibérie pour qu'ils y croient. Pour qu'ils y croient, les gens, à cette histoire de fraternité, il faut contrôler la moindre de leurs pensées, ou alors les fusiller. Pendant ce temps-là, en Amérique, en Europe, les communistes continuent à raconter leur conte de fées alors qu'ils savent très bien ce qui se passe là-bas. Bon, bien sûr, pendant un temps on sait pas. Mais qu'est-ce qu'on sait pas ? On connaît l'être humain. Autant dire qu'on sait tout. On sait que c'est une histoire à dormir debout. Quand t'es jeune, bon, passe encore. Vingt ans, vingt et un, vingt-deux ans, soit. Mais au-delà ? Je vois pas comment une personne d'une intelligence normale peut avaler les contes de fées communistes : "On va faire des trucs formidables." Mais enfin quoi, on connaît son frère. On sait bien que c'est un enfoiré. On connaît son ami. C'est un demi-enfoiré. Et nous aussi, on est des demi-enfoirés. Alors comment veux-tu que ça soit formidable ? C'est pas la peine d'être cynique, ni même sceptique, il suffit d'avoir des capacités d'observation ordinaires pour comprendre que *ça tient pas debout.*

« Tu veux venir visiter mon usine capitaliste, voir

comment on fabrique un matelas à la manière capitaliste ? Viens chez nous, tu parleras aux vrais travailleurs. Ce type-là, c'est une vedette de la radio, c'est à une vedette que tu parles, pas à un ouvrier. Mais si, Ira, tu es devenu une star comme Jack Benny — qu'est-ce que tu y connais, bon Dieu, au monde du travail ? Qu'il vienne dans mon usine, ce jeune, il va voir comment on fabrique un matelas ; il va voir le soin que ça demande ; il va voir comment il me faut superviser tout le processus pour qu'ils me bousillent pas mes matelas. Il va voir ce que ça veut dire d'être l'abominable propriétaire des moyens de production. Ça veut dire se casser le cul vingt-quatre heures sur vingt-quatre. Les ouvriers, à cinq heures, ils rentrent chez eux. Pas moi. Je suis au boulot jusqu'à minuit. Je rentre, et j'arrive pas à dormir parce que je fais les comptes dans ma tête ; et à six heures du matin, je suis de nouveau sur place pour ouvrir. Le laisse pas te bourrer la caisse avec ses idées communistes, petit. C'est rien que des mensonges. Fais de l'argent. Ça ment pas, l'argent. L'argent, c'est la manière démocratique de marquer des points. Faistoi de l'argent, et puis après, s'il faut vraiment, alors prêche la fraternité humaine. »

Ira se cala sur son siège, leva les bras et croisa ses immenses mains derrière sa nuque ; sans cacher son mépris, il déclara, en s'adressant à moi plutôt qu'à notre hôte, exprès pour l'exaspérer encore davantage : « Tu sais quelle est l'une des impressions les plus agréables de l'existence ? La plus agréable, peut-être ? C'est de pas avoir peur. Ce *smok*, ce vendu chez qui on est — tu sais comment il en est arrivé là ? C'est qu'il a peur. Pas plus compliqué que ça. Pendant la Seconde Guerre mondiale, il avait pas peur, Erwin Goldstine. Mais maintenant que la guerre est finie, il a peur de sa femme, peur de son beau-père, peur des créanciers — il a peur de tout. Quand on dévore des yeux la vitrine capitaliste, qu'on en veut toujours plus, qu'on a les doigts de plus en plus crochus, qu'on est de plus en plus avide, alors on acquiert, on possède, on accumule ; c'est la fin des convictions, et le commencement de la peur. Moi, je ne possède rien dont je ne pourrais pas me passer. Tu piges ? J'ai jamais rien eu qui m'attache, à quoi je me sois vendu comme ce mercenaire. Comment j'ai pu passer de la misérable maison de mon père dans Factory Street à ce personnage d'Iron Rinn, comment Ira Ringold, un an et demi de lycée pour tout bagage, a pu rencontrer les gens que je rencontre, connaître le confort que je connais aujourd'hui, en tant que membre officiel de la classe des nantis — c'est tellement incroyable que si je devais tout perdre du jour au lendemain, j'en serais pas étonné. Tu piges ? Tu me suis ? Je peux retourner dans le Midwest. Je peux travailler en usine. Et s'il le faut, je le ferai. Tout plutôt que de devenir un veau comme ce type. C'est ce que tu es devenu, politiquement, conclut-il en regardant enfin Goldstine. T'es plus un homme, t'es un veau insignifiant.

— Bouffon en Iran, bouffon en Amérique, l'Homme de Fer », rétorqua Goldstine. Puis, s'adressant à moi de nouveau — j'étais l'homme normal, celui qu'on teste, le fusible : « Personne peut écouter ce qu'il raconte. Personne peut le prendre au sérieux. C'est un guignol, ce type. Il est incapable de penser. Il l'a toujours été. Il sait rien, il voit rien, il comprend rien. Quand les communistes se trouvent une potiche comme lui, ils savent l'exploiter. Il touche vraiment au fond de la connerie. » Puis, se tournant vers Ira : « Débarrasse le plancher, pauvre connard de communiste ! »

Mon cœur cognait déjà avant même que j'aie vu le

pistolet que Goldstine avait sorti d'un tiroir de cuisine, le tiroir qu'il avait sous les yeux, celui des couverts. Moi, je n'avais jamais vu un pistolet de près, sauf sagement glissé dans la poche revolver des flics de Newark. Ce n'était pas parce que Goldstine était petit que son calibre paraissait gros. Il *était* gros, d'une grosseur invraisemblable, noir, de bonne facture, bien fini, son apparence en disait long sur ses possibilités.

Quoique Goldstine fût debout, et braquât le pistolet sur le front d'Ira, il n'était guère plus grand que lui assis.

« J'ai peur de toi, Ira, poursuivit-il. J'ai toujours eu peur de toi. T'es un sauvage. Je vais pas attendre que tu me fasses ce que t'as fait à Butts. Tu t'en souviens, de Butts ? Tu te rappelles, le petit Butts ? Allez, lève-toi et fous le camp, l'Homme de Fer. Emmène le petit Lèche-cul. Dis donc, Lèche-cul, il t'a jamais parlé de Butts, l'Homme de Fer ? Il a essayé de tuer Butts. Il a essayé de le noyer. Il l'a sorti du mess — tu lui as pas raconté, au gamin, les crises que tu piquais en Iran ? Le gars, qui devait bien peser cinquante kilos, s'approche de l'Homme de Fer que tu vois là, avec un couteau de cantine — une arme très dangereuse, tu te rends compte. Alors l'Homme de Fer le prend par la peau du cou, il le traîne dehors et il l'emmène jusqu'aux quais ; là, il te le retourne, il le tient par les pieds au-dessus de l'eau en lui disant : “Allez, nage, péquenot !” Butts, il crie : “Non, non, je sais pas nager !” Et l'autre : “Ah non ?” et puis il le balance. La tête la première, depuis le dock dans le Chott-al Arab. Il fait quand même dix mètres de profondeur. Butts coule aussitôt. Alors Ira se retourne et il nous crie : “Laissez-le, ce salopard de cul-terreux ! Approchez pas ! Que personne s'approche de l'eau ! — Mais il est en train de se noyer, l'Homme de Fer. — Qu'il se noie ! N'avancez pas ! Je sais ce que je fais. Qu'il boive la tasse !" Quelqu'un saute à l'eau pour essayer de rattraper Butts ; voilà Ira qui saute aussi ; il atterrit sur le gars, il commence à lui marteler la tête à coups de poing, il lui enfonce les doigts dans les yeux, il lui tient la tête sous l'eau. Tu lui as pas parlé de Butts, au gamin ? Comment ça se fait ? Tu lui as pas parlé de Garwych, non plus ? Ni de Solak ? Ni de Becker ? Lève-toi. Lève-toi et fous le camp, espèce de cinglé, t'es qu'un enfoiré, un meurtrier en puissance ! »

Mais Ira ne fit pas un geste. Seuls ses yeux bougeaient. On aurait dit des oiseaux qui voulaient s'échapper de sa tête. Ils étaient agités de tics, ils clignaient comme je ne les avais jamais vus, alors que tout le reste de son interminable personne semblait ossifié, avec une rigidité tout aussi terrifiante que l'affolement de ses yeux.

« Non, Erwin. Pas en me braquant une arme sur la figure. Si tu veux me faire partir, t'appuies sur la détente, ou t'appelles les flics. »

Je n'aurais pas su dire lequel des deux me faisait le plus peur. Pourquoi est-ce qu'Ira ne faisait pas ce que voulait Goldstine ? Pourquoi on ne s'en allait pas tous les deux ? Lequel était le plus fou, du matelassier au pistolet chargé, ou du géant qui le mettait au défi de tirer ? Qu'est-ce qui se passait, là ? On était dans une cuisine ensoleillée de Maplewood, New Jersey, à boire du soda Royal Crown à la bouteille. On était juifs tous les trois. Ira était passé dire bonjour à un vieux pote de l'armée. Qu'est-ce qui leur prenait ?

Dès que je commençai à trembler, cependant, Ira cessa d'être défiguré par les idées délirantes qui le traversaient. En face de lui, de l'autre côté de la table, il vit mes dents se mettre à claquer, mes mains se mettre à trembler sans que je puisse y faire quoi que ce soit ; alors il revint à lui et se leva lentement. Il leva les bras en l'air comme on fait dans les films quand les braqueurs de banque crient : « C'est un hold-up ! »

« C'est fini, Nathan. Cessez-le-feu, la nuit tombe. » Mais malgré la désinvolture avec laquelle il réussit à dire cette phrase, malgré la reddition de ses bras levés pour rire, tandis que nous quittions la maison par la porte de la cuisine et que nous regagnions la rue où la voiture de Murray était garée, Goldstine nous poursuivit, son pistolet à quelques centimètres seulement de la nuque d'Ira.

C'est dans un état second que celui-ci nous fit traverser les rues tranquilles de Maplewood, en longeant les avenantes maisons individuelles où les Juifs venus de Newark venaient d'acquérir leur première demeure, leur première pelouse, leur première affiliation au Country Club. Ce n'était vraiment pas chez ces gens-là, ni dans ce quartier, qu'on se serait attendu à trouver des pistolets dans les tiroirs à couverts.

Une fois passé la ligne d'Irvington, comme nous nous dirigions vers Newark, Ira sortit de sa transe et me demanda : « Ça va ? »

J'étais malheureux ; ce n'était pas la peur qui dominait, mais l'humiliation, la honte. Je m'éclaircis la voix pour être sûr qu'elle ne tremble pas, et dis : « J'ai pissé dans mon froc !

— Ah bon ?

— J'ai cru qu'il allait te tuer.

— Tu as été courageux. Tu as été très courageux. Tu as été bien.

— En redescendant l'allée, j'ai pissé dans mon froc ! m'écriai-je, furieux. Et merde, bon Dieu !

— C'est ma faute, tout ça. C'est moi qui ai pris le

risque de t'amener chez ce *potz*. Il m'a braqué, tu te rends compte, braqué !

— Mais *pourquoi* il a fait ça ?

— Butts s'est pas noyé, dit soudain Ira. Personne s'est noyé. Personne allait se noyer.

— C'est vrai que tu l'as foutu à l'eau ?

— Bien sûr, bien sûr que je l'ai foutu à l'eau. C'était le péquenot qui m'avait traité de youpin. Je te l'ai racontée, cette histoire.

— Je m'en souviens. » Mais il ne m'avait raconté qu'une partie de l'histoire. « C'est la nuit où ils t'ont tendu une embuscade. Où ils t'ont mis une raclée.

— Ouais. Pour ça, ils m'ont mis une raclée. Après avoir repêché ce fils de pute. »

Il me déposa chez moi. Il n'y avait personne à la maison. Je pus donc mettre mes vêtements mouillés dans le séchoir, prendre une douche et me calmer. Sous la douche, je me remis à trembler, pas tant au souvenir de cette cuisine où Goldstine braquait son pistolet sur le front d'Ira, ni à celui des yeux d'Ira comme des oiseaux affolés, mais parce que je me disais : Un pistolet chargé au milieu des couteaux et des fourchettes ? À Maplewood, New Jersey ? Et pourquoi ? À cause de Garwych, tiens ! À cause de Solak ! À cause de Becker !

Toutes les questions que je n'avais pas osé lui poser dans la voiture, je me mis à me les poser tout haut sous la douche : « Qu'est-ce que tu leur as fait, Ira ? »

Contrairement à ma mère, mon père ne voyait pas en Ira un moyen de promotion sociale pour moi, et il était toujours perplexe et contrarié quand il me téléphonait : quel intérêt cet adulte pouvait-il trouver à ce jeune garçon ? Il se figurait qu'il se passait entre nous quelque chose de compliqué, sinon de tout à fait louche. « Où vas-tu, avec lui ? » me demandait-il.

Sa suspicion explosa avec véhémence un soir qu'il me trouva à mon bureau, en train de lire le *Daily Worker.* « Je ne veux pas de la presse Hearst chez moi, me dit-il, ça n'est pas pour y voir ce journal-là. C'est bonnet blanc et blanc bonnet. Si cet homme te donne le *Daily Worker*... — Quel homme ? — Ton ami l'acteur. Rinn, comme il se fait appeler. — Il ne me donne pas le *Daily Worker.* Je l'ai acheté en ville. Je l'ai acheté tout seul. La loi l'interdit ? — Qui t'a dit de l'acheter ? C'est lui qui t'a dit d'aller l'acheter ? — Il ne me dit pas de faire quoi que ce soit. — J'espère que c'est vrai. — Je ne mens pas, c'est vrai. »

C'était vrai. Ira m'avait bien signalé un éditorial de Howard Fast, mais j'avais acheté le journal de mon propre chef, au kiosque de Market Street, en face du cinéma Le Proctor, dans le but avoué de lire Howard Fast, mais aussi par simple curiosité tenace. « Tu vas me le confisquer ? demandai-je à mon père. — Non, tu n'auras pas cette chance. Je ne vais pas faire de toi un martyr du Premier Amendement. J'espère seulement que quand tu l'auras lu, étudié, que tu y auras réfléchi, tu auras le bon sens de comprendre que c'est un torchon mensonger, et de te le confisquer tout seul. »

Vers la fin de l'année scolaire, lorsque Ira m'invita à venir passer une semaine à la bicoque avec lui, pendant l'été, mon père me dit qu'il était hors de question que j'y aille sans qu'il ait eu une conversation préalable avec Ira.

J'exigeai de savoir pourquoi.

« J'ai quelques questions à lui poser.

— Mais qui tu es, la Commission des activités anti-américaines ? Pourquoi tu en fais toute une histoire ?

— C'est de toi que je fais toute une histoire. Quel est son numéro de téléphone à New York ?

— Il est exclu que tu lui poses des questions. Sur quoi, d'abord ?

— En tant qu'Américain, tu as bien le droit d'acheter et de lire le *Daily Worker* ? Moi, en tant qu'Américain, j'ai le droit de poser n'importe quelle question à n'importe qui. S'il refuse de me répondre, ce sera son droit aussi.

— Et s'il refuse de te répondre, qu'est-ce qu'il est censé faire, invoquer le Cinquième Amendement ?

— Non, il peut m'envoyer me faire cuire un œuf. Je viens de te l'expliquer : c'est comme ça qu'on procède aux USA. Je ne dis pas que ça marchera si tu le fais en URSS, avec la police secrète, mais ici, d'ordinaire, il n'en faut pas plus pour que tes concitoyens te fichent la paix sur tes idées politiques.

— Parce qu'ils te fichent la paix ? dis-je avec amertume. Le député Dies te fiche la paix ? Le sénateur Rankin te fiche la paix ? C'est peut-être à eux que tu devrais expliquer ça. »

Il me fallut assister à leur conversation téléphonique — mon père l'exigeait —, quand il demanda à Ira de venir à son bureau pour discuter. Iron Rinn et Eve Frame étaient les deux plus grands personnages à passer le seuil de la maison Zuckerman, et pourtant, au ton que prenait mon père, il était clair que cela ne lui faisait ni chaud ni froid.

« Il a dit *oui* ? demandai-je lorsque mon père raccrocha.

— Il a dit qu'il serait là si Nathan y était. Tu seras là.

— Oh non, je n'y serai pas.

— Oh que si, tu y seras. Tu y seras si tu veux que j'envisage au moins ta visite chez lui. De quoi tu as peur, d'un débat d'idées ouvert ? Ça va être la démocratie en actes, mercredi prochain, après les cours. Trois heures et demie à mon bureau. Sois à l'heure, fils. »

De quoi avais-je peur ? De la colère de mon père. Du tempérament d'Ira. Et si, mon père l'attaquant, Ira le prenait par la peau du dos, comme il l'avait fait avec Butts, l'emportait jusqu'au lac du parc de Weequahic et le jetait à l'eau ? S'ils en venaient aux mains, et qu'Ira le tuait d'un coup de poing....

Le cabinet de podologue de mon père se trouvait au rez-de-chaussée d'une maison de trois ménages, au bout de Hawthorne Avenue ; c'était une habitation modeste, qui aurait eu grand besoin d'être ravalée, située dans la zone décrépite d'un quartier par ailleurs « pépère ». J'étais en avance, l'estomac à l'envers. Ira, l'air sérieux, et pas du tout fâché (pour l'instant), arriva sans retard à trois heures trente. Mon père lui demanda de s'asseoir.

« Monsieur Ringold, mon fils Nathan n'est pas un enfant modèle courant. C'est un aîné, un excellent élève, et à mon sens d'une maturité très en avance sur son âge. Nous sommes très fiers de lui. Je veux lui donner toute la latitude possible. J'essaie de ne pas lui faire obstacle dans la vie, comme certains pères. Mais parce qu'il me semble honnêtement que rien n'est trop extraordinaire pour lui, je ne veux pas qu'il lui arrive quoi que ce soit. S'il devait lui arriver quelque chose... »

La voix de mon père s'était altérée, il se tut brusquement. J'étais dans la terreur qu'Ira se mette à rire, se moque de lui comme il s'était moqué de Goldstine. Je savais que si mon père avait la gorge nouée, ce n'était pas seulement en pensant à moi et à mon avenir plein de promesses, mais aussi à cause de ses deux plus jeunes frères, premiers membres de cette famille nombreuse et pauvre qu'on destinait à une vraie faculté où ils deviendraient de vrais médecins, et qui étaient tous deux morts de maladie à la fin de leur adolescence. Leurs portraits, pris en studio, reposaient côte à côte dans des cadres jumeaux sur la desserte de la salle à manger. J'aurais dû parler de Sam et de Sidney à Ira, pensai-je.

« Il faut que je vous pose une question que je n'ai pas envie de vous poser, monsieur Ringold. Je ne considère pas que les convictions d'autrui me regardent, qu'elles soient religieuses, politiques ou autres. Je respecte votre intimité. Je peux vous assurer que rien de ce que vous direz ne sortira de cette pièce. Mais je veux savoir si vous êtes communiste. Je ne vous demande pas si vous l'avez été un jour. Le passé ne m'importe pas. Ce qui m'importe, c'est aujourd'hui. Il faut que je vous dise que, avant Roosevelt, j'étais tellement écœuré par la situation en Amérique, l'antisémitisme, le racisme envers les Noirs, la façon dont les républicains méprisaient les malheureux, et la rapacité avec laquelle la grande entreprise exploitait les gens jusqu'à la mort, qu'un jour, ici même, à Newark — et ça va faire un choc à mon fils, qui situe son père, démocrate de toujours, à la droite de Franco —, mais un jour..., vois-tu, Nathan, dit-il en me regardant à présent, ils avaient leur siège, tu sais où se trouve l'hôtel Robert Treat ? Au bout de la rue, à l'étage. Au 38, Park Lane. Là-haut, il y avait des bureaux, et l'un de ces bureaux était le siège du Parti communiste. Je ne l'ai même jamais dit à ta mère. Elle m'aurait tué. Elle était déjà ma petite amie, à l'époque, ce devait être en 1930. Toujours est-il qu'une fois, j'étais en rage. Il s'était passé quelque chose, je ne me rappelle même plus quoi aujourd'hui, j'avais lu une nouvelle dans les journaux, et je me souviens que je suis monté, et qu'il n'y avait personne. C'était fermé à clef. Ils étaient allés déjeuner. J'ai secoué la poignée de la porte ; ça a été mon contact le plus étroit avec le Parti communiste. J'ai secoué la poignée de la porte en disant : "Laissez-moi entrer." Tu ne le savais pas, ça, mon fils ?

— Non, répondis-je.

— Eh bien, maintenant tu le sais. Heureusement, j'ai trouvé porte close. Et aux élections suivantes, c'est Franklin Roosevelt qui est devenu président. Alors le type de capitalisme qui m'avait expédié au siège du Parti communiste a ramassé une veste comme jamais dans ce pays. Un grand homme a sauvé le capitalisme américain des capitalistes, et il a sauvé des patriotes comme moi du communisme. Il nous a tous sauvés du régime dictatorial qui *résulte* du communisme. Laissez-moi vous raconter quelque chose qui m'a secoué — la mort de Tomáš Masaryk. Est-ce que ça vous a dérangé, monsieur Ringold, autant que ça m'a dérangé ? J'avais toujours admiré Tomáš Masaryk, en Tchécoslovaquie, depuis que j'avais entendu son nom pour la première fois, et ce qu'il faisait pour son peuple. Je l'avais toujours considéré comme le Roosevelt tchèque. Je ne sais pas comment expliquer son assassinat. Et vous, monsieur Ringold ? Il m'a troublé. Je n'aurais jamais cru que les communistes puissent tuer un homme comme lui. Mais ils l'ont fait... je ne veux pas m'engager dans une discussion politique, monsieur, je vais vous poser une seule question, et j'aimerais que vous y répondiez pour que mon fils et moi nous sachions à qui nous avons affaire. Êtes-vous membre du Parti communiste ?

— Non, docteur, je ne le suis pas.

— Maintenant je veux que mon fils vous le demande. Nathan, je veux que tu demandes à Mr Ringold s'il est aujourd'hui membre du Parti communiste. »

Poser une telle question allait à l'encontre de tous mes principes politiques. Mais parce que mon père le voulait, parce qu'il l'avait déjà posée à Ira sans effet fâcheux, et aussi à cause de Sam et Sydney, les deux jeunes frères morts de mon père, je m'exécutai.

« Est-ce que tu l'es, Ira ?

— Non. Non, m'sieur.

— Vous n'allez pas aux meetings du Parti communiste ? demanda mon père.

— Non.

— Vous n'avez pas l'intention, là où vous voulez que Nathan vienne vous voir — comment ça s'appelle, cet endroit ?

— Zinc Town. Zinc Town, dans le New Jersey.

— Vous n'avez pas l'intention de l'emmener à ces sortes de meetings ?

— Non, docteur. J'ai l'intention de l'emmener se baigner, en balade, à la pêche.

— Je suis heureux de l'entendre, dit mon père. Je vous crois, monsieur.

— Puis-je vous poser une question à mon tour, docteur Zuckerman ? » demanda Ira avec un sourire, le drôle de sourire de travers qu'il faisait quand il jouait Lincoln. « Pourquoi me prenez-vous pour un rouge, d'abord ?

— À cause du Parti progressiste, monsieur Ringold.

— Vous considérez Henry Wallace comme un rouge ? L'ancien vice-président de Roosevelt ? Vous croyez que Mr Roosevelt aurait choisi un rouge pour vice-président des États-Unis ?

— Ce n'est pas aussi simple, répondit mon père. Je le regrette d'ailleurs. Mais la marche du monde n'est pas simple du tout.

— Docteur Zuckerman, reprit Ira en changeant de

tactique, vous vous demandez ce que je fais avec Nathan ? Je l'envie, voilà ce que je fais avec lui. Je l'envie d'avoir un père comme vous, un professeur comme mon frère. Je l'envie d'avoir de bons yeux, de ne pas avoir besoin de verres épais comme des fonds de bouteille pour lire, et de ne pas être un abruti qui va quitter l'école pour creuser des fossés. Je ne vous ai rien caché, et je n'ai rien à cacher, docteur. Sauf que ça ne me déplairait pas d'avoir un fils comme lui, un jour. Peut-être que le monde d'aujourd'hui n'est pas simple, mais voilà une chose qui l'est, en tout cas : j'adore parler avec votre fils. Tous les jeunes de Newark n'ont pas pris Tom Paine pour héros. »

Là-dessus mon père se leva et tendit la main à Ira : « Je suis père, en effet, monsieur Ringold, père de deux garçons, Nathan et Henry, son frère cadet, qui a de quoi faire ma fierté, lui aussi. Et en tant que père, mes responsabilités... bref, c'était toute la question. »

Ira prit la main normale de mon père dans son énorme patte, et il la secoua une seule fois très fort, si fort — avec une telle sincérité, une telle chaleur — qu'il aurait pu jaillir de l'huile, ou du moins de l'eau, un pur geyser, de la bouche de mon père. « Docteur Zuckerman, dit Ira, vous ne voulez pas qu'on vous vole votre fils, et personne ne va vous le voler. »

Sur quoi je dus faire un effort surhumain pour ne pas beugler comme un veau. Je dus me forcer à croire que mon seul but dans l'existence était de ne pas pleurer, de ne jamais pleurer, à la vue de deux hommes se serrant la main avec affection — je faillis ne pas y arriver. Ils avaient réussi. Sans cris. Sans effusion de sang. Sans rage qui les anime ou les déforme. Ils s'en étaient sortis brillamment — mais surtout parce que Ira ne nous avait pas dit la vérité.

Je me propose d'insérer ici les considérations qui suivent, et de ne pas revenir sur la question de la blessure infligée au visage de mon père. Je compte que le lecteur s'en souvienne quand bon lui semblera.

Ira et moi quittâmes de concert le bureau de mon père, et pour fêter l'événement — officiellement l'événement de ma visite prochaine à Zinc Town, mais aussi, tacitement, celui de notre victoire sur mon père — nous allâmes chez Stosh, à quelques rues de là, manger leurs sandwiches au jambon débordants. Je me gavai tant avec Ira, à quatre heures et quart, que lorsque je rentrai chez moi à six heures moins cinq je n'avais plus d'appétit, et je m'attablai simplement tandis que les autres mangeaient le dîner préparé par ma mère. C'est alors que je remarquai la blessure au visage de mon père. Je la lui avais infligée cet après-midi même, en sortant de son bureau avec Ira au lieu de m'attarder à bavarder un moment avec lui avant l'arrivée du patient suivant.

Tout d'abord, j'essayai de me dire que c'était ma mauvaise conscience qui me faisait imaginer cette blessure : sans aller jusqu'à éprouver du mépris pour lui, j'avais incontestablement eu un sentiment de supériorité à sortir quasiment bras dessus bras dessous avec Iron Rinn, de l'émission *The Free and The Brave.* Mon père ne voulait pas qu'on lui vole son fils, et si personne n'avait volé personne à proprement parler, il n'était pas dupe, et il savait bien qu'il avait perdu, et que, communiste ou pas, cet intrus d'un mètre quatre-vingt-dix-sept avait gagné. Je vis sur le visage de mon père une expression de déception résignée ; ses yeux gris pleins de gentillesse étaient voilés, j'en fus navré, par un sentiment où la mélancolie le disputait au sens de la vanité des choses. C'était une expression que je ne parviendrais jamais à oublier tout à fait, quand je serais en tête à tête avec Ira, ou plus tard avec Leo Glucksman, Johnny O'Day et les autres. Par le simple fait de m'instruire auprès de ces hommes, je me faisais un peu l'effet de ne pas rendre justice à mon père. Son visage, avec cette expression, allait toujours surgir, se superposer à celui de l'homme qui m'ouvrait les perspectives de la vie. Son visage, portant les stigmates de la trahison.

Il est déjà pénible de découvrir qu'un père n'est pas invulnérable, qu'autrui peut le blesser, mais quand on comprend qu'on peut le blesser soi-même, que pour l'instant il a davantage besoin de son fils que son fils croit avoir besoin de lui, quand on s'aperçoit qu'on serait en mesure de lui faire peur, voire de le réduire au silence, si l'on voulait... l'idée est tellement aux antipodes de l'inclination filiale familière qu'elle paraît totalement saugrenue. Après tout le mal qu'il s'était donné pour devenir podologue, pourvoyeur, protecteur, voilà que je fichais le camp avec un autre homme. Sur le plan moral et affectif, il est plus risqué qu'on ne se le figure de collectionner les pères comme une jolie fille les soupirants. Or c'était bien ce que je faisais. À me rendre si éminemment adoptable en permanence, je découvrais le sentiment de trahison qui vient lorsqu'on se cherche un substitut de père alors même qu'on aime le sien. Jamais je ne dénigrai mon père auprès d'Ira ou de qui que ce soit d'autre pour en tirer un bénéfice mesquin, mais il suffisait que, dans l'exercice de ma liberté, je largue l'homme que j'aimais pour un autre. Si au moins je l'avais détesté, les choses auraient été faciles.

Quand j'étais en troisième année de faculté à Chicago, j'amenai une fille chez mes parents pour le week-end de Thanksgiving. C'était une jeune fille douce, bien élevée et intelligente, et je me rappelle tout le plaisir que mes parents prirent à parler avec elle. Un soir que ma mère était restée au salon, car elle recevait ma tante, mon père se joignit à nous qui allions au drugstore du coin, et nous nous installâmes dans un box pour manger des sundaes. À un moment donné, je me levai pour acheter quelque chose comme de la crème à raser au rayon pharmacie, et quand je revins à notre table, mon père était penché vers mon amie. Il lui avait pris la main, et je l'entendis lui dire : « Nous avons perdu Nathan quand il avait seize ans. Seize ans, et il nous a quittés. » Il entendait par là que je l'avais quitté, lui. Des années plus tard, il employait la même formule avec mes femmes. « Seize ans et il nous a quittés », signifiant par là que toutes mes erreurs dans l'existence découlaient de ce départ précipité.

Il avait raison, d'ailleurs. Sans mes erreurs, je serais encore assis sur le pas de la porte, chez mes parents.

Deux semaines plus tard à peu près, Ira alla aussi loin qu'il le pouvait dans l'aveu de la vérité. Il passait à Newark voir son frère, un samedi, et nous nous retrouvâmes en ville, pour déjeuner dans un grill-bar près de City Hall, où, moyennant soixante-quinze cents — six tunes, disait Ira —, on servait des sandwiches au steak grillé, avec des oignons, des condiments au vinaigre, des frites maison, de la salade de chou et du ketchup. Comme dessert, nous prîmes de la tarte aux pommes avec une tranche de fromage américain caoutchouteux — car telle était l'association qu'Ira me fit découvrir — et j'en déduisis que c'était la manière virile de consommer une part de tarte dans un grill-bar.

Puis, Ira ouvrit le paquet qu'il transportait et m'offrit un album intitulé *L'orchestre et les chœurs de l'Armée rouge dans leur répertoire favori*. Sous la direction de Boris Alexandrov. Avec Artur Eisen et Alexei Sergeyev, basses, et Nikolai Abramov, ténor. Sur la pochette, il y avait une photo (Copyright Sovfoto) du chef d'orchestre, de l'orchestre et du chœur, quelque deux cents hommes, tous en grand uniforme de l'Armée rouge, et en train de jouer dans la Salle du Peuple, la grande salle de marbre des travailleurs russes.

« Tu les as déjà entendus ?

— Jamais.

— Emporte le disque chez toi, et écoute-le. Il est à toi.

— Merci, Ira. C'est formidable ! »

Mais c'était abominable. Comment ferais-je pour emporter ce disque chez moi, et, une fois chez moi, pour l'écouter ?

Après déjeuner, au lieu de rentrer dans le quartier en voiture avec Ira, je lui dis qu'il fallait que j'aille à la bibliothèque municipale, la grande, celle de Washington Street, pour préparer un devoir d'histoire. Devant le grill-bar, je le remerciai de nouveau pour le déjeuner et pour le cadeau, et il remonta dans sa camionnette en direction de Lehigh Avenue, tandis que je descendais Broad Street vers Military Park et la grande bibliothèque. Je dépassai Market Street pour aller vers le parc, comme si je me dirigeais effectivement vers la bibliothèque, mais au lieu de tourner à gauche sur Rector Street, j'obliquai vers la droite, et pris une petite rue qui longeait le fleuve pour atteindre Pennsylvania Station.

Une fois à la gare, je demandai au vendeur de journaux de me faire la monnaie d'un dollar. Muni des quatre pièces de vingt-cinq cents, je me rendis à la consigne, glissai une pièce dans la fente du plus petit des casiers et y fourrai le disque. Après avoir claqué la porte, je mis nonchalamment la clef du casier dans ma poche, et me dirigeai enfin vers la bibliothèque, où je n'avais rien d'autre à faire que tuer le temps quelques heures dans la salle des catalogues, me cassant la tête pour trouver où cacher la clef.

Mon père passait le week-end à la maison, mais, le lundi, il retournait au bureau, et le lundi après-midi, ma mère allait voir sa sœur à Irvington. Alors, au sortir des cours, je traversai la rue, et je pris le bus n° 14 jusqu'au terminus, Penn Station, pour y récupérer mon disque à la consigne, et le glisser dans un sachet du grand magasin Bamberger que j'avais emporté dûment plié dans mon cahier ce matin-là. Une fois chez moi, je cachai le disque au sous-sol dans un cagibi sans fenêtre où ma mère entreposait la vaisselle de Pessah dans des cartons d'épicerie. Au printemps, quand elle prendrait la vaisselle où nous mangerions pendant la semaine de Pessah, il me faudrait trouver une autre cachette, mais, pour l'instant, le potentiel explosif de l'album était désamorcé.

Il me fallut attendre d'être en faculté pour pouvoir passer le disque sur un phono, alors que, déjà, Ira et moi nous nous éloignions l'un de l'autre. Pour autant, quand j'entendais les chœurs de l'Armée rouge chanter, *Attends ton soldat*, *À un soldat*, *L'adieu du Soldat*, et, bien sûr, *Doubinouchka*, le grand rêve d'égalité et de justice pour les travailleurs du monde entier se réveillait en moi. Dans ma chambre, à la résidence universitaire, j'étais fier d'avoir eu le cran de ne pas balancer l'album, même si je n'avais pas eu assez de cran pour comprendre qu'Ira avait tenté de me dire à travers lui : « Oui, je suis communiste, bien sûr que je suis communiste. Mais je ne suis pas un méchant communiste qui tuerait Tomáš Masaryk, ou qui que ce soit d'autre. Je suis communiste du fond du cœur, un beau communiste qui aime le peuple, et qui aime ces chants. »

« Qu'est-ce qui s'est passé, le lendemain matin ? demandai-je à Murray. Pourquoi est-ce qu'Ira est venu à Newark ce jour-là ?

— Eh bien, ce matin-là, Ira s'était levé tard. La veille, il était resté à discuter de l'avortement avec Eve jusqu'à quatre heures, si bien que sur le coup de dix heures, il dormait encore quand il y a eu des éclats de voix au rez-de-chaussée. Lui se trouvait au premier, dans la chambre de maître ; la voix venait du bas de l'escalier, et c'était celle de Sylphid...

« Je ne sais plus si je t'ai dit que la première fois qu'Ira avait piqué sa crise, c'était le jour où Sylphid avait annoncé à Eve qu'elle ne viendrait pas à leur mariage. Elle devait passer dans une vague émission avec une flûtiste, avait expliqué Eve à Ira, et le dimanche de leur mariage se trouvait précisément être le seul jour où l'autre fille pouvait répéter. Lui, personnellement, que Sylphid vienne ou pas, il s'en fichait, mais Eve y tenait, elle était en larmes, tourneboulée, si bien qu'il en a été contrarié à son tour. Eve ne cessait de se tailler des verges pour se faire battre — et sa fille la battait —, mais c'était la première fois qu'il en était témoin, et il enrageait. "C'est le *mariage* de sa mère. Comment est-ce qu'elle ne viendrait pas au mariage de sa mère si sa mère en a envie ? *Dis-lui* de venir. Ne le lui demande pas, *dis-lui* ! — Mais je ne peux pas lui dire. C'est sa vie professionnelle, sa musique... — Soit, alors c'est *moi* qui vais lui dire", conclut Ira.

« Résultat, Eve a parlé à sa fille. Dieu sait ce qu'elle

a pu dire, promettre, comment elle a quémandé, toujours est-il que Sylphid est bien venue au mariage — dans les vêtements qu'elle affectionnait. Un foulard noué dans les cheveux. Elle avait les cheveux crépus, alors elle portait une de ces écharpes grecques qui lui donnaient l'air coquin — croyait-elle — et ça rendait sa mère folle. Des blouses paysannes qui la faisaient paraître énorme, des blouses transparentes, avec des broderies grecques. Des anneaux aux oreilles, des tas de bracelets. Elle cliquetait en marchant. On l'entendait venir de loin. Des oripeaux brodés et toute une quincaillerie. Des spartiates comme on en vend à Greenwich Village, avec des lanières jusqu'au genou, qui rentraient dans la peau et laissaient des marques — ça aussi, Eve en faisait une maladie. Mais enfin, même mal attifée, sa fille était là, alors elle était heureuse, et Ira était heureux par voie de conséquence.

« Fin août, pendant l'interruption estivale de leurs émissions respectives, ils se sont donc mariés, et puis ils sont allés passer un week-end prolongé à Cape Cod. Au retour chez Eve, Sylphid avait disparu. Pas le moindre mot sur un bout de papier, rien. Ils appellent ses amis, ils appellent son père en France, pour le cas où elle aurait décidé de retourner auprès de lui. Ils appellent la police. Le quatrième jour, Sylphid rentre enfin au bercail. Elle était dans l'Upper West Side, chez une vieille dame qui avait été son professeur à Juilliard. Elle prétend qu'elle ne savait pas quand ils rentraient au juste, ce qui explique qu'elle ne se soit pas donné la peine de téléphoner depuis la Quatre-vingt-seizième Rue.

« Ce soir-là, ils dînent tous les trois et il règne un silence de mort. Voir sa fille manger ne remonte pas le moral d'Eve. Le poids de Sylphid l'angoisse déjà quand l'humeur est belle, et ce n'est pas le cas ce soir-là.

« Après chaque plat, Sylphid nettoyait toujours son assiette de la même manière. Ira avait mangé au mess, à l'armée, dans des bouis-bouis infâmes, les entorses à l'étiquette ne le chagrinaient pas outre mesure. Mais Eve était le raffinement incarné, et regarder sa fille nettoyer son assiette la mettait au supplice — ce que sa fille savait fort bien.

« Du bord de son index, elle faisait le tour de l'assiette vide pour récupérer la sauce et les restes. Elle se léchait le doigt et elle recommençait jusqu'à le faire crisser contre l'assiette. Donc, le soir où elle a décidé de rentrer chez elle après sa disparition, Sylphid se met à nettoyer son assiette comme elle sait le faire, et Eve, déjà tendue en temps ordinaire, sort de ses gonds. Ce sourire de mère idéale, sereinement plaqué sur sa figure, elle ne parvient pas à le garder une seconde de plus. "Arrête, elle se met à crier. Ça suffit, tu as vingt-trois ans, alors arrête, je te prie !"

« Aussitôt Sylphid bondit sur ses pieds et elle se met à frapper sa mère sur la tête, à coups de poing. Ira se lève d'un bond, et c'est là que Sylphid crie à Eve : "Salope de youpine !", alors il se laisse tomber sur son siège. "Non, il dit, c'est inadmissible. Je vis sous ce toit, maintenant. Je suis le mari de ta mère, je t'interdis de la frapper en ma présence, je t'interdis de la frapper, un point c'est tout. Je te le défends. Et il n'est pas question que tu emploies un mot pareil quand je suis là. Jamais. *Je ne veux plus l'entendre*. Que je ne t'entende plus jamais employer ce mot ignoble."

« Ira se lève, quitte la maison et entreprend une de ses virées calmantes — du Village jusqu'à Harlem et retour. Il fait l'impossible pour ne pas carrément exploser. Il se récapitule les raisons qui font que la fille est sens dessus dessous. Il se rappelle notre père et notre belle-mère. Comment ils le traitaient. Tout ce qu'il détestait en eux. Toutes ces choses odieuses qu'il s'est juré de ne jamais être dans la vie. Mais que faire ? La gamine cogne sa mère, la traite de youpine, de salope de youpine — qu'est-ce qu'il va faire ?

« Il rentre à la maison vers minuit, et il ne fait rien. Il va se coucher, il se met au lit avec son épousée d'hier, et, incroyable mais vrai, les choses en restent là. Le lendemain matin, il prend son petit déjeuner avec son épousée d'hier et sa belle-fille d'hier, et il explique qu'ils vont vivre ensemble, dans la paix et l'harmonie, et que pour cela, il leur faut du respect mutuel. Il essaie d'expliquer les choses raisonnablement, comme on ne les lui a jamais expliquées à lui, quand il était enfant. Il est encore sous le coup de ce qu'il a vu et entendu, il en est furieux, et il fait des efforts désespérés pour ne pas croire que Sylphid puisse être une antisémite digne d'être traînée en justice. Ce qui est d'ailleurs sans doute le cas. La justice que Sylphid revendiquait de manière si absolue, si exclusive, si automatique, ne s'appliquait qu'à son ego, de sorte qu'une grande hostilité historique, même la plus simple, la moins exigeante, comme la haine des Juifs, n'aurait jamais pu prendre racine en elle — il n'y avait pas de place pour ça. Du reste, l'antisémitisme était trop théorique pour elle. Quand elle ne pouvait pas sentir quelqu'un, c'était toujours pour de bonnes raisons, des raisons tangibles. Il n'y avait rien là d'impersonnel : c'était quelqu'un qui lui barrait la route, lui obstruait la vue ; qui commettait un crime de lèse-majesté, en déniant le fait de la princesse. L'incident, présume Ira à juste titre, n'a rien à voir avec la haine des Juifs. Les Juifs, les Noirs, tout groupe posant un problème social épineux, elle n'en a rien à faire — contrairement à l'individu qui pose un problème immédiat et privé. Pour l'instant, il n'y a que lui qui la gêne. Par conséquent, elle laisse échapper une épithète perfide qu'elle juge d'instinct si répugnante, si infecte, si écœurante, si déplacée, qu'Ira va prendre la porte pour ne plus jamais remettre les pieds à la maison. "Salope de youpine", ne veut pas protester contre l'existence des Juifs en général, ni même contre l'existence d'une mère juive, mais contre son existence à *lui*.

« Seulement, après avoir reconstitué tout ça pendant la nuit, Ira se garde bien de prendre la porte, comme sa belle-fille l'y invite implicitement, et il choisit le parti — prudent selon lui — de ne pas exiger d'elle les excuses qu'elle lui doit. C'est lui qui va lui en faire, au contraire. Voilà comment ce gros malin se propose de l'amadouer — en s'excusant d'être un intrus. D'être un étranger, extérieur à elles deux, de ne pas être son père, mais un inconnu qu'elle n'a pas l'ombre d'une raison d'aimer, ni de juger fiable. Il lui dit qu'en effet il n'est qu'un être humain, et que, les humains ayant un certain passif, il y a sans doute toutes les raisons de ne pas l'aimer, de ne pas lui faire confiance. Il dit : "Je sais que celui d'avant n'était pas formidable, mais pourquoi ne pas me mettre à l'épreuve ? Je ne m'appelle pas Jumbo Freedman, je suis un homme différent, j'appartiens à une autre compagnie, avec un autre numéro matricule. Pourquoi ne pas me donner une chance, Sylphid ? Si tu me donnais quatre-vingt-dix jours ?"

« Ensuite, il explique à Sylphid la rapacité de Jumbo Freedman — elle dérive de la corruption qui règne en *Amérique* : "C'est un jeu de vilain, les affaires, en Amérique. C'est un délit d'initié, et Jumbo c'était l'initié type ; Jumbo, ça n'est même pas un spéculateur immobilier, ce qui serait déjà assez moche, c'est le cheval de Troie du spéculateur. Il se taille une part du marché sans rien miser lui-même. Il faut te dire qu'à la base, en Amérique, la grosse galette ça se fait par des secrets. Tu piges ? Par des transactions souterraines. Naturellement, tout le monde est censé respecter les mêmes règles. Naturellement, on affiche de la vertu, on prétend que tout le monde joue franc-jeu. Écoute, Sylphid, tu connais la différence entre un spéculateur et un investisseur ? Un investisseur possède la propriété, il prend un risque ; il grimpe ou il plonge. Un spéculateur vend. Il vend de la terre comme d'autres des sardines. Il y a des fortunes qui se font de cette manière. Or, avant le krach, les gens spéculaient avec de l'argent qu'ils tiraient de la valeur de leur propriété, les banques leur versaient un amortissement en cash. Ce qui s'est passé, c'est que quand tous les prêts ont été réclamés, ils ont perdu leurs terres. C'est alors qu'interviennent tous les Jumbo Freedman du monde. Pour que les banques lèvent des liquidités contre les paperasses sans valeur qu'ils détiennent, ils sont obligés de les vendre à perte, un penny sur un dollar..."

« Ira l'éducateur, l'économiste marxiste, Ira, le meilleur élève de Johnny O'Day. Voilà Eve aux anges, c'est une femme nouvelle, tout est de nouveau fabuleux. Un homme un vrai pour elle, un père un vrai pour sa fille. Enfin, un père qui fait ce qu'il est censé faire !

« "Or, l'aspect illégal de tout ça, Sylphid, la façon dont les dés sont pipés, la collusion qui en découle..."

« Lorsque la leçon s'achève enfin, Eve se lève, s'approche de Sylphid, lui prend la main et dit : "Je t'aime." Mais elle ne se contente pas de le dire une seule fois. Non, non. C'est : "Je t'aime je t'aime je t'aime je t'aime je t'aime je t'aime..." Elle garde la main de sa fille serrée dans la sienne et elle dit : "Je t'aime."

Chaque fois qu'elle la répète, la phrase est plus sincère. C'est une actrice, elle sait se convaincre qu'une émotion vient du fond du cœur. "Je t'aime je t'aime je t'aime." Et tu crois qu'Ira se dirait : "Mets les voiles" ? Tu crois qu'il se dirait : "Cette femme est en état de siège, cette femme se heurte à quelque chose qui ne m'est pas tout à fait inconnu : voilà une famille en guerre, et rien de ce que je ferai ne va marcher."

« Non. Il pense que l'Homme de Fer qui a triomphé de tous les handicaps pour arriver là où il est ne va pas se laisser défaire par une fille de vingt-trois ans. Le sentiment le ramollit : il est amoureux fou d'Eve Frame, il n'avait jamais rencontré de femme comme elle, il veut un enfant d'elle. Il veut un foyer, une famille, un avenir. Il veut dîner comme les gens — pas tout seul, à un comptoir, quelque part, en versant dans son café le sucre d'une boîte crasseuse, mais autour d'une jolie table, avec une famille à lui. Ce n'est pas parce qu'une gamine de vingt-trois ans pique sa crise qu'il va se refuser tout ce dont il a rêvé. Les salauds, ça se combat, ça s'éduque, ça se change. Si quelqu'un peut arranger les situations et redresser les hommes, c'est bien Ira, avec sa persévérance.

« Et, de fait, les choses se calment. Plus de bagarres, plus de scènes. On dirait que Sylphid a reçu le message. Parfois, au dîner, il arrive même qu'elle l'écoute deux minutes. Alors il se dit : "C'était le choc de mon arrivée, voilà tout." Comme il s'appelle Ira, qu'il ne cède pas, qu'il n'abandonne pas la partie, qu'il explique tout à tout le monde soixante-deux fois, il se figure qu'il a remis les pendules à l'heure. Il exige de Sylphid qu'elle témoigne du respect à sa mère, et il se figure qu'il va l'obtenir. Or, justement, c'est l'exigence que Sylphid ne peut lui pardonner. Tant qu'elle régente sa mère, elle obtient tout ce qu'elle veut. Ira est donc d'emblée un obstacle. Ira braillait, il poussait des coups de gueule, mais c'était le premier homme dans la vie d'Eve à la traiter comme il faut. Et ça, Sylphid ne pouvait pas l'accepter.

« Sylphid commençait à jouer en professionnelle, et elle remplaçait la deuxième harpe dans l'orchestre du Radio City Music Hall. On faisait appel à elle assez régulièrement, une ou deux fois par semaine, et elle avait aussi été engagée par un restaurant chic aux alentours de la Soixantième Rue est pour le vendredi soir. Ira la conduisait depuis le Village jusqu'au restaurant avec sa harpe, et puis il allait la récupérer, avec sa harpe toujours. Il avait une camionnette. Au départ, il se garait devant la maison, il rentrait prendre l'instrument et le descendait dans la rue. La harpe se trouvait dans son étui de feutre, Ira posait une main sur la colonne, l'autre sur l'ouïe, derrière, pour la soulever, il la plaçait sur le matelas qu'ils avaient mis à l'arrière de la camionnette, et il conduisait musicienne et instrument au restaurant. Une fois là-bas, il sortait la harpe de la voiture, et, toute grande vedette de la radio qu'il était, il la rentrait. À 10 h 30, quand le restaurant avait fini de servir et que Sylphid était prête à regagner le Village, il venait la chercher et l'opération se répétait d'un bout à l'autre. Tous les vendredis. Il avait horreur de cette contrainte physique — ça va chercher dans les quarante kilos, une harpe — mais il s'exécutait. Je me souviens qu'à l'hôpital, quand il avait craqué, il me disait : "Elle m'a épousé pour que je trimballe la harpe de sa fille, voilà pourquoi cette femme m'a épousé. Pour charrier cette harpe de merde !"

« Lors de ces virées du vendredi soir, Ira a découvert qu'il pouvait parler avec Sylphid plus librement qu'en présence d'Eve. Il lui posait des questions sur son enfance de fille de vedettes de cinéma. Il lui disait : "Quand tu étais petite, quand est-ce que tu as commencé à te rendre compte que tu n'étais pas comme les autres, que tu n'avais pas l'enfance de tout le monde ?" Elle lui a répondu que c'était en voyant les autocars de touristes longer leur rue, à Beverly Hills. Elle lui a révélé qu'elle n'avait jamais vu un film de ses parents avant l'adolescence : ils essayaient de l'élever en petite fille ordinaire, si bien qu'ils ne faisaient pas grand cas de ces films chez eux. La vie d'une enfant de vedettes, avec d'autres enfants de vedettes, lui avait paru plutôt normale jusqu'au jour où les autocars de touristes s'étaient arrêtés devant chez elle, et où elle avait entendu le guide dire : "Voici la maison de Carlton Pennington, il y vit avec sa femme, Eve Frame."

« Elle a raconté à Ira quel grand spectacle les anniversaires des enfants de vedettes pouvaient être — des clowns, des magiciens, des poneys, des montreurs de marionnettes, chaque enfant servi par une nounou en uniforme blanc. À table, il y avait une nourrice derrière chaque enfant. Les Pennington avaient leur salle de projection privée, et ils passaient des films. Des enfants venaient, quinze, vingt enfants. Et les nounous prenaient place au fond. Pour tous ces films, Sylphid devait être tirée à quatre épingles.

« Elle lui a parlé des vêtements de sa mère, aussi, ces vêtements qui inquiétaient une petite enfant de son âge. Elle lui a parlé des porte-jarretelles, des soutiens-gorge, des corsets et des gaines, des bas et des chaussures invraisemblables — toutes choses qu'on portait à l'époque. Elle se demandait comment elle pourrait s'y faire. Mais jamais, au grand jamais ! Les coiffures, les combinaisons, les parfums capiteux.

Elle se rappelait s'être demandé comment tout cela allait lui advenir un jour.

« Elle lui a même parlé de son père, en quelques détails, mais assez pour qu'Ira comprenne combien elle l'avait adoré enfant. Il avait un bateau, un bateau appelé la *Sylphid*, amarré au large de Santa Monica. Le dimanche, ils allaient jusqu'à Catalina, lui prenant la barre. Ils montaient à cheval, tous les deux. À cette époque, il y avait une allée cavalière longeant Rodeo Drive jusqu'à Sunset Boulevard. Son père allait jouer au polo derrière l'hôtel Beverly Hills, puis il montait tout seul avec Sylphid, le long de l'allée cavalière. Un Noël, il lui avait fait larguer ses cadeaux depuis un Piper Cub par un cascadeur du studio. Le type était passé en rase-mottes au-dessus de leur pelouse, et il avait largué les cadeaux. Son père, lui disait-elle, faisait faire ses chemises à Londres. Ses costumes et ses chaussures venaient de Londres. À l'époque, personne ne serait sorti autrement qu'en costume-cravate, à Beverly Hills, mais c'était lui le plus élégant. Aux yeux de Sylphid, il n'y avait pas de père plus beau, plus délicieux, plus charmant dans tout Hollywood. Et puis, quand elle avait atteint l'âge de douze ans, sa mère avait divorcé de lui, et Sylphid avait découvert ses escapades.

« Elle lui racontait tout ça le vendredi, et il venait me le répéter à Newark dans l'idée que je révise mon jugement du tout au tout, et me dise qu'il allait arriver à faire copain-copain avec cette gamine. C'était encore le début de leur vie commune, et toutes ces conversations visaient à établir le contact avec Sylphid, à faire la paix avec elle, et tout et tout. Et, apparemment, ça marchait, apparemment, ils ont fait la paix. Il est né entre eux une forme d'intimité. Il s'est même mis à entrer dans la pièce, le soir, quand elle travaillait. Il lui demandait : "Mais bon sang, comment tu fais pour jouer de ce truc-là ? Il faut que je te dise, chaque fois que je vois quelqu'un jouer de la harpe...", et elle continuait : "Tu penses à Harpo Marx", sur quoi ils riaient tous les deux parce que c'était vrai. "D'où provient le son ? il lui demandait. Pourquoi est-ce que les cordes sont de couleurs différentes ? Comment tu fais pour pas te tromper de pédale ? Tu n'as pas mal aux doigts ?" Il posait mille questions pour montrer qu'il s'intéressait, elle y répondait, elle lui expliquait comment fonctionnait la harpe, elle lui faisait voir le cal de ses doigts, et les choses prenaient un tour positif, l'avenir commençait nettement à s'éclairer.

« Après qu'Eve avait dit qu'elle ne pouvait pas garder l'enfant, le soir où elle avait tant pleuré, il avait pensé, bon, n'en parlons plus, et il avait accepté de la conduire chez le médecin de Camden. C'est le lendemain même qu'il avait entendu Sylphid au pied de l'escalier. Elle était en train d'incendier sa mère, de lui rentrer dedans. Ira a sauté du lit pour ouvrir la porte de la chambre, et, là, il a entendu ce qu'elle disait. Cette fois elle n'en était plus à traiter sa mère de salope de youpine. Cette fois, c'était pire. Assez terrible pour que mon frère se réfugie chez moi aussitôt. C'est dans ces circonstances que tu l'as rencontré. Il en était resté deux nuits à dormir sur notre canapé.

« C'est ce matin-là, à cet instant, qu'Ira a compris : il n'était pas vrai qu'Eve se sentait trop vieille pour avoir un enfant avec lui. L'alarme s'est déclenchée dans sa tête, et il a compris : il n'était pas vrai qu'Eve s'inquiétait de l'effet d'un bébé sur sa carrière. Elle l'avait voulu, ce bébé, tout autant que lui ; il ne lui avait pas été facile de décider d'avorter d'un homme qu'elle aimait — *surtout* à quarante et un ans. Eve était une femme dont le sentiment le plus enraciné était la crainte de ne pas être à la hauteur ; avoir confirmation qu'elle n'était pas assez généreuse pour garder cet enfant, pas assez grande, pas assez libre — voilà ce qui la faisait tant pleurer.

« Ce matin-là, il a compris que l'avortement n'avait pas été décidé par Eve, mais par Sylphid. Ce matin-là il a compris qu'il n'avait pas voix au chapitre pour son propre enfant ; Sylphid était la seule voix. Cet avortement, c'était la fuite d'Eve devant l'ire de sa fille. Oui, l'alarme s'est déclenchée, mais pas assez fort pour qu'il lève le camp.

« Oui, Sylphid était un alambic de pulsions primaires, très éloignées des gracieux accords de la harpe. Ce qu'il l'avait entendue dire à sa mère, c'était : "Recommence un peu, pour voir, et j'étrangle ton espèce de larve dans son berceau !" »

4

La maison de ville qu'Ira habitait avec Eve Frame et Sylphid, sur la Onzième Rue ouest, son urbanité, son confort, sa beauté, son aura discrète d'intimité luxueuse, l'harmonie esthétique sereine de ses mille détails — car cette demeure feutrée était une riche œuvre d'art —, changea ma conception de la vie tout autant que devait le faire mon entrée à l'université de Chicago, un an et demi plus tard. Il me suffit de passer la porte pour avoir le sentiment que je venais de prendre dix ans et de me libérer des conventions familiales auxquelles je m'étais cependant conformé jusque-là avec plaisir et sans trop d'efforts. Grâce à la présence d'Ira, à sa façon d'imposer sa carcasse, de traîner la savate en toute quiétude dans des pantalons de velours côtelé informes et des chemises en flanelle à carreaux aux manches trop courtes, je ne me sentis pas intimidé par cette atmosphère, toute nouvelle, de richesse et de privilège ; grâce à la faculté d'acclimatation qu'exerçait avec naturel cet enfant du peuple, faculté qui faisait beaucoup de son charme et qui lui permettait d'être chez lui aussi bien dans la noire Spruce Street de Newark que dans le salon d'Eve Frame, je me représentai tout de suite à quel point la grande vie pouvait être douillette, confortable, *domestiquée*. De même que la grande culture. J'avais le sentiment de pénétrer une langue étrangère, et de découvir que, au-delà de l'exotisme déconcertant de ses consonances, les étrangers qui la parlaient couramment ne disaient pas autre chose que ce que j'entendais en anglais depuis ma naissance.

Ces livres sérieux qui s'alignaient par centaines sur les rayonnages de la bibliothèque — poésie, roman, théâtre, histoire, archéologie, ouvrages sur l'Antiquité, la musique, le costume, la danse, l'art, la mythologie ; les disques classiques rangés dans des casiers hauts de deux mètres de part et d'autre du tourne-disque ; les peintures, les dessins, les gravures, les divers artefacts disposés sur la cheminée et les petites tables — statuettes, boîtes en émail, fragments de pierres précieuses, assiettes décorées, instruments astronomiques antiques, curiosités diverses en verre, en argent, en or, certaines clairement figuratives, d'autres étranges, abstraites — n'étaient pas des bibelots, des ramasse-poussière décoratifs, mais des objets personnels, indissolublement liés à l'art de vivre, mais aussi à la moralité, à l'aspiration du genre humain à trouver le sens de la vie par une réflexion d'amateur éclairé. En ces lieux, le simple fait de passer d'une pièce à l'autre, de chercher le journal du soir, de s'asseoir pour manger une pomme au coin du feu, pouvait s'inscrire dans une grande entreprise. C'est du moins ce qui frappait d'emblée un adolescent dont la propre maison, quoique propre, bien rangée et passablement confortable, n'avait jamais suscité en lui, ni en personne d'autre, de ruminations sur la condition humaine idéale. Avec sa bibliothèque — qui se limitait à l'almanach *Information Please* et à une dizaine de bouquins offerts à l'occasion de convalescences des membres de la famille — ma maison me semblait en comparaison minable et sinistre, une masure sans attrait. Je n'aurais jamais cru, alors, qu'il y ait quelque chose qu'on pût vouloir fuir dans la Onzième Rue ouest. La demeure me faisait l'effet d'un paquebot de luxe, c'était bien le dernier endroit où s'inquiéter pour son équilibre mental. Au cœur des lieux, dans la bibliothèque, sur le tapis d'Orient, trônait, verticale, d'une élégance imposante, en tout point gracieuse dans sa matérialité, visible dès que l'on pénétrait dans le salon, ce symbole remontant à l'aube de la civilisation éclairée, ce symbole d'une sphère d'existence à la spiritualité raffinée, cet instrument splendide qui réprouve par sa forme même tout ce qu'il y a de cru et de grossier dans la nature profane de l'homme, cet instrument majestueux de la transcendance, la harpe de Sylphid, une Lyon et Healy dorée à la feuille.

« Cette bibliothèque était dans le prolongement du salon, et surélevée d'une marche par rapport à lui, se souvenait Murray. Des portes coulissantes en chêne séparaient les deux pièces, mais lorsque Sylphid travaillait, Eve aimait l'écouter, si bien que les portes n'étaient pas fermées, et que la harpe résonnait dans toute la maison. Eve, qui avait fait commencer l'instrument à Sylphid dès l'âge de sept ans, à Beverly Hills, ne s'en lassait jamais. Ira, lui, ne comprenait rien à la musique classique — pour autant que je sache il n'écoutait que des rengaines populaires à la radio, et les chœurs de l'Armée rouge ; si bien que le soir, lui qui aurait préféré rester au salon avec Eve, à bavarder, lire le journal et jouer le mari bien dans son foyer, se repliait à l'étage, dans son bureau. Sylphid pinçait les cordes de sa harpe à cœur joie, et Eve tirait l'aiguille devant la cheminée ; quand elle levait les yeux de sa broderie, il avait disparu, il était là-haut, il écrivait à O'Day.

« Mais après tout ce qu'elle avait subi dans son troisième mariage, le quatrième, à ses débuts, lui semblait encore formidable. Quand elle avait rencontré Ira, elle sortait d'un divorce orageux et elle se remettait d'une dépression nerveuse. À l'entendre, son troisième mari, Jumbo Freedman, était un clown du sexe, qui n'avait pas son pareil pour les distraire au lit. Elle en avait d'ailleurs bien profité jusqu'au jour où, en rentrant d'une répétition plus tôt que prévu, elle l'avait trouvé dans son bureau du premier étage avec deux travelos. Mais enfin, il était tout ce que Pennington n'était pas. Elle avait eu une liaison avec lui en Californie, très passionnée, de toute évidence, surtout pour une femme qui vivait avec Carlton Pennington depuis douze ans ; pour finir, voilà que Freedman quitte sa femme et elle Pennington, et qu'ils fichent le camp dans l'Est tous les deux, avec Sylphid. Eve achète cette maison dans la Onzième Rue ouest, Freedman s'installe, aménage son bureau dans ce qui devait devenir celui d'Ira, et il se met à vendre de l'immobilier à New York, aussi bien qu'à L.A. et Chicago. Pendant un temps, il se trouve vendre des immeubles de Times Square, si bien qu'il rencontre les gros producteurs de théâtre, ils se fréquentent, et Eve Frame est lancée à Broadway. Voilà la beauté du muet qui tient la vedette dans des comédies de boulevard, des pièces policières. Elle vole de succès en succès. Elle s'emploie à amasser des fortunes, Jumbo à les dépenser dûment.

« Eve étant ce qu'elle est, elle s'accommode de ses folles dépenses, elle dit amen à ses folies, même, elle s'en fait la complice. Parfois, quand elle se mettait à pleurer tout d'un coup, et qu'Ira lui demandait pourquoi, elle lui disait : "Si tu savais les choses qu'il m'obligeait à faire, les choses que j'ai dû faire..." Après qu'elle a écrit ce livre et que leur vie de couple s'est étalée dans les journaux, Ira a reçu une lettre d'une femme de Cincinnati : s'il avait envie d'écrire son petit livre, lui aussi, il pourrait peut-être venir bavarder avec elle dans l'Ohio. Dans les années trente, elle avait été hôtesse de night-club, chanteuse, et petite amie de Jumbo. Si Ira était curieux de voir les photos que Jumbo avait prises... Elle pourrait peut-être l'aider à écrire un mémoire commun ; il rédigerait le texte, elle allongerait les photos s'il lui en donnait un bon prix. À l'époque, Ira avait un appétit de vengeance si féroce qu'il a répondu à la femme en lui envoyant un chèque de cent dollars. Elle prétendait avoir douze clichés, alors il lui a envoyé cent dollars juste pour en voir un.

— Et il l'a eu ?

— Elle a tenu parole. Elle lui en a bel et bien envoyé un par retour du courrier. Mais comme je refusais de laisser mon frère donner aux gens une idée déformée de ce qu'il avait fait de sa vie, je lui ai confisqué ce cliché et je l'ai détruit. C'était idiot de ma part. J'ai eu une réaction idiote, sentimentale, bégueule, je n'ai pas vu plus loin que le bout de mon nez. À tout prendre, diffuser cette photo aurait été sympathique, par rapport à ce qui s'est vraiment passé.

— Il voulait discréditer Eve, avec cette photo.

— Écoute, dans le temps, Ira n'avait eu qu'une idée en tête, alléger les effets de la cruauté humaine. Tout passait par là. Mais après la parution du livre, il n'a plus eu qu'une idée, l'infliger lui-même. On lui a arraché son boulot, sa vie de famille, son nom, sa réputation, alors quand il a compris qu'il avait perdu tout ça, qu'il avait perdu son statut, et que ce n'était plus la peine d'être à la hauteur, il s'est dépouillé d'Iron Rinn, de *The Free and the Brave*, du Parti communiste. Il a même arrêté de parler comme il le faisait, de déverser cette rhétorique de l'indignation, cette logorrhée, alors que tout ce qu'il voulait, ce colosse, c'était cogner. Il parlait pour émousser le tranchant de ses désirs.

« À quoi crois-tu qu'il rimait, ce numéro d'Abe Lincoln ? Pourquoi crois-tu qu'il mettait ce haut-de-forme ? Qu'il prononçait ses discours ? Mais tout ce qui avait fait de lui un être apprivoisé, toutes les influences civilisatrices, il s'en est dépouillé, et il s'est retrouvé tout nu, dans la peau de l'Ira terrassier, de l'Ira mineur de zinc dans les collines du New Jersey. Il a récupéré sa première expérience de la vie, du temps que c'était sa pelle qui lui apprenait la vie. Il a repris contact avec l'Ira d'avant les retouches morales, d'avant l'École de Perfectionnement de Miss Frame et des leçons de savoir-vivre. D'avant l'École de Perfectionnement que tu avais représentée pour lui, toi, Nathan, auprès de qui il vivait son fantasme de paternité, en montrant à quel point il était bon, non violent. D'avant l'École de Perfectionnement que j'avais représentée moi-même. D'avant celle d'O'Day, qui était celle de Marx et Engels, celle de l'action politique. Parce que, au fond, O'Day avait été sa première Eve, et Eve n'était qu'une nouvelle version d'O'Day dans la mesure où elle le tirait du fossé de Newark pour le porter jusqu'au monde de la lumière.

« Ira connaissait sa propre nature. Il savait qu'il était physiquement hors normes, et que ça le rendait dangereux. Il avait la rage au cœur, la violence, et avec son mètre quatre-vingt-dix-sept, il avait les moyens de leur donner cours. Il savait qu'il avait besoin de dompteurs — de tous ses professeurs, d'un jeune comme toi, ce jeune dont il avait une fringale, qui avait reçu tout ce que lui n'avait jamais eu, et qui était un fils admiratif. Mais après la parution de *J'ai épousé un communiste,* il s'est dépouillé de son éducation, il s'est remis dans la peau de l'Ira que tu n'as jamais vu ; celui qui démolissait des gars, à l'armée ; celui qui, dès qu'il a commencé à voler de ses propres ailes, s'est servi de la pelle avec laquelle il creusait pour se défendre contre les Italiens. Qui tenait son outil de travail comme une arme. Toute sa vie il avait lutté contre l'envie de la reprendre, cette pelle. Mais après le livre, il s'est mis en tête de redevenir lui-même, avant révisions et corrections.

— Et il y est arrivé ?

— Ira ne refusait jamais un boulot d'homme, même lourd. C'est le terrassier qui a atteint Eve. Il lui a fait toucher du doigt son ouvrage. "Très bien, je vais faire son éducation, sans la photo", il m'a dit.

— Et il l'a faite ?

— Oh oui, il l'a faite. Il l'a éclairée à coups de pelle. »

Début 1949, quelque dix semaines après la défaite cuisante de Henry Wallace — et après l'avortement, je le sais à présent — Eve donna une grande soirée, précédée d'un dîner en plus petit comité, dans l'idée de remonter le moral d'Ira, et il appela chez nous pour m'inviter. Depuis le meeting de soutien à Wallace, qui avait eu lieu à La Mosquée, je ne l'avais revu qu'une fois, et jusqu'à ce coup de téléphone stupéfiant (« Ira Ringold à l'appareil, mon pote ! Comment ça va, mon gars ? ») je m'étais mis à penser que je ne le reverrais jamais. Après notre deuxième rencontre, où nous avions fait notre première promenade dans le parc de Weequahic et où il m'avait parlé de l'Iran, je lui avais envoyé une copie au carbone de ma pièce radiophonique *Le pantin de Torquemada*. Les semaines passant sans m'apporter de réponse de sa part, je m'étais rendu compte de la bévue que j'avais commise en envoyant à un acteur de radio une pièce de mon cru, même si je la considérais comme ma meilleure. J'étais sûr que, à présent, il allait s'apercevoir de mon peu de talent ; j'avais tué dans l'œuf tout l'intérêt qu'il pouvait me porter. Et puis, un soir que je faisais mes devoirs, le téléphone sonna et ma mère me dit en se précipitant dans ma chambre : « Nathan, mon chéri, c'est Mr Iron Rinn ! »

Eve Frame et lui recevaient à dîner ; parmi les invités se trouverait Arthur Sokolow à qui il avait transmis mon manuscrit ; il pensait que j'aimerais bien faire sa connaissance. Le lendemain après-midi ma mère m'envoyait dans Bergen Street m'acheter une paire de chaussures noires habillées, et j'apportais mon unique costume chez Schapiro, le tailleur de Chancellor Avenue, pour faire rallonger les manches de la veste et les jambes du pantalon. Et puis, un samedi, en début de soirée, je glissai une pastille haleine fraîche dans ma bouche, et, le cœur battant comme si je m'apprêtais à passer la frontière de l'État pour commettre un meurtre, j'empruntai Chancellor Avenue et montai dans un bus à destination de New York.

Au dîner, j'eus Sylphid pour voisine de table. Tous les pièges qui m'étaient tendus — les huit couverts, les quatre verres à boire de formes différentes, un gros amuse-bouche appelé artichaut, les plats qui arrivaient dans mon dos, présentés par-dessus mon épaule par une Noire solennelle en uniforme de bonne, le rince-doigts, le mystère du rince-doigts, bref tout ce qui me donnait le sentiment d'être un petit garçon plutôt qu'un grand bonhomme, Sylphid le réduisait à néant par un sarcasme, une explication cynique, une simple grimace, en levant les yeux au ciel, pour m'aider à comprendre peu à peu que les enjeux n'étaient pas aussi exorbitants que la pompe ambiante le suggérait. Je la trouvais superbe, surtout dans la dérision.

« Ma mère aime que tout soit contrainte, comme dans son enfance, à Buckingham Palace. Elle ne rate pas une occasion de faire tourner le quotidien à la farce », me dit-elle. Elle poursuivit sur le même ton pendant tout le dîner, en me régalant de remarques où résonnait tout l'usage du monde d'une femme qui a grandi à Beverly Hills — voisine de Jimmy Durante —, puis à Greenwich Village, le Paris de l'Amérique. Même lorsqu'elle me mettait en boîte, je me sentais soulagé, comme si la chute ne me guettait pas au plat suivant. « Ne vous préoccupez pas tant de vous tenir comme il faut, Nathan, vous serez nettement moins ridicule si vous *ne vous tenez pas* comme il faut. »

Observer Ira me redonnait aussi courage. Il mangeait tout à fait comme au kiosque à hot dogs de Weequahic Park, et il parlait de même. Parmi les convives masculins, il était le seul sans veste ni cravate, et s'il n'était pas dépourvu d'un minimum de manières de table, à le regarder engouffrer le contenu de son assiette, on voyait bien que son palais n'appréciait pas outre mesure les subtilités de la cuisine servie chez Eve. Il ne semblait pas faire de différence entre ce qui est permis dans un kiosque à hot dogs et ce qui l'est dans une somptueuse salle à manger de Manhattan, tant sur le plan des manières que de la conversation. Jusque sous ce toit, où une dizaine de hautes chandelles brillaient dans les candélabres d'argent et où des coupes de fleurs blanches illuminaient la desserte — en cette soirée, deux mois à peine après la défaite de Wallace (le Parti progressiste avait obtenu à peine plus d'un million de suffrages dans tout le pays, soit à peu près un sixième de ce qu'il espérait), un rien lui faisait monter le sang à la tête, même un sujet aussi anodin en apparence que le Jour des Élections.

« Je vais vous dire quelque chose », annonça-t-il à la cantonade, et toutes les voix décrurent tandis que la sienne, forte, naturelle, chargée de révolte, hérissée de mépris pour la stupidité de ses compatriotes, intimait : *On est prié de m'écouter*. « Je crois que notre chère patrie n'entend rien à la politique. Dans quel autre pays au monde, dans quelle démocratie, est-ce que les gens travaillent le jour des élections ? Où donc les écoles restent-elles ouvertes ? Quand on est gosse et qu'on grandit, on demande à ses parents : "Hé, c'est les élections aujourd'hui, on n'a pas congé ?" et que père et mère répondent : "Non, c'est le jour des élections, voilà tout", qu'est-ce que ça donne à penser ? Ça doit pas être bien important de voter, puisque je vais à l'école quand même. Ça doit pas être bien important puisque les magasins et tout le reste sont ouverts. Mais, bon Dieu, en quoi tu crois, alors, mon salaud ! »

« Mon salaud » ne visait aucun des convives. Ce « mon salaud » s'adressait à tous ceux contre lesquels il avait dû se battre au cours de sa vie.

Là-dessus Eve Frame posa un doigt sur sa bouche dans l'espoir de le voir se brider un peu. « Chéri », souffla-t-elle tout bas, d'une voix à peine audible. « Mais enfin, qu'est-ce qui est plus important, reprit-il de son organe puissant, d'avoir congé le Jour de Colomb ? On ferme les écoles pour ce jour férié de merde, et pas pour les élections ? — Mais personne ne te contredit, glissa Eve avec un sourire, tu n'as pas besoin de te mettre en colère. — Écoute, je me mets en colère, répliqua-t-il. Je me mets toujours en colère, j'espère bien ne pas décolérer jusqu'au jour de ma mort. Je m'attire des ennuis, avec toute cette colère. Je m'attire des ennuis parce que je refuse de fermer ma gueule. Je suis en colère contre ma patrie chérie quand Mr Truman raconte aux gens — qui le croient — que le communisme est le gros problème de ce pays. Le problème c'est pas le racisme, les inégalités. Non, c'est les communistes, les quarante, ou soixante, ou cent mille communistes. Ils vont renverser le gouvernement d'un pays de cent cinquante millions d'habitants. Faut pas me prendre pour un crétin ! Je vais vous le dire, moi, ce qui va foutre ce pays en l'air : c'est la façon dont on traite les gens de couleur ; c'est la façon dont on traite les ouvriers. Ça n'est pas les communistes qui vont renverser l'État. C'est le pays qui court à la catastrophe tout seul, en traitant les gens comme des bêtes. »

En face de moi se trouvait Arthur Sokolow, l'écrivain de radio. Il faisait partie de ces jeunes Juifs autodidactes pleins d'assurance, qui, n'ayant pas renié leur quartier d'enfance, ni leurs pères, immigrants illettrés, avaient conservé des manières brusques et émotives. Ces jeunes types rentraient tout juste d'une guerre où ils avaient découvert l'Europe et la politique, et pour tout dire véritablement découvert l'Amérique par ces soldats avec lesquels ils avaient dû vivre ; ils rentraient d'une guerre au cours de laquelle ils avaient entrepris, sans assistance officielle, mais avec la foi du charbonnier dans le pouvoir rédempteur de l'art, de lire les cinquante ou soixante premières pages de Dostoïevski. Avant que la liste noire ne détruise sa carrière, Sokolow, sans être un auteur aussi éminent que Corwin, comptait sans aucun doute parmi les auteurs de radio que j'admirais le plus : Arch Oboler, auteur de *Lights*

Out, Himan Brown, auteur d'*Inner Sanctum*, Paul Rhymer, auteur de *Vic and Sade*, Carlton E. Morse, auteur d'*I Love a Mystery*, et William N. Robson, qui avait aussi fait beaucoup de radio de guerre, où je trouvais matière à mes propres pièces. Les pièces pour la radio d'Arthur Sokolow, qui avaient remporté des prix, ainsi que deux autres jouées à Broadway, étaient marquées par une haine farouche de l'autorité corrompue, représentée par un père d'une hypocrisie à couper au couteau. Pendant tout le dîner, j'eus peur que Sokolow, petit mais rablé comme un tank, un type dans le genre rouleau compresseur qui avait été arrière dans son lycée, ne me montre du doigt et ne me dénonce à tout le monde comme plagiaire à cause de mes emprunts à Norman Corwin.

Après dîner, les hommes furent invités à monter dans le bureau d'Ira pour y fumer le cigare tandis que les femmes se rafraîchissaient dans la chambre d'Eve avant l'arrivée des invités de la soirée. Le bureau d'Ira donnait sur les statues éclairées du jardin, derrière la maison. Sur les trois murs garnis de rayonnages, il rangeait tous ses livres traitant de Lincoln, la bibliothèque politique qu'il avait rapportée de la guerre dans trois sacs de matelot, et celle qu'il avait accumulée depuis en chinant chez les bouquinistes de la Quatrième Avenue. Après avoir proposé les cigares et prié les invités de se servir du whisky de leur choix sur la table roulante, Ira prit le manuscrit de ma pièce dans le dernier tiroir d'un imposant bureau en acajou — je me figurais qu'il y rangeait sa correspondance avec O'Day — et il se mit à lire à haute voix la tirade d'ouverture. Il ne la lisait pas pour dénoncer mon plagiat. Au contraire, il commença par dire à ses amis, dont Arthur Sokolow : « Vous savez ce qui me donne de l'espoir dans ce pays ? » et il me désignait du doigt, moi, tout rougissant, tremblant d'être percé à jour. « J'ai davantage foi en ce jeune qu'en tous ces types censément mûrs de notre chère patrie, qui vont dans l'isoloir pour voter Henry Wallace, et qui, ayant vu une grande photo de Dewey — et là je vous parle de gens de ma famille —, ont appuyé sur le levier de Truman. Harry Truman, qui va mener ce pays à la Troisième Guerre mondiale, voilà leur choix éclairé ! Le plan Marshall, le voilà leur choix ! Tout ce qu'ils voient c'est qu'ils vont court-circuiter les Nations unies, bloquer l'Union soviétique, détruire l'Union soviétique, tout en injectant dans leur plan Marshall les centaines de millions de dollars qui devraient passer à élever le niveau de vie des pauvres chez nous ! Seulement, moi, je vous le demande, qui va le bloquer, Mr Truman, quand il voudra balancer ses bombes atomiques sur les rues de Moscou et de Leningrad ? Vous croyez que ça leur fera peur, de balancer des bombes sur des enfants russes innocents ? Si c'est pour préserver notre fabuleuse démocratie ? À d'autres. Écoutez ce jeune, là. Il est encore au lycée, et il en sait plus long sur les maux de ce pays que nos précieux concitoyens dans l'isoloir. »

Personne ne se permit de rire ni même de sourire. Arthur Sokolow était adossé aux rayonnages, et feuilletait tranquillement un livre qu'il avait pris dans la collection consacrée à Lincoln ; le reste des hommes de la compagnie fumait le cigare et dégustait leur whisky comme s'ils étaient sortis avec leur femme ce soir-là dans le but précis d'écouter mes idées sur l'Amérique. Bien plus tard seulement, je compris que le sérieux collectif avec lequel ils avaient accueilli ma présentation traduisait uniquement la longue pratique qu'ils avaient des foucades de leur hôte tyrannique.

« Écoutez-moi ça, dit Ira, écoutez plutôt. C'est une pièce sur une famille catholique dans une petite ville, avec son lot d'habitants pétris de préjugés. » Sur quoi Iron Rinn entreprit de lire ma prose. Iron Rinn prit le timbre de voix d'un bon chrétien, du brave gars bien ordinaire qui m'intéressait et dont je ne savais absolument rien à titre personnel.

« Je m'appelle Bill Smith, commença Ira, qui se coula dans son fauteuil de cuir à haut dossier en posant les pieds sur son bureau. Je m'appelle Bob Jones. Je m'appelle Harry Campbell. Peu importe mon nom. Ça n'est pas un nom qui puisse déplaire à qui que ce soit. Je suis blanc, je suis protestant, je n'ai rien pour vous inquiéter. Je m'entends bien avec vous, je ne vous embête pas, je ne vous agace pas, je ne vous déteste même pas. Je gagne bien gentiment ma vie dans une jolie petite ville, Centerville, Middletown, Okay Falls. Peu importe le nom de ma ville. Ça pourrait se passer n'importe où. Tiens, d'ailleurs, appelons-la N'Importe-Où. À N'Importe-Où, on trouve des tas de gens qui tiennent des discours vertueux contre la discrimination, qui parlent de la nécessité de briser les barrières retenant les minorités dans des camps de concentration sociaux. Mais trop d'entre eux mènent la lutte en termes abstraits. Ils évoquent la justice, la décence, le droit, l'américanité, la fraternité humaine, la Constitution et la Déclaration d'Indépendance. C'est bien beau, tout ça, mais ça montre qu'en réalité ils n'ont pas la moindre idée des tenants et aboutissants de la discrimination raciale, religieuse, nationale. Prenez ma ville, par exemple, prenez N'Importe-Où, prenez ce qui s'est passé l'année dernière quand une famille catholique — des voisins à moi — a découvert que le fanatisme protestant pouvait être aussi cruel que Torquemada. Vous voyez qui c'est, Torquemada ?

L'exécuteur des hautes œuvres pour le compte de Ferdinand et Isabelle, le type qui a expulsé les Juifs d'Espagne au nom du roi et de la reine, en 1492 — oui, oui, l'année de Colomb, avec sa *Pinta*, sa *Niña* et sa *Santa María*. Cette année-là, il y a eu Torquemada, aussi. Il y a toujours un Torquemada. Il y en aura peut-être toujours. Eh bien, voici ce qui s'est passé ici, à N'Importe-Où, USA, sous la bannière étoilée, là où tous les hommes naissent égaux, et aujourd'hui, pas en 1492... »

Ira feuilleta les pages. « Ça continue sur le même ton jusqu'à la fin. Voilà la fin. On retrouve le narrateur. Un môme de quinze ans a eu le courage d'écrire ça, vous pigez ? Dites-moi un peu quel est le réseau qui va le passer. Dites-moi le sponsor qui, en 1949, aura le culot de tenir tête au commandant Wood et à son Comité, au commandant Hoover et à ses commandos de brutes épaisses, le culot de se dresser contre la Légion américaine et les anciens combattants catholiques, le VFW, le DAR, et tous nos patriotes chéris ? Qui est le sponsor qui se foutra pas mal de se faire traiter de salopard de rouge et menacer de boycotter son précieux produit ? Dites-moi un peu qui va avoir le courage de faire ça parce qu'il faut le faire. Personne ! Parce que la liberté d'expression, ils s'en foutent tout autant que les gars avec qui j'étais dans l'armée. Ils me parlaient même pas, les mecs ! Je vous l'ai jamais raconté, ça ? J'entrais dans le mess ; il pouvait y avoir dans les deux cents gars, pas un bonjour ; personne m'adressait la parole à cause de ce que je disais et des lettres que j'écrivais au *Stars and Stripes*. Ces gars-là, ils donnaient carrément l'impression qu'on avait déclaré la guerre pour les faire chier. Contrairement à ce que certains se figurent, nos soldats chéris, ils savaient pas du tout ce qu'ils étaient venus foutre là, ils en avaient pas la moindre idée. Le fascisme, Hitler, ils en avaient rien à secouer. Alors, hein, leur faire comprendre les problèmes sociaux des Noirs, les ruses du capitalisme pour affaiblir les syndicats ; leur faire comprendre pourquoi les bombardements de Francfort avaient laissé les usines I.G. Farber debout... Peut-être que je suis handicapé moi-même par mon manque d'instruction, mais cet esprit mesquin de nos "petits gars", il me donne la nausée. "Ça se ramène à ça", lut-il subitement dans mon scénario. "Si vous voulez une morale, la voilà : celui qui avale les salades sur la race, la religion et les minorités nationales, est un pauvre type. Il se fait du tort, il fait du tort à sa famille, son syndicat, sa communauté, son État, son pays. Il est le pantin de Torquemada." Écrit par un môme de quinze ans », conclut Ira en jetant le manuscrit sur son bureau dans un élan de colère.

Après dîner, il dut arriver une cinquantaine d'autres invités. Malgré la stature extraordinaire qu'Ira m'avait imposée dans son bureau, je n'aurais jamais eu le courage de me mêler à cette foule qui se pressait au salon si Sylphid n'était pas venue de nouveau à mon secours. Il y avait là des acteurs, des actrices, des metteurs en scène, des écrivains, des poètes, il y avait des avocats, des agents littéraires, des producteurs de théâtre, il y avait Arthur Sokolow, il y avait Sylphid qui, non contente d'appeler les invités par leur prénom, connaissait le moindre détail de leurs faiblesses, dont elle accusait le trait jusqu'à la caricature. Sa conversation était divertissante car impitoyable ; elle haïssait son prochain avec le talent d'un chef de cuisine pour trancher dans le vif la viande qu'il va embrocher et faire tourner sur le gril. Et moi, qui m'étais fixé pour objectif de devenir le champion sans peur et sans reproche du Parler Vrai à la radio, j'étais muet d'admiration effarée devant cette fille qui ne faisait rien pour rationaliser, et encore moins dissimuler son mépris jubilatoire d'autrui. Voilà le type le plus vaniteux de New York... celui-ci, il faut qu'il se sente supérieur... l'insincérité de celui-là... celui-là n'a pas la moindre idée que... l'autre était tellement ivre... celui-là n'a qu'une infime ombre de talent... lui c'est l'amertume faite homme... elle la dépravation faite femme... le plus risible chez cette cinglée, c'est sa folie des grandeurs...

Qu'il est délectable de rabaisser les gens — et de les voir rabaissés. Surtout pour un garçon dont le mouvement spontané était la révérence, au contraire, dans cette soirée. Malgré le souci que je me faisais à l'idée de rentrer tard chez moi, je ne pouvais me priver de cette initiation suprême aux plaisirs de la méchanceté. Je n'avais jamais connu personne qui ressemblât à Sylphid : si jeune, et pourtant si portée à l'antipathie; si familière des usages du monde, et pourtant déguisée d'une robe longue aux couleurs criardes, costumée en diseuse de bonne aventure, si excentrique dans son propre milieu. Prête à trouver tout ce qu'elle voyait odieux, avec une parfaite insouciance. J'étais loin de me douter à quel point j'étais moi-même docile, inhibé, soucieux de plaire jusqu'au jour où je vis Sylphid, soucieuse de déplaire; je ne me doutais pas de quelle liberté on jouit une fois qu'on affranchit son égoïsme de la peur des représailles sociales. Voici ce qui me fascinait : elle était redoutable. Je me rendais compte qu'elle n'avait peur de rien, et qu'elle cultivait volontiers la menace qu'elle représentait pour autrui.

Les deux personnes qu'elle déclara supporter encore moins que les autres étaient un couple dont l'émisssion du samedi matin comptait parmi les préférées de ma mère. Cette émission de radio, qui s'appelait *Van Tassel et Grant*, était enregistrée depuis une ferme de l'Hudson, dans le comté de Dutchess, New York, ferme qui appartenait à Katrina Van Tassel, auteur de romans populaires, et à son mari, Bryden Grant, éditorialiste au *Journal-American*, et critique de divertissements. Katrina était une femme d'un mètre quatre-vingts à la maigreur inquiétante ; elle portait de longues anglaises noires qui avaient dû passer pour aguichantes jadis ; son maintien suggérait qu'elle était convaincue d'exercer son ascendant sur l'Amérique tout entière à travers ses romans. Les deux ou trois choses que je savais d'elle avant cette soirée — chez les Grant, le dîner était consacré à l'évocation des obligations sociales avec leurs quatre beaux enfants ; ses amis, dans le vieux Staatsburg, berceau des traditions (ses ancêtres, les Van Tassel, s'y seraient installés au dix-septième siècle, véritable aristocratie locale, bien avant l'arrivée des Anglais), étaient des gens d'une éducation et d'une moralité irréprochables — c'est ce que j'avais entendu par hasard, lorsque ma mère prenait l'émission.

« Irréprochable », le mot revenait souvent dans la bouche de Katrina lors de ses monologues sur sa vie riche, variée, exceptionnelle à tous égards, tant dans le tourbillon de la cité que dans sa retraite bucolique. Les « irréprochables » pullulaient dans ses phrases, et, au bout d'une heure d'émission, dans celles de ma mère, qui la jugeait « cultivée ». Le mot était la louange suprême réservée à ceux qui avaient l'insigne honneur d'entrer sur le fief des Grant, que ce soit pour lui arranger les dents ou réparer la chasse d'eau. « Irréprochable, ce plombier, Bryden, ir-ré-pro-chable ! » disait-elle, tandis que ma mère, comme des millions d'autres auditeurs, écoutait, aux anges, une conversation sur les problèmes d'écoulement qui affectent les foyers des Américains les mieux nés, et que mon père, irréductible du camp de Sylphid, lançait : « Oh, ferme le bec de cette bonne femme, je t'en prie ! »

Or c'était à propos de Katrina Grant que Sylphid avait dit entre ses dents : « Ce qu'il y a de plus risible chez cette cinglée, c'est sa folie des grandeurs » ; et c'était son mari, Bryden Grant, qu'elle avait épinglé comme l'« homme le plus vaniteux de New York ».

« Quand ma mère déjeune avec Katrina, elle rentre blême de rage en disant : "Cette femme est impossible. Elle me parle de théâtre, elle me parle des romans qui sortent, elle se figure tout savoir, et elle ne sait rien du tout." C'est vrai, d'ailleurs. Lorsqu'elles déjeunent ensemble, ça ne rate jamais, Katrina pontifie sur le sujet que Maman se trouve bien connaître. Ma mère déteste les livres de Katrina. Ils lui tombent des mains. Elle est morte de rire dès qu'elle en ouvre un — après quoi elle dit à Katrina qu'ils sont formidables. Ma mère trouve un surnom pour tous les gens qui lui font peur — Katrina c'est Dingote. "J'aurais voulu que tu entendes le topo que Dingote m'a fait sur la pièce d'O'Neill, elle s'est surpassée !" Et puis le lendemain à 9 heures, Dingote l'appelle au téléphone et ma mère lui parle pendant une heure. Ma mère s'enivre d'indignation véhémente, comme le prodigue se grise d'une liasse de billets, mais, aussitôt après, la voilà qui tourne casaque et qui lui fait de la lèche parce que son nom commence par Van. Et aussi parce que Bryden s'arrange pour glisser son nom dans ses colonnes et l'appelle la Sarah Bernhardt des ondes. Pauvre Maman, avec ses ambitions sociales. Katrina est la plus prétentieuse des riches prétentieux qui habitent Staatsburg sur l'Hudson, quant à lui, il est censé descendre d'Ulysses Grant. Tenez », ajouta Sylphid, et au milieu de cette soirée où les invités étaient si nombreux qu'ils donnaient l'impression d'avoir un mal fou à ne pas boire dans le verre les uns des autres, elle se tourna vers les rayonnages, derrière nous, pour y trouver un roman de Katrina Van Tassel Grant. De part et d'autre de la cheminée du salon, les livres montaient jusqu'au plafond, à tel point qu'il avait fallu installer un escalier de bibliothèque pour atteindre ceux des rayons supérieurs.

« Tenez, dit Sylphid, voilà *Héloïse et Abélard*.

— Ma mère l'a lu, dis-je.

— Votre mère est une impudente drôlesse », répliqua Sylphid, ce qui me fit flageoler sur mes jambes avant de comprendre qu'elle plaisantait. Il n'y avait pas que ma mère à l'avoir lu, un demi-million d'Américaines ou presque l'avaient acheté de même. « Tenez, ouvrez-le. Ouvrez-le à n'importe quelle page, mettez le doigt n'importe où, et préparez-vous à être enivré, Nathan de Newark. »

Je fis ce qu'elle me disait, et lorsqu'elle vit où j'avais posé le doigt, elle sourit en disant : « Oh, pas la peine de chercher bien loin pour trouver VTG au sommet de son talent. » Sur quoi elle lut à haute voix : « L'homme noua les mains autour de sa taille et l'attira à lui ; elle sentit les muscles puissants de ses cuisses. Elle renversa la tête. Ses lèvres s'entrouvrirent à son baiser. Un jour Abélard subirait la castration, comme punition brutale et vengeresse de sa passion pour Héloïse, mais, en cet instant, il était loin d'être mutilé. Plus il la serrait, plus forte était la pression sur ses zones érogènes. Quel trouble érotique chez ce génie qui allait dépoussiérer et régénérer l'enseignement traditionnel de la théologie chrétienne ! Les tétons d'Héloïse pointaient, durcis, et son ventre se serra lorsqu'elle pensa : "Je suis en train d'embrasser le plus grand auteur, le plus grand penseur du douzième siècle !" "Tu as un corps splendide, lui chuchota-t-il à l'oreille, des seins opulents, la taille menue ! Et les plis de ta grande jupe de satin ne parviennent pas à dérober aux regards tes hanches et tes cuisses adorables." Quoique mieux connu pour sa solution du problème des universaux et pour son maniement original de la dialectique, il n'en savait pas moins à cette époque où sa renommée intellectuelle était à son apogée, faire fondre le cœur des femmes... Au matin, ils furent rassasiés l'un de l'autre. Elle put enfin demander au chanoine et maître de Notre-Dame. "À présent, apprends-moi, Pierre. Apprends-moi, je t'en prie. Explique-moi ton analyse dialectique du mystère de Dieu et de la Trinité." Et c'est ce qu'il fit, en détaillant patiemment son interprétation rationnelle du dogme trinitaire, après quoi il la prit comme une femme, pour la onzième fois. »

« Onze fois ! » s'écria Sylphid en se tenant les côtes, dilatée par ce qu'elle venait de lire. Son mari, à elle, ne sait pas compter jusqu'à deux. « Même une fois, c'est trop pour cette petite tantouze ! » Il lui fallut un moment pour calmer son fou rire — pour que notre fou rire à tous les deux se calme. « Oh, apprends-moi, Pierre, je t'en prie ! » s'écria Sylphid, et sans raison aucune — sinon son allégresse — elle me planta un baiser sonore sur le bout du nez.

Après qu'elle eut remis *Héloïse et Abélard* sur l'étagère et que nous eûmes retrouvé notre sérieux, je m'enhardis à lui poser une question que je voulais lui poser depuis le début de la soirée. L'une des questions, du moins. Non pas : « Quel effet ça fait de grandir à Beverly Hills ? » ni : « Quel effet ça fait d'être la voisine de Jimmy Durante ? » Pas non plus : « Quel effet ça fait d'avoir des parents vedettes de cinéma ? » mais de peur qu'elle ne se moque de moi, ma question la plus sérieuse :

« Quel effet ça fait de jouer au Radio City Music Hall ?

— C'est l'enfer ! Le chef d'orchestre est infernal. "Ma chère amie, je sais combien il est difficile de compter jusqu'à quatre sur cette mesure, mais si vous vouliez bien essayer tout de même, vous m'obligeriez beaucoup." Plus il est poli, plus il est odieux. Quand il est vraiment hors de lui, il dit : "Ma très chère", et le *très* dégouline de venin. "Petite erreur, ma chère, il faudrait faire l'arpège !" Et vous, sur votre partition, vous n'avez pas d'arpège. Seulement vous ne voulez pas avoir l'air d'ergoter pour retarder tout le monde en disant : "Je vous demande pardon, Maestro, mais sur ma partition, ce n'est pas indiqué." Alors tout le monde vous regarde en pensant : "Tu vois pas comment ça se joue, idiote ! Il faut qu'il te le dise ?" C'est le plus mauvais chef d'orchestre du monde ! Il ne dirige jamais que des morceaux du répertoire standard, et malgré ça on se dit : "Mais il l'a jamais entendu jouer, ce morceau ?" Et puis il y a la plate-forme, dans la salle de concert. Vous savez, ce plateau tournant qui fait apparaître l'orchestre. Elle monte quand on recule et elle descend quand on avance ; et chaque fois qu'elle démarre, il y a des secousses — elle est montée sur roulement hydraulique — si bien qu'il faut s'accrocher à sa harpe comme à une bouée de sauvetage, au risque de la désaccorder. Les harpistes passent la moitié de leur vie à s'accorder, et l'autre moitié à jouer faux. Je hais les harpes, toutes les harpes.

— À ce point-là ? demandai-je en riant de bon cœur, un peu parce qu'elle plaisantait, et un peu parce qu'elle avait ri elle-même en imitant le chef d'orchestre.

— C'est un instrument odieusemcnt difficile. Il est tout le temps hors d'usage. Il suffit de respirer sur sa harpe pour qu'elle se désaccorde. Entretenir la mienne me rend dingue. Quant à la transporter, on se fait l'effet de traîner un porte-avions.

— Mais alors, pourquoi jouez-vous de la harpe ?

— Parce que je suis une gourde, le chef d'orchestre a raison. Les hautboïstes sont malins, les violonistes aussi. Mais pas les harpistes. Les harpistes sont des crétins, des demeurés. Il ne faut pas avoir deux sous de bon sens pour choisir un instrument qui va vous conditionner et vous empoisonner l'existence comme la harpe. Moi, si je n'avais pas eu sept ans, et si peu de jugeote, jamais je n'aurais commencé, et j'aurais encore moins continué. Je n'ai même pas de souvenirs qui remontent avant d'avoir su en jouer !

— Pourquoi avez-vous débuté si jeune ?

— La plupart des petites filles commencent la harpe parce que Môman trouve que c'est si mignon. C'est si joli, une harpe, et puis la musique est si douce, et puis on en joue poliment, dans des petits salons, pour des gens bien polis, qui s'en fichent comme d'une guigne. La colonne est peinte à la feuille d'or — il faut mettre des lunettes de soleil pour la regarder. Le summum du raffinement. La harpe trône là où elle est, pas de danger qu'on l'oublie. Elle est si monstrueusement encombrante, on ne peut pas la ranger. Où voulez-vous qu'on la mette ? Alors elle reste plantée là, à vous narguer. On ne peut pas lui échapper. C'est comme ma mère. »

Tout à coup, une jeune femme qui n'avait pas encore retiré son manteau et portait un petit étui noir parut auprès de Sylphid et s'excusa de son retard avec un accent britannique. Arrivaient avec elle un jeune homme brun et corpulent, vêtu avec élégance et qui, comme corseté dans ses privilèges, imposait à sa physionomie poupine un maintien militaire, ainsi qu'une jeune femme à la sensualité virginale, d'une féminité sur le point de s'épanouir, au seuil de la plénitude, avec une cascade de boucles blond-roux qui mettaient en valeur son teint clair. Eve Frame se précipita pour accueillir les nouveaux venus, elle prit dans ses bras la jeune fille à l'étui noir, qui s'appelait Pamela, et fut alors présentée par celle-ci au jeune couple de rêve, les fiancés Rosalind Halladay et Ramón Noguera.

Quelques minutes plus tard à peine, Sylphid était dans la bibliothèque, sa harpe entre les genoux et calée contre son épaule pour l'accorder. Pamela, son manteau retiré, manipulait les clefs de sa flûte ; assise auprès d'elles, Rosalind accordait un instrument que j'avais pris pour un violon, mais qui, un peu plus grand, se trouvait être une viole, comme je l'appris bientôt. Peu à peu, tous les invités du salon se tournèrent vers la bibliothèque, où Eve Frame se tenait pour demander le silence. Elle portait un ensemble que je m'efforçai de décrire à ma mère par la suite, et que celle-ci me dit être une robe du soir en soie chiffon plissée blanche, complétée d'une étole, et d'une ceinture de chiffon émeraude. Lorsque je décrivis sa coiffure, ma mère m'expliqua qu'elle était coiffée « à l'ange », crâne lisse et couronne de boucles sur les oreilles. Elle attendait patiemment, un léger sourire la rendant plus jolie encore (et plus fascinante à mes yeux), mais on sentait bien qu'une excitation enfantine montait en elle. Lorsqu'elle prit la parole, lorsqu'elle promit : « Quelque chose de beau va se produire », toute sa réserve élégante sembla sur le point de fondre comme neige au soleil.

Ce fut un concert mémorable, surtout pour un adolescent qui devrait, une demi-heure plus tard, prendre le bus n° 107 et regagner un foyer dont les temps forts le laissaient désormais sur sa faim. Eve Frame ne fit qu'une apparition, mais la majesté avec laquelle elle descendit les marches pour revenir au salon dans sa robe de soie chiffon et son étole donna un tout autre sens à la soirée : l'aventure qui fait que la vie vaut d'être vécue nous attendait.

Je ne suggère nullement qu'Eve Frame jouait un rôle. Tant s'en faut : c'était sa liberté qui se faisait jour, au contraire. Eve Frame sans ses entraves, exempte de sa timidité, ravie, dans un état d'exaltation sereine. À la limite, c'était plutôt à nous qu'elle venait de donner le rôle de notre vie, pas moins — le rôle de ces privilégiés dont le rêve le plus cher était en train de se réaliser. L'art venait d'ensorceler la réalité ; une magie occulte avait purifié cette soirée à Manhattan des instincts vils et des basses manigances qui s'y côtoyaient dans une vague ivresse clinquante. Or, cette illusion était née de presque rien : quelques syllabes prononcées avec une diction parfaite sur le seuil de la bibliothèque — et voilà que cette soirée, avec son absurde arrivisme, se métamorphosait en embarquement pour un Cythère esthétique.

« Sylphid Pennington et la jeune flûtiste de Londres, Pamela Solomon, vont vous interpréter deux duos pour flûte et harpe. Le premier, "Berceuse", est de Fauré ; le second, "Fantaisie Casilda", de Franz Doppler. Enfin la dernière pièce sera le second mouvement de la "Sonate pour flûte, viole et harpe" de Debussy, son Interlude entraînant. Notre violiste s'appelle Rosalind Halladay, elle nous arrive de Londres. Elle est née en Cornouailles et diplômée de la Gilhall School of Music and Drama, de Londres. À Londres, Rosalind joue désormais avec l'orchestre du Royal Opera House. »

La flûtiste, elle, était une jeune fille svelte à la physionomie mélancolique, avec un visage allongé, des yeux sombres ; plus je la regardais, plus je m'en amourachais ; plus je regardais Rosalind, plus je m'amourachais d'elle aussi — et plus cruel m'apparaissait chez mon amie Sylphid l'absence de tout ce qui peut éveiller le désir masculin. Avec son torse carré, ses jambes trapues et cette curieuse bosse de chair qui l'épaississait entre les épaules, un peu comme un bison, elle me faisait l'effet, malgré l'élégance classique de ses mains se déplaçant sur les cordes, d'un lutteur qui aurait affronté sa harpe — un sumo japonais. Comme j'avais honte de cette pensée, elle ne fit que prendre de la substance au cours du concert.

La musique, je n'en pensai pas grand-chose. Tel Ira, j'étais sourd à tout ce qui ne m'était pas familier (en l'occurrence les titres de *Make Believe Ballroom*, émission du samedi matin, et ceux de *Your Hit Parade*, qui passait le samedi soir), mais à voir Syphid soudain grave, sous le charme de la musique qu'elle désenchevêtrait des cordes, à voir la passion de son jeu, une passion concentrée qui se lisait dans ses yeux — une passion exempte de tout sarcasme et de toute négativité —, je me demandais quel pouvoir elle aurait eu si, outre son talent musical, elle avait reçu en partage le charmant visage ciselé de sa délicate mère.

Plusieurs décennies plus tard, après la visite de Murray, je compris enfin que si elle voulait se sentir un peu à l'aise, Sylphid était obligée de haïr sa mère et jouer de la harpe. Haïr la faiblesse exaspérante de sa mère, et produire ces sons enchanteurs et éthérés ; entretenir avec Fauré, Doppler et Debussy le seul commerce amoureux que le monde lui permettait.

Lorsque je levai les yeux vers Eve Frame, assise au premier rang des spectateurs, je m'aperçus qu'il passait une telle demande dans son regard sur sa fille, qu'on aurait cru que Sylphid était l'origine de son être plutôt que l'inverse.

Puis tout ce qui s'était interrompu reprit. Il y eut des applaudissements, des « bravo ! », des saluts ; Sylphid, Pamela et Rosalind descendirent de la scène-bibliothèque et Eve Frame fut là pour les étreindre l'une après l'autre. J'étais assez proche pour l'entendre dire à Pamela : « Tu sais à quoi tu ressemblais, ma chérie ? À une princesse hébraïque ! », à Rosalind : « Et vous, vous étiez ravissante, absolument ravissante ! » puis à sa fille : « Sylphid, Sylphid ! Sylphid Juliet, tu n'as jamais joué plus magnifiquement ! Jamais, ma chérie ! Le Doppler, en particulier, c'était une merveille.

— Le Doppler, maman, c'est une cochonnerie qu'on sert dans les salons, répondit Sylphid.

— Oh, je t'adore ! s'écria Eve. Ta mère t'aime tant ! »

D'autres personnes s'avancèrent bientôt pour féliciter le trio de musiciennes, et en moins de temps qu'il n'en faut pour le dire, Sylphid glissa son bras autour de ma taille et me présenta avec bonne humeur à Pamela, Rosalind et au fiancé de celle-ci : « Voici Nathan de Newark, c'est un protégé politique de La Bête. » Comme elle le disait avec un sourire, je souris à mon tour, en me persuadant que l'épithète était lancée sans malice, simple plaisanterie familiale sur la taille d'Ira.

Je le cherchai des yeux dans toute la pièce et vis qu'il n'y était pas. Mais au lieu de m'excuser pour partir à sa recherche, je me laissai accaparer par la poigne de Sylphid, et submerger par le raffinement de ses amis. Je n'avais jamais vu un jeune homme aussi bien habillé, d'une urbanité aussi lisse et courtoise que Ramón Noguera. Quant à la brune Pamela et la blonde Rosalind, elles étaient si jolies l'une et l'autre que je ne pouvais pas les regarder ouvertement plus d'une fraction de seconde, tout en ne manquant pas une occasion de me trouver comme par hasard à quelques centimètres de leur peau.

Rosalind et Ramón allaient se marier trois semaines plus tard sur le domaine des Noguera, aux environs de La Havane. Les Noguera étaient planteurs, le père de Ramón ayant hérité de son grand-père des milliers d'hectares de terre dans une région nommée le Partido, terre qui reviendrait à Ramón, et plus tard aux enfants de Ramón et Rosalind. Ramón observait un silence impressionnant ; avec la gravité que confère le sentiment d'un destin personnel, il semblait bien décidé à tenir la position d'autorité que lui accordaient tous les fumeurs de cigares du monde. Rosalind, au contraire, qui, quelques années auparavant, n'était qu'une pauvre élève du Conservatoire arrivée à Londres depuis sa campagne natale, mais qui, pour l'heure, touchait au terme de ses inquiétudes, et au commencement de la vie de château, s'anima au fil de la soirée. Elle devint même loquace. Elle nous parla du grand-père de Ramón, le plus connu et le plus révéré des Noguera ; il avait été quelque trente ans gouverneur d'une province en même temps que grand propriétaire terrien, jusqu'au jour où il était entré au cabinet du président Mendieta (cabinet dont le chef n'était autre, je me trouvai le savoir, que l'infâme Fulgencio Batista). Elle nous parla de la beauté des plantations de tabac où, sous les voiles de coton, on faisait pousser la feuille de cape des cigares cubains ; puis elle nous parla de la cérémonie en grande pompe, à l'espagnole, que les Noguera leur réservaient. Pamela, son amie d'enfance, prendrait l'avion de New York à La Havane, aux frais de la famille Noguera ; elle serait reçue dans un appartement d'amis sur le domaine, et si Sylphid pouvait trouver le temps de l'accompagner, conclut la volubile Rosalind, elle était la bienvenue aussi.

Rosalind parlait avec un enthousiasme innocent, une joyeuse fierté devant sa propre réussite, de l'immense fortune des Noguera, et moi, je me disais : Et les paysans cubains qui travaillent sur les plantations, qui va leur payer un aller et retour pour assister à un mariage dans leur famille ? Je voudrais bien voir dans quels « appartements d'amis » ils vivent, eux, sur ces belles plantations de tabac. Et les maladies, la malnutrition, l'ignorance de ces ouvriers, Miss Halladay ? Au lieu de dilapider tout cet argent avec obscénité pour votre mariage à l'espagnole, est-ce qu'il ne vaudrait pas mieux vous mettre à dédommager le peuple cubain, dont la famille de votre fiancé accapare les terres de façon illégitime ?

Mais je demeurai bouche cousue à l'instar de Ramón Noguera, quoique, au fond de moi, bien loin du calme olympien qui le faisait regarder droit devant lui, comme s'il passait des troupes en revue. Tout ce que disait Rosalind m'effarait, mais je ne pouvais pas manquer aux usages et le lui faire savoir. Or je n'avais pas non plus la force d'attaquer Ramón Noguera sur le montant et l'origine de sa fortune, selon le Parti progressiste. Et je ne parvenais pas à m'éloigner du rayonnement de Rosalind, la belle Anglaise, physiquement adorable et musicalement douée, qui ne semblait pas comprendre qu'en renonçant à ses idéaux (sinon aux siens du moins aux miens) pour les charmes de Ramón, en se mariant dans la grande bourgeoisie terrienne oligarchique de Cuba, non seulement elle compromettait fatalement les valeurs de l'artiste, mais, selon mon analyse politique, elle se galvaudait avec un homme bien moins digne de son talent — et de ses cheveux blond doré, et de sa peau éminemment caressable — que... moi, par exemple.

On apprit que Ramón Noguera avait réservé une table au Stork Club pour Pamela, Rosalind et lui-même, et quand il proposa à Sylphid de se joindre à eux, il étendit l'invitation à ma propre personne avec un aplomb vague, qui pouvait tenir lieu de courtoisie dans la grande bourgeoisie : « Vous aussi, monsieur, soyez des nôtres, je vous en prie.

— Je ne peux pas, non », répondis-je, mais au lieu d'expliquer (or je savais bien que j'aurais dû le faire, il le fallait — Ira l'aurait fait) : « Je n'ai aucune estime pour vous et vos pareils », j'ajoutai : « Merci. Merci tout de même. » Ainsi, tournant les talons comme si j'échappais à la peste alors que j'étais en train de rater une occasion inespérée pour un écrivain en herbe de voir le fameux Stork Club de Sherman Billingsley et la table de Walter Winchell, je parvins à fuir les tentations où m'induisait le premier ploutocrate qu'il m'était donné de voir.

Je montai au premier tout seul, et récupérai mon manteau dans la chambre d'amis, parmi les douzaines d'autres empilés sur les lits jumeaux ; ce fut là que je rencontrai Arthur Sokolow, dont Ira disait qu'il avait lu mon manuscrit. Dans le bureau d'Ira, après les passages lus, la timidité m'avait empêché de lui parler, et comme il s'absorbait dans sa lecture d'un livre sur Lincoln, il n'avait pas semblé lui-même avoir grand-chose à me dire. Plusieurs fois au cours de la fête, cependant, je l'avais entendu s'adresser à quelqu'un avec véhémence, au salon : « J'étais tellement furieux, l'avais-je entendu dire, que je me suis mis au travail dans une colère noire et que j'ai écrit mon texte dans la nuit. » Puis, un peu plus tard : « Les possibilités étaient illimitées. Il y avait une atmosphère de liberté, un vrai désir d'établir des frontières nouvelles. » Après quoi je l'entendis rire en déclarant : « Bah, ils m'ont jeté dans la fosse aux lions, ils m'ont sacrifié au programme le plus populaire de la radio », phrases d'un tel impact sur moi que je crus avoir rencontré la vérité dont on ne saurait se passer.

Je me fis l'idée la plus claire de ce que j'attendais de la vie lorsque, passant délibérément à portée de sa voix, j'entendis Sokolow parler à deux femmes de la pièce qu'il se proposait d'écrire pour Ira, une pièce à un seul acteur, basée non pas sur les discours mais sur toute la vie d'Abraham Lincoln, de sa naissance jusqu'à sa mort. « Le premier discours inaugural, le discours de Gettysburg, le second discours inaugural, c'est pas ça l'histoire. Ça, c'est la rhétorique. Moi, je veux qu'Ira leur raconte l'histoire. Qu'il leur dise à quel point elle a été dure ; pas d'études du tout, un père idiot, une marâtre terrible, ses rapports avec les avocats associés, la campagne avec Douglas pour adversaire, la défaite, le mariage avec une hystérique dépensière, la perte brutale de leur fils, Willie, le désaveu de tous, les agressions politiques quotidiennes dès le jour où il a pris ses fonctions. La sauvagerie de la guerre, l'incompétence des généraux, la Proclamation de l'Émancipation, la victoire, la préservation de l'Union, la libération des Noirs — et puis, enfin, l'assassinat qui a changé notre pays de manière irréversible. Un rôle en or, pour un acteur. Trois heures. Sans entracte. Ça va laisser les spectateurs babas dans leur fauteuil. Ça va leur faire regretter ce que l'Amérique pourrait être aujourd'hui, à la fois pour les Noirs et pour les Blancs, si Lincoln avait pu accomplir son second mandat et superviser la Reconstruction. J'y ai beaucoup pensé à cet homme-là. Tué par un acteur. Comme de juste ! » Il rit : « Qui d'autre aurait pu avoir la vanité et la bêtise d'assassiner Abraham Lincoln ? Est-ce qu'Ira pourra tenir la scène trois heures à lui tout seul ? Le tour de force oratoire, on sait que c'est à sa portée. Sinon, on y travaillera tous deux, et il y arrivera : un leader harcelé, plein d'intelligence, d'astuce, de puissance intellectuelle, un bonhomme monumental, tantôt exalté, tantôt cruellement déprimé, et, conclut Sokolow en riant de nouveau, pas encore au courant qu'il est le Lincoln du Mémorial ! »

Puis, souriant simplement, il me dit d'une voix qui me surprit par sa douceur : « Ce doit être une soirée mémorable pour vous, jeune monsieur. » Je hochai la tête mais ne fus pas plus loquace que précédemment, incapable de lui demander un conseil, une critique de ma pièce. Une intuition pas trop mal développée pour un garçon de quinze ans me disait qu'Arthur Sokolow n'avait pas lu mon texte.

À l'instant où je quittai la chambre avec mon manteau, je vis sortir de la salle de bains Katrina Van Tassel Grant qui venait dans ma direction. J'étais grand pour mon âge, mais avec ses talons, elle me regardait de haut. Du reste, aurais-je mesuré une tête de plus que je me serais peut-être laissé intimider par sa physionomie imposante, en sentant bien qu'elle se croyait l'exemple suprême d'une vertu quelconque. Tout se passa si spontanément que je n'eus pas le temps de comprendre comment cette personne que j'étais censé détester, et ce sans le moindre effort, pouvait être aussi impressionnante de près. Elle écrivait des romans de gare, elle soutenait Franco, elle était l'ennemie de l'URSS, et voilà qu'au moment crucial, mon antipathie me laissait en plan ? Lorsque je m'entendis articuler : « Madame Grant, vous voulez bien me signer un autographe, c'est pour ma mère ? » je me pris à me demander en quoi je venais de me faire changer, ou à quelle hallucination j'étais en proie. J'étais en train de me conduire de manière encore plus navrante qu'avec le magnat du tabac cubain.

Dans un sourire, Mrs Grant émit une hypothèse sur mon identité qui justifiât ma présence dans cette superbe demeure. « N'êtes-vous pas le jeune ami de Sylphid ? »

Je n'eus même pas besoin de réfléchir pour mentir.

« Oui », lui dis-je. Je n'étais pas bien sûr de paraître assez vieux, mais peut-être que Sylphid donnait dans les adolescents. À moins que Mrs Grant ne la considérât encore comme une gamine. Ou qu'elle ne l'ait vue m'embrasser sur le nez, et mis ce baiser sur le compte d'une relation amoureuse sans se douter qu'il ponctuait celles d'Héloïse et Abélard pour la onzième fois.

« Et vous êtes musicien, vous aussi ?

— Oui, dis-je.

— De quel instrument jouez-vous ?

— Pareil, de la harpe.

— C'est plutôt rare, pour un garçon ?

— Non.

— Sur quoi voulez-vous que je signe ? demanda-t-elle.

— Je crois que j'ai un bout de papier dans mon portefeuille. » Puis je me souvins qu'épinglé dans mon portefeuille se trouvait le badge « Wallace Président » que j'avais porté au lycée sur la poche de ma chemise pendant deux mois et dont j'avais refusé de me séparer après l'élection désastreuse. Je le brandissais comme un insigne de police chaque fois que je cherchais de l'argent pour payer. « J'ai oublié mon portefeuille », lui dis-je.

Elle tira de son petit sac de perles un carnet et un stylo d'argent. « Comment s'appelle votre mère ? »

Elle me le demandait assez gentiment, mais je fus incapable de le lui dire.

« Vous avez oublié ? me dit-elle avec un sourire inoffensif.

— N'écrivez que *votre* nom, s'il vous plaît. Ça suffit. »

Tout en signant, elle me demanda : « Quelles sont vos origines, jeune homme ? »

Tout d'abord je ne vis pas qu'elle me demandait à quelle sous-espèce d'humanité j'appartenais. Le mot « origines » me fut impénétrable — puis je compris. Je ne tentai pas de faire de l'esprit en répondant : « Je n'en ai pas. »

Or, donc, pourquoi m'avait-elle paru une plus grande vedette, plus *intimidante* qu'Eve Frame ? Surtout après la dissection à laquelle Sylphid s'était livrée sur elle et sur son mari, comment pouvais-je me laisser gagner par la veulerie du fan de base et lui parler avec une telle niaiserie ?

C'était à cause du pouvoir qu'elle détenait, certes — ce pouvoir de la célébrité qu'elle partageait avec son mari car il suffisait à celui-ci de quelques mots à la radio, d'une remarque dans ses colonnes, d'une ellipse dans ses colonnes pour faire et défaire les carrières du spectacle. Katrina Grant avait le pouvoir qui fait froid dans le dos : celui des gens à qui l'on prodigue sourires, remerciements et embrassades — tout en les détestant.

Mais moi, pourquoi lui lécher le cul ? Je ne faisais pas carrière dans le spectacle. Qu'avais-je à gagner, ou à perdre, d'ailleurs ? Il m'avait fallu moins d'une minute pour abandonner tout principe, toute conviction, toute allégeance. Et j'aurais continué si elle n'avait pas eu la bonté de signer son nom et de retourner au salon. On ne me demandait rien sinon de l'ignorer, elle qui n'avait eu aucun mal à m'ignorer avant que je lui aie réclamé un autographe pour ma mère. Or ma mère ne collectionnait pas les autographes ; personne ne me forçait à faire des bassesses, à mentir. Mais c'était la solution de facilité. C'était même pire que facile. C'était automatique.

« Ne vous dégonflez pas », m'avait rappelé Paul Robeson en coulisses, à La Mosquée. Fièrement, je lui avais serré la main, et je m'étais dégonflé dès ma première sortie dans le monde. Je m'étais dégonflé sans raison. On ne m'avait pas traîné au commissariat et matraqué. J'étais sorti dans un couloir avec mon manteau. Il n'en avait pas fallu plus pour que Tom Paine en herbe déraille.

Je m'engageai dans l'escalier, m'écœurant profondément comme quelqu'un d'assez jeune pour se figurer qu'il faut croire tout ce que l'on dit. J'aurais donné n'importe quoi pour trouver le culot de faire demi-tour et la remettre à sa place d'une façon ou d'une autre — ne serait-ce qu'à cause de l'attitude consternante que j'avais eue, au contraire. Bientôt, toutefois, mon héros allait le faire pour moi, et sans l'exquise politesse qui était la mienne pour diluer l'audace et la vigueur de son hostilité. Ira allait réparer ce que j'avais omis de dire, et faire mieux encore.

Je le trouvai au sous-sol, dans la cuisine, en train d'essuyer les assiettes que lavaient dans un évier double Wondrous, la bonne qui avait servi le dîner, et une fille à peu près de mon âge, Marva, qui était la fille de celle-ci, comme je l'appris. Lorsque j'entrai, Wondrous était en train de dire : « J'ai pas voulu gaspiller mon vote, monsieur Ringold. J'ai pas voulu gaspiller mon précieux vote.

— Dis-lui, toi, me demanda Ira. Cette femme ne veut pas me croire. Je sais pas pourquoi. Parle-lui du Parti démocrate. Je sais pas comment une femme noire peut se mettre en tête que le Parti démocrate va enfin tenir ses promesses à la race noire. Je sais pas qui lui a dit ça, ni pourquoi elle l'a cru. Qui t'a dit ça, Wondrous ? Pas moi, en tout cas. Bon Dieu, je te l'ai dit il y a six mois. C'est pas eux qui vont mettre un terme à Jim Crow, les libéraux du Parti démocrate, ils en ont pas dans le buffet. Ils ne sont pas et n'ont jamais été les partenaires du peuple noir ! Il n'y avait qu'un parti, dans cette élection, pour lequel un Noir pouvait voter, un parti qui se bat pour les exploités, un parti acharné à faire du Noir un citoyen à part entière. Et c'était pas le Parti démocrate d'Harry Truman.

— Je pouvais pas mettre mon vote à la poubelle, monsieur Ringold. Ç'aurait été tout comme. Je l'aurais jeté à l'égout.

— Le Parti progressiste a mis plus de candidats noirs sur sa liste que n'importe quel parti dans toute l'histoire d'Amérique — cinquante candidats noirs à des postes gouvernementaux d'importance, sur leur ticket. Des postes auxquels on n'avait jamais proposé de Noirs, et qu'ils ont encore moins tenus. C'est ça qui aurait été jeter son vote à l'égout ? Ne te fais pas passer pour une idiote ! Ne me prends pas pour un crétin ! Je suis furieux contre la communauté noire quand je pense que tu n'as pas été la seule à voter sans réfléchir.

— Vous m'excuserez, mais quand un homme perd comme cet homme-là, je vois pas ce qu'il pourrait faire pour nous. Faut bien qu'on vive aussi, nous autres.

— Mais c'est ce que tu as fait qui n'est rien. Qui est pire que rien. Ce que tu en as fait, de ton vote, c'est qu'il a servi à remettre en place ceux qui t'ont offert la ségrégation, l'injustice, le lynchage, la capitation pour le restant de tes jours. Pour le restant de ceux de Marva. Et des enfants de Marva. Dis-lui, toi, Nathan. Tu as rencontré Paul Robeson. Il a rencontré Paul Robeson, Wondrous. Le plus grand Noir de toute l'histoire d'Amérique, selon moi, Paul Robeson lui a serré la main, et qu'est-ce qu'il t'a dit, Nathan ? Dis à Wondrous ce qu'il t'a dit.

— Il m'a dit : “Ne vous dégonflez pas.”

— Et c'est ce que tu as fait, Wondrous. Tu t'es dégonflée dans l'isoloir. Tu m'étonnes.

— Ben, vous pouvez attendre, vous, mais nous autres, faut bien qu'on s'arrange pour vivre.

— Tu me déçois, Wondrous. Tu déçois les espoirs de Marva, qui pis est. Et ceux de ses enfants à venir. Je comprends pas ça, et je comprendrai jamais. Non, je ne comprends pas les travailleurs de ce pays. Ça m'exaspère quand j'écoute ces gens qui savent même pas pour qui ils ont intérêt à voter, bon Dieu ! Ça me donne envie de balancer cette assiette par terre, Wondrous.

— Faites ce que vous voulez, monsieur Ringold. Elle est pas à moi, c't'assiette.

— Je suis tellement furieux contre la communauté noire, ce qu'elle a fait, et pas fait pour Henry Wallace, ce qu'elle a pas fait pour elle-même, j'ai vraiment envie de la casser, cette assiette.

— Bonne nuit, Ira, dis-je tandis qu'il continuait de menacer de casser l'assiette qu'il était en train d'essuyer. Il faut que je rentre chez moi. »

C'est alors que la voix d'Eve Frame nous parvint depuis le sommet de l'escalier : « Viens dire au revoir aux Grant, chéri. »

Ira fit semblant de ne pas entendre et se tourna de nouveau vers Wondrous : « On en dit, de beaux mots, Wondrous, de par le nouveau monde... »

« Ira ? Les Grant s'en vont. Monte dire bonsoir. »

Brusquement, il jeta l'assiette, il la laissa s'envoler. Marva s'écria : « Maman ! » lorsqu'elle s'écrasa contre le mur, mais Wondrous se contenta de hausser les épaules — l'irrationalité des Blancs, même ceux qui étaient contre Jim Crow, avait cessé de la surprendre. Elle se mit en devoir de ramasser les morceaux de l'assiette pendant qu'Ira, torchon en main, grimpait l'escalier quatre à quatre en braillant pour qu'on l'entende depuis le rez-de-chaussée : « Je comprends pas, quand tu as la liberté de choix et que tu vis dans un pays comme le nôtre, où personne n'est censé te forcer à faire quoi que ce soit, comment tu peux t'asseoir à table avec ce nazi, cet assassin, ce fils de pute ? Pourquoi est-ce qu'ils font une chose pareille ? Qui les oblige à dîner avec un homme alors que l'œuvre de sa vie a été de perfectionner des nouveautés pour tuer les gens mieux que dans le passé ? »

J'étais juste derrière lui. Je ne savais pas de quoi il parlait avant de voir qu'il se dirigeait vers Bryden Grant qui, chapeau à la main, s'encadrait sur le seuil de la porte dans un pardessus Chesterfield et une écharpe de soie. Grant avait le visage carré, les mâchoires proéminentes, et une enviable crinière de fins cheveux argentés ; c'était un quinquagénaire bien bâti chez qui l'on trouvait cependant — et à proportion de son charme — une certaine porosité.

Ira fonça droit sur Bryden Grant, et ne s'arrêta que lorsque son visage fut à quelques centimètres du sien.

« Grant, lui dit-il. Grant, c'est bien ça, c'est bien votre nom ? Vous êtes allé à l'université, Grant. Vous avez fait Harvard, Grant. Vous avez fait Harvard, vous écrivez pour la presse de Hearst, et vous êtes un Grant, de la famille des Grant ! Vous êtes censé voir un peu plus loin que le bout de votre nez. Je sais par les merdes que vous écrivez que votre fonds de commerce c'est de ne pas avoir de convictions, mais vous en avez vaiment sur rien ?

— Ira, veux-tu finir ! » Eve Frame avait porté les mains à son visage, d'où le sang s'était retiré, et elle s'accrochait au bras d'Ira. « Bryden, s'écria-t-elle en regardant par-dessus son épaule d'un air éperdu tout en essayant de pousser Ira au salon, je suis affreusement, affreusement... je ne sais plus que... »

Mais Ira se dégagea d'elle sans effort et martela : « Je répète : êtes-vous dépourvu de toute conviction, Grant ?

— Ce n'est pas votre meilleur jour, Ira. Vous n'êtes pas en train de vous présenter sous votre meilleur jour. » Grant parlait avec toute la morgue d'un homme qui a appris très jeune qu'on ne s'abaisse pas à s'expliquer auprès d'un inférieur. « Bonne nuit à tous », dit-il à la douzaine d'invités qui restaient encore et s'étaient attroupés dans le couloir pour voir l'origine de l'altercation. « Bonne nuit, ma chère Eve », ajouta-t-il en lui lançant un baiser ; sur quoi, ouvrant la porte qui donnait sur la rue, il prit le bras de sa femme pour s'en aller.

« Vous vous asseyez à la table de Werner von Braun, et vous dînez avec lui, vrai ou faux ? cria Ira. Un salopard d'ingénieur nazi ! Une enflure de fasciste. »

Grant sourit, et avec un parfait sang-froid — l'ombre d'une menace perçant sous le calme du ton — il avertit Ira : « Cest très, très imprudent de votre part, ce que vous dites là, monsieur.

— Vous invitez ce nazi à dîner chez vous, vrai ou

faux ? Les gens qui fabriquent des objets de mort, c'est déjà une honte, mais votre cher ami, Grant, c'était un ami d'Hitler. Il a travaillé pour Adolf Hitler. Vous en avez peut-être jamais entendu parler, parce que ceux qu'il voulait tuer, c'étaient pas des Grant, c'étaient des gens comme moi. »

Depuis le début de l'incident, Katrina foudroyait Ira du regard, tout en restant aux côtés de son mari, et ce fut elle qui répondit à sa place. Il suffisait d'avoir écouté une seule fois *Van Tassel et Grant* pour se douter qu'elle était coutumière du fait. C'est de cette façon qu'il se fabriquait cette redoutable figure d'autocrate, et qu'elle, de son côté, satisfaisait une soif de suprématie qu'elle n'essayait même pas de cacher. Bryden considérait de toute évidence qu'il impressionnait davantage par son laconisme, par une autorité tout intériorisée ; chez elle, au contraire, le potentiel d'intimidation venait — point commun avec Ira — de sa faculté de tout dire.

« Vous avez beau vociférer, vos allégations n'ont pas de sens commun », riposta-t-elle. Katrina Grant avait une bouche de taille normale, mais, je m'en apercevais subitement, elle ne parlait qu'à travers un trou minuscule, au milieu des lèvres, pas plus gros qu'une goutte de sirop pour la toux. C'est par cet orifice qu'elle crachait les fines épingles brûlantes qui constituaient la défense de son mari. Elle était désormais sous l'empire de cet affrontement ; c'était la guerre et elle se dressait, sculpturale, imposante même face à ce colosse d'un mètre quatre-vingt-dix-sept. « Vous n'êtes qu'un ignare, un pauvre naïf, un mal élevé ; vous n'êtes qu'un arrogant, une brute simplette ; vous êtes un rustre ; vous ne connaissez pas les faits, vous ne savez rien de la réalité ! Pas plus aujourd'hui que d'habitude vous ne savez de quoi vous parlez. Tout ce que vous savez faire c'est répéter le *Daily Worker* comme un perroquet.

— Il a pas tué assez d'Américains, ce von Braun qui vient dîner chez vous ? hurla Ira. À présent il veut travailler pour l'Amérique à tuer des Russes ? Formidable ! Allons-y, tuons du communiste pour Mr Hearst, Mr Dies et le patronat. Il tuera qui on lui dit, ce nazi, pourvu qu'il reçoive son salaire et la vénération de... »

Eve poussa un hurlement strident. Ce n'était pas un hurlement théâtral, ou calculé, mais enfin, dans cette entrée pleine d'invités élégants — car nous n'étions pas sur un plateau où un type en collants en aurait passé un autre au fil de l'épée —, elle était parvenue en un temps record à pousser un cri si inhumain que je ne croyais pas en avoir jamais entendu de plus affreux sur scène ou à la ville. Il semblait bien qu'en matière d'émotions, Eve n'avait pas à aller chercher trop loin pour en arriver là où elle voulait.

« Ma chérie ! dit Katrina qui s'avança pour prendre Eve par les épaules, dans un geste protecteur.

— Oh, arrêtez vos conneries, lança Ira qui venait de reprendre l'escalier pour descendre au sous-sol. La chérie va très bien.

— Non, elle ne va pas très bien, dit Katrina. Et elle n'a pas de raisons d'aller bien. Cette maison n'est pas une salle de meeting politique, où se réunissent les gorilles du Parti ! Est-ce qu'il faut vraiment que les murs tremblent chaque fois que vous ouvrez votre grande gueule de tribun ? Est-ce que, dans cette belle demeure civilisée, il y a la place pour votre propagande communiste... ? »

Remonté d'un bond, il brailla : « On est en démocratie, madame Grant. Mes convictions sont mes convictions. Si vous voulez connaître les convictions d'Ira Ringold, il suffit de les lui demander. Qu'elles vous plaisent ou pas, que je vous plaise ou pas, j'en ai rien à faire ! Ce sont mes convictions et je me fiche pas mal qu'elles ne plaisent à personne, tiens ! Mais non, votre mari travaille pour un fasciste, alors celui qui ose dire ce qui ne plaît pas aux fascistes, on lui crie : "Communiste ! Communiste ! Pouah, un communiste dans notre belle demeure civilisée", mais si vous étiez moins rigide dans votre pensée, vous sauriez qu'en démocratie, la philosophie communiste, ou n'importe quelle philosophie... »

Cette fois, lorsque Eve hurla, ce fut un cri sans queue ni tête, un cri qui indiquait l'état d'urgence, le cas de vie ou de mort, et qui mit effectivement fin à tout discours politique, et, du même coup, à ma première grande soirée en ville.

5

« Cette haine du Juif, dis-je à Murray, ce mépris des Juifs. Et pourtant elle a épousé Ira, et Freedman avant lui... »

C'était notre deuxième séance. Avant dîner, nous nous étions installés sur la terrasse de bois dominant l'étang, et tandis que nous buvions nos Martini, Murray m'avait parlé des cours qu'il avait eus à l'université, ce jour-là. Je n'aurais pas dû m'étonner de son énergie mentale, ni de l'enthousiasme que lui inspirait le sujet de réflexion en trois cents mots — discuter avec le recul de votre expérience n'importe lequel des vers du fameux monologue de Hamlet — proposé par le professeur à ses étudiants du troisième âge. Pourtant, le fait qu'un homme si près du néant final fasse ses devoirs pour le lendemain, et s'instruise encore à la fin de sa vie, le fait que le mystère continue de le mystifier, qu'il garde un besoin vital de tirer ses idées au clair — tout cela faisait plus que me surprendre : moi qui vivais retiré, qui tenais tout à distance, j'avais le sentiment, à la limite de la honte, de m'être fourvoyé. Mais ce sentiment disparut bientôt. Je ne voulais pas compliquer les choses davantage.

Je fis griller du poulet sur le barbecue et nous

prîmes le dîner dehors, sur la terrasse. Il était huit heures largement passées lorsque nous eûmes fini, mais on n'était pas encore à la mi-juillet et le jour ne donnait pas signe de faiblesse, même si, le matin, quand j'étais allé chercher mon courrier, la postière m'avait assené que nous perdrions quarante-cinq minutes de soleil d'ici la fin du mois, que s'il ne pleuvait pas bientôt il nous faudrait acheter nos confitures de mûres et de framboises au magasin; que la route avait fait quatre fois plus de victimes dans le coin qu'à la même date l'année précédente, et qu'à l'orée des bois, près d'une mangeoire à oiseaux, on avait repéré l'ours brun d'un mètre quatre-vingts qui avait élu domicile dans les parages. Pour l'instant, la nuit s'était repliée derrière un ciel bénin, qui ne proclamait que permanence. Une vie sans fin, sans turbulences.

« Était-elle juive ? Oui, elle l'était, dit Murray. C'était une Juive honteuse à un degré pathologique. Sa gêne n'avait rien d'épidermique. Elle avait honte d'avoir le type juif — et la morphologie de son visage était très sémite, quoique de manière subtile, elle avait toutes les nuances de la physionomie de Rebecca dans l'*Ivanhoé* de Walter Scott. Elle avait honte que sa fille ait le type juif. Quand elle a su que je parlais espagnol, elle m'a dit : "Tout le monde croit que Sylphid est espagnole. Lorsque nous étions en Espagne, tout le monde la prenait pour une indigène." C'était trop navrant pour qu'on se donne la peine de la contredire. Et puis qui s'en souciait ? Pas Ira. Ira s'en fichait éperdument. La religion, quelle qu'elle soit, il était contre pour des raisons politiques. Pour Pessah, Doris nous préparait un seder familial, Ira refusait de s'en approcher : superstition tribale.

« À mon avis, quand il l'a rencontrée, il était tellement emballé par elle, et par tout ce qu'il découvrait — il débarquait à New York, dans l'émission *The Free and the Brave*, il se baladait fièrement au bras de l'*American Radio Theater* —, que la question qu'elle soit juive ou pas ne l'avait sans doute même pas effleuré. Qu'est-ce que ça aurait pu lui faire ? Mais l'antisémitisme, alors là, c'était une autre histoire. Des années plus tard, il m'a confié que chaque fois qu'il prononçait le mot "juif" en public, elle essayait de le faire taire. S'ils rendaient visite à quelqu'un et qu'ils prenaient l'ascenseur pour redescendre, quand il y avait une femme avec un bébé au bras ou dans un landau, Ira n'y faisait même pas attention, mais dès qu'ils étaient dans la rue, Eve lui disait : "Incroyable ce que cet enfant est laid !" Il ne voyait pas du tout ce qui la rongeait jusqu'au jour où il a compris que cet enfant si laid était toujours celui d'une femme qui lui paraissait, à elle, grossièrement juive.

« Comment supportait-il ces conneries ne serait-ce que cinq minutes ? Eh bien, il ne les supportait pas. Mais il n'était plus dans l'armée. Eve n'était pas un cul-terreux du Sud, il n'allait pas lui flanquer son poing sur la figure. Au lieu d'une raclée, il a essayé de lui inculquer une éducation adulte. Il a essayé d'être son O'Day — seulement Eve n'était pas Ira. Il a essayé de lui faire un cours : Les Origines sociales et économiques de l'antisémitisme. Il l'a assise dans son bureau pour lui lire des passages de ses bouquins, des passages des carnets qu'il trimballait sur lui pendant la guerre, et où il notait ses impressions et ses idées. "Il n'y a aucune supériorité à être juif ; aucune infériorité non plus, rien de dégradant. On est juif, point final, voilà tout."

« Il lui a offert l'un de ses livres favoris à l'époque, un livre d'Arthur Miller. Il a dû en distribuer des douzaines d'exemplaires. Ça s'appelait *Focus*. Il en a donc offert un exemplaire à Eve, avec des croix partout pour qu'elle ne rate pas les passages importants. Il lui a expliqué le texte comme O'Day lui expliquait les bouquins de la bibliothèque de la base, en Iran. Tu te souviens de *Focus,* le roman de Miller ? »

Je m'en souvenais fort bien. Ira m'en avait offert un exemplaire, à moi aussi, pour mes seize ans, et, comme O'Day, il me l'avait expliqué. Pendant mes dernières années de lycée, ce livre qui proclamait mes sympathies politiques et me fournissait une source vénérée pour mes pièces destinées à la radio, avait pris place à côté d'*On a Note of Triumph* et des romans de Howard Fast (avec les deux romans de guerre qu'il m'avait donnés, *Les nus et les morts*, et *Le bal des maudits*).

Focus a paru en 1945, l'année où Ira est rentré d'outre-mer, son sac de matelot plein de livres, avec les mille dollars gagnés au craps sur les vaisseaux de transport de troupes ; trois ans avant que *La mort d'un commis voyageur*, créé à Broadway, ne rende Miller célèbre. Le livre raconte l'histoire d'un certain Mr Newman, cadre dans les services du personnel d'une grande entreprise new-yorkaise, quadragénaire circonspect, d'un conformisme maladif par anxiété — il est trop circonspect pour persécuter les minorités raciales et religieuses qu'il méprise dans le secret de son cœur. Par une cruelle ironie du sort, le jour où il chausse sa première paire de lunettes, il découvre qu'elles accusent « la proéminence sémite de son nez » et le font dangereusement ressembler à un Juif. Et il n'est pas le seul à s'en apercevoir. Quand sa vieille mère paralytique le voit avec ses lunettes toutes neuves, elle éclate de rire et lui dit : « Ça alors, on dirait presque un Juif ! » Lorsqu'il arrive au travail, la réaction devant cette métamorphose n'est pas aussi débonnaire ; on lui retire illico son poste en vue pour l'affecter à un minable emploi de scribouillard, dont il va démissionner tant il l'humilie. Désormais, lui qui méprise les Juifs pour leur physionomie, leurs odeurs, leur méchanceté, leur rapacité, leurs mauvaises manières, et même « leur appétit sensuel des femmes », est étiqueté comme Juif partout où il passe. L'animosité qu'il suscite touche un éventail social si vaste qu'il semble au lecteur, au lecteur que j'étais adolescent, en tout cas, que son visage n'en puisse être la seule cause : la source des persécutions dont il est victime doit être une incarnation spectrale, colossale, de l'antisémitisme diffus qu'il était lui-même trop pusillanime pour pratiquer. « Il avait porté en lui toute sa vie cette répulsion à l'égard des Juifs », et à présent, cette répulsion, matérialisée dans les rues de son quartier du Queens et dans tout New York, comme dans un cauchemar terrifiant, le faisait rejeter brutalement — et pour finir violemment — par ces voisins mêmes dont il avait quémandé l'acceptation en se conformant docilement à leurs haines les plus laides.

Je rentrai dans la maison, chercher mon exemplaire de *Focus*, que je n'avais sans doute pas rouvert depuis qu'Ira me l'avait offert, et que j'avais lu en une nuit, puis relu deux fois, avant de le glisser entre les serre-livres de mon bureau, où je rangeais mes textes sacrés. Sur la page-titre, Ira m'avait écrit une dédicace. Quand je tendis le livre à Murray, il le garda en main un instant — c'était une relique de son frère — avant de considérer la dédicace, qu'il lut à haute voix :

Nathan, il est si rare de rencontrer quelqu'un avec qui avoir une conversation intelligente. Je lis beaucoup, et je crois que les bénéfices que j'en retire doi-

vent être réactivés et prendre forme dans des discussions avec d'autres personnes. Tu es l'une de ces rares personnes. Connaître un jeune comme toi me rend un peu moins pessimiste sur l'avenir.

Ira, avril 1949

Mon ancien professeur feuilleta *Focus*, pour voir ce que j'y avais souligné à l'époque. Il s'arrêta au premier quart, et de nouveau lut à haute voix, cette fois le texte lui-même : « Son visage, il ne se réduisait pas à son visage. Personne n'avait le droit de le rejeter ainsi, à cause de son visage. Personne ! Il était *lui-même*, un être humain, avec une certaine histoire particulière ; il n'était pas ce visage qui semblait sorti d'une autre histoire, étrangère à lui, malpropre. »

« Voilà donc Eve qui lit le livre à la demande d'Ira, poursuivit Murray. Elle lit ce qu'il a souligné à son intention. Elle l'écoute la chapitrer. Or quel est le sujet de son speech ? Le sujet, c'est le sujet du livre : le visage juif. Bon, enfin, comme disait Ira, va savoir ce qu'elle entend vraiment. Ce préjugé qu'elle avait, quand bien même elle aurait entendu Ira et ses arguments tout à loisir, elle ne pouvait pas s'en débarrasser.

— *Focus* n'a servi à rien, dis-je tandis que Murray me le rendait.

— Écoute, ils ont fait la connaissance d'Arthur Miller, chez un ami. Peut-être à une soirée donnée pour Wallace, je me souviens pas. Dès qu'elle lui a été présentée, elle s'est empressée de lui dire combien elle a trouvé son livre prenant. Et elle ne mentait probablement même pas, d'ailleurs. Eve lisait beaucoup ; elle comprenait et elle appréciait ce qu'elle lisait bien davantage qu'Ira, qui ne trouvait aucun intérêt au livre s'il n'y rencontrait pas d'implications politiques ou sociales. Mais rien de ce que lui apprenaient ses lectures, la musique, son travail d'actrice — et, du reste, l'expérience personnelle, cette existence timorée qui avait été la sienne — ne parvenait à pénétrer le domaine où la haine œuvrait en elle. C'était plus fort qu'elle. Non qu'elle ait été incapable de changer. Elle avait changé de nom, de mari, elle était passée du cinéma à la scène, puis à la radio quand sa fortune professionnelle l'avait exigé, mais ça, chez elle, c'était immuable.

« Je ne veux pas dire qu'Ira s'épuisait à marteler ses vérités en vain, sans que les choses s'arrangent, en apparence du moins. Pour éviter de se faire chapitrer, il est probable qu'elle pratiquait un minimum d'autocensure. Mais un retournement d'opinion ? Quand il lui fallait cacher ses sentiments à son milieu social, aux Juifs en vue dans son milieu, les cacher à Ira lui-même, elle les cachait. Elle lui faisait plaisir, elle l'écoutait patiemment quand il partait dans de grandes diatribes contre l'antisémitisme de l'Église catholique, de la paysannerie polonaise, et de la France pendant l'affaire Dreyfus. Mais quand elle trouvait à quelqu'un un inexcusable type juif (c'était le cas de ma femme, Doris), elle ne pouvait pas le voir du même œil qu'Ira et Arthur Miller.

« Eve détestait Doris. Pourquoi donc ? Une femme qui avait travaillé dans un labo d'hôpital, une ancienne laborantine ? Une ménagère de Newark, mère de famille ? En quoi pouvait-elle représenter une menace pour une vedette ? Quel effort aurait-il fallu fournir pour la tolérer ? Doris avait une scoliose qui l'a fait souffrir, avec l'âge ; on avait dû l'opérer pour lui placer une tige de fer qui lui redresse la colonne, ça n'avait pas très bien marché, et ainsi de suite. Le fait est que Doris, que j'avais toujours trouvée jolie comme un cœur depuis le jour où je l'avais rencontrée jusqu'au jour de sa mort, avait une déformation de la colonne, et ça se voyait. Son nez n'était pas aussi droit que celui de Lana Turner. Ça aussi, ça se voyait. Elle avait grandi en parlant l'anglais qu'on parlait dans le Bronx, dans son enfance. Alors en sa présence, Eve était au supplice. Elle ne pouvait pas la regarder, c'était trop dérangeant pour elle.

« Pendant les trois ans qu'a duré leur mariage, ils nous ont invités exactement une fois. La façon dont Doris s'habillait, sa façon de parler, sa physionomie — tout dégoûtait Eve, ça se lisait dans ses yeux. Moi, elle me craignait ; c'était bien tout ce qu'elle me trouvait. J'étais professeur dans le New Jersey, un zéro dans son monde, mais elle avait dû sentir en moi un ennemi en puissance, alors elle a toujours été polie. Et charmante. Comme avec toi, j'en suis sûr. Je n'ai pas pu m'empêcher d'admirer son cran : c'était une femme fragile, les nerfs à fleur de peau, écorchée vive ; elle avait fait du chemin pour devenir une femme du monde. Ça demande de la ténacité. Il lui avait fallu remonter la pente, sans cesse, après chaque épreuve, après tous les revers de sa carrière, percer à la radio, monter cette maison, établir ce salon, recevoir tous ces gens... Bien sûr, ce n'était pas la femme qu'il fallait à Ira. Ni lui l'homme qu'il lui fallait. Ils n'avaient rien à faire ensemble. Tout de même, pour se mettre avec lui, pour se mettre avec un nouveau mari, pour se lancer une fois de plus dans la grande aventure de la vie, il fallait du cran.

« Si je faisais abstraction du couple qu'elle formait avec mon frère, de son attitude à l'égard de ma femme, si j'essayais de la considérer en dehors de ce cadre-là, ma foi, c'était une petite personne vive et pleine de pep. Si l'on faisait abstraction de tout, elle était probablement la petite personne vive et pleine de pep qui était arrivée en Californie et avait entrepris de devenir actrice du muet à l'âge de dix-sept ans. Elle avait du tempérament. On le voyait dans ces films muets, derrière son masque policé, elle avait beaucoup de tempérament — je serais tenté de dire, de tempérament juif. Elle ne manquait pas de générosité, quand elle arrivait à se détendre, ce qui était rare. Quand elle était détendue, on sentait qu'elle avait de la bonne volonté. Elle essayait d'être attentive. Mais elle était pieds et poings liés, ça ne marchait pas. On n'arrivait pas à établir une relation indépendante avec elle, ni elle à s'intéresser à quelqu'un de manière indépendante. On ne pouvait pas non plus compter sur son jugement très longtemps, parce que de l'autre côté, il y avait Sylphid.

« Tu vois, après notre départ, ce soir-là, elle a dit à Ira, en parlant de Doris : "Je déteste ces épouses modèles, ces paillassons." Mais ça n'était pas un paillasson qu'elle voyait en Doris. Elle voyait une Juive, du genre qu'elle ne pouvait pas sentir.

« Je l'avais compris. Je n'avais pas besoin qu'Ira me mette sur la piste. D'ailleurs, il se sentait trop compromis pour le faire. Il pouvait bien me dire n'importe quoi, mon petit frère, il pouvait bien dire n'importe quoi à n'importe qui — il le faisait depuis qu'il était en âge de parler — mais *ça*, il n'a pas pu me le dire avant que toute leur histoire soit kaput. Mais je n'avais pas besoin qu'il me le dise pour comprendre que cette femme s'était laissé prendre à son propre personnage. L'antisémitisme faisait partie du rôle qu'elle jouait ; c'en était un aspect pour ainsi dire fortuit. Au début, selon moi, ça relevait presque de l'étourderie. De l'inadvertance plus que de la malveillance. Comme tout ce qu'elle faisait. Au moment où les choses lui arrivaient, elle ne les remarquait pas.

« Tu es une Américaine qui n'a pas envie d'être la fille de ses parents ? Soit. Tu ne veux pas être associée aux Juifs ? Soit. Tu ne veux pas qu'on sache que tu es née juive, tu veux déguiser tes débuts dans l'existence ? Tu ne veux plus entendre parler de ce problème, tu veux te faire passer pour quelqu'un d'autre ? D'accord. Tu es bien tombée, en Amérique. C'est tout de même pas la peine de détester les Juifs par-dessus le marché. Ça n'est pas parce qu'on veut se sortir de son milieu qu'il faut écraser ceux qui en font partie. La haine des Juifs est un plaisir à trois sous qui ne s'impose pas. Tu peux fort bien passer pour non juive sans ce trait-là. C'est ce qu'un bon metteur en scène lui aurait dit sur son personnage. Il lui aurait dit qu'avec son antisémitisme, elle en rajoutait. Que ce n'était pas moins une disgrâce que celle qu'elle essayait d'effacer. Il lui aurait dit : "Tu es déjà vedette, tu n'as pas besoin de ça pour parfaire ton bagage. Quand tu donnes dans l'antisémitisme, tu forces la note, tu n'es plus du tout crédible. Tu forces ton talent, tu en fais trop. Ta création devient trop logique, trop compacte. Tu succombes à une logique qui n'a pas cours dans la vie réelle. Laisse tomber, c'est superflu, tout marchera beaucoup mieux sans."

« Il y a bien, après tout, une aristocratie de l'art, si c'est à l'aristocratie qu'elle prétendait, et cette aristocratie est celle de l'acteur, à laquelle elle pouvait appartenir tout naturellement. L'antisémitisme n'y est pas de rigueur. Il n'y est même pas interdit d'être juive.

« Mais l'erreur d'Eve, c'était Pennington, c'était de l'avoir pris pour modèle. Elle est arrivée en Californie, elle a changé de nom, c'était une beauté, elle a fait du cinéma et puis, poussée, aiguillonnée par le studio, aidée par lui, d'ailleurs, elle a quitté Mueller pour épouser cette vedette du muet, ce riche aristocrate, joueur de polo, cet authentique gars de la haute, et c'est en le voyant qu'elle s'est fait une idée de ce qu'est un non-Juif. Ça a été lui son directeur artistique. Bourde énorme ! Prendre pour modèle, pour mentor, un autre marginal garantit que l'imitation va foirer. Parce que Pennington n'était pas seulement un aristocrate. Il était aussi homosexuel. Il était aussi antisémite. Et voilà qu'elle a copié ses travers. Tout ce qu'elle voulait, c'était échapper à ses origines, ce n'était pas un crime. Se jeter dans l'Amérique sans se laisser tarabuster par son passé — c'était un choix. Le crime, ce n'était même pas de frayer avec un antisémite — ça la regardait. Le crime, c'était d'être incapable de lui tenir tête, de se défendre contre cette attaque, et de calquer ses attitudes sur la sienne. On peut s'accorder toutes les libertés, en Amérique, à mon sens, sauf celle-là.

« De mon temps comme du tien, le nec plus ultra, le caisson de décontamination incontestable, si l'on voulait se désenjuiver, c'étaient les universités de l'Ivy League. Tu te rappelles Robert Cohn, dans *Le soleil se lève aussi*. Il est sorti de Princeton, il y a boxé, il ne pense jamais à sa part juive, et pourtant, c'est encore un phénomène étrange, pour Hemingway du moins. Eve, pour sa part, a fait ses classes non pas à Princeton, mais à Hollywood, sous la direction de Pennington. C'est sur lui qu'elle a arrêté son choix, à cause de sa normalité apparente. En somme, il était tellement excessif, comme aristocrate non juif, qu'elle, dans son innocence, son innocence juive, n'a pas vu l'excès, l'a cru normal. Une non-Juive aurait flairé l'imposture, elle aurait compris tout de suite. Une non-Juive douée de la même intelligence qu'Eve n'aurait jamais consenti à l'épouser, malgré toute la pression du studio ; elle aurait compris d'emblée qu'il était plein de méfiance, de morgue, qu'il était dangereux pour le marginal juif.

« Depuis le début l'entreprise était vouée à l'échec. Elle n'avait aucune affinité naturelle avec le modèle de ce qui l'intéressait, si bien qu'elle s'est trompée de non-Juif. Comme elle était jeune, elle s'est sclérosée dans le rôle, incapable d'improviser. Une fois que le personnage a été créé de A à Z, elle n'a pas osé en retirer un iota, de crainte que tout ne s'écroule. Elle ne s'introspectait pas, elle était incapable d'une mise au point de détail. Elle ne maîtrisait pas le rôle, c'est le rôle qui la maîtrisait. Sur scène, elle aurait été capable d'une composition plus subtile. Seulement voilà, sur scène, elle arrivait à un niveau de conscience dont elle ne faisait pas toujours montre dans la vie.

« Or, quand on veut devenir une véritable aristocrate non juive, on manifeste, qu'on l'éprouve ou non, une grande sympathie pour les Juifs. C'est l'habileté suprême. Ce qui fait la différence, quand on est un aristocrate intelligent, évolué, c'est que, contrairement aux autres, on se force à surmonter, ou bien on a l'air de surmonter le mépris de la différence. Quitte à détester les Juifs en privé, s'il le faut. Mais ne pas savoir se lier avec eux, de bon cœur et avec bonne grâce, voilà ce qui compromettrait le vrai aristocrate. Bon cœur bonne grâce, c'était la méthode Eleanor Roosevelt. La méthode Rockfeller. La méthode d'Averell Harriman. Les Juifs ne leur posaient pas de problème, à ces gens-là. Pourquoi leur en auraient-ils posé ? Mais ils en posaient à Carlton Pennington. Et voilà l'homme dont elle a suivi les traces, pour s'engluer dans des comportements dont elle n'avait que faire.

« Pour elle, qui était devenue la jeune épouse pseudo-aristocratique de Pennington, la transgression permissible, la transgression *civilisée*, ce n'était pas le judaïsme — hors de question ; la transgression permissible, c'était l'homosexualité. Avant de croiser Ira, elle ne se rendait pas compte à quel point les oripeaux de l'antisémitisme étaient infects sous toutes leurs formes, et elle ne voyait pas davantage tout le mal qu'ils lui faisaient à elle. Elle se disait : Si je déteste les Juifs, comment pourrais-je être juive moi-même ? Comment haïr ce que l'on est ?

« Elle détestait ce qu'elle était, et elle détestait son apparence physique. Eve Frame, détester son physique ! Sa beauté devenait une laideur, comme si elle était née avec une énorme tache de vin au milieu de la figure. L'indignation qu'elle éprouvait à être née comme ça, le scandale ne l'ont jamais quittée. Comme le Newman d'Arthur Miller, elle n'était pas son visage.

« Et Freedman, alors ? tu dois te dire. Personnage déplaisant, mais Freedman, contrairement à Doris, n'était pas une femme. C'était un homme, il était riche, et il lui offrait sa protection contre toutes les choses qui l'opprimaient autant et plus que d'être juive. Il gérait ses finances. Il allait l'enrichir, elle aussi.

« Freedman, soit dit en passant, avait un très grand nez. On aurait pu croire qu'il avait de quoi la faire fuir : petit Juif moricaud, spéculateur immobilier, un gros nez, des jambes arquées, des chaussures à talonnettes. Il avait même un accent ! C'était un de ces Juifs polonais, avec des cheveux crépus roux carotte, un accent européen, et toute la vigueur, toute l'énergie du petit immigrant dur à cuire. Il avait un formidable appétit, ce *bon vivant* * trapu, mais son ventre avait beau être gros, les témoignages concordent, sa bite l'était encore plus, et c'était visible. Tu comprends, Freedman a été sa réaction à Pennington, comme Pennington avait été sa réaction à Mueller ; on épouse une caricature, et puis, la fois d'après, la caricature opposée. Le troisième coup, voilà qu'elle épouse Shylock. Pourquoi pas ? À la fin des années vingt, le muet, c'était terminé ou presque ; malgré sa diction — ou à cause de sa diction, trop soignée — elle n'a jamais percé dans le parlant, et on était déjà en 1938, elle tremblait de ne jamais retrouver d'engagement. Alors elle est allée chercher le Juif pour qu'il lui donne ce qu'on trouve chez eux : de l'argent, des affaires, du sexe débridé. J'imagine d'ailleurs qu'il l'a ressuscitée, sur ce plan-là, pendant un temps. Il ne s'agissait pas d'une symbiose complexe. Il s'agissait d'une transaction ; d'une transaction où elle s'est fait rouler.

« Pense à Shylock, pense à *Richard III*. On pourrait croire que Lady Anne veuille s'enfuir à des milliers de kilomètres de Richard, duc de Gloucester, le monstre abject qui a assassiné son mari. Elle lui crache au visage. "Pourquoi cracher sur moi ?" lui dit-il, et elle : "Si seulement c'était un poison mortel !" Or, avant qu'on ait eu le temps de comprendre, elle est courtisée, et conquise. "Je l'aurai, dit Richard, mais je ne la garderai pas longtemps." La puissance érotique d'un monstre abject.

« Eve était absolument incapable de s'opposer ou de résister, absolument incapable de réagir en cas de conflit ou de désaccord. Pourtant, dans la vie de tous les jours, tout le monde doit savoir s'opposer et résister. Sans aller jusqu'à l'attitude d'Ira, il faut bien s'affirmer, au quotidien. Mais pour Eve, qui ressentait chaque discussion comme une attaque, une sirène se déclenchait, la sirène des raids antiaériens, et alors, adieu raison ! Elle explosait de rage et de fureur, et aussitôt après, elle cédait, elle canait. C'était une femme dont la douceur et la délicatesse n'étaient qu'un vernis ; elle était dans la plus grande confusion mentale ; rendue amère, empoisonnée par la vie, par sa fille, par elle-même, par son insécurité, son insécurité totale, susceptible de resurgir à tout instant. Et il a fallu qu'Ira s'en toque !

« Ce type qui ne comprenait rien aux femmes, rien à la politique, et qui s'engageait dans les deux jusqu'à la moelle. Tout ce qu'il entreprenait, il s'y jetait à corps perdu. Pourquoi Eve ? Pourquoi choisir Eve ? Ce qui lui importait le plus au monde, à lui, c'était d'être digne de Lénine, de Staline, d'O'Day, et il a fallu qu'il se fourre dans le guêpier que cette femme représentait pour lui. C'est parce que les opprimés de tout poil trouvaient un écho chez lui ; et que cet écho était toujours celui qu'il ne fallait pas. S'il n'avait pas été mon frère, je me demande jusqu'à quel point j'aurais pris sa démesure au sérieux. Enfin, il faut croire que ça sert à ça, un frère, à ne pas faire de chichis devant le bizarre. »

« Pamela », s'écria Murray, qui avait eu un moment de flottement, dû à l'âge de son cerveau, pour retrouver ce nom. « La meilleure amie de Sylphid était une Anglaise nommée Pamela. Elle jouait de la flûte. Je ne l'ai jamais vue. On me l'a décrite, c'est tout. Un jour, j'en ai vu une photo.

— Je l'ai rencontrée, moi, Pamela.

— Jolie fille ?

— J'avais quinze ans. Je voulais qu'il m'arrive quelque chose d'inouï. Toutes les filles sont jolies, dans ces cas-là.

— Selon Ira, c'était une beauté.

— Selon Eve, c'était une princesse hébraïque. C'est ce qu'elle lui a dit le soir où je l'ai rencontrée.

— Tiens donc ! Avec le goût d'Eve pour l'exagération romantique. Cette exagération lavait la souillure. Quand on appartient au peuple hébreu et qu'on veut être bien reçue chez Eve Frame, on a intérêt à être une princesse. Ira a eu une aventure avec la princesse hébraïque.

— Ah bon ?

— Il est tombé amoureux de Pamela. Il voulait se faire la malle avec elle. Il l'emmenait dans le New Jersey les jours de relâche. À Manhattan, elle vivait seule dans un petit appartement près de Little Italy, à dix minutes à pied de la Onzième Rue ouest, mais c'était risqué pour lui, de se montrer chez elle. Un type de sa taille ne passe pas inaperçu sur un trottoir, et de ce temps-là, il faisait son numéro de Lincoln un peu partout en ville, gratuitement dans les écoles, et tout et tout, si bien que, à Greenwich Village, des tas de gens le reconnaissaient. Dans la rue, il passait sa vie à parler aux gens ; il voulait savoir quel était leur boulot, il leur disait comment ils se faisaient baiser par le système. Alors le lundi, il emmenait cette fille avec lui à Zinc Town. Ils y passaient la journée, et le soir, il roulait comme un fou pour être à l'heure au dîner.

— Eve ne l'a jamais su ?

— Jamais. Elle ne l'a jamais découvert.

— Moi, à mon âge, je ne m'en serais jamais douté. Je ne voyais pas du tout Ira en homme à femmes. Ça n'allait pas avec cette défroque de Lincoln. Et, aujourd'hui encore, je suis tellement tributaire de ma première image de lui que j'ai du mal à y croire. »

Murray me fit observer en riant : « Je croyais que les multiples facettes incroyables de l'être étaient précisément le sujet de tes livres. De l'homme, comme le dit ton œuvre de fiction, on peut tout croire, tout. Homme à femmes, et comment ! Ah, les femmes d'Ira ! Une copieuse conscience sociale, et un appétit sexuel assorti. C'était un communiste doté d'une conscience, et d'une bite.

« Quand ses histoires de femmes m'écœuraient,

Doris prenait son parti, une fois de plus. On aurait pu croire que Doris, avec la vie qu'elle menait, serait la première à condamner ses liaisons. Mais elle le comprenait, gentiment, comme une belle-sœur. Son faible pour les femmes, elle le voyait d'un œil étonnamment indulgent. Doris était moins banale qu'elle n'en avait l'air. Moins banale qu'Eve Frame le croyait. Ça n'était pas une sainte, non plus. Le mépris qu'Eve avait pour elle n'était pas sans rapport avec cette attitude tolérante. Il pouvait bien tromper sa diva, Doris s'en fichait, elle n'y voyait pas d'inconvénient. "C'est un homme sensible au charme des femmes. Et les femmes sont sensibles au sien. Où est le mal ?" elle me demandait. "C'est pas humain, ça ? Il en a déjà tué une ? Il leur a déjà pris de l'argent ? Non ? Alors, c'est pas si grave." Mon frère savait parfaitement satisfaire certains de ses besoins. Pour d'autres, il était désemparé.

— Quels autres ?

— Le besoin de choisir sa cause. Il ne savait pas. Il fallait qu'il se batte contre tout et le reste. Sur tous les fronts, en tout temps, contre tout et tout le monde. De ce temps-là, il y avait beaucoup de Juifs en colère, comme lui. Il y en avait dans toute l'Amérique, qui se battaient pour une cause ou pour une autre. L'un des privilèges du Juif américain, c'est qu'il pouvait se permettre de donner libre cours à sa colère en public comme Ira le faisait ; d'être agressif dans ses convictions, de ne laisser aucune insulte invengée. On n'était pas obligé de hausser les épaules et de se résigner. On n'était pas obligé de museler ses réactions. Être américain à sa manière propre ne posait plus de problème. Il était permis de se montrer au grand jour pour faire valoir ses arguments. C'est une des plus grandes choses que l'Amérique ait données aux Juifs, ça, leur colère. Surtout à notre génération, à Ira et à moi. Surtout quand on est rentrés de la guerre. L'Amérique que nous avons retrouvée nous a offert un lieu pour râler, sans enclencher le régulateur atavique. Il y avait des Juifs en colère à Hollywood, il y en avait dans le prêt-à-porter, parmi les avocats, au tribunal. Partout. Dans la queue chez le boulanger. Au parking du stade. Sur le terrain. Au Parti communiste. Des types qui savaient être agressifs, se dresser contre les autres. Des types qui savaient faire le coup de poing. L'Amérique, c'était le paradis des Juifs en colère. Le Juif timoré existait encore, mais on n'était pas obligé d'adopter ce rôle-là si on n'en voulait pas.

« Mon syndicat, à moi, c'était pas celui des profs, c'était l'Union des Juifs en colère. Ils s'étaient syndiqués. Tu sais quelle était leur devise : Honni soit qui mal y râle. Ça devrait faire le sujet de ton prochain livre. *Les Juifs en colère depuis la Seconde Guerre mondiale*. Bien entendu, il reste des Juifs affables, qui rient à tout propos et hors de propos, le modèle : Moi, j'aime tout le monde très fort, le modèle : Je n'ai jamais été aussi ému, le modèle : Papa et Maman étaient des saints, le modèle : Moi, je fais tout ça pour mes enfants, qui sont tellement doués, le modèle Moi, quand j'écoute Itzhak Perlman, il me vient les larmes aux yeux ; le Juif boute-en-train, le faiseur de calembours compulsif, le raconteur de blagues en série — mais en fait je ne crois pas que tu l'écriras, ce livre. »

La typologie de Murray me fit rire de bon cœur, comme elle le faisait rire lui-même.

Mais au bout d'un instant, son rire finit en quinte de toux, et il déclara : « Il vaudrait mieux que je me calme et que j'en vienne au fait. J'ai quatre-vingt-dix ans.

— Tu me parlais de Pamela Solomon.

— Voilà. Elle a fini par entrer comme flûtiste à l'Orchestre symphonique de Cleveland. Je le sais parce que lorsque cet avion s'est écrasé, dans les années soixante, ou peut-être soixante-dix, avec une douzaine de musiciens de cet orchestre à son bord, elle figurait sur la liste des victimes. C'était une musicienne très douée, apparemment. Quand elle est arrivée en Amérique, c'était aussi une fille un peu bohème. Elle venait d'une famille juive londonienne étouffante, très comme il faut, père médecin, plus britannique que les Britanniques. Elle ne supportait pas le conformisme de sa famille, c'est pour ça qu'elle est venue en Amérique. Elle a été élève au Conservatoire Juilliard, et fraîche émoulue de l'Angleterre corsetée, elle s'est entichée de l'incorsetable Sylphid, de son cynisme, de sa sophistication mentale, de son effronterie américaine. Elle était impressionnée par la luxueuse demeure de Sylphid, par la maman de Sylphid, cette vedette. Elle qui n'avait pas de mère sur le sol américain, n'a pas été fâchée qu'Eve la prenne sous son aile. Elle habitait à quelques rues de chez eux, mais les soirs où elle venait voir Sylphid, elle finissait par rester dîner et passer la nuit à la maison. Le matin, elle descendait à la cuisine et se baladait en petite chemise de nuit pour se faire un café et des tartines, comme si elle n'avait pas de sexe, ou comme si Ira n'en avait pas.

« Et Eve marchait ; pour elle, la délicieuse enfant était sa princesse hébraïque, elle ne cherchait pas plus loin. L'accent britannique lavait les stigmates sémites, et puis, en somme, elle était si contente que Sylphid ait une amie tellement douée, tellement bien élevée — elle était si contente que Sylphid ait une amie tout court —, qu'elle n'entendait pas malice aux *toukhès*, aux fesses de Pamela qui se baladaient dans l'escalier sous sa nuisette de petite fille.

« Or voilà qu'un soir où Pamela était de passage, Eve et Sylphid sont allées au concert, si bien qu'elle s'est retrouvée avec Ira ; ils se sont installés au salon, en tête à tête pour la première fois, et il lui a demandé d'où elle venait. C'était le premier pion qu'il avançait avec tout le monde. Elle lui a fait une description charmante et pleine d'humour de sa famille si comme il faut et des écoles insupportables où on l'avait envoyée. Il l'a fait parler de son travail à Radio City où elle jouait de la flûte et du piccolo, un emploi double. C'était d'ailleurs elle qui avait trouvé des remplacements à Sylphid. Il les entendait tout le temps parler de l'orchestre toutes les deux, jacasser comme des pies des questions de position, de la bêtise du chef, non mais t'as vu son smoking, tu crois pas qu'il devrait se faire couper les cheveux, ce qu'il fait de ses mains et de sa baguette, ça ne rime à rien. Des enfantillages.

« Ce soir-là, elle dit à Ira : "Le premier violoncelle flirte avec moi sans arrêt. Ça me rend folle. — Il y a combien de femmes dans l'orchestre ? — Quatre. — Sur combien de musiciens ? — Soixante-quatorze. — Et combien d'hommes vous font des avances, soixante-dix ? — Non, non..., dit-elle en riant, enfin ils n'en ont pas tous le culot, mais tous ceux qui osent, oui. — Et qu'est-ce qu'ils vous disent ? — Oh : 'Cette robe vous va à ravir. Vous êtes si belle, quand vous venez aux répétitions ; je joue dans un concert la semaine prochaine, et on a besoin d'un flûtiste', vous voyez le genre. — Et vous réagissez comment ? — Je suis assez grande pour me protéger. — Vous avez un ami ?" C'est alors qu'elle lui confie qu'elle a une liaison avec le premier hautbois depuis deux ans.

« "Il est célibataire ? demande Ira. — Non, marié, lui répond-elle. — Et ça ne vous gêne jamais, qu'il soit marié ? — Les dispositions formelles de l'existence m'indiffèrent. — Et sa femme ? — Sa femme, je ne la connais pas, et je ne veux pas la connaître. Je ne tiens pas à savoir quoi que ce soit d'elle. Ce qui m'intéresse, ça n'est pas sa femme, ni ses enfants. Il aime sa femme, il aime ses enfants. — C'est quoi, alors, ce qui vous intéresse ? — Ce qui m'intéresse c'est notre plaisir. Je fais ce que je veux quand il s'agit de mon plaisir. Ne me dites pas que vous croyez encore aux liens sacrés du mariage. Vous croyez que vous vous êtes juré fidélité et que ça y est, vous serez fidèles l'un à l'autre pour la vie ? — Oui, c'est ce que je crois. — Vous n'avez jamais... ? — Eh ben, non. — Vous êtes fidèle à Eve ? — Bien sûr. — Et vous comptez le rester pour le restant de vos jours. — Ça dépend. — Ça dépend de quoi ? — De vous." Pamela rit, ils rient tous deux. "Ça dépend si j'arrive à vous convaincre qu'il n'y a pas de mal ? Que vous êtes libre ? Que vous n'êtes pas le bourgeois propriétaire de sa femme, et qu'elle n'est pas la propriétaire bourgeoise de son mari ? — Voilà. Essayez de m'en convaincre. — Vous êtes vraiment l'Américain typique, irrémédiablement esclave de la moralité américaine petite-bourgeoise ? — Oui, le portrait est juste, je suis cet Américain typique, irrémédiablement esclave des conventions. Et vous, qu'est-ce que vous êtes ? — Moi, je suis musicienne. — C'est-à-dire ? — On me donne une partition et je la joue. Je joue ce qu'on me demande. J'exécute."

« Mais Ira s'est dit que c'était peut-être un piège tendu par Sylphid, si bien que ce premier soir, quand Pamela en a eu fini avec ses grandes déclarations d'indépendance, et qu'elle est montée se coucher, il s'est contenté de lui prendre la main en disant : "Vous n'êtes plus une enfant, alors ? Je vous prenais pour une enfant. — J'ai un an de plus que Sylphid, lui a-t-elle répondu. J'ai vingt-quatre ans. Je suis expatriée. Jamais je ne retournerai dans ce pays de crétins où il est interdit de laisser ses émotions remonter du sous-sol. J'adore vivre en Amérique. Ici, je suis affranchie de ces tabous à la con, j'ai le droit d'extérioriser mes sentiments. Vous n'imaginez pas ce que c'est, là-bas. Ici c'est la *vie* même. J'ai mon appartement dans Greenwich Village. Je travaille d'arrache-pied, et mon chemin dans le monde, je le fais toute seule. Je me produis six fois par jour, six jours par semaine. Je ne suis plus une enfant. Ni de près ni de loin, Iron Rinn."

« Ça s'est passé comme ça, à quelque chose près. On voit bien ce qui a pu enflammer Ira. Elle était jeune, elle était fraîche, elle était flirt, naïve — sans l'être —, avisée, aussi. Elle se lançait dans sa grande aventure américaine. Il admirait cette enfant de la bonne bourgeoisie sachant vivre hors des conventions bourgeoises. Le garni sordide qu'elle habitait. Le fait qu'elle soit venue toute seule en Amérique. La dextérité avec laquelle elle endossait tous ses rôles. Avec Eve, elle était la petite fille adorable, avec Sylphid la copine du bac à sable, à Radio City flûtiste, musicienne, très professionnelle. Pour lui c'était comme si elle avait été élevée en Angleterre par les sociétés fabiennes, esprit libre et sans entraves, d'une intelligence remarquable, nullement intimidée par la société respectable. En d'autres termes, c'était un être humain, qui montrait tel visage à telle personne, et tel autre ailleurs.

« Formidable, tout ça. Intéressant. Impressionnant. De là à tomber amoureux d'elle ! Avec Ira, tout ce qui touchait au domaine des émotions devait être excessif. Dès qu'il trouvait sa cible, il ouvrait le feu. Il ne s'est pas contenté de se toquer d'elle. Ce bébé qu'il aurait voulu avec Eve, voilà qu'il le voulait avec

Pamela. Au début, il a eu peur de la faire fuir, si bien qu'il n'en a rien dit.

« Ils jouaient à vivre leur aventure anticonformiste. Elle s'expliquait fort bien tout ce qu'elle faisait. "Je suis amie avec Sylphid et je suis amie avec Eve. Je ferais n'importe quoi pour l'une comme pour l'autre. Mais tant que ça ne leur porte pas tort, je ne vois pas pourquoi le fait d'être leur amie entraînerait le sacrifice héroïque de mes propres penchants." Elle avait une idéologie, elle aussi. Seulement Ira atteignait l'âge de trente-six ans. Et lui, il avait des besoins. Il voulait l'enfant, la famille, le foyer. Ce communiste-là, il voulait ce qui est au cœur même de la vie bourgeoise. Il voulait obtenir de Pamela tout ce qu'il avait cru obtenir d'Eve, sauf qu'il avait eu Sylphid à la place.

« Là-bas, dans la bicoque, ils parlaient beaucoup de Sylphid. "Qu'est-ce qui coince, chez elle ? lui avait-il demandé. L'argent, le statut, les privilèges, les cours de harpe. À vingt-trois ans, on lui lave encore son linge, on lui sert ses repas, on lui paie ses factures. Tu sais comment j'ai été élevé, moi ? J'ai quitté la maison à quinze ans. J'ai fait le terrassier. J'ai jamais eu d'enfance, moi." Mais Pamela lui a expliqué que Sylphid n'avait que douze ans quand Eve avait quitté son père pour le sauveteur le plus vulgaire qu'on puisse imaginer, une espèce d'immigrant, une dynamo qui bandait tout le temps et qui allait l'enrichir ; sa mère en était tellement dingue qu'elle l'avait perdue toutes ces années, et en plus, quand elles s'étaient installées à New York, Sylphid avait perdu toutes ses amies californiennes, et c'est là qu'elle avait commencé à grossir.

« Pour Ira c'était du baratin de psychiatre. "Sylphid voit Eve comme une star qui l'a abandonnée aux nounous", lui dit Pamela, une femme qui l'a plaquée pour les hommes et sa folie du mâle, qui n'a jamais raté une occasion de la trahir. Pour Sylphid, Eve est une femme qui n'arrête pas de se jeter à la tête des hommes pour éviter de garder les pieds sur terre. — Sylphid est lesbienne? — Non. Sa devise, c'est que le sexe vous vide de toute substance. Il n'y a qu'à voir sa mère. Elle me dit de ne jamais m'investir sexuellement avec quelqu'un. Elle déteste sa mère de l'avoir abandonnée pour tous ces hommes. Sylphid est pour l'autonomie absolue. Elle ne veut rien devoir à personne. Elle est dure. — Ah oui, c'est une dure? Et comment ça se fait qu'elle ne quitte pas sa mère, alors? Pourquoi elle ne fait pas sa vie toute seule? Ça n'a aucun sens, ce que tu dis. Dure dans l'abstrait, oui. Autonome dans l'abstrait. Indépendante dans l'abstrait. Tu veux que je te dise ce qu'elle est vraiment, Sylphid? C'est une sadique — une *sadique* dans l'abstrait, aussi. Tous les soirs cette ancienne élève de Juilliard passe son doigt sur les restes de sauce, autour de son assiette; elle tourne, elle tourne jusqu'à ce que la porcelaine crisse, et puis, histoire de faire grimper encore un peu plus sa mère aux rideaux, elle fourre son doigt dans sa bouche, et elle le lèche à fond. Sylphid reste à la maison parce que sa mère a peur d'elle. Et Eve ne cessera jamais d'avoir peur d'elle parce qu'elle ne veut pas qu'elle la quitte; et voilà *pourquoi* Sylphid ne partira jamais — jusqu'à ce qu'elle trouve un meilleur moyen pour la torturer. Le manche de la cravache, c'est Sylphid qui le tient."

« Tu vois donc qu'Ira répétait à Pamela ce que je lui avais dit depuis le début sur Sylphid, mais qu'il avait refusé de prendre au sérieux parce que ça venait de moi. Il le répétait à sa dulcinée comme s'il l'avait trouvé tout seul. Les gens font ça. Ils avaient souvent ce genre de conversations, tous deux.

Pamela aimait bien ces conversations. Elles l'excitaient. Elle avait l'impression d'être forte quand elle parlait comme ça avec Ira de Sylphid et d'Eve.

« Un soir, il s'est passé quelque chose de singulier. Eve était couchée avec Ira, lumière éteinte, prête à dormir, et voilà qu'elle se met à pleurer sans plus pouvoir s'arrêter. "Qu'est-ce que tu as ?" demande Ira. Elle ne veut pas répondre. "Pourquoi tu pleures ? Qu'est-ce qui se passe, là ? — Parfois je me dis... non, c'est pas possible..." Elle ne peut plus parler, et elle ne peut pas s'arrêter de pleurer. Il rallume la lumière. Il lui dit de ne pas hésiter, de cracher le morceau. De dire ce qui la mine. "Parfois j'ai le sentiment que ça aurait dû être *Pamela*, ma fille. Parfois, ça me paraîtrait plus naturel. — Pourquoi Pamela ? — On s'entend tellement bien. Enfin, c'est peut-être parce qu'elle *n'est pas* ma fille, justement. — Peut-être, et peut-être pas, dit-il. — Sa légèreté, son côté aérien." La voilà qui se remet à pleurer. Elle a mauvaise conscience, sans doute, de s'être laissée aller à ce désir innocent, ce désir de conte de fées, d'avoir une fille qui ne lui rappelle pas son échec à chaque seconde.

« Par "légèreté" je ne crois pas qu'Eve entendait seulement la légèreté physique, le remplacement du gras par le maigre. Elle mettait le doigt sur autre chose, une sorte de pétillement, chez Pamela. Une légèreté intérieure. Je crois qu'elle voulait dire que chez Pamela, elle reconnaissait, malgré elle ou presque, la réceptivité qui avait jadis vibré sous sa physionomie bien sage. Pamela avait beau se conduire comme une gamine en sa présence, se comporter en vierge, elle reconnaissait ce trait. Après ce soir-là, Eve n'a jamais rien redit de tel. Ça ne s'est produit qu'une fois, au moment même où la passion d'Ira pour Pamela et l'illégitimité de leurs liens intrépides dégageaient le plus de chaleur.

« En somme, chacun voulait pour soi la jeune flûtiste pleine de tempérament, en qui il voyait la créature de rêve qu'il n'avait pas eue, Eve, la fille qui lui était refusée, Ira, la femme.

« "C'est triste, c'est si triste, lui dit Eve. C'est tellement, tellement triste." Toute la nuit elle s'accroche à lui. Jusqu'au matin elle pleure, elle geint, elle soupire ; toute la douleur, toute la confusion, toutes les contradictions, les aspirations, la désillusion, l'incohérence qui sont les siennes se déversent. Il ne l'a jamais autant plainte — seulement du fait de sa liaison avec Pamela, il ne s'est jamais senti plus loin d'elle. "Tout a mal tourné, lui dit-elle. J'ai fait tous mes efforts, mais ça ne donne jamais rien. J'ai essayé avec le père de Sylphid. J'ai essayé avec Jumbo. J'ai essayé de donner à ma fille la stabilité et les relations, une mère qu'elle puisse estimer. J'ai essayé d'être une bonne mère. Et puis il a fallu que je sois un bon père. Et elle a eu trop de pères. Je n'ai pensé qu'à moi. — Mais non tu n'as pas pensé qu'à toi. — Si. Ma carrière, *mes* carrières. Mon jeu d'actrice. Il a toujours fallu que j'y sois attentive. J'ai fait de mon mieux. Elle est allée dans de bonnes écoles, elle a eu de bons professeurs, une bonne nounou. Mais peut-être qu'il aurait fallu que je reste avec elle tout le temps. Elle est inconsolable. Elle mange, elle n'arrête pas de manger. C'est sa seule consolation pour compenser ce que je ne lui ai pas donné. — Peut-être que c'est simplement sa nature. — Mais il y a des tas de filles qui mangent trop, et qui perdent du poids après ; elles ne passent pas leur vie à se bourrer. J'ai tout essayé. Je l'ai montrée à des médecins, des spécialistes. Elle continue à manger. Elle continue à manger pour me haïr. — Eh bien, alors, si c'est vrai, le temps est peut-être venu qu'elle vive de son côté. — Mais qu'est-ce que ça vient faire ? Pourquoi veux-tu qu'elle vive de son côté ? Elle est heureuse, ici. Elle est chez elle. Malgré tout le désordre que j'ai pu semer dans sa vie, elle est chez elle, ici, elle y a toujours été et elle y sera toujours tant qu'elle voudra y vivre. Il n'y a aucune raison qu'elle s'en aille avant d'être prête. — Et si partir était pour elle le moyen de cesser de manger comme ça ? — Je ne vois pas le rapport ! Tu dis n'importe quoi. C'est de ma fille que nous parlons. — Bon, bon. Mais tu viens d'exprimer une certaine déception... — Je viens de te dire qu'elle mange pour se consoler. Si elle quitte la maison, il faudra qu'elle se console deux fois plus. Voilà ce qui se passera. Oh, c'est un vrai drame. J'aurais dû rester avec Carlton. Il était homosexuel, mais c'était son père. J'aurais dû rester avec lui, un point c'est tout. Je ne sais pas ce qui m'a pris. Je n'aurais jamais rencontré Jumbo. Je ne me serais jamais engagée avec toi, elle aurait eu un père, et elle ne dévorerait pas comme elle le fait. — Pourquoi tu n'es pas restée avec lui ? — Je sais qu'on peut trouver ça égoïste, croire que je suis partie pour moi. Pour m'épanouir, trouver un vrai compagnon. Mais, en fait, c'est lui que j'ai voulu libérer. Pourquoi est-ce qu'il aurait dû se laisser étouffer par une vie de famille, et une femme à laquelle il ne trouvait ni charme ni intérêt ? Chaque fois qu'on était ensemble, je me disais qu'il devait penser au prochain groom, au prochain serveur. Je voulais qu'il n'ait plus besoin de mentir autant. — Mais il ne mentait pas sur ce chapitre. — Oh, je savais, il savait que je savais, tout Hollywood le savait, mais il passait tout de même son temps à monter des combines, à ruser. Il recevait des coups de fil, il disparaissait, il s'inventait des excuses pour ses retards et ses absences aux fêtes de

Sylphid — je ne supportais plus ses excuses lamentables. Il s'en fichait, mais il continuait à mentir tout de même. Je voulais le délivrer de ce poids, je voulais m'en délivrer moi-même. En fait je n'ai pas cherché mon bonheur personnel, plutôt le sien. — Pourquoi tu n'es pas partie toute seule, alors ? Pourquoi tu es partie avec Jumbo ? — Disons que... c'était la solution de facilité. Pour ne pas être toute seule. Pour prendre la décision, mais sans être toute seule. Mais j'aurais pu rester. Et Sylphid aurait eu un père, et elle n'aurait pas su la vérité sur lui ; nous n'aurions pas passé toutes ces années avec Jumbo, nous n'aurions pas fait tous ces voyages en France, qui sont un cauchemar. J'aurais pu rester, elle aurait eu un père absent, comme tant d'autres. Pédé, et puis après ? Oui, Jumbo a eu sa part dans ma décision, avec ma passion pour lui. Mais je n'en pouvais plus de ces mensonges, de ces faux-semblants. Ces supercheries à tiroirs. Parce que Carlton s'en fichait, au fond, seulement il cachait ses mœurs pour respecter un minimum de dignité, de décence. Oh, j'aime tellement Sylphid ! Je l'aime tant, ma fille ! Je ferais n'importe quoi pour ma fille. Si seulement ça pouvait se passer avec plus de légèreté, d'aisance, de naturel — comme ça doit se passer avec une fille. Elle est là, je l'adore, mais il faut se battre pour la moindre décision, et elle a un pouvoir... Elle ne me traite pas comme une mère, et elle ne m'aide pas à la traiter comme une fille. Et pourtant je ferais n'importe quoi pour elle, n'importe quoi. — Pourquoi tu ne la laisses pas partir, alors ? — Tu n'arrêtes pas de remettre ça sur le tapis ! Mais elle n'a pas *envie* de partir ! Pourquoi penses-tu que ce soit la solution ? La solution, c'est qu'elle reste, au contraire. Elle n'a pas eu son compte de ma présence. Si elle était prête à partir, elle serait déjà partie. Elle n'est pas prête.

Elle paraît mûre, mais elle ne l'est pas. Je suis sa mère, son soutien. Je l'adore. Elle a besoin de moi, je sais que ça ne se voit pas, mais elle a besoin de moi. — Mais tu es si malheureuse. — Tu ne comprends pas. Je ne m'en fais pas pour moi, je m'en fais pour elle. Moi, je m'en sortirai. Je m'en sors toujours. — Qu'est-ce qui t'inquiète tant, à son sujet ? — Je voudrais lui trouver un type bien. Quelqu'un qu'elle puisse aimer, qui s'occupe d'elle. Elle ne sort pas tellement avec des hommes. — Elle ne sort pas du tout avec des hommes ! — Ça n'est pas vrai. Elle a eu quelqu'un. — Quand ? Il y a neuf ans ? — Des tas d'hommes s'intéressent à elle, au Music Hall, des tas de musiciens. Elle prend son temps, c'est tout. — Je ne comprends pas de quoi tu parles. Il faut que tu dormes. Ferme les yeux, essaie de dormir. — Je ne peux pas. Je ferme les yeux, et je pense : Qu'est-ce qui va lui arriver ? Qu'est-ce qui va m'arriver ? Tous ces efforts, toujours, et si peu de paix, si peu de tranquillité d'esprit. Chaque jour recommencer à... Je sais qu'aux yeux des autres on donne l'image du bonheur. Je sais qu'elle a l'air très heureuse, qu'on a l'air très heureuses ensemble, et on l'est, d'ailleurs, mais chaque jour devient plus difficile. — Vous avez l'air heureuses ensemble ? — Enfin, elle m'aime, elle m'adore. Je suis sa maman. Bien sûr qu'on a l'air heureuses ensemble. Elle est belle. Belle. — Qui ça ? — Sylphid. Elle est superbe, Sylphid." Il croyait qu'elle allait dire Pamela. — "Regarde bien ses yeux, son visage, la beauté, la force qu'on y voit. Ça ne saute pas aux yeux, ce n'est pas la beauté du diable. Mais c'est une beauté profonde, très profonde. C'est une fille superbe. C'est ma fille. Elle est remarquable. C'est une musicienne éblouissante. C'est une fille superbe. C'est ma fille."

« Si Ira a compris un jour combien la situation

était désespérée, c'est bien ce soir-là. Il n'aurait pas pu mieux voir qu'il n'y avait pas de solution. Il aurait plus vite fait d'amener l'Amérique au communisme, la révolution prolétarienne à New York, sur Wall Street, que de séparer une femme et sa fille qui ne voulaient pas être séparées. Oui, il aurait dû se séparer lui-même, voilà tout. Mais il ne l'a pas fait. Pourquoi ? Au bout du compte, Nathan, je ne saurais pas répondre. Autant demander pourquoi on commet des erreurs tragiques. Je n'ai pas de réponse. »

« Au fil des mois, Ira se sentait de plus en plus isolé dans la maison. Les soirs où il n'était pas à une réunion de cadres du syndicat, ou à une réunion de cellule, si les deux femmes ne sortaient pas, Eve tirait l'aiguille au salon pendant que Sylphid pinçait les cordes à cœur joie ; lui montait dans son bureau, écrire à O'Day. Et quand la harpe se taisait, il descendait chercher Eve, mais elle avait disparu. Elle était dans la chambre de Sylphid, elle écoutait le tourne-disque. Les deux femmes au lit, sous la couverture, en train d'écouter *Cosi fan tutte*. Lorsqu'il montait, qu'il entendait brailler Mozart, qu'il les trouvait au lit ensemble, c'est lui qui se faisait l'effet d'être leur petit garçon. Une ou deux heures plus tard, Eve arrivait, encore toute chaude des draps de Sylphid, elle se mettait au lit avec lui, et ça a plus ou moins été la fin du bonheur conjugal.

« Lorsqu'il a explosé, Eve n'en est pas revenue. Il fallait que Sylphid aille loger ailleurs. "Pamela vit à cinq mille kilomètres de sa famille, Sylphid peut vivre à cinq minutes de la sienne", a-t-il déclaré. Mais Eve n'a su que pleurer. C'était injuste, c'était affreux. Il essayait de chasser Sylphid de la vie de sa mère. "Non, a-t-il objecté, d'en faire une voisine. Elle a vingt-quatre ans, elle est trop grande pour dormir avec Maman. — C'est ma fille, comment oses-tu ? J'aime ma fille ! Comment oses-tu ? — Très bien, alors c'est moi qui serai votre voisin." Le lendemain, il trouve un appartement traversant, sur Washington Square, côté nord, à quatre rues de chez Eve. Il verse une caution, signe un bail, paie le premier mois de loyer, et rentre lui annoncer ce qu'il vient de faire. "Tu me quittes, tu divorces ! — Non, dit-il, je m'en vais à côté. Dorénavant, tu pourras dormir avec elle toute la nuit si tu veux. Mais si, pour changer, tu avais envie de dormir avec moi toute la nuit, enfile ton manteau, mets ton chapeau et je serai ravi de te voir. Quant au dîner, poursuit-il, mon absence y passera tout à fait inaperçue. Patience, tu vas voir, Sylphid va trouver la vie beaucoup plus rose. — Pourquoi tu me fais une chose pareille ? Tu veux me faire choisir entre ma fille et toi, obliger une mère à choisir, c'est inhumain !" Il va falloir des heures pour lui expliquer qu'il lui demande d'adopter une solution qui évite de faire un choix, justement ; mais rien ne dit qu'Eve ait jamais compris de quoi il parlait. Elle ne fondait pas ses décisions sur la compréhension des problèmes, mais sur le désespoir, la capitulation.

« Le lendemain soir, Eve monte dans la chambre de Sylphid comme à l'accoutumée, mais cette fois, c'est pour lui présenter la proposition sur laquelle ils se sont mis d'accord et qui est censée amener la paix dans leur vie. C'est que, dans la journée, elle est allée visiter l'appartement qu'il a loué sur Washington Square, avec ses portes-fenêtres, ses hauts plafonds, ses moulures, son parquet. Il y a même une cheminée à manteau ouvragé. Au-dessous de la chambre de derrière se trouve un jardin privatif, qui ressemble beaucoup à celui de la Onzième Rue ouest. C'est que Washington Square, à cette époque, c'était pas Lehigh Avenue, Nathan, c'était un des plus beaux coins de Manhattan. Eve avait dit : "C'est ravissant." Ira avait répondu : "C'est pour Sylphid." Il gardera donc le bail à son nom à lui, il paiera le loyer, et Eve, qui gagne toujours de l'argent mais que l'argent angoisse, parce qu'elle en perd toujours pour un Freedman ou un autre, n'aura à s'inquiéter de rien. "Voilà la solution, conclut-il, est-ce qu'elle est si épouvantable ?" Eve s'était assise sur un siège, au soleil, devant une fenêtre du salon. Elle portait une voilette, une de ces voilettes à pois qu'elle avait mises à la mode dans un film ; elle l'a soulevée sur son petit visage exquis et elle s'est mise à sangloter. Leur bataille était finie. Sa bataille était finie. Elle s'est levée d'un bond, elle lui a sauté au cou, elle l'a embrassé ; elle s'est mise à courir d'une pièce à l'autre en imaginant où elle mettrait les beaux meubles anciens qu'elle apporterait de la Onzième Rue ouest pour Sylphid. Elle était au comble du bonheur, elle avait retrouvé ses dix-sept ans. C'était de la magie, un enchantement. Elle était de nouveau la jeune fille en suivez-moi-jeune-homme du cinéma muet. Ce soir-là, elle prend son courage à deux mains, et elle monte donc avec le plan qu'elle a dessiné, le plan du nouvel appartement, ainsi qu'une liste des meubles qui seraient allés à Sylphid de toute façon, et qui, par conséquent, lui appartiennent d'ores et déjà. Comme de juste, en moins de temps qu'il n'en faut pour le dire, Sylphid refuse, et Ira grimpe l'escalier quatre à quatre jusqu'à sa chambre. Il les trouve dans le lit ensemble. Seulement, cette fois, ça n'est plus Mozart. Cette fois, c'est l'asile de fous. Il voit Eve sur le dos, en train de hurler, pendant que Sylphid, en pyjama, est assise sur elle, et lui bloque les épaules de ses mains puissantes de harpiste ; elle aussi elle hurle, elle pleure. Il y a des lambeaux de papier partout — c'est le plan du nouvel appartement, et là, chevauchant sa femme, Sylphid qui braille : "Tu peux pas tenir tête à un homme, non, jamais ? Tu ne soutiendras donc jamais ta propre fille contre lui ? Tu ne seras donc jamais mère, *jamais* ?" »

« Qu'est-ce qu'il a fait, Ira ?

— D'après toi ? Il est sorti, il a écumé les rues, il est monté jusqu'à Harlem, redescendu au Village, il a fait des kilomètres, et puis, en pleine nuit, il s'est dirigé vers chez Pamela sur Carmine Street. Il essayait de ne jamais y aller s'il pouvait s'en dispenser, mais là, le voilà qui sonne à la porte, monte les cinq étages comme un bolide et lui annonce qu'avec Eve, c'est fini. Il veut emmener Pamela à Zinc Town. Il veut l'épouser. Il veut l'épouser depuis le début, lui dit-il ; il veut avoir un enfant avec elle. Tu imagines le choc, pour elle.

« Elle habitait un studio bohème — placards sans portes, matelas à même le sol, reproductions de Modigliani au mur, bouteille de Chianti en guise de bougeoir, des partitions plein la pièce, une toute petite pièce, un mouchoir de poche. Et voilà que cet échalas débarque en catastrophe, il se prend les pieds dans le lutrin, il renverse tous les 78 tours, il bute contre le tub, qui est dans la cuisine, et il raconte à cette petite Anglaise si bien élevée, mais qui vient de faire l'acquisition d'une idéologie Greenwich Village et qui croyait que leur aventure serait exempte de toute conséquence — une aventure formidable, passionnée, sans conséquence, avec un homme plus âgé qu'elle et célèbre de surcroît —, il lui raconte qu'elle va être la mère de ses enfants, de ses héritiers, qu'elle est la femme de sa vie.

« Ira, le tyran, le cinglé, l'homme-girafe qui se

prend les pieds partout, le forcené pour qui c'est tout ou rien, lui dit : "Fais ta valise, tu viens avec moi." C'est comme ça qu'il apprend, un peu plus tôt que prévu peut-être, que Pamela veut rompre depuis plusieurs mois. "Rompre, mais pourquoi ?" Elle ne supporte plus la pression. "La pression, mais quelle pression ?" Alors elle le lui dit, chaque fois qu'elle va avec lui dans le New Jersey, il n'arrête pas de la prendre dans ses bras, de la cajoler ; il la rend malade d'angoisse à lui répéter mille fois combien il l'aime ; et puis il couche avec elle, elle rentre à New York, elle va voir Sylphid, et tout ce que Sylphid trouve comme sujet de conversation, c'est cet homme qu'elle a surnommé La Bête. Car pour Sylphid, Ira et sa mère sont La Belle et La Bête. Alors Pamela est obligée d'opiner, de se moquer de lui avec elle ; elle est obligée de faire des plaisanteries sur lui, elle aussi. Faut-il qu'il soit aveugle pour ne pas voir combien tout ça lui pèse. Il n'est pas question qu'elle parte avec lui, pas question qu'elle l'épouse. Elle a un métier, elle fait carrière, elle est musicienne et elle adore son art. Il n'est pas question qu'ils continuent à se voir. S'il ne lui fiche pas la paix... Alors Ira la quitte. Il prend sa voiture, et s'en va à la bicoque ; et c'est là que je suis allé le voir, le lendemain, après mes cours.

« Il a parlé, j'ai écouté. Il s'est bien gardé de me mettre au courant, pour Pamela, parce qu'il savait fort bien ce que je pensais de l'adultère. Je le lui avais déjà dit trop souvent à son goût. "Ce qu'il y a d'excitant dans le mariage, c'est la fidélité, justement. Si cette idée ne t'excite pas, alors tu n'as que faire de te marier." Non, il ne m'a pas parlé de Pamela — il m'a raconté Sylphid, assise sur Eve. Toute la nuit, Nathan. À l'aube, je suis parti au lycée, je me suis rasé dans les toilettes des professeurs, j'ai fait mon premier cours ; l'après-midi, après le dernier, j'ai pris ma voiture pour le rejoindre là-bas. Je ne voulais pas qu'il passe la nuit tout seul ; je ne savais pas de quoi il était capable. L'onde de choc ne frappait pas seulement sa vie familiale. Ça n'en était qu'une partie. La politique commençait à l'envahir elle aussi — les accusations, les mises à la porte, les listes noires permanentes. C'était plutôt ça qui le minait. La crise domestique n'était pas encore la pire. Bien sûr, il était vulnérable sur les deux fronts, qui allaient finir par se rejoindre, mais pour l'instant, il arrivait encore à maintenir des cloisons.

« Il était déjà dans le collimateur de la Légion pour "sympathies pro-communistes". Son nom avait été cité dans un magazine catholique, sur une liste quelconque, comme celui d'un homme ayant des "relations avec les communistes". Toute son émission faisait l'objet de soupçons. Et puis il y avait des frictions avec le Parti. La tension montait. Staline et les Juifs. Même des têtes de mule comme Ira commençaient à prendre conscience de l'antisémitisme des Soviets. Des rumeurs se mettaient à circuler parmi les Juifs membres du Parti, et ce qu'il entendait dire ne lui plaisait pas du tout. Il voulait en savoir davantage. Quand il s'agissait des prétentions à la pureté du Parti communiste et de l'Union soviétique, Ira Ringold lui-même voulait en savoir plus. On avait le vague sentiment que le Parti trahissait, même si le choc moral allait attendre les révélations de Khrouchtchev pour frapper de plein fouet. Alors, pour Ira et ses potes, ça a été l'effondrement, plus rien ne justifiait leurs efforts, leurs souffrances. Six ans plus tard, le cœur même de leur biographie d'adulte partait à l'égout. Mais déjà, en 1950, il se compliquait l'existence en voulant en savoir plus. Seulement il ne m'en a jamais parlé, de ces trucs-là.

Il ne voulait pas m'impliquer et il ne voulait pas m'entendre ouvrir la gueule. Il était sûr que, si on s'accrochait sur la question communiste, on finirait comme des tas d'autres familles par se brouiller à mort.

« On avait déjà eu une discussion homérique, en 1946, au début, quand il s'était installé à Calumet City où il partageait un appartement avec O'Day. J'étais allé le voir, et ça n'avait pas été une partie de plaisir. Parce que Ira, quand il discutait des sujets qui lui tenaient à cœur, il te lâchait plus. Après la guerre, en particulier, il était très mauvais perdant dans le débat politique. Surtout avec moi. Il jouait au petit frère qui n'est pas allé à l'école et qui fait la leçon à son grand frère maître d'école. Il me regardait droit dans les yeux, l'index pointé sur moi, et, avec véhémence, il enfonçait le clou, et il balayait tous mes arguments d'une formule comme : "Ne me prends pas pour un imbécile ! C'est une contradiction dans les termes, ça, bon Dieu ! Si tu crois que je vais avaler des conneries pareilles." Son énergie et sa combativité dépassaient l'imagination. "Je me fous pas mal d'être le seul à le savoir ! Si tu avais la moindre idée de la façon dont tourne le monde..." Il pouvait être particulièrement incendiaire pour me remettre en place en tant que professeur d'anglais. "Tu es prié de définir de quoi tu parles, bon sang, j'ai horreur de cette imprécision dans les termes." Il n'y avait jamais de sujet mineur pour Ira, en ce temps-là. Tout ce à quoi il réfléchissait, du fait qu'il y réfléchissait, prenait des proportions majeures.

« Quand je suis allé le voir là où il habitait avec O'Day, dès le premier soir il m'a dit que le syndicat des enseignants devrait pousser au développement d'une culture populaire. Ce devrait être sa politique officielle. Pourquoi ? Pourquoi, je le savais. Parce que c'était la politique officielle du Parti. Il faut élever le niveau culturel du pauvre, de l'homme de la rue ; et au lieu de lui donner une instruction classique, à l'ancienne, traditionnelle, il faut mettre l'accent sur ce qui contribue à la culture populaire. La ligne du Parti, quoi, irréaliste à tous égards, selon moi. Mais alors, quelle ténacité, chez lui ! Je n'étais pas un type effacé, je savais montrer aux gens que j'avais des convictions, moi aussi. Mais la faculté d'opposition d'Ira était inépuisable. Il ne lâchait jamais le morceau. Une fois rentré chez moi, je n'ai plus eu de nouvelles de lui pendant presque un an.

« Et puis je vais te dire ce qui était en train de le rattraper, en même temps. Ces douleurs musculaires, cette maladie qu'il avait. On lui racontait que c'était ceci, et puis que c'était cela ; on n'a jamais vraiment découvert la nature de cette saloperie. Polymyosite, polymyalgie rhumatismale. Chaque médecin lui trouvait un nom nouveau. Mais c'était à peu près tout ce qu'on lui trouvait, à part des liniments. Ses vêtements se sont mis à puer tous les onguents antalgiques en vente sur le marché. Un médecin chez qui je l'avais emmené moi-même, en face de chez moi, au Beth Israel, un ami de Doris, a écouté l'historique de ses misères, lui a fait une prise de sang, l'a examiné des pieds à la tête et nous a dit qu'il était "hyperinflammatoire". Il avait une théorie élaborée, il nous a fait des dessins ; dysfonctionnement des mécanismes inhibiteurs, menant peu à peu à l'inflammation. Les articulations d'Ira, à ce qu'il nous a dit, développaient rapidement des réactions inflammatoires en cascade. Elles s'enflammaient vite, et mettaient du temps à s'éteindre.

« Après la mort d'Ira, un médecin m'a suggéré — en termes convaincants, d'ailleurs — qu'il était atteint de la maladie dont on croit que souffrait Lincoln.

Comme s'il lui avait suffi d'enfiler ses vêtements pour contracter sa maladie. La maladie de Marfan, le syndrome de Marfan. Stature excessive. Grandes mains, grands pieds, extrémités longues et fines. Nombreuses douleurs articulaires et musculaires. Les patients atteints de ce syndrome claquent souvent comme lui. L'aorte explose et ils meurent. En tout cas, le mal d'Ira n'a pas été diagnostiqué, en termes de traitement du moins, et, vers 49, 50, il commençait à ne plus rien trouver qui le soulage, alors même que la pression politique devenait plus dure aux deux bouts de sa vie, la chaîne de radio et le Parti — si bien que je me faisais de la bile pour lui.

« Dans le Premier arrondissement de Newark, Nathan, on n'était pas seulement l'unique famille juive de Factory Street. Il est fort probable que nous étions la seule famille non italienne entre la ligne de chemin de fer de Lackawanna et celle de Belleville. Les premiers habitants étaient des montagnards, des petits gars râblés, avec des têtes énormes, originaires des collines à l'est de Naples. Dès qu'ils étaient arrivés à Newark, quelqu'un leur avait mis une pelle dans les mains, ils s'étaient mis à creuser, et ils avaient continué à creuser toute leur vie. Ils creusaient des fossés. Quand Ira a quitté l'école, il a creusé avec eux. Un Italien a essayé de le tuer à coups de pelle. Mon frère était grande gueule. Il lui a fallu en découdre pour vivre dans ce milieu-là. Il lui a fallu en découdre pour survivre tout seul depuis l'âge de sept ans.

« Seulement, tout à coup, il lui fallait batailler sur tous les fronts, je ne voulais pas qu'il fasse une grosse bêtise, qu'il commette l'irréparable. Je n'avais pas pris ma voiture pour lui dire quelque chose de précis. Ça n'était pas un homme à qui on disait ce qu'il avait à faire. Je n'étais même pas venu lui dire le fond de ma pensée. Le fond de ma pensée, c'est qu'il fallait être fou pour continuer à vivre avec Eve et sa fille. Le soir où nous étions allés dîner chez eux, avec Doris, la bizarrerie des liens entre ces deux femmes ne nous avait pas échappé. Je me rappelle avoir répété plusieurs fois à Doris, sur le chemin du retour : "Il n'y a pas de place pour Ira dans ce système."

« Ira appelait communisme son rêve utopique. Eve appelait le sien Sylphid. C'était une mère qui nourrissait le rêve utopique de l'enfant parfait, une actrice qui rêvait du jeu parfait, une Juive qui rêvait de ne pas l'être, et je ne cite que ses projets les plus grandioses pour désodoriser la vie, lui donner un goût agréable.

« Ira n'avait rien à faire dans leur foyer et d'emblée Sylphid ne s'était pas privée de le lui faire savoir. Elle avait raison, du reste. Il n'avait *rien* à y faire, ce n'était *pas* sa place. Elle lui a montré sans équivoque que son plus cher désir filial était de ruer dans l'utopie de Môman — de lui balancer dans les gencives une dose mémorable du fumier de la vie. Franchement, je ne pensais pas non plus qu'il avait grand-chose à faire à la radio. Il n'était pas acteur. Quand il s'agissait de se lever pour ouvrir sa grande gueule, il ne manquait pas de *kutspah,* de culot, il n'en avait jamais manqué. De là à jouer ? Il disait tout sur le même ton. Cette espèce de bonhomie, comme si on l'avait eu devant soi, à une table où on joue aux cartes. La simplicité de l'approche humaine ; sauf qu'il n'avait pas d'approche ; son approche était nulle ; elle brillait par son absence. Qu'est-ce qu'il connaissait au jeu d'acteur ? Tout jeune il avait résolu de faire son chemin en solo, et ce qui le faisait avancer n'était que hasard. Il n'avait pas de ligne d'action. Il voulait fonder un foyer avec Eve Frame ? Il voulait fonder un foyer avec la jeune Anglaise ? Je comprends bien que c'est un besoin primaire chez les gens ; et chez Ira en particulier, ce désir de fonder un foyer était la séquelle d'une vieille, d'une très vieille déception. Mais il a tout de même choisi quelques sacrés spécimens pour le faire. Ira s'est affirmé à New York, avec toute son intensité, tout son désir de vivre, de peser son poids, de donner du sens à la vie. Au Parti, il a découvert l'idée qu'il était l'instrument de l'Histoire, et que l'Histoire l'appelait, lui, dans la capitale du monde, pour faire le redresseur de torts sociaux. Moi je trouvais tout ça ridicule. Ça n'était pas tant qu'il était déplacé par rapport à ses origines, mais qu'il ne trouvait pas sa place d'arrivée ; il était toujours trop grand pour le milieu où il se trouvait, tant par son énergie que par son physique. Mais ce n'était pas un point de vue que je me proposais de lui faire partager. Si mon frère avait la vocation de la démesure, fort bien. Seulement je ne voulais pas que, à terme, on ne voie plus rien d'autre en lui.

« Le deuxième soir, j'avais apporté des sandwiches ; on les a mangés, il a parlé, j'ai écouté, et il devait bien être dans les trois heures du matin quand un taxi jaune new-yorkais s'est arrêté devant la bicoque. C'était Eve. Ira avait décroché le combiné du téléphone depuis deux jours, si bien que quand elle en avait eu assez d'entendre le signal "occupé", elle avait appelé un taxi et elle avait fait quatre-vingts kilomètres pour arriver en rase campagne au milieu de la nuit. Elle a frappé, je suis allé ouvrir, elle est passée devant moi en trombe et elle l'a trouvé dans la pièce. La scène qui a suivi, elle pouvait l'avoir mise au point dans le taxi comme elle pouvait l'avoir improvisée. On aurait dit une scène sortie des films muets dans lesquels elle avait joué. Un numéro de cinglée, parfaitement outrancier, et pourtant tellement fait pour elle qu'elle allait le répéter presque à l'identique quelques semaines plus tard seulement. Un de ses rôles favoris. La suppliante.

« Elle se jette à genoux au beau milieu du plancher et, oublieuse de ma présence — ou peut-être pas oublieuse du tout, d'ailleurs —, elle s'écrie : "Je t'en prie, je t'en supplie, par pitié, ne me quitte pas !", ses deux bras tendus, mains tremblantes dépassant du vison. Et des larmes ! À croire qu'il ne s'agit pas de sauver son couple, mais l'humanité. Elle confirme par là même, si besoin était, qu'elle a renoncé à tout comportement rationnel. Je me rappelle m'être dit : "Ce coup-ci, ses carottes sont cuites."

« C'était mal connaître mon frère, mal connaître son seuil de tolérance. L'humanité à genoux, c'est ce qu'il avait dénoncé toute sa vie, mais j'aurais quand même cru qu'il aurait assez de jugeote pour faire la différence entre celle que sa condition sociale met à genoux, et celle qui joue la comédie. En la voyant dans cette attitude, il lui est monté une émotion qu'il n'a pas su juguler. C'est du moins ce que j'ai pensé sur le moment. Il était prêt à tomber dans le panneau de n'importe quelle souffrance, voilà ce que je me suis dit en sortant m'installer dans le taxi pour fumer une cigarette avec le chauffeur, le temps qu'ils fassent la paix.

« Tout est parasité par des considérations politiques imbéciles, voilà ce que je me disais dans le taxi, par ces idéologies qui encombrent la tête des gens et minent leurs capacités d'observation. Mais ce n'est que sur le chemin du retour vers Newark, dans ma voiture, cette nuit-là, que j'ai commencé à comprendre comment ces mots s'appliquaient à la situation critique de mon frère avec sa femme. Ira ne se réduisait pas à un naïf tombé dans le panneau de sa souffrance. Certes, il pouvait se laisser emporter par ces élans qu'on a presque tous quand un proche fait mine de s'effondrer ; certes, il pouvait se tromper sur son devoir en l'occurrence. Mais ce n'était pas ce qui s'était passé. Il a fallu que je roule vers chez moi pour comprendre que ce n'était pas du tout ce qui s'était passé.

« N'oublie pas qu'Ira appartenait au Parti corps et âme. Tous les virages à cent quatre-vingts degrés, il les adoptait. Il a avalé la justification dialectique de toutes les vilenies de Staline. Il a soutenu Browder du temps qu'ils le considéraient comme leur messie en Amérique, et puis, quand Browder a joué les fusibles et s'est fait virer par Moscou, du jour au lendemain Browder est devenu un collaborateur de classe, un socio-impérialiste. Ira a gobé tout ça. Il a soutenu Foster et sa théorie que l'Amérique était sur la voie du fascisme. Il est parvenu à faire taire ses doutes et à se convaincre que, en épousant tous les virages et les grands écarts du Parti, il contribuait à construire une société juste et équitable en Amérique. Il tenait à son image d'homme vertueux — il faisait partie, en gros, selon moi, des innocents entrés par cooptation dans un système qui leur échappe. On a du mal à croire qu'un homme qui attachait tant d'importance à sa liberté ait pu laisser ce dogmatisme contrôler sa pensée. Mais mon frère s'abaissait intellectuellement comme ils le faisaient tous. Ils étaient crédules politiquement, et moralement. Ils ne voulaient pas voir les choses en face. Tous les Ira se voilaient la face sur l'origine des idées qu'ils véhiculaient et qu'ils portaient aux nues. Voilà un type dont la plus grande force était de savoir dire non. Il n'avait pas peur de dire non, et de vous le dire en face. Et pourtant, au Parti, il ne savait dire que oui.

« Il s'était réconcilié avec elle parce que aucun sponsor, aucune chaîne de radio, aucune agence de publicité ne pourrait le toucher tant qu'il serait marié à la Sarah Bernhardt des ondes. Voilà sur quoi il misait : tant qu'il aurait à son bras l'une des têtes couronnées de la radio, il serait impossible à dénoncer, et à virer. Elle allait protéger son mari et, par extension, la clique de communistes qui faisaient tourner son émission. Elle s'est jetée à genoux, elle l'a imploré de revenir, et là il a compris qu'il serait sacrément bien avisé d'obtempérer, parce que, sans elle, il coulait. Eve allait lui servir de bouclier. Elle serait le garde-corps du garde-corps. »

« Et voici paraître la déesse ex machina avec sa dent en or — une découverte d'Eve, qui en avait entendu parler par un acteur qui en avait entendu parler par un danseur. Il s'agit d'une masseuse. Elle peut avoir dix-douze ans de plus qu'Ira, la cinquantaine. Malgré sa physionomie usée, crépusculaire, c'est une femme puissante et sensuelle, que son travail maintient en forme — son grand corps tiède garde du tonus. Helgi Pärn. Une Estonienne mariée à un ouvrier d'usine, estonien lui aussi. Une prolétaire massive, portée sur la vodka, un rien pute, voleuse sur les bords. Une grande femme saine à qui, lorsqu'ils la voient pour la première fois, manque une dent. Lors de sa deuxième visite, la dent a été remplacée — par une dent en or, cadeau d'un dentiste qu'elle masse. Et puis elle revient avec une robe, cadeau d'un fabricant de prêt-à-porter qu'elle masse. Au fil de l'année, on la voit arriver avec des bijoux chics, elle fait l'acquisition d'un manteau de fourrure, d'une montre ; bientôt elle se met à acheter des placements boursiers, etc. Helgi ne cesse de s'"améliorer". Elle en plaisante volontiers. On rend justice à sa compétence, dit-elle à Ira. La première fois qu'il lui donne de l'argent, elle refuse : "Je ne me fais pas payer, j'accepte les cadeaux. — Je n'ai pas le temps de faire des courses, lui dit-il. Tenez, achetez-vous ce que vous voulez."

« Avec Ira, elle va avoir la discussion de rigueur sur la conscience de classe ; il lui explique que Marx préconise aux gens comme les Pärn d'arracher le capital à la bourgeoisie et de s'unir pour devenir la classe dominante, prendre le contrôle des moyens de production. Helgi ne veut pas en entendre parler. Les Russes ont occupé l'Estonie pour en faire une République soviétique, elle est estonienne, elle est d'un anticommunisme viscéral. Il n'y a qu'un pays pour elle, les États Unis d'Amérique, car une émigrée comme elle, fille de ferme, illettrée, où donc pourrait-elle, et patati et patata. Les "améliorations" d'Helgi font rire Ira. D'ordinaire, l'humour n'est pas son fort, mais sur le chapitre d'Helgi, si. Peut-être que c'est elle qu'il aurait dû épouser. Peut-être que cette grande souillon débonnaire qui ne se voilait pas la face devant la réalité, était son âme sœur. Son âme sœur à la manière de Donna Jones : par son côté indompté ; son côté rebelle.

« Ce qui est sûr c'est que la cupidité de cette femme le réjouit. "Quoi de neuf, cette semaine, Helgi ?" Pour elle, ça n'est pas de la prostitution, il n'y a rien de louche là-dedans ; elle s'améliore, elle réalise son rêve américain. L'Amérique est une terre d'ouvertures, ses clients l'apprécient, il faut bien vivre, quand on est une femme. Trois fois par semaine, elle passe donc après dîner, habillée en infirmière, blouse blanche amidonnée, bas blancs, chaussures blanches, et elle transporte avec elle une table de massage pliante. Elle déplie la table dans le bureau, et, quoique ses jambes dépassent de quinze centimètres, Ira s'y allonge; alors, pendant une heure d'horloge, elle le masse, très professionnellement. Avec ces massages, elle lui procure le seul soulagement qu'il connaisse désormais à sa terrible douleur.

« Et puis, sans quitter son uniforme blanc, non moins professionnellement, elle conclut par quelque chose qui lui procure un soulagement supplémentaire. Une fabuleuse décharge lui gicle du pénis, et, dans l'instant, les murs de sa prison s'écroulent. Dans cette giclée passe toute la liberté qu'il reste à Ira. La bataille d'une vie, qu'il a livrée pour exercer ses droits politiques, civiques, ses droits de l'homme, voilà comment elle se solde : il jouit moyennant finances contre la dent en or de cette quinquagénaire estonienne, tandis qu'en bas, au salon, Eve écoute Sylphid jouer de la harpe.

« Helgi aurait été belle femme, mais son manque de profondeur se voyait à l'œil nu. Son anglais n'était pas brillant et, comme je te l'ai dit, il lui coulait toujours un filet de vodka dans les veines, si bien qu'elle avait les dehors d'une femme passablement obtuse. Eve l'avait surnommée La Paysanne. C'est comme ça qu'on l'appelait, chez eux. Or Helgi Pärn n'était pas une paysanne; elle manquait peut-être de profondeur, mais elle n'était pas obtuse. Elle savait fort bien qu'Eve la considérait plus ou moins comme une bête de somme. Eve ne se donnait pas la peine de le lui cacher, estimant qu'elle n'avait pas à prendre de gants avec une vulgaire masseuse, et la vulgaire masseuse la méprisait en retour. Lorsque Eve était en bas, à écouter la harpe, et qu'Helgi faisait une pipe à Ira, elle s'amusait à imiter les mimiques affectées avec lesquelles elle supposait qu'Eve daignait le sucer. Derrière son masque balte inexpressif se dissimulait une femme sans retenue qui savait quand et où frapper les bourgeois qui la méprisaient. Lorsqu'elle a rendu coup pour coup à Eve, ça a été la catastrophe. Sous l'empire de la vodka, elle n'était pas femme à se restreindre.

« La vengeance, m'annonça Murray. Il n'y a rien de si grand en l'homme, ni rien de si petit ; rien n'est aussi inventif, audacieux, chez l'homme le plus banal, que les mécanismes de la vengeance ; rien n'est aussi inventif et sans scrupule chez le plus raffiné des raffinés que le mécanisme de la trahison. »

Cela me renvoyait au cours d'anglais de Murray Ringold : le professeur résumant son propos à l'intention de ses élèves, récapitulant, soucieux de faire une synthèse rapide avant que la cloche sonne ; suggérant, par le ton et la précision de la formule, que « la vengeance et la trahison » pourraient bien être la réponse à l'une de ses « vingt questions de la semaine ».

« Dans l'armée, je me souviens qu'un exemplaire d'*Anatomy of Melancholy*, de Burton, m'était tombé entre les mains. Je le lisais pour la première fois de ma vie, et je le prenais tous les soirs pendant que nous étions en Angleterre à nous entraîner pour le débarquement en France. J'adorais ce livre, Nathan, mais il me laissait perplexe. Tu te souviens de ce que Burton dit sur la mélancolie ? Chacun de nous y est prédisposé, selon lui, mais certains d'entre nous prennent l'habitude de la mélancolie. Or comment prend-on cette habitude ? C'est une question à laquelle il ne répond pas. Son livre ne le dit pas, si bien qu'il m'a fallu me le demander jusqu'au Débarquement, et jusqu'à ce que mon expérience personnelle me le montre.

« On prend l'habitude d'être trahi. C'est la trahison qui en est la cause. Pense aux tragédies. Qu'est-ce qui provoque la mélancolie, le délire, le meurtre ? Othello — trahi. Hamlet — trahi. Lear — trahi. On pourrait même soutenir que Macbeth est trahi — par lui-même —, quoique ce ne soit pas la même chose. Nous qui avons, par métier, usé notre énergie à enseigner les chefs-d'œuvre, les rares d'entre nous que passionne encore le regard de la littérature sur les choses, nous n'aurions pas d'excuses si nous ne voyions pas que la trahison est au cœur de l'Histoire. L'Histoire, de haut en bas. L'histoire du monde, de la famille, de l'individu. Très vaste sujet, la trahison. Il suffit de considérer la Bible. De quoi y est-il question ? Dans la Bible, la matrice des situations, c'est la trahison. Adam — trahi. Ésaü — trahi. Les Sachémites — trahis. Juda — trahi. Moïse — trahi. Ouri — trahi. Job — trahi. Trahi par qui, Job ? Par Dieu lui-même. Sans oublier la trahison de Dieu. Dieu trahi, trahi par nos ancêtres, à la moindre occasion. »

6

À la mi-août 1950, quelques jours seulement avant de quitter — définitivement, la suite devait le montrer — la maison familiale pour m'inscrire en première année à l'université de Chicago, je pris le train pour aller passer une semaine avec Ira dans le comté du Sussex, tout comme je l'avais fait l'année précédente pendant qu'Eve et Sylphid se rendaient en France auprès du père de cette dernière, après que mon père avait exigé un entretien avec Ira pour m'accorder sa permission. Ce deuxième été, j'arrivai en fin d'après-midi à la gare rurale, que huit kilomètres de petites routes en lacet à travers des champs où paissaient des vaches laitières séparaient de la bicoque d'Ira. Il m'attendait au train, dans son coupé chevrolet.

À ses côtés sur le siège avant se trouvait une femme en uniforme blanc, qu'il me présenta comme Mrs Pärn. Elle était venue de New York dans la journée pour lui soulager la nuque et les épaules, et s'apprêtait à repartir par le premier train vers l'est. Elle avait apporté une table pliante et je la revois la sortir du coffre à bagages toute seule. C'est ce qui m'est resté, cette force pour soulever la table pliante, ainsi que son uniforme et ses bas blancs ; elle l'appelait :

« Monsieur Rinn », il l'appelait : « Madame Pärn ». Je ne remarquai rien de spécial chez elle, sinon sa vigueur. D'ailleurs je ne fis guère attention à elle. Elle sortit de la voiture, traînant sa table avec elle, elle traversa les voies pour gagner le quai où un train du coin la mènerait jusqu'à Newark, et je ne la revis plus jamais. J'avais dix-sept ans, pour moi elle était vieille, aseptisée, sans intérêt.

En juin, une liste de gens de radio et de télévision ayant des relations actives avec les « causes communistes » était parue dans une publication nommée *Red Channels*, et elle avait déclenché une série de licenciements qui répandaient la panique dans le monde de la diffusion. Cette liste de cent cinquante et un noms ne comprenait pas celui d'Ira, cependant, ni d'aucun de ses collaborateurs pour *The Free and the Brave*. Je ne me doutais pas qu'Ira avait vraisemblablement été épargné à cause du paratonnerre constitué par Eve Frame, Eve Frame étant elle-même protégée (par Bryden Grant, informateur de ceux qui dirigeaient *Red Channels*) des soupçons qui auraient automatiquement pesé sur elle en tant qu'épouse d'un homme avec la réputation d'Ira. Car enfin, en sa compagnie, elle avait assisté à plus d'un événement politique qui, en ces temps, aurait pu mettre en question sa loyauté envers les États-Unis. On n'allait pas chercher beaucoup de preuves — et quand il y avait erreur sur la personne on n'en cherchait pas du tout — pour décréter que quelqu'un n'était qu'une « couverture » et le licencier, quand bien même ce quelqu'un était aussi peu engagé dans la politique qu'Eve Frame.

Mais il me faudrait attendre cinquante ans, que Murray m'en parle chez moi, pour découvrir la part qu'Eve avait eue dans les difficultés d'Ira. À l'époque, ma théorie était qu'ils ne s'en prenaient pas à Ira parce qu'ils avaient peur de lui ; peur qu'il ne se débatte comme un beau diable, peur de ce que je prenais pour son indestructibilité. Je me figurais que les rédacteurs de *Red Channels* avaient peur qu'une fois provoqué, il ne réussisse à les abattre à lui tout seul. J'eus même un instant d'exaltation romantique, pendant qu'Ira me parlait de ce magazine lors de notre premier dîner ensemble, où je me représentai la bicoque de Pickax Hill Road comme l'un de ces austères camps d'entraînement pour poids lourds, perdus au fin fond de la cambrousse du New Jersey, où ils passaient plusieurs mois avant le grand combat : le poids lourd, en l'occurrence, c'était Ira.

« Ce sont trois policiers du FBI qui vont fixer les critères du patriotisme dans ma profession, m'expliqua-t-il. Trois ex-gars du FBI, voilà qui mène les opérations de *Red Channels*, Nathan. Qui garder à la radio, qui licencier, ce sera déterminé par ces trois gars dont la source d'information favorite est la Commision contre les activités anti-américaines. Tu vas voir le courage des patrons devant leur saloperie. Tu vas voir comment un système basé sur le profit tient bon contre leur pression. La liberté de penser, la liberté d'expression, le respect des procédures légales, mon cul ! Les gens vont se faire détruire, mon pote. C'est plus seulement les moyens d'existence qui seront menacés, c'est l'existence. Des gens vont mourir. Ils vont tomber malades et mourir, ils vont sauter des immeubles et mourir. Le temps que ça soit fini, les gens qui figurent sur cette liste vont se retrouver dans des camps de concentration grâce à Mr McCarran et à son petit bijou de loi sur la sécurité intérieure. Si jamais on part en guerre contre l'Union soviétique, et c'est le vœu le plus cher de la droite dure de ce pays, McCarran se fera un plaisir de tous nous parquer lui-même derrière des barbelés. »

La liste ne réussit pas à faire taire Ira. Contrairement à nombre de ses collègues, il ne s'empressa même pas de se mettre à couvert. Une semaine seulement après la parution de la liste, la guerre de Corée éclatait, et, dans une lettre au vieil *Herald Tribune*, Ira, qui signait avec défi Iron Rinn de *The Free and the Brave*, avait publiquement exprimé son désaveu de ce qu'il appelait la détermination de Truman à transformer ce conflit lointain en affrontement attendu de longue date entre les capitalistes et les communistes — ce en quoi, selon lui, ce dangereux maniaque préparait le grand spectacle de la Troisième Guerre mondiale, avec horreur atomique et destruction de l'humanité. Ce fut la première lettre d'Ira à un rédacteur depuis celles qu'il avait écrites d'Iran à *Stars and Stripes* pour dénoncer l'injustice de la ségrégation des troupes ; c'était plus qu'une diatribe enflammée contre le conflit avec la Corée du Nord, communiste ; c'était, dans ses implications, un acte de résistance flagrant et délibéré contre *Red Channels* et son but, purger les ondes des communistes, mais aussi y réduire au silence par intimidation les libéraux et les gauchistes non communistes.

En cette semaine d'août 1950, à la bicoque, la Corée fut à peu près le seul sujet de conversation d'Ira. Lors de ma précédente visite, nous allions presque tous les soirs nous allonger derrière la maison sur des chaises longues branlantes, en nous entourant de bougies à la citronnelle pour éloigner les moucherons et les moustiques — la fragrance astringente de l'essence de citronnelle allait pour toujours rester liée à Zinc Town dans ma mémoire —, et, tandis que je levais les yeux vers les étoiles, Ira me racontait toutes sortes d'histoires, des connues et des neuves, sur ses années d'adolescence à la mine, ses années de Crise où il n'était qu'un vagabond sans foyer, et ses aventures de guerre où il faisait le déchargeur à la base américaine d'Abadan sur le Chott-al Arab, ce fleuve qui, le long du golfe Persique, constitue plus ou moins la frontière entre l'Iran et l'Irak. C'était la première fois que je rencontrais quelqu'un dont la vie s'inscrive si étroitement dans l'histoire de l'Amérique, qui connaisse de première main la géographie de l'Amérique, et qui se soit colleté bille en tête avec tant de racaille américaine. C'était la première fois que je rencontrais quelqu'un d'aussi immergé dans son époque, d'aussi défini par elle — ou tyrannisé par elle, lui qui en était le vengeur, et la victime, et l'instrument. Imaginer Ira hors de son époque ne se concevait pas.

Pour moi, lors de ces nuits à la bicoque, l'Amérique dont j'étais l'héritier prenait le visage d'Ira Ringold. Ce qu'il disait, ce flot, rien moins que limpide ou linéaire, de haine et d'amour, suscitait en moi un désir patriotique exalté de connaître l'Amérique sans intermédiaire, et plus loin que Newark. Il déclenchait les mêmes passions d'enfant du pays que la guerre avait suscitées quand j'étais petit, puis qu'avaient nourries dans ma prime adolescence Howard Fast et Norman Corwin, relayés un ou deux ans plus tard par les romans de Tom Wolfe ou de John Dos Passos. Lors de mon deuxième séjour auprès d'Ira, il se mit à faire délicieusement frais, le soir, dans les collines du Sussex à l'été finissant; alors je bourrais la cheminée aux flammes rugissantes des bûches que j'avais fendues sous le soleil brûlant de l'après-midi. Ira dégustait son café dans une vieille chope ébréchée; avec ses pantalons golf, ses chaussures de basket en lambeaux, et son T-shirt vert olive délavé qu'il avait rapporté de l'armée, il ressemblait à s'y méprendre à un Grand Chef Scout, un grand gars très nature, adoré des gosses, qui peut tirer sa subsistance de la terre, faire peur à l'ours qui passe, et veiller à ce que votre gamin n'aille pas se noyer dans le lac — sauf qu'il déblatérait sans fin sur la Corée, d'une voix où l'écœurement le disputait à l'indignation et qu'on n'aurait guère pu entendre autour d'un feu de camp, dans aucun autre bivouac du pays.

« Je refuse d'avaler qu'un citoyen américain doté d'un commencement de cervelle croie les troupes communistes nord-coréennes prêtes à embarquer dans des vaisseaux pour faire neuf mille kilomètres et prendre le pouvoir aux États-Unis. Mais c'est quand même ce qui se dit : "Il faut avoir l'œil sur la menace communiste. Ils vont prendre le pouvoir chez nous." Truman montre ses muscles aux républicains, c'est son but. C'est le fond de la question. Il veut faire des démonstrations de force aux dépens du peuple coréen innocent. On va y aller, on va les bombarder ces fils de pute, tu piges ? Tout ça pour faire mousser Syngman Rhee, notre fasciste. Notre fabuleux président Truman, notre merveilleux général MacArthur. Les communistes, toujours les communistes ! Le racisme, non ; les inégalités, non. Notre problème, c'est les communistes ! Cinq mille Noirs se sont fait lyncher, chez nous, et on n'a pas encore inculpé un seul auteur de ces lynchages à ce jour. C'est la faute des communistes, peut-être ? Quatre-vingt-dix Noirs se sont fait lyncher depuis que Truman est arrivé à la Maison-Blanche avec ses grands discours sur les droits civiques, c'est la faute des communistes ou celle de l'attorney général de Mr Truman, ce formidable Mr Clark qui, dans un tribunal américain, n'hésite pas à persécuter odieusement douze leaders du Parti communiste, à détruire leur vie à cause de leurs convictions, mais refuse de lever le petit doigt contre les auteurs de lynchage ? Faisons la guerre aux communistes, envoyons nos soldats se battre contre les communistes — seulement partout où on va, dans le monde entier, les premiers à mourir au combat contre le fascisme, c'est les communistes. Les premiers à se battre pour le Noir, ou l'ouvrier... »

Je connaissais la chanson, mot pour mot, et, à la fin de cette semaine de vacances, j'avais hâte d'échapper à son discours et de rentrer chez moi. Cette fois, mon séjour à la bicoque était différent de celui du premier été. Faute de soupçonner à quel point il était attaqué sur tous les fronts, à quel point il croyait compromise son indépendance revendiquée, moi qui me figurais que mon héros allait mener et gagner la bataille des ondes contre les réacs de *Red Channels*, je ne pouvais pas comprendre la peur, le désespoir, le sentiment d'échec et d'isolement croissant qui nourrissaient son indignation vertueuse. « Pourquoi est-ce que j'agis comme je le fais sur le terrain de la politique ? J'agis parce que je pense qu'il est juste d'agir, il faut que j'agisse parce qu'il faut bien trouver une solution. Et je me fous pas mal d'être le seul à le savoir. Elle me dégoûte, Nathan, la lâcheté de mes anciens associés… »

L'été d'avant, quoique je n'aie pas eu l'âge de passer le permis, Ira m'avait appris à conduire sa voiture. Lorsque j'atteignis dix-sept ans, mon père consentit à m'apprendre, et, persuadé que je lui ferais de la peine en lui avouant qu'Ira l'avait devancé en août, je fis donc semblant de découvrir maladroitement les principes de la conduite. La Chevrolet 1939 d'Ira était un coupé à deux portes noir, vraiment joli. Ira était si grand qu'on aurait dit un animal de cirque au volant, et le second été, lorsqu'il me céda les commandes et prit la place du passager, j'eus l'impression de balader un monument, un monument fou de rage contre la guerre de Corée, un monument aux morts, qui commémorerait la guerre *contre* les guerres.

La voiture, ayant appartenu à une mamie, n'avait que quinze mille kilomètres quand il l'avait achetée, en 1948. Vitesse au plancher, les trois premières vers l'avant, la marche arrière sur la barre supérieure gauche du H. Deux sièges séparés à l'avant, et derrière eux un espace tout juste assez grand pour qu'un petit enfant s'y recroqueville. Pas de radio, pas de chauffage. Pour ouvrir les déflecteurs, il fallait pousser une petite poignée, et les vitres pivotaient sur le pare-brise, avec un écran pour se protéger des insectes. Passablement efficace. Des fenêtres anti-courant d'air, avec chacune leur manivelle. Les sièges étaient tapissés de cette espèce de bourrette gris souris qu'on trouvait dans toutes les voitures à l'époque. Des marchepieds, un grand coffre. La roue de secours et le crick sous le coffre. La grille était vaguement pointue, et le capot s'ornait d'une figurine avec un bout de verre. Il y avait de vrais garde-boue, vastes, arrondis, et des phares indépendants, comme deux torpilles, juste sous la grille aérodynamique. Les essuie-glaces fonctionnaient par aspiration, de sorte que, quand on appuyait sur l'essence, ils ralentissaient.

Je revois le cendrier. En plein milieu du tableau de bord, entre les deux passagers, c'était un joli morceau de plastique allongé monté sur une charnière, qu'on inclinait vers soi. Pour accéder au moteur, on tournait une manivelle extérieure. Il n'y avait pas de clef, il n'aurait pas fallu plus de deux secondes pour vandaliser cette voiture. Le capot s'ouvrait en deux moitiés indépendantes. La texture du volant n'était pas lisse et brillante mais fibreuse, et le klaxon ne se trouvait qu'au centre. Le starter était une petite pédale ronde en caoutchouc, entourée d'une collerette en caoutchouc elle aussi. La buse de carburateur nécessaire pour démarrer par temps froid se trouvait sur la droite, et un truc qui s'appelait le régulateur sur la gauche. Le régulateur, je ne pus jamais en imaginer l'usage. Un réveil était encastré dans la boîte à gants. Le bouchon du réservoir était situé sur le flanc de la voiture, à l'arrière de la portière du passager, et il se dévissait comme un couvercle. Pour fermer la voiture, on appuyait sur un bouton placé sur la vitre du conducteur, et, quand on sortait, on baissait la manivelle de la vitre, et on claquait la porte. Ainsi, pour peu qu'on ait l'esprit ailleurs, on pouvait très bien enfermer la clef dans la voiture.

Si je suis intarissable sur le chapitre de cette voiture, c'est qu'elle a abrité le premier coup que j'ai tiré. Lors du second été chez Ira, je rencontrai la fille du chef de la police de Zinc Town et, un soir, je pris la voiture pour l'emmener au drive-in. Elle s'appelait Sally Spreen. C'était une rousse, elle pouvait avoir deux ans de plus que moi, elle travaillait au magasin général, et les gens du coin la disaient « facile ». Je lui fis quitter le New Jersey et traverser le Delaware pour l'emmener dans un drive-in de Pennsylvanie. En ce temps-là, dans les drive-in, on glissait les haut-parleurs par la fenêtre. On a eu droit à un film d'Abbott et Costello. Ça braillait. On a commencé tout de suite un flirt poussé. Elle était « facile », en effet. Détail cocasse (parmi tant d'autres), mon slip s'est retrouvé autour de mon pied gauche. Quant à mon pied gauche, il était sur l'accélérateur, de sorte que pendant que je la bourrais, je noyais le moteur d'Ira. Le temps que je jouisse, ma culotte s'était débrouillée pour s'entortiller à la pédale du frein et à ma cheville. Costello beuglait : « Hé, Abbott, hé, Abbott ! » les vitres fumaient, le moteur était noyé, son père dirigeait la police de Zinc Town, et moi j'étais ligoté au plancher de la voiture.

En la reconduisant chez elle, je ne savais que dire, qu'éprouver, ni à quel châtiment m'attendre pour lui avoir fait passer les frontières de l'État dans le but d'avoir des rapports sexuels avec elle. Alors je me pris à lui expliquer que les soldats américains n'avaient rien à faire en Corée. Je lui dis ma façon de penser sur le général MacArthur comme si c'était lui son père.

Lorsque je rentrai à la bicoque, Ira leva le nez de son livre et me lança : « Alors, elle était bonne ? »

Je ne sus que dire. Je ne m'étais même pas posé la question. Je répondis : « N'importe quelle nana, je l'aurais trouvée bonne ! » et nous éclatâmes de rire tous deux.

Le matin, nous découvrîmes que dans mon exaltation de la veille j'avais enfermé la clef dans la voiture avant de rentrer au bercail, mon pucelage perdu. De nouveau, Ira rit de bon cœur, mais à cette exception près, au cours de la semaine que je passai avec lui, il n'y eut pas moyen de le dérider.

Parfois Ira invitait à dîner Raymond Svecz, son plus proche voisin. Ray était célibataire, et habitait à trois kilomètres sur la même route, à l'orée d'une carrière abandonnée, excavation aux allures tout à fait préhistoriques, énorme fosse terrifiante creusée par la main de l'homme : sa faille sur le néant des entrailles de la terre me donnait le frisson, même en plein soleil. Ray y vivait tout seul dans une baraque d'une seule pièce où, quelques décennies plus tôt, on entreposait le matériel de forage ; je n'aurais su imaginer habitat humain plus loin du monde. Ray avait été prisonnier en Allemagne pendant la guerre, et il était rentré avec des « problèmes mentaux », comme disait Ira. Un an plus tard, alors qu'il était en train de percer la roche dans la mine de zinc, cette mine même où Ira avait manié la pelle quand il était tout jeune, il avait eu une fracture du crâne à la suite d'un accident. Il maniait son marteau piqueur, à plus de trois cents mètres sous terre, lorsqu'un bloc de pierre de la taille d'un cercueil et pesant une demi-tonne s'était détaché au-dessus de sa tête près de la paroi qu'il perçait, et, sans l'écraser, l'avait plaqué au sol, face contre terre. Ray avait survécu, mais il n'était jamais retourné au fond, et depuis les médecins lui reconstituaient le crâne. Il était dégourdi, et Ira lui donnait toutes sortes de bricoles à faire, désherber le potager, l'arroser en son absence, veiller à l'entretien de la bicoque, refaire les peintures. La plupart du temps, il le payait à ne rien faire, et quand il était sur place et s'apercevait que Ray ne se nourrissait pas convenablement, il l'amenait chez lui et lui donnait à manger. Ray n'ouvrait guère la bouche. C'était un doux dingue, sympathique, poli, qui hochait la tête en permanence — une tête que l'on disait offrir peu de ressemblance avec celle qu'il avait avant l'accident... or, même lorsqu'il dînait avec nous, la charge d'Ira contre nos ennemis ne cessait jamais.

J'aurais dû m'y attendre. Je m'y attendais, d'ailleurs. J'avais anticipé ce séjour auprès de lui avec impatience. J'aurais cru ne jamais m'en lasser. Or je m'en étais lassé. J'entrais à la fac dans une semaine et mon éducation auprès d'Ira était achevée. Elle avait pris fin avec une soudaineté inouïe. Mon innocence aussi était révolue. J'étais arrivé à la bicoque de Pickax Hill dans la peau de quelqu'un, je la quittais dans celle de quelqu'un d'autre. Quelque nom que portât la force motrice qui se manifestait, elle était venue toute seule, sans que je l'appelle, et elle était irréversible. Mon arrachement à mon père, le relâchement des liens filiaux provoqué par le fait que je m'étais toqué d'Ira trouvaient maintenant leur réplique dans ma désillusion à son sujet.

Même lorsqu'il m'amena chez son meilleur ami du coin, Horace Bixton, qui avec son fils Frank tenait un cabinet de taxidermiste dans la grange en partie reconvertie et divisée en deux près de leur ferme familiale, sur un chemin de terre tout proche, Ira ne sut parler avec Horace que de ce dont il parlait avec moi sans arrêt. L'année précédente, nous y étions déjà allés, et je m'étais bien amusé rien qu'à écouter — non pas Ira discourir sur la Corée et le communisme, mais Horace discourir sur la taxidermie. C'était précisément dans ce but qu'Ira m'avait emmené, du reste. « Tu aurais de quoi écrire une pièce radiophonique avec ce type pour vedette, Nathan, et la taxidermie pour sujet. » L'intérêt d'Ira pour la taxidermie faisait partie de la fascination prolétaire qu'il avait conservée non point tant pour la beauté de la nature, mais pour la nature modifiée, industrialisée, exploitée, retouchée, usée, défigurée, voire, comme on commençait à s'en rendre compte au cœur de ce pays du zinc, détruite par l'homme.

Lorsque je passai pour la première fois le seuil des Bixton, le bizarre capharnaüm de la petite pièce du devant me donna le vertige : il y avait des peaux tannées empilées partout ; des andouillers pendus au plafond, avec des étiquettes, accrochés par du fil de fer, des andouillers sur toute la longueur de la pièce, par douzaines. D'énormes poissons vernis pendaient également au plafond, des poissons luisants aux nageoires déployées comme des voiles, des poissons luisants avec des épées allongées, un gros poisson luisant au faciès de singe ; des têtes d'animaux, petit modèle, moyen modèle, grand et très grand modèle montées sur chaque centimètre carré du mur ; toute une escadrille de canards, d'oies, d'aigles et de hiboux sur le plancher, nombre d'entre eux ailes déployées comme en plein vol. Il y avait des faisans, des dindons sauvages ; il y avait un pélican, un cygne, et puis aussi, furtivement répartis au milieu des volatiles, un putois, un lynx, un coyote, et deux castors. Sous des vitrines poussiéreuses, le long des murs, des oiseaux de petite taille, colombes, pigeons, un petit alligator, ainsi que des serpents enroulés, des lézards, des tortues, des lapins, des écureuils et des rongeurs de tout poil, souris, belettes, en compagnie d'autres bestioles antipathiques que je n'aurais pas su nommer, toutes nichées de manière réaliste dans de vieux décors naturels fanés. Et, partout, de la poussière, recouvrant les fourrures, les plumes, les peaux, tout.

Horace, vieillard frêle, guère plus vaste que l'envergure de son vautour, vêtu d'une salopette et coiffé d'un bob kaki, sortit par-derrière pour me serrer la main ; quand il vit la tête que je faisais il sourit d'un air d'excuse : « Ben ouais, convint-il, on jette pas grand-chose, nous autres.

— Horace, je te présente Nathan », dit Ira, coulant son regard en chute libre jusqu'au niveau de ce vieil elfe qui, m'avait-il dit, pressait son cidre, fumait sa viande et reconnaissait les oiseaux à leur chant, « c'est un lycéen qui écrit. Je lui ai raconté ce que tu m'as dit sur un bon taxidermiste, qu'on le reconnaît à ce qu'il sait créer l'illusion de la vie. Comme il m'a dit : "C'est aussi à ça qu'on reconnaît le bon écrivain", je te l'ai amené pour que vous autres, *artistes* *, vous fassiez la causette.

— C'est qu'on prend notre travail au sérieux, m'apprit Horace. On fait tout, les poissons, les oiseaux, les mammifères. Les têtes de gibier. Toutes les positions, toutes les espèces.

— Parle-lui de cette bête-là », demanda Ira en riant ; il désignait du doigt un oiseau haut perché sur des pattes grêles qui me faisait penser à un coq de cauchemar.

« C'est un casoar, un gros oiseau de la Nouvelle-Guinée. Ça vole pas. Çui-là, il appartenait à un cirque ; il faisait partie de la ménagerie d'un cirque ambulant. Quand il est mort, en 1938, ils me l'ont apporté et je l'ai empaillé, et puis ils sont jamais venus le chercher. Ça c'est un oryx, dit-il en entreprenant de me faire le détail de sa pratique. Ça c'est un faucon de Cooper en plein vol. Un crâne de bison du Cap ; on appelle ça le montage à l'européenne, c'est la moitié supérieure du crâne. Voilà des bois d'élan. Énorme, qu'il était. Un *wildebeest* — tu vois le haut du crâne, avec la fourrure... »

Nous fîmes un safari d'une demi-heure dans la pièce du devant, qui servait de vitrine, et quand nous passâmes derrière, dans la salle de travail, l'atelier, comme disait Horace, nous y trouvâmes Frank, un type un peu chauve d'une quarantaine d'années, réplique de son père mais en taille normale, assis à une table ensanglantée où il écorchait un renard avec un couteau qu'il avait fabriqué lui-même à partir d'une scie à métaux, comme nous l'apprîmes par la suite.

« À chaque animal son odeur, tu sais, m'expliqua Horace. Tu sens l'odeur du renard ? »

Je fis oui de la tête.

« Ouais, c'est bien l'odeur caractéristique du renard. Elle est pas tout ce qu'il y a d'agréable. »

Frank avait dégagé presque toute la patte arrière droite, mettant à nu le muscle et l'os. « Celui-là, poursuivit Horace, on va le monter entier. Il aura l'air d'un renard vivant. » Abattu de fraîche date, le renard avait déjà l'air vivant, endormi seulement. Nous prîmes tous place autour de la table tandis que Frank continuait sa délicate besogne. « Frank est très habile de ses mains, dit Horace avec une fierté paternelle. Le renard, l'ours, le cerf, les gros oiseaux, il y a des tas dc gens qui savent les faire, mais lui, mon fils, il sait faire aussi les oiseaux chanteurs. » L'outil fétiche de Frank était une minuscule cuillère vide-cervelle qu'il avait fabriquée pour les petits oiseaux parce qu'on ne risquait pas d'en trouver sur le marché. Quand nous nous levâmes de table, Ira et moi, Frank, qui était sourd-muet, avait fini d'écorcher le renard, réduit à une carcasse rouge émaciée à peu près de la taille d'un nouveau-né humain.

« Ça se mange, le renard ? demanda Ira.

— Pas en temps normal, répondit Horace. Mais pendant la Crise, on a innové. Tout le monde était dans la même panade, à l'époque — on avait pas de viande. On mangeait de l'opossum, de la marmotte, des lapins.

— Qu'est-ce qui était bon ? s'enquit Ira.

— On trouvait tout bon. On claquait du bec. Pendant la Crise, on bouffait tout ce qu'on trouvait. On a mangé du corbeau.

— Quel goût ça a ?

— Ben, l'ennui, avec le corbeau, c'est que tu sais jamais combien il a d'heures de vol. Il y en a un qu'était comme de la semelle. Certains, tu peux les faire qu'en soupe. On mangeait de l'écureuil, aussi.

— Comment ça se prépare, l'écureuil ?

— Tu le fais à la cocotte en fonte. C'est ma femme qui les piégeait. Elle les écorchait, et quand elle en avait trois, elle les mettait en cocotte. Ça se mange comme des cuisses de poulet, tout simplement.

— Faut que je t'amène ma petite femme, glissa Ira, tu lui donneras la recette.

— Une fois, la mienne a essayé de me faire bouffer du raton laveur. Mais je m'en suis douté. Elle m'a dit que c'était de l'ours brun, raconta Horace en riant. Elle était bonne cuisinière. Elle est morte pour la fête de la Marmotte il y a sept ans.

— Quand est-ce que tu as ramené ça, Horace ? » demanda Ira en désignant sur le mur, au-dessus du bob d'Horace, la tête menaçante d'un sanglier ; elle était accrochée entre des étagères encombrées de cadres en fil de fer et en jute, enveloppés de plâtre sur lesquels on tendait les peaux, les ajustait et les cousait pour créer l'illusion de la vie. Ce sanglier était une bête sauvage plus vraie que nature, énorme, tirant sur le noir, la gorge brune, un masque de poils blanchâtres entre les yeux et ornant les joues, une grosse hure noire, dure et luisante comme une pierre noire mouillée. Les mâchoires s'ouvraient, menaçantes, de sorte qu'on pouvait voir tel quel l'intérieur de la gueule carnassière, et les dents blanches, aussi impressionnantes que des défenses. On peut le dire, ce sanglier donnait l'illusion de la vie ; et, pour l'instant, le renard de Frank aussi, dont l'odeur m'était quasi insupportable.

« Il a l'air vrai, ce sanglier, dit Ira.

— Oh, mais il est vrai. Sauf la langue. La langue est factice. Le chasseur voulait les dents d'origine. D'ordinaire on en met des fausses parce que avec le temps les vraies se fendillent. Elles deviennent friables, elles partent en morceaux. Mais lui, il voulait les dents d'origine, alors on les a mises.

— Combien de temps ça t'a pris, en tout ?
— Disons trois jours, dans les vingt heures.
— Et il t'a rapporté combien, ce sanglier ?
— Soixante-dix dollars.
— Je trouve que c'est pas beaucoup.
— T'es habitué aux prix de New York.
— On te donne tout le sanglier, ou juste la tête ?
— D'habitude on a le crâne entier, et on le coupe au niveau de la nuque. Il peut se faire qu'on ait un animal entier, un ours brun ; j'ai fait un tigre, une fois.
— Un tigre ? Ah bon, tu me l'avais jamais dit. » Je voyais bien qu'Ira faisait parler Horace pour que j'en tire bénéfice dans mon éducation d'écrivain ; et puis, il le questionnait pour l'entendre pépier de sa petite voix de moineau, dont les mots se détachaient comme les copeaux d'un bâton qu'on taille. « Où a-t-il été abattu, ce tigre ?
— C'est un type qui en a chez lui, comme animaux de compagnie. Y en a un qui est mort. Ça vaut de l'argent, les peaux. Alors il voulait en faire une descente de lit. Il m'a appelé, il a posé le tigre sur un brancard, Frank l'a mis dans la voiture, et il l'a apporté ici entier, parce qu'ils voyaient pas comment l'écorcher et tout et tout.
— Et tu savais faire un tigre, ou tu as été obligé de regarder dans un bouquin ?
— Dans un bouquin, tu dis ? Non, Ira, non, pas dans un bouquin. Quand on fait ce métier depuis un moment, on peut imaginer comment empailler n'importe quel animal. »

Ira me demanda : « Tu as des questions à poser à Horace, des choses que tu voudrais savoir pour l'école ? »

Moi, je trouvais mon bonheur rien qu'à les écouter, et j'articulai : « Non. »

« Tu t'es bien amusé à dépecer ce tigre, Horace ? demanda Ira.

— Oui, ça m'a bien plu. J'ai même fait venir un gars que j'ai payé pour tourner un petit film d'amateur, pendant toute l'opération, et j'ai passé le film pour Thanksgiving, cette année-là.

— Avant ou après le repas ? » demanda Ira.

Horace sourit. Bien que je n'aie pu discerner aucune ironie dans sa pratique de la taxidermie, le taxidermiste lui-même avait un solide sens de l'humour à l'américaine. « Ben, de toute façon, ce jour-là, on mange toute la journée, hein ? Tout le monde s'en est souvenu, de ce Thanksgiving-là. Dans une famille de taxidermistes, on a l'habitude de ce genre de trucs, mais il peut encore se produire des surprises, tu vois. »

Ainsi continua la conversation, sur un mode aimable et tranquille, entrecoupée de rires ; elle s'acheva par le don qu'Horace me fit d'un orteil de cerf. D'un bout à l'autre, Ira eut une douceur et une sérénité que je ne lui avais jamais connues avec personne. À part les haut-le-cœur que me donnait l'odeur du renard, je ne me souviens pas d'avoir jamais été moi-même aussi calme en sa présence. En outre, je ne l'avais jamais vu aussi sérieux sur un chapitre qui ne soit pas la marche du monde, la politique de l'Amérique, ou les faillites de la race humaine. Parler de la cuisson du corbeau ou de la transformation d'un tigre en carpette, du faible coût de l'empaillage du sanglier dès qu'on quitte New York, le libérait ; il se calmait, il devenait placide, presque méconnaissable.

La bonne humeur avec laquelle Horace et Ira s'absorbaient l'un en l'autre (pendant qu'un bel animal était dépouillé de sa splendeur sous leur nez, par-dessus le marché) était tellement irrésistible que j'en vins à me demander si cet homme, qui n'avait pas besoin d'être tendu comme un arc et de parcourir toute la gamme des émotions iraesques pour tenir une conversation, n'était pas le véritable Ira, même s'il demeurait invisible et inactif, et l'autre, l'extrémiste enragé, un numéro, une imitation, comme son Lincoln, ou la langue du sanglier. Le respect et la tendresse qu'il avait pour Horace Bixton me suggéraient à moi, malgré mon jeune âge, qu'il existait bel et bien un monde très simple, de gens simples et de satisfactions simples, où il aurait pu se retrouver; alors ses passions vibrantes, tout ce qui l'armait (mais l'armait fort mal) contre les agressions de la vie en société, auraient pu se manifester autrement, voire s'apaiser. Peut-être qu'avec un fils comme Frank, dont l'habileté manuelle aurait fait sa fierté, et une femme qui aurait su prendre et mitonner les écureuils, peut-être qu'en s'appropriant ces choses immédiates, en pressant son cidre, en fumant sa viande, en portant des salopettes et des bobs kaki, et en écoutant chanter les oiseaux... Et puis, enfin, peut-être pas. Peut-être que se trouver, comme Horace, dépourvu d'ennemi majuscule, lui aurait rendu la vie plus insupportable encore.

La seconde année, quand nous allâmes voir Horace, il n'y eut plus de rires dans la conversation, et Ira fut le seul à parler.

Frank était occupé à écorcher une tête de cerf — « Frank peut faire une tête de cerf les yeux fermés », disait Horace — assis à l'autre bout de la table de travail, penché sur les crânes qu'il « préparait ». Étalé devant lui se trouvait tout un assortiment de très petits crânes qu'il réparait avec de la colle et du fil de fer. Les professeurs de sciences naturelles d'une école d'Easton voulaient une collection de crânes de petits mammifères et ils savaient qu'Horace aurait peut-être ce qu'il leur fallait puisqu'il ne jetait rien, comme il me le dit en considérant avec un demi-sourire les minuscules os fragiles disposés devant lui.

« Horace, disait Ira, est-ce qu'un Américain qui a un début de cervelle peut croire que la Corée du Nord et ses troupes communistes vont embarquer et faire neuf mille kilomètres pour prendre le pouvoir aux États-Unis ? Tu y crois, toi ? »

Sans lever les yeux du crâne de rat musqué dont il était en train de recoller les dents branlantes dans la mâchoire, Horace secoua la tête lentement.

« C'est pourtant précisément ce qui se dit : "Il faut prendre garde à la menace communiste. Ils vont prendre le pouvoir chez nous." Truman fait voir ses muscles aux républicains — c'est ça, son but. Il veut faire des démonstrations de force aux dépens du peuple coréen innocent. On va y aller, tout ça pour faire mousser Syngman Rhee, ce salaud de fasciste. On va les bombarder, ces fils de putes, tu piges ? Le fabuleux président Truman, le formidable général MacArthur... »

Et moi, qui ne pouvais m'empêcher de m'ennuyer à entendre cette harangue sans fin, qui était le script primal d'Ira, je me disais, méchamment : « Frank ne connaît pas son bonheur d'être sourd. Ce rat musqué ne connaît pas son bonheur d'être mort. Ce cerf... » Etc.

Ce fut la même chanson, Syngman Rhee, le fabuleux président Truman, le formidable général MacArthur quand nous nous rendîmes sur la grand-route, un matin, dire bonjour à Tommy Minarek, un Slovaque jovial et costaud qui travaillait déjà dans les mines lorsque Ira était arrivé à Zinc Town, en 1929, et qui s'était intéressé à lui de manière toute paternelle. À présent Tommy travaillait pour la municipalité : il s'occupait de la décharge de pierres, sa seule attraction touristique, où, au milieu de collectionneurs de minéraux chevronnés, on voyait parfois arriver des familles avec leurs enfants pour chercher sur le vaste terril des pierres à rapporter à la maison pour les passer sous une lampe à ultraviolets. Car sous la lumière, m'expliqua Tommy, les minéraux « phosphorescent », c'est-à-dire luisent rouge, orangé, violet, moutarde, bleu, crème et vert ; il y a même des pierres qui prennent l'aspect du velours noir.

Tommy était assis sur un gros rocher plat à l'entrée du terril, tête nue par tous les temps, encore bel homme à son âge, le visage large et carré, des cheveux blancs, des yeux noisette, toutes ses dents. Il faisait payer l'entrée vingt-cinq cents aux adultes, et quoique la ville lui demandât de faire payer dix cents aux enfants, il les laissait toujours entrer pour rien. « Les gens viennent du monde entier pour voir cette mine, m'expliqua Tommy. Il y en a qui viennent depuis des années, le samedi et le dimanche, même en hiver. Il y en a pour qui je fais du feu, et ils me donnent quelques dollars. Ils viennent tous les samedis ou tous les dimanches, qu'il pleuve ou qu'il vente. »

Sur le capot de sa vieille guimbarde, garée auprès du gros rocher plat qui lui servait de siège, il présentait des échantillons de minéraux de sa cave personnelle, étalés sur une serviette ; les spécimens les plus gros pouvaient se vendre jusqu'à cinq ou six dollars pièce ; les bocaux à cornichons pleins de spécimens plus petits valaient un dollar cinquante, et les petits sacs en papier d'emballage remplis d'éclats disparates valaient cinquante cents. Les pièces à quinze, vingt, vingt-cinq dollars, il les laissait dans le coffre de sa voiture.

« Dans la malle arrière, je mets les choses les plus chères. Je peux pas les sortir. Il m'arrive de traverser la route pour aller à l'atelier de mécanique de Gary, pour aller aux toilettes, par exemple, et tous mes articles restent dehors... J'avais deux spécimens, l'automne dernier, dans ma malle, un gars a mis un genre de voile noir dessus et il les a regardés avec une lampe ; deux spécimens à cinquante dollars, que j'avais dans la voiture, il les a pris tous les deux. »

L'année précédente, j'étais resté en compagnie de Tommy devant la décharge et je l'avais observé avec les touristes et les collectionneurs, j'avais écouté son baratin (et par la suite cette matinée m'avait inspiré une pièce pour la radio que j'avais intitulée *Le vieux mineur*). C'était le lendemain du soir où il était venu manger des hot dogs chez nous à la bicoque. Ira ne me lâchait pas ; toute la durée de mon séjour il avait fait mon éducation, et Tommy avait été invité à titre de conférencier extérieur pour me raconter le triste sort du mineur avant la formation des syndicats.

« Raconte l'histoire de ton papa à Nathan, Tom. Dis-lui ce qui lui est arrivé.

— Mon père est mort de travailler à la mine. Lui et un autre, ils sont allés dans un coin où deux autres gars travaillaient d'habitude ; c'était dans un trou vertical. Et les deux gars étaient absents, ce jour-là. C'était tout là-haut, à trente mètres au-dessus. Alors le patron envoie mon père et un autre gars, un jeune, un costaud — qu'est-ce qu'il était bien bâti ! Je suis allé à l'hôpital, je l'ai vu, ce gars-là, il était même pas couché, alors que mon papa, il était allongé de tout son long, il bougeait plus. Je l'ai pas vu bouger. Le deuxième jour, j'arrive, ce gars parlait à un autre, il blaguait, il était même pas couché ; mon papa, il était au lit, lui. »

Tommy était né en 1880 et il avait commencé à travailler à la mine en 1902. « Le 24 mai 1902, me dit-il. C'est à peu près à ce moment-là qu'Edison, le célèbre inventeur, est venu faire ses expériences par ici. » Tommy, malgré ses années de mine, était un spécimen robuste, droit comme un I, qui ne paraissait guère ses soixante-dix ans. Il lui fallait pourtant avouer qu'il n'avait plus l'esprit aussi alerte qu'avant ; chaque fois qu'il s'embrouillait ou qu'il ne savait plus où il en était de son histoire, Ira le remettait sur la piste. « J'ai plus l'esprit si vif, nous dit-il. Il faut que je revienne sur mes pas, que je reprenne tout à zéro, vous savez, et que je me lance. Faut que je me remette dans ce que je disais. Je suis encore alerte, mais pas autant qu'avant.

— C'était quoi, comme accident, lui demanda Ira, qu'est ce qui lui est arrivé à ton papa ? Raconte à Nathan ce qui lui est arrivé.

— La station a lâché. Tu vois, on fait un trou d'un mètre vingt sur un mètre vingt et on glisse un madrier au fond, à l'oblique ; il faut creuser avec une pioche pour aller en diagonale. On glisse une poutre dans le coin, et on la taille. On en met une devant, et une en face. Et puis on met une planche de cinq centimètres par-dessus. »

Ira l'interrompit pour qu'il ne s'arrête pas aux détails, qu'il en vienne à la partie intéressante.

« Alors qu'est-ce qui s'est passé, comment il est mort, ton père ? Raconte-lui.

— Ça s'est effondré. Sous la vibration, ça s'est effondré. La machine, tout le bazar est tombé. Une chute de trente mètres et plus. Il s'en est jamais remis. Il s'est brisé tous les os. Il est mort un an plus tard, à peu près. On avait un vieux poêle, chez nous, il y mettait ses pieds, il essayait de se réchauffer. Il était toujours gelé.

— Ils avaient pas des indemnités, pour les ouvriers ? Demande, Nathan, pose les questions. C'est comme ça qu'on fait quand on veut être écrivain. Sois pas timide. Demande à Tommy s'il a eu des indemnités d'accident du travail. »

Mais j'étais timide, en effet. En train de manger des hot dogs à la même table que moi se trouvait un vrai mineur, qui avait passé trente ans dans les mines de zinc. Je n'aurais pas été plus intimidé si j'avais eu Albert Einstein en face de moi. « Ils donnaient des indemnités ? demandai-je.

— Si elle donnait quelque chose, la compagnie minière ? Il a pas eu un sou ! dit Tommy avec amertume. C'était la faute de la compagnie, tout ça, et celle des patrons. Ils avaient pas l'air de se préoccuper de leur affaire. Tu comprends ce que je veux dire ? Du territoire sur lequel ils travaillaient tous les jours. Moi, par exemple, si j'avais été patron là-bas, j'aurais vérifié ces planches sur lesquelles passent les gars pour franchir les fosses. Je sais pas quelles profondeurs elles ont, ces fosses, mais il y a des gars qui se sont tués comme ça, à passer sur des planches qui ont lâché. Parce qu'elles étaient vermoulues. Ils s'en sont jamais souciés, de vérifier ces saloperies de planches. Jamais.

— Vous aviez pas de syndicat, à l'époque ?

— On avait pas de syndicat. Mon père a pas touché un sou. »

J'essayai de me demander ce que je voudrais savoir d'autre en tant qu'écrivain : « L'United Mine Workers, il avait pas de représentants chez vous ? demandai-je.

— On en a eu plus tard. On était déjà dans les années quarante. C'était trop tard », me dit-il, l'indignation s'entendant de nouveau dans sa voix. « Il était mort, moi j'avais pris ma retraite — et le syndicat n'a pas fait grand-chose, de toute façon. Qu'est-ce qu'il aurait pu faire ? On avait un meneur, notre président local, il était bien, mais qu'est-ce qu'il pouvait faire ? On pouvait rien contre un pouvoir pareil. Écoute, des années plus tôt, un type arrive et essaie de monter un syndicat. Il sort de chez lui pour prendre de l'eau à une source, un peu plus loin sur la route. Il est jamais revenu. On n'a plus jamais entendu parler de lui. Il avait essayé de monter un syndicat.

— Pose-lui des questions sur la compagnie, Nathan.

— Au magasin de la compagnie, dit Tommy, j'ai vu des gars recevoir une feuille blanche.

— Dis-lui, Tom, dis-lui ce que c'est.

— On touchait pas sa paie. C'est le magasin qui prenait tout. Une feuille blanche, j'ai vu ça.

— Les propriétaires se faisaient beaucoup d'argent ? demanda Ira.

— Le président de la compagnie du zinc, le numéro un, il avait une grande belle maison ici, toute seule sur la colline. Une maison de maître. J'ai entendu dire par un de ses amis, quand il est mort, qu'il avait neuf millions et demi de dollars. C'était sa fortune.

— Et t'as débuté à combien, toi ? demanda Ira.

— Trente-deux cents de l'heure. Mon premier emploi, c'était à la chaufferie. J'avais vingt ans et quelques. Et puis je suis descendu dans la mine. La meilleure paie que j'aie pu avoir, c'est quatre-vingt-dix cents, parce que j'étais comme un patron, chef d'équipe, quoi. Juste au-dessous du patron. Je faisais tout.

— Et les retraites ?

— Des clous. Mon beau-père touche une retraite, lui. Il touche huit dollars. Il a travaillé dans les trente ans. Huit dollars par mois, voilà ce qu'il touche. Moi, j'en ai pas vu la couleur.

— Raconte à Nathan comment tu manges, là-dedans.

— Faut manger au fond.

— Tout le monde ? demanda Ira.

— Les patrons sont les seuls à remonter à midi ; ils mangent dans leur vestiaire. Nous autres, tous les gars, au fond. »

Le lendemain matin, Ira m'amena au terril ; il voulait m'y laisser seul avec Tommy pour que, assis là auprès de lui, j'apprenne de lui tout ce que je pourrais sur les conséquences néfastes de la recherche du profit telle qu'elle fonctionnait à Zinc Town. « Voilà mon protégé, Tom. Tom est un type bien, et un bon professeur, Nathan.

— J'essaie d'être le meilleur, dit Tom.

— Il a été mon professeur, dans les mines, pas vrai, Tom ?

— Ça c'est vrai, Gil. »

Tommy appelait Ira Gil. Lorsque, au petit déjeuner, je demandai pourquoi, Ira se mit à rire et il répondit : « C'est comme ça qu'on m'appelait, là-bas, Gil. J'ai jamais vraiment su pourquoi. Il y en a un qui a commencé un jour et puis c'est resté. Les Mexicains, les Russes, les Slovaques, ils m'appelaient tous Gil. »

En 1997, Murray m'apprit qu'Ira ne m'avait pas dit la vérité. Ils l'appelaient Gil, parce qu'à Zinc Town il s'était présenté sous le nom de Gil, Gil Stephens.

« J'ai montré à Gil comment faire partir les explosifs, quand il était jeunot. À cette époque-là, je courais vite. C'était moi qui perçais et c'était moi qui posais tout le dispositif, les explosifs, les poutres, tout. J'ai montré à Gil comment on perce, comment on met un bâton de dynamite dans chaque trou, en faisant passer un fil électrique.

— Je m'en vais, Tom. Je passerai le reprendre plus tard. Parle-lui des explosifs. Fais-lui son éducation, à ce petit gars de la ville. Raconte-lui quelle odeur ça a, et comment ça retourne les tripes. »

Ira repartit en voiture et Tommy me dit : « L'odeur ? Faut s'y habituer. Je me suis fait avoir, une fois, et pas qu'un peu. Je déboulonnais un pilier, non, pas un pilier, une entrée, d'un mètre vingt sur un mètre vingt. On fore, on fait exploser, on verse de l'eau toute la nuit sur cette bouillasse, on appelait ça de la bouillasse, et le lendemain, ça pue la mort. J'en ai respiré une bonne lampée. J'ai été patraque un moment. J'ai vomi. Pas autant que certains gars, mais quand même. »

C'était l'été ; à 9 heures du matin il faisait déjà chaud, et même devant cette vilaine décharge, en face de l'atelier où les toilettes n'étaient pas des plus propres, le ciel était bleu au-dessus de nous ; bientôt des familles commencèrent à s'arrêter pour visiter. Un type passa la tête par sa vitre et me demanda : « C'est bien là que les gosses peuvent entrer ramasser des pierres ?

— Ouais, répondis-je au lieu de “oui”.

— Vous avez des gosses avec vous ? » demanda Tommy.

Le conducteur désigna les deux enfants à l'arrière de la voiture.

« C'est bien ici, m'sieur, dit Tommy. Entrez, faites un tour, et quand vous sortirez, ici même, il y a des sachets d'un demi-dollar pour un mineur qui a passé trente ans à creuser ; c'est des pierres choisies spécialement pour les gosses. »

Une femme âgée s'arrêta dans une voiture pleine d'enfants, ses petits-enfants sans doute, et lorsqu'elle descendit, Tommy la salua poliment : « Madame, quand vous ressortirez, et que vous aurez envie d'un joli sac de cailloux pour les petits, de la part d'un mineur qui a creusé cette mine pendant trente ans, arrêtez-vous ici. C'est cinquante cents le sachet. Des pierres choisies spécialement pour les gosses. Joliment phosphorescentes. »

Pour me mettre dans le bain — dans le bain des *joies* de la recherche du profit telle qu'elle fonctionnait à Zinc Town, je lui dis : « C'est lui qui vend la meilleure marchandise, madame.

— Je suis le seul, reprit-il, qui fasse ces sachets. Ils viennent de la mine riche. L'autre, ça n'a rien à voir. Moi je mets pas de déchets dedans. C'est du vrai de vrai. Si vous les regardez sous la lumière, vous profiterez du spectacle. Il y a des pièces là-dedans qu'on trouve que dans cette mine, et nulle part au monde sinon.

— Vous restez au soleil tête nue, dit la dame à Tommy. Vous n'avez pas chaud à rester assis comme ça ?

— Il y a tellement longtemps que je le fais, répondit-il. Vous voyez celles qui sont sur ma voiture. Elles sont phosphorescentes, de toutes les couleurs. Elles ont l'air moches, comme ça, mais sous la lumière elles sont jolies, elles sont composées de trucs différents. Des tas de mélanges.

— C'gars-là — (c'gars-là, pas ce gars) —, dis-je, il connaît les pierres comme personne. Trente ans de mine... »

Puis arriva un couple qui semblait plus citadin que tous les autres visiteurs avant lui. Dès qu'ils sortirent de leur voiture, l'homme et la femme se mirent à examiner les spécimens les plus chers sur le capot de la guimbarde de Tommy et à se consulter discrètement. Tommy me chuchota : « Ils en ont envie de mes cailloux, et pas qu'un peu. J'en ai une collection, y a rien au-dessus. Ce que tu vois là, c'est le dépôt de minéraux le plus extraordinaire de la planète — et j'ai les plus beaux. »

Et moi, d'une voix flûtée : « Ce type-là, il a la plus belle marchandise. Trente ans dans la mine. Il a des pierres magnifiques, magnifiques. » Ils en achetèrent quatre, pour un total de cinquante-cinq dollars. Et moi je me disais : Je l'aide dans son boulot, j'aide un vrai mineur.

« Si vous en voulez d'autres un jour, dis-je comme ils rentraient dans leur voiture avec leurs acquisitions, venez ici. C'est le dépôt de minéraux le plus extraordinaire de la planète. »

Je m'amusais bien jusqu'à ce que, sur le coup de midi, Brownie arrive et que la niaiserie gratuite de ce numéro enthousiaste me soit révélée.

Brownie — Lloyd Brown — avait dans les deux ans de plus que moi ; c'était un garçon très maigre, les cheveux en brosse, le nez aigu, pâle et inoffensif à l'extrême, surtout dans ce tablier d'épicier qu'il portait sur une chemise toute blanche, avec un nœud papillon noir et une salopette bien propre. Comme sa relation à lui-même était d'une simplicité transparente, son chagrin de me voir avec Tommy s'inscrivit sur son visage de manière pitoyable. Par rapport à Brownie, je me fis l'effet d'être un jeune menant une vie riche et endiablée rien qu'à rester assis avec Tommy Minarek ; à côté de Brownie, c'était vrai.

Mais s'il pouvait paraître dérisoire face à ma complexité, il y avait dans sa simplicité quelque chose qui, moi, me faisait paraître dérisoire. Pour moi, tout devenait une aventure, je cherchais toujours à être transformé par ce que je vivais, tandis que lui ne connaissait que le sens des nécessités absolues ;

les contraintes l'avaient si bien domestiqué, façonné, qu'il ne savait jouer que son propre rôle. Il ne désirait rien qu'on ne produisît à Zinc Town. Il ne souhaitait pas entretenir d'autres pensées que celles qu'on entretenait à Zinc Town. Lui voulait que la vie se répète indéfiniment, moi je voulais faire une échappée. À vouloir être différent de Brownie, je me sentis bizarre, pour la toute première fois de ma vie peut-être, mais pas la dernière. Quel effet est-ce que ça me ferait si cette passion de l'échappée devait m'abandonner tout à coup ? Quel effet ça devait faire d'être Brownie ? N'était-ce pas là l'essence de cette fascination à l'égard du « peuple » ? *Quel effet ça fait d'être comme eux ?*

« T'es occupé, Tom ? Je peux revenir demain.

— Reste donc, dit Tommy au jeune homme. Assieds-toi, Brownie. »

Par politesse, Brownie m'expliqua : « Je viens tous les jours ici pendant la pause du déjeuner et je lui parle des pierres.

— Assieds-toi, Brownie, mon gars. Alors, qu'est-ce que t'apportes ? »

Brownie posa un vieux cartable aux pieds de Tommy, et se mit en devoir d'en extraire des spécimens de la taille de ceux exposés sur le capot de la voiture.

« C'est de la willémite noire, hein ? demanda Brownie.

— Non, c'est de l'hématite.

— Je pensais que c'était une willémite un peu bizarre. Et celle-là, c'est de l'hendricksite ?

— Ouais. C'est une petite willémite. Et y a de la calcite, aussi, là-dedans.

— J'en demande cinq dollars, ou c'est trop ?

— Tu trouveras peut-être preneur.

— T'es là-dedans, toi aussi ? demandai-je à Brownie.

— C'était la collection à mon papa. Il travaillait à l'usine. Il s'est tué. Je la vends pour me marier.

— C'est une fille bien, me dit Tommy. Et douce. Adorable. Une petite Slovaque. La petite Musco. Une fille bien, honnête, propre, elle a la tête sur les épaules. On n'en fait plus des comme ça. Il va vivre avec Mary Musco toute sa vie. Je lui dis, à Brownie : "Sois bien avec elle, elle sera bien avec toi." J'avais une femme comme elle, moi, une Slovaque. La meilleure femme du monde. Personne pourra prendre sa place, jamais. »

Brownie tendit un autre spécimen. « Y a de la bustamite là-dedans ?

— C'est bien de la bustamite.

— Y a un petit cristal de willémite dessus.

— Ouais, y a un petit cristal de willémite juste là. »

Cela dura près d'une heure, et puis Brownie se mit à ranger ses spécimens dans le cartable pour retourner à l'épicerie où il travaillait.

« Il va prendre ma place à Zinc Town, m'annonça Tommy.

— Oh, je suis pas sûr, dit Brownie, j'en saurai pas si long que toi.

— Mais il faut que tu le fasses quand même. » Tout à coup Tommy s'était mis à parler d'une voix fervente et presque anxieuse. « Je veux que ça soit un type de Zinc Town qui prenne ma place. Je veux que ça soit un de Zinc Town. C'est pour ça que je t'en apprends autant que je peux. Pour que tu puisses arriver à quelque chose. T'es le seul qui y ait droit. Un de Zinc Town. Je veux pas apprendre à quelqu'un d'autre, qui serait pas d'ici.

— Il y a trois ans, j'ai commencé à venir le voir à l'heure du déjeuner. J'y connaissais rien. Et il m'a tellement appris. Pas vrai, Tommy? Je me suis pas mal débrouillé, aujourd'hui, me dit Brownie. Il peut te dire de quelle mine les pierres proviennent, et de quel endroit de la mine. De quel niveau, quelle profondeur. Il dit : "Les pierres faut les tenir dans sa main." Pas vrai?

— Vrai. Faut prendre les pierres dans sa main. Faut le manipuler, le minéral. Faut repérer les différentes matrices. Sinon, on apprendra rien sur les minéraux d'ici. Maintenant, il sait même si ça vient de l'autre mine ou de celle d'ici.

— Il m'a appris ça, dit Brownie. Au début je pouvais pas dire de quelle mine ça venait, maintenant je peux.

— Alors, dis-je, c'est toi qui vas venir t'asseoir ici un jour?

— J'espère. Par exemple, celle-ci, là, elle vient d'ici, hein, Tom, et celle-là aussi?»

Moi qui, dans un an, espérais obtenir une bourse pour partir à l'université de Chicago, et après Chicago devenir le Norman Corwin de ma génération, moi qui allais partout quand Brownie n'allait nulle part, mais surtout moi qui avais un père bien vivant, bien portant et s'inquiétant de moi à Newark, alors que le sien s'était tué à l'usine — je parlai avec plus de ferveur encore que Tommy à ce commis épicier en tablier qui n'aspirait qu'à épouser Mary Musco et s'asseoir à la place de Tommy. «Dis donc, t'es bon! C'est bien!

— Et pourquoi? dit Tommy. Parce qu'il a appris ici.

— J'ai appris de cet homme, me dit Brownie fièrement.

— Je veux que ce soit lui le prochain à cette place.

— Voilà la clientèle, Tom. Je me sauve», dit Brownie, puis s'adressant à moi : « Ça m'a fait plaisir de faire ta connaissance.

— C'est à moi que ça a fait plaisir, répondis-je comme si j'étais un adulte et lui un enfant. Quand je reviendrai ici dans dix ans, je te trouverai.

— Mais oui, dit Tom, il y sera.

— Non, non », cria Brownie en se retournant, avec pour la première fois un rire léger, comme il reprenait la grand-route à pied. « Tommy sera encore là. Tu veux pas, Tom ?

— On verra. »

En fait, dix ans plus tard, ce serait Ira qui occuperait cette place. Car Tommy lui avait appris le travail, à lui aussi, lorsqu'une fois sur la liste noire il avait quitté la radio pour vivre tout seul dans sa bicoque, et qu'il lui fallait une source de revenus. C'est là qu'Ira était tombé mort, quand son aorte avait lâché, alors qu'il était assis sur le rocher plat de Tommy, à vendre des spécimens de minéraux aux touristes et à leurs gosses en leur racontant : « Madame, quand vos petits ressortiront, c'est un demi-dollar le sac, des pierres de choix, qui viennent de la mine où j'ai creusé trente ans. »

Ce fut ainsi qu'Ira finit ses jours — sous l'identité du gardien de terril que les anciens de Zinc Town appelaient Gil, dehors, même en plein hiver, à faire du feu pour certains visiteurs contre quelques dollars. Mais cela, je n'en sus rien avant la nuit où Murray me raconta l'histoire de son frère, là-bas, sur ma terrasse.

La veille de mon départ, lors de cette deuxième année, Artie Sokolow et sa famille vinrent de New York passer l'après-midi avec Ira. Ella Sokolow, la femme d'Artie, était enceinte de sept mois. C'était une joyeuse brune pleine de taches de rousseur dont le père, immigrant irlandais, ajusteur à Albany, m'avait expliqué Ira, était un de ces syndicalistes costauds et idéalistes, patriotes jusqu'à la moelle. « Que ce soit pour *La Marseillaise*, *La Bannière étoilée* ou l'hymne national russe, mon vieux, il se levait toujours », m'avait raconté Ella en riant, cet après-midi-là.

Les Sokolow avaient des jumeaux de six ans. L'après-midi avait commencé sous d'assez heureux auspices, avec une partie de foot amicale — arbitrée si l'on peut dire par le voisin d'Ira, Ray Svecz — suivie d'un pique-nique qu'Ella avait apporté de New York et que nous mangeâmes tous, Ray compris, en contre-haut de l'étang. Il se termina sur l'image d'Ira et d'Artie nez à nez au bord de l'eau, en train de s'aboyer à la figure avec une violence qui m'horrifia.

J'étais assis sur la couverture de pique-nique, parlant à Ella de *My Glorious Brothers*, un livre d'Howard Fast qu'elle venait de finir. Il s'agissait d'un roman historique situé dans la Judée antique, qui raconte la lutte des Macchabées contre Antiochus IV, au deuxième siècle avant J.-C. Je l'avais lu, moi aussi, j'en avais même fait un compte rendu au lycée, à l'intention du frère d'Ira, qui était alors mon professeur d'anglais pour la deuxième année.

Ella m'avait écouté comme elle écoutait tout le monde : on aurait dit qu'elle buvait vos paroles pour s'en réchauffer le cœur. J'avais bien dû parler un quart d'heure et répéter mot pour mot la critique progressiste et internationaliste que j'avais rédigée pour Mr Ringold, et du début à la fin, Ella avait donné tous les signes qu'elle trouvait mon discours on ne peut plus intéressant. Je savais combien Ira l'admirait pour avoir toujours été très à gauche, et je voulais qu'elle m'admire comme tel, moi aussi. Le milieu d'où elle venait, la majesté physique de sa grossesse, certains gestes qu'elle faisait — d'amples gestes des mains, qui lui donnaient une allure singulièrement libre —, tout cela lui conférait une autorité héroïque sur laquelle je voulais faire impression.

« J'ai lu Fast et je le respecte, lui avais-je dit, mais je trouve qu'il met trop l'accent sur le combat des Judéens pour retourner à leur condition passée, leur culte de la tradition, et le temps qui a suivi l'esclavage en Égypte. La part strictement nationaliste est trop grande, dans ce livre... »

C'est alors que j'entendis Ira hurler : « Tu canes, tu te débines, tu te dégonfles !

— Les passages qui manquent, rétorqua Sokolow, personne va savoir qu'ils manquent.

— Mais moi je le sais ! »

La rage qui passait dans la voix d'Ira m'interdit de poursuivre. Je fus tout à coup incapable de penser à autre chose qu'à l'histoire racontée par l'ex-sergent Erwin Goldstine dans sa cuisine de Maplewood à propos de Butts, le gars qu'Ira avait essayé de noyer dans le Chott-al Arab, en Iran — histoire que j'avais refusé de croire.

« Qu'est-ce qui leur prend ? demandai-je à Ella.

— Il faut leur laisser de l'espace, répondit-elle, et espérer qu'ils se calment. Et toi, calme-toi.

— Je veux juste savoir à propos de quoi ils se disputent.

— Ils se rejettent la responsabilité de ce qui a mal tourné. Ils se disputent autour de l'émission. Calme-toi, Nathan. Tu n'as pas assez l'habitude de voir des gens en colère. Ça va retomber. »

Ça n'en prenait pas le chemin. Ira, en particulier, arpentait le bord de l'étang en écumant, ses longs bras partant dans tous les sens, et chaque fois qu'il se retournait vers Artie Sokolow, je pensais qu'il allait lui tomber dessus à coups de poing. « Mais enfin, pourquoi tu les fais, ces changements, merde ! braillait-il.

— Si je coupe rien, on risque de perdre plus qu'on ne gagnera.

— Arrête tes conneries ! Il faut que ces salauds comprennent qu'on plaisante pas ! Remets ce que tu as coupé, bordel !

— On devrait pas faire quelque chose ? demandai-je à Ella.

— Toute ma vie j'ai entendu des hommes se disputer, me dit-elle. Des hommes s'étriper pour des péchés par omission ou par commission qu'ils n'ont pas l'air de pouvoir éviter. S'ils en venaient aux mains, ce serait une autre histoire. Mais dans le cas contraire, on a le devoir de rester en dehors. Si on s'en mêle quand les gens sont déjà agités, tout ce qu'on fait met de l'huile sur le feu.

— Si tu le dis...

— Tu as mené une vie très protégée, toi, non ?

— Ah bon ? J'essaie pourtant de faire autrement.

— Mieux vaut rester en dehors. D'abord par dignité, pour les laisser se calmer sans intervention extérieure, ensuite pour se protéger soi-même, et aussi parce que en intervenant on ne ferait qu'envenimer les choses. »

Pendant ce temps, Ira n'avait pas cessé de rugir : « Une malheureuse attaque par semaine, bordel, même ça on peut plus se le permettre ? Mais alors qu'est-ce qu'on fout à la radio ? On fait carrière ? Il y a une lutte qui s'impose à nous et toi tu te tires ? C'est l'épreuve de force, Artie, et toi tu te dégonfles, tu te tires ! »

J'avais beau savoir que je serais impuissant si ces deux barils de poudre se mettaient à se cogner, je me levai d'un bond, et, Ray l'ahuri sur mes talons, je courus jusqu'au bord de l'étang. La dernière fois j'avais pissé dans mon pantalon, et il n'était pas question que ça se reproduise. Sans savoir mieux que Ray ce que je pouvais bien faire pour éviter le désastre, je me jetai dans la mêlée tête baissée.

Le temps que nous arrivions, Ira avait déjà reculé, et il s'éloignait délibérément de Sokolow. On voyait bien qu'il était toujours furieux contre lui, mais que, de toute évidence, il essayait de se raisonner. Ray et moi le rattrapâmes et marchâmes à sa hauteur tandis que lui, dans sa barbe, poursuivait un rapide soliloque entrecoupé.

Ce mélange d'absence et de présence me perturbait tellement que je finis par demander : « Qu'est-ce qu'il y a qui va pas ? » Comme il ne répondait rien, je tentai, pour attirer son attention : « C'est un problème de scénario ? » Il s'enflamma aussitôt et s'écria : « S'il me refait ça, je le tue ! » Ce n'était pas une expression qu'il utilisait pour frapper nos esprits. Malgré ma résistance, j'eus du mal à ne pas la prendre au pied de la lettre.

Butts, pensai-je. Butts, Garwych, Solak, Becker.

Son visage exprimait une fureur absolue. Une fureur antique. Une fureur qui, avec la terreur, constitue le pouvoir primordial. Tout ce qu'il était passait dans cette expression, et tout ce qu'il n'était pas aussi. Je me dis : Il a de la chance de ne pas être bouclé dans un asile, conclusion alarmante et inattendue quand elle vient spontanément à un jeune homme adonné au culte du héros, et qui avait partie liée depuis deux ans avec la vertu de son héros — conclusion que je repoussai dès que mon agitation se calma... mais que je pus vérifier grâce à Murray Ringold, quarante-huit ans plus tard.

Eve s'était sortie de son passé en imitant Pennington ; Ira par la force.

Les jumeaux d'Ella, qui avaient fui le bord de l'étang quand la dispute avait éclaté, étaient couchés dans les bras de leur mère lorsque je revins avec Ray. « La vie quotidienne est peut-être plus rude que tu ne le crois, faute d'expérience, me dit Ella.

— C'est ça, la vie quotidienne ?

— Partout où j'ai vécu, oui. Continue. Continue à me parler d'Howard Fast. »

Je fis de mon mieux, mais non sans être perturbé, contrairement à l'épouse prolétaire de Sokolow, à l'idée qu'Ira et Artie réglaient leurs comptes.

Ella éclata de rire lorsque j'eus fini. Son naturel s'entendait dans son rire, ainsi que les conneries qu'il lui avait fallu supporter. Elle riait comme d'autres rougissent : subitement et complètement. « Oh la la, dit-elle, maintenant je ne suis plus sûre de ma lecture. Mon point de vue sur *My Glorious Brothers* est bien simple. Peut-être que je ne réfléchis pas assez en profondeur, comme toi, moi je me dis tout juste : Voilà une bande de gars bien, des durs, des primitifs, qui croient en la dignité de tous les hommes et sont prêts à mourir pour elle. »

Artie et Ira s'étaient assez calmés pour remonter vers la couverture de pique-nique, où Ira déclara (il essayait apparemment de dire quelque chose qui détende tout le monde et lui-même, pour retrouver l'atmosphère initiale de cette journée) : « Faut que je le lise, *My Glorious Brothers*. Faut que je me le procure, ce bouquin.

— Ça va te donner du cœur au ventre, Ira », lui dit Ella, et puis, ouvrant la grande fenêtre de son rire, elle ajouta : « Non pas que j'aie jamais pensé que tu en avais besoin. »

Sur quoi, Artie Sokolow se pencha sur elle en beuglant : « Ah bon, parce que d'autres si ? Et qui, par exemple ? »

Aussitôt les jumeaux Sokolow fondirent en larmes, ce qui fit pleurer le pauvre Ray à son tour. Sous l'empire de la colère pour la première fois elle-même, dans une rage folle, Ella lui lança : « Nom de Dieu, Arthur, tu vas te tenir, oui ! »

Ce que recouvrait la sortie faite par Ira cet après-midi-là, je le compris mieux le soir, lorsque, seul à la bicoque avec moi, il se lança avec colère sur la question des listes.

« Les listes ! Des listes de noms, d'accusations, tout le monde a la sienne. *Red Channels*, Joe McCarthy, le VFW, la HUAC, la Légion américaine, les magazines catholiques, la presse de Hearst. Ces listes et leurs nombres sacrés : 141, 205, 62, 111. Des listes de tous ceux qui en Amérique ont pu manifester un quelconque mécontentement, critiquer quoi que ce soit, protester contre quoi que ce soit, ou bien simplement être associés à d'autres, qui eux l'auraient fait ; tous ces gens aujourd'hui deviennent des communistes, ou des couvertures pour les communistes, ils "aident" les communistes ou bien ils "renflouent" les communistes, quand ils n'"infiltrent" pas le monde du travail, de l'enseignement, Hollywood, le théâtre, la Radio, la Télé. Des listes de ces agents de la "cinquième colonne" laborieusement compilées dans chaque bureau, chaque agence de Washington. Toutes les forces de la réaction troquent des noms, se trompent de nom, et lient des noms entre eux pour prouver l'existence d'une conspiration gigantesque qui n'existe pas.

— Et toi, lui demandai-je. Et *The Free and the Brave* ?

— On a pas mal de progressistes à l'émission, c'est vrai. Alors, maintenant, ils vont les décrire au public comme des acteurs habiles à faire passer en contrebande le discours de Moscou. Ça tu vas l'entendre souvent, et bien pire encore : "Les dupes de Moscou."

— Uniquement les acteurs ?

— Le metteur en scène aussi. Et le compositeur. Le scénariste. Tout le monde.

— Tu t'inquiètes ?

— Moi, je peux retourner à l'usine de disques, mon pote. Dans le pire des cas, je pourrai toujours graisser des bagnoles ici, au garage de Steve. Je l'ai déjà fait. Et puis, tu sais, on peut se battre contre ces gens-là. On peut les combattre, ces salauds. Si mes souvenirs sont bons, il y a une Constitution dans ce pays, une Charte des Droits, quelque part. Quand on regarde la vitrine capitaliste en écarquillant les yeux, quand on arrête pas de vouloir, de s'accaparer les choses, de prendre, d'acquérir, de posséder, d'accumuler, c'est la fin des convictions et le commencement de la peur. Mais moi, j'ai rien à quoi je ne puisse pas renoncer. Tu piges ? Rien ! Quand je pense comment je suis sorti de la misérable turne merdique de mon père sur Factory Street pour devenir ce grand personnage d'Iron Rinn, quand je pense qu'Ira Ringold, un an et demi de lycée pour tout bagage, a réussi à rencontrer les gens qu'il a rencontrés, connaître les gens qu'il connaît, en tant que membre encarté de la bourgeoisie cossue, c'est tellement incroyable que tout perdre du jour au lendemain me paraîtra moins bizarre. Tu piges ? Tu me comprends ? Je peux retourner à Chicago, moi. Je peux retourner à l'usine. S'il le faut je le ferai. Mais pas sans faire valoir mes droits d'Américain ! Pas sans leur donner du fil à retordre, à ces salopards ! »

Une fois seul dans le train qui me ramenait à Newark — Ira était venu attendre Mrs Pärn à la gare dans sa Chevy, puisque, le jour de mon départ, la masseuse venait de New York soulager les genoux d'Ira, qui le faisaient horriblement souffrir depuis notre partie de foot de la veille —, je commençai même à me demander comment Eve Frame faisait pour le supporter, bon an mal an. Être mariée à Ira et sa colère ne devait pas être très drôle. Je me souvins de l'avoir entendu prononcer quasiment la même harangue sur la vitrine capitaliste, la misérable maison de son père, son an et demi de lycée cet après-midi de l'année précédente dans la cuisine d'Erwin Goldstine. Je me souvenais de l'avoir entendu prononcer des variantes de cette harangue dix fois, quinze fois. Comment Eve pouvait-elle supporter la répétitivité, la redondance de cette rhétorique et cette attitude d'assaillant, le sempiternel martèlement de cet instrument émoussé qu'était sa diatribe immuable ?

Dans le train pour Newark, je pensais à Ira, à sa façon de matraquer ses prophéties jumelles (« Les États-Unis d'Amérique sont sur le point de livrer la guerre atomique à l'Union soviétique ! Écoute bien ce que je te dis. Les États-Unis d'Amérique sont sur la voie du fascisme ! »), mais je n'en savais pas assez pour comprendre pourquoi, tout à coup — quel manque de loyauté ! —, alors que des gens comme lui et Artie Sokolow étaient en butte à une intimidation et des menaces sans précédent, je m'ennuyais si cruellement avec lui, ni pourquoi je me sentais tellement plus intelligent que lui. J'étais prêt à me détourner de lui et de ce qui m'agaçait et m'oppressait chez lui ; j'avais hâte de le faire, et d'aller chercher mon inspiration bien loin de Pickax Hill Road.

Lorsqu'on est orphelin aussi jeune qu'Ira, on connaît le lot commun, mais on le connaît beaucoup plus tôt, ce qui est périlleux, car de deux choses l'une, soit on ne reçoit aucune éducation, soit on est hyper-réceptif aux enthousiasmes, aux croyances, mûr pour l'endoctrinement. Les jeunes années d'Ira furent une succession de liens brisés : situation familiale douloureuse, scolarité frustrante, immersion tête la première dans la Crise. Ce destin d'orphelin avant l'heure avait de quoi captiver l'imagination d'un garçon comme moi, si bien enraciné dans sa famille, son milieu, ses institutions, qui sortait tout juste de la couveuse affective ; ce destin d'orphelin avant l'heure avait laissé Ira libre de se lier à ce qu'il voulait, mais sans attaches aucunes, au point de se donner à quelque chose presque d'entrée de jeu ; de se donner sans retenue et pour toujours. Toutes les raisons possibles et imaginables prédisposaient Ira à l'utopisme. Mais pour moi, avec mes attaches, il n'en allait pas de même. Quand on n'est *pas* orphelin de bonne heure, qu'au contraire on est lié à ses parents de manière intense pendant treize, quatorze, quinze ans, le zizi pousse, on perd son innocence, on recherche son indépendance, et si la famille n'est pas névrosée, on vous laisse partir, commencer à être un homme, c'est-à-dire vous préparer à choisir de nouvelles allégeances, de nouvelles affiliations, les parents de l'âge adulte, ceux qu'on élit, ceux qu'on aime ou pas, à sa convenance, puisqu'on n'est pas tenu de les reconnaître par de l'amour.

Comment les choisit-on ? Par une série de hasards, et pas mal de volonté. Comment entrent-ils en rapport avec vous, vous avec eux ? Qui sont-ils ? Qu'est-ce donc que cette généalogie qui n'est pas génétique ? Dans mon cas, ce furent des hommes auprès desquels je me mis en apprentissage, depuis Paine et Fast en passant par Corwin et Murray, jusqu'à Ira et au-delà — ces hommes qui m'enseignèrent et dont je suis issu. Tous furent remarquables à mes yeux, chacun à sa manière, personnalités avec lesquelles se colleter, mentors qui incarnaient ou épousaient des idées puissantes et qui m'enseignèrent les premiers comment naviguer dans le monde, avec ses exigences. Des pères adoptifs, dont je dus me défausser au fur et à mesure, avec leur héritage, qui durent disparaître pour permettre d'accéder à l'état d'orphelin absolu, l'âge d'homme. Celui où on se retrouve livré à soi-même au cœur du problème.

Leo Glucksman était aussi un ancien GI, à cette différence près qu'il avait servi *après* la guerre et n'avait que dans les vingt-cinq ans ; avec ses joues roses et son visage poupin, il ne paraissait pas plus vieux que ses étudiants de première ou deuxième année. Lui qui n'avait pas encore fini sa thèse de littérature se présentait devant nous à chaque cours vêtu d'un costume trois pièces noir et d'un nœud papillon rouge sombre, habillé de manière plus protocolaire que n'importe quel professeur plus âgé. Dès les premiers froids, on le voyait traverser la cour d'honneur drapé dans une cape noire, ce qui, même sur un campus aussi exceptionnellement tolérant à l'égard des particularismes et de l'excentricité, aussi compréhensif à l'égard des originaux et de leurs singularités, chatouillait ses étudiants. À leurs : « B'jour professeur » lancés d'une voix joyeuse (et amusée), il répondait par un coup sec de sa canne à embout métallique sur le trottoir. Après avoir, une fin d'après-midi, jeté un bref coup d'œil sur *Le Pantin de Torquemada* — car pour enflammer son admiration j'avais eu l'idée de lui apporter ma pièce avec la dissertation qu'il nous avait donnée sur la *Poétique* d'Aristote — il balança mon œuvre sur son bureau d'un air dégoûté, à ma grande surprise.

Son débit était rapide, son ton féroce impitoyable — on ne retrouvait pas dans sa manière de parler le petit génie maniéré et trop élégant, douillettement perché sur le coussin de son siège, derrière son nœud papillon. Il y avait un divorce entre la rondeur de sa silhouette et sa personnalité anguleuse. Ses vêtements, eux, renvoyaient à un troisième personnage. Sa polémique à un quatrième, sans affectation celui-là, vrai critique adulte qui me dénonçait les dangers de la tutelle d'Ira et me montrait comment prendre une position moins rigide face à la littérature. C'était précisément ce que j'attendais dans ma nouvelle phase de recrutement. Sous sa houlette, je me transformai bientôt en descendant non plus de ma seule famille mais du passé, héritier d'une culture qui allait bien au-delà de celle de mon milieu.

« L'art comme arme ? » me dit-il. Il mettait un tel mépris dans ce dernier mot qu'il en devenait effectivement une arme. « L'art qui prendrait les positions qu'il faut sur tous les sujets ? L'art qui se ferait l'avocat du bien commun ? Où êtes-vous allé chercher ça ? Qui vous a dit que l'art est une affaire de slogans ? Qui vous a dit que l'art est au service du "peuple" ? L'art est au service de l'art, sinon il n'y en aurait pas qui mérite l'attention. Pourquoi écrirait-on de la littérature sérieuse, monsieur Zuckerman ? Pour désarmer les ennemis du contrôle des prix ? On écrit de la littérature sérieuse pour écrire de la littérature sérieuse. Vous voulez vous révolter contre la société ? Je vais vous dire comment faire : écrivez bien. Vous voulez embrasser une cause perdue ? Alors n'allez pas vous battre pour les classes laborieuses. Elles s'en tireront très bien toutes seules. Elles vont se donner une indigestion de Plymouth. Le travailleur viendra à bout de nous tous — de son absence de cervelle découlera la chienlit qui est le destin culturel de ce pays de béotiens. Nous aurons bientôt chez nous quelque chose de bien plus redoutable que la dictature des paysans et des ouvriers — nous aurons la culture des paysans et des ouvriers. Vous voulez une cause perdue à défendre ? Battez-vous pour le mot. Pas le mot de haut vol, le mot exaltant, le mot pro ceci et anti cela ; pas le mot qui doit claironner aux gens respectables que vous êtes quelqu'un de formidable, d'admirable, de compatissant, qui prend le parti des exploités, des opprimés. Non, battez-vous pour le mot qui dise aux quelques rares personnes qui lisent encore et qui sont condamnées à vivre en Amérique, que vous prenez le parti du mot. Votre pièce, c'est de la crotte. Elle est effroyable. Elle est exaspérante. C'est de la crotte de propagande, c'est brut, primaire, simpliste. Ça noie le monde sous les mots. Et ça porte aux nues la puanteur de votre vertu. Rien n'est plus fatal à l'art que le désir de l'artiste de prouver qu'il est bon. Quelle tentation terrible, l'idéalisme ! Il faut que vous parveniez à maîtriser votre idéalisme, et votre vertu tout autant que votre vice, il faut parvenir à la maîtrise esthétique de tout ce qui vous pousse à écrire au départ : votre indignation, votre haine, votre chagrin, votre amour ! Dès que vous commencez à prêcher, à prendre position, à considérer que votre point de vue est supérieur, en tant qu'artiste vous êtes nul, nul et ridicule ! Pourquoi écrire ces proclamations ? Parce que quand vous regardez autour de vous vous êtes "choqué" ? Parce que quand vous regardez autour de vous vous êtes "ému" ? Les gens renoncent trop facilement, ils truquent leurs sentiments. Ils veulent éprouver des sentiments tout de suite, alors ils sont "choqués", ils sont "émus", c'est le plus facile. Et le plus bête. Sauf exception rarissime, monsieur Zuckerman, ce "choc" est toujours truqué. Des proclamations ! L'art n'a que faire des proclamations ! Enlevez votre aimable merde de mon bureau, je vous prie. »

Ma dissertation (et ma personne en général) lui fit meilleure impression, et au rendez-vous suivant, il me déconcerta — pas moins que par sa véhémence à propos de ma pièce — en m'ordonnant d'assister au concert qui serait donné le vendredi soir à l'Orchestra Hall par l'Orchestre symphonique de Chicago sous la direction de Rafael Kubelik — un concert Beethoven. « Vous avez déjà entendu Rafael Kubelik ? — Non. — Et Beethoven ? — J'en ai entendu parler, oui. — Mais vous l'avez entendu jouer ? — Non. »

Je retrouvai Leo sur Michigan Avenue, devant l'Orchestra Hall, une demi-heure avant le début du concert ; il portait la cape qu'il s'était fait faire à Rome, avant d'être démobilisé, en 1948, et moi le duffle-coat acheté chez Larkey à Newark, en prévision des hivers glacés du Midwest où j'irais à la fac. Une fois assis, mon professeur tira de sa serviette la partition de chaque symphonie au programme, et pendant tout le concert, au lieu de regarder l'orchestre sur scène, comme on était censé le faire, croyais-je, sauf dans les moments où l'on fermait les yeux sous le coup de l'émotion, il fixa ses genoux et, avec la concentration considérable qui était la sienne, suivit sur la portée tandis que les musiciens jouaient l'ouverture de *Coriolan* et la Quatrième, puis, après l'entracte, la Cinquième. Les quatre premières notes de la Cinquième mises à part, je n'aurais pas su distinguer une œuvre d'une autre.

Après le concert, nous prîmes le train pour rentrer dans le South Side et allâmes dans sa chambre à la Cité internationale, résidence universitaire à l'architecture gothique située sur le Midway, et qui abritait la plupart des étudiants étrangers de l'université. Fils d'un épicier du West Side, Leo Glucksman se trouvait légèrement mieux disposé à tolérer leur proximité dans son couloir — odeurs de cuisine, etc. — qu'il ne tolérait ses compatriotes. La chambre où il vivait était plus exiguë encore que la cellule qui lui servait de bureau à l'université. Il nous fit du thé dans une bouilloire posée sur une plaque chauffante à même le sol, coincée entre les piles d'imprimés divers qui s'alignaient contre le mur. Il prit place à son bureau qui disparaissait sous les bouquins, ses joues rondes éclairées par la lampe à col de cygne, tandis que je m'asseyais dans la pénombre, parmi d'autres piles de livres, sur le bord de son étroit lit défait, à guère plus de cinquante centimètres.

Je me faisais l'effet d'être une fille, ou d'éprouver ce qu'une fille éprouve à se retrouver en tête à tête avec un garçon intimidant qui nourrit une admiration trop manifeste pour ses seins. Ma timidité subite fit ricaner Leo, et avec le même rictus écœuré qu'il avait arboré en entreprenant de démolir ma carrière à la radio, il m'annonça : « N'ayez pas peur, je ne vais pas vous toucher. Je trouve simplement insupportable que vous soyez si conventionnel, bordel ! » Et derechef, il se lança dans une introduction à Søren Kierkegaard. Il voulait me lire ce que Kierkegaard, dont le nom ne m'était pas plus familier que celui de Rafael Kubelik, avait déjà supputé au fin fond de Copenhague, cent ans auparavant, à propos du « peuple », qu'il appelait le « public », nom approprié selon Leo pour dénoter cette abstraction (cette « abstraction monstrueuse », ce « quelque chose qui englobe tout et qui n'est rien », ce « néant monstrueux », comme l'écrivait Kierkegaard, « ce vide désert et abstrait qui est tout et rien »), et que j'avais évoqué avec une sentimentalité mièvre dans mon scénario. Kierkegaard détestait le public. Leo détestait le public, et s'il m'avait fait venir dans sa chambre sombre, après le concert de ce vendredi et des vendredis suivants, c'était précisément pour sauver ma prose de la perdition en m'amenant à haïr le public, moi aussi.

« Toute personne qui a lu les auteurs classiques, lut Leo, sait qu'un César ne reculait devant rien pour tuer le temps. De même, le public a un chien pour s'amuser. Ce chien est la lie du monde littéraire. Qu'un être soit supérieur aux autres, qu'il soit même un grand homme, alors, on lance le chien contre lui, et les réjouissances commencent. Le chien lui saute après, il se pend à ses basques, il se permet toutes sortes de privautés déplacées jusqu'à ce que le public se lasse du spectacle et permette qu'il cesse. Je propose cet exemple pour montrer comment le public opère le nivellement par le bas. Ceux qui sont supérieurs, plus forts, il les fait maltraiter; quant au chien, il demeure chien, et méprisé du public lui-même... Le public n'a pas de remords — il n'a pas voulu rabaisser qui que ce soit, il cherchait tout juste à s'amuser. »

Ce passage, bien plus significatif aux yeux de Leo qu'il ne pouvait l'être aux miens à l'époque, constituait néanmoins une invitation à devenir comme lui « quelqu'un de supérieur » ; une invitation à devenir comme le philosophe danois Kierkegaard — et lui-même tel qu'il se voyait à brève échéance — un « grand homme ». Je devins donc l'élève docile de Leo Glucksman, et, par son entremise, celui d'Aristote, de Kierkegaard, de Benedetto Croce, de Thomas Mann, d'André Gide, de Joseph Conrad, de Fedor Dostoïevski... tant et si bien que mon attachement pour Ira — ainsi que pour ma mère, mon père, mon frère, et même les lieux où j'avais grandi — se fissura, croyais-je, de part en part. Au début d'une éducation, quand l'esprit se transforme en arsenal de livres, pour peu qu'on soit jeune, impudent, qu'on saute de joie à découvrir toute l'intelligence stockée sur la planète, on a tendance à exagérer l'importance de cette nouvelle réalité en effervescence, et à considérer tout le reste comme mineur. Avec la complicité de l'intransigeant Leo Glucksman, par sa bile et ses manies tout autant que par son cerveau toujours en batterie — c'est ce que je fis, de toutes mes forces.

Les vendredis soir, dans sa chambre, le charme opérait. Toute la passion non sexuelle dont il était capable (ainsi qu'une bonne part de passion sexuelle qu'il devait refouler), il l'arc-boutait contre chaque idée dont j'étais constitué, et surtout contre ma conception vertueuse de la mission de l'artiste. Ces vendredis soir, Leo m'entreprenait comme si j'étais le dernier étudiant de la planète. Je commençais à avoir l'impression que tout le monde m'injectait sa vision du monde. Faire l'éducation de Nathan. Tel était le credo de chaque personne à qui j'osais dire bonjour.

À présent, parfois, quand je me penche sur mon passé, j'ai l'impression que ma vie se ramène à l'écoute d'un discours-fleuve. Tantôt la rhétorique en est originale, tantôt plaisante, tantôt en carton-pâte (le discours de l'incognito); tantôt elle est fébrile, tantôt terre à terre; il lui arrive d'être pointue comme une aiguille, et je l'écoute depuis aussi longtemps que ma mémoire remonte. Ce qu'il faut penser, ce qu'il ne faut pas penser; ce qu'il faut faire, ce qu'il ne faut pas faire; qui détester, qui admirer; les causes à embrasser, le moment de s'en émanciper; ce qui fait jouir, ce qui fait mourir, ce qui est digne d'éloges, ce qui ne mérite pas qu'on s'y arrête; ce qui est nuisible, ce qui est de la merde, comment garder l'âme pure. À croire que me parler ne pose de problème à personne. Peut-être est-ce la conséquence du fait que, depuis bien des années, mon expression suggère que j'ai besoin qu'on me parle. Quelle qu'en soit la raison, le livre de ma vie est un livre à plusieurs voix. Lorsque je me demande comment je suis arrivé où je suis, la réponse me surprend : « En écoutant. »

Serait-ce là le drame demeuré invisible ? Tout le reste ne serait-il qu'un masque cachant le fait que je m'obstinais à prendre le mauvais chemin ? Les écouter. Les écouter parler. Phénomène en tout point stupéfiant. Chacun perçoit l'expérience non pas comme quelque chose à vivre, mais comme quelque chose à vivre pour pouvoir en parler. Pourquoi ça ? Pourquoi veulent-ils que je les écoute, eux et leurs arias ? Où a-t-il été décidé que j'étais venu au monde pour ça ? Ou bien n'étais-je moi-même depuis le début, par prédisposition autant que par choix, qu'une oreille en quête d'un mot ?

« La politique est la grande généralisatrice, me dit Leo, et la littérature la grande particularisatrice, et elles sont dans une relation non seulement d'inversion, mais d'antagonisme. Pour la politique, la littérature est décadente, molle, sans pertinence, ennuyeuse, elle a la tête mal faite, elle est morne, elle n'a pas de sens et ne devrait même pas exister. Pourquoi ? Parce que la pulsion particularisatrice est l'essence même de la littérature. Comment peut-on être artiste et renoncer à la nuance ? Mais comment peut-on être politicien et admettre la nuance ? Rendre la nuance, telle est la tâche de l'artiste. Sa tâche est de ne pas simplifier. Même quand on choisit d'écrire avec un maximum de simplicité, à la Hemingway, la tâche demeure de faire passer la nuance, d'élucider la complication, et d'impliquer la contradiction. Non pas d'effacer la contradiction, de la nier, mais de voir où, à l'intérieur de ses termes, se situe l'être humain tourmenté. Laisser de la place au chaos, lui donner droit de cité. Il *faut* lui donner droit de cité. Autrement, on produit de la propagande, sinon pour un parti politique, un mouvement politique, du moins une propagande imbécile en faveur de la vie elle-même — la vie telle qu'elle aimerait se voir mise en publicité. Au cours des cinq, six premières années de la Révolution russe, les révolutionnaires clamaient : "L'amour libre, nous aurons l'amour libre !" mais une fois au pouvoir, ils n'ont pas pu le permettre. En effet, qu'est-ce que l'amour libre ? C'est le chaos. Et ils n'en voulaient pas, du chaos. Ce n'était pas pour ça qu'ils avaient fait leur révolution glorieuse. Ils voulaient quelque chose de soigneusement discipliné, organisé, contenu, de scientifiquement prévisible, si possible. L'amour libre perturbe l'organisation, la machine sociale, politique, culturelle. L'art aussi perturbe l'organisation. La littérature perturbe l'organisation. Non pas qu'elle soit de manière flagrante, voire subtile, pour ou contre quelque chose. Elle perturbe l'organisation parce qu'elle n'est pas générale. La nature intrinsèque du particulier, c'est d'être particulier, et la nature intrinsèque de la particularité, c'est de ne pas pouvoir être conforme. Quand on généralise la souffrance, on a le communisme. Quand on particularise la souffrance, on a la littérature. De cette polarité naît leur antagonisme. Maintenir le particulier en vie dans un monde qui simplifie et généralise, c'est la bataille dans laquelle s'engager. On n'est pas obligé d'écrire pour légitimer le communisme, on n'est pas obligé d'écrire pour légitimer le capitalisme. On est en dehors de l'un comme de l'autre. Si l'on est écrivain, on ne fait pas plus alliance avec le premier qu'avec le second. On voit la différence, oui, et, bien sûr, on sait que cette intox-ci vaut un peu mieux que cette intox-là, ou bien que cette intox-là vaut un peu mieux que cette intox-ci. Un peu ou beaucoup mieux. Mais on voit l'intox. On n'est pas un employé du gouvernement. On n'est pas un militant. On n'est pas un croyant. On entretient des rapports d'une autre nature avec le monde et ce qui s'y passe. Le militant introduit une foi, une vaste conviction qui changera le monde, et l'artiste introduit un produit qui n'a pas de place en ce monde. Qui ne sert à rien. L'artiste, l'écrivain sérieux, introduit dans le monde quelque chose qui ne s'y trouvait pas au départ. Quand Dieu a fait en sept jours les oiseaux, les fleuves, les êtres humains, il n'a pas eu dix minutes à consacrer à la littérature. Il n'a jamais dit : "Et puis il y aura la littérature. Certains l'aimeront, certains en seront obsédés, ils voudront la faire..." Non, non. Si on lui avait demandé à ce moment-là : "Il y aura des plombiers ?" il aurait dit : "Oui, il y en aura. Puisqu'ils auront des maisons, il leur faudra des plombiers. — Et des médecins ? — Oui, parce qu'ils tomberont malades, il leur faudra des médecins pour leur prescrire des pilules. — Et de la littérature ? — De la littérature ? Qu'est-ce que vous racontez ? À quoi ça sert ? Où on la case ? S'il vous plaît ! Moi, je suis en train de créer un univers, pas une université. *Pas de littérature !*" »

L'intransigeance, irrésistible attribut de Tom Paine, d'Ira, de Leo et de Johnny O'Day. Si je m'étais rendu à East Chicago pour rencontrer O'Day, dès mon arrivée à Chicago — ce qui était l'idée de départ d'Ira —, ma vie d'étudiant, ma vie tout court peut-être aurait pu rencontrer d'autres séductions, d'autres pressions ; peut-être me serais-je mis en devoir d'abandonner les contraintes sécurisantes de mon milieu et de mon éducation, sous la férule passionnée d'un monolithe bien différent de l'université de Chicago. Mais à cause de la somme de travail requise par mes études, ainsi que par le programme annexe de Mr Glucksman pour me déconventionnaliser l'esprit, il me fallut attendre le début décembre pour m'accorder un samedi matin et prendre un train qui m'amène au mentor d'Ira Ringold dans l'armée, ce métallo qu'il m'avait un jour décrit comme « marxiste de la tête aux pieds ».

La South Shore Line passait à l'angle de la Soixante-troisième Rue et de Stony Island Street, un quart d'heure à pied de ma résidence universitaire. Je montai dans le wagon orange, pris un siège, le contrôleur énuméra les noms des villes crasseuses de la ligne, « Hegeswisch, Hammond, East Chicago, Gary, Michigan City, South Bend », et je fus de nouveau ému comme si j'entendais *On a Note of Triumph*. Moi qui venais du nord industriel du New Jersey, je me trouvais face à des paysages rien moins qu'insolites. Chez nous aussi, depuis l'aéroport, lorsqu'on regardait vers le sud les villes d'Elizabeth, de Linden, de Rahway, on voyait à l'horizon le réseau complexe des raffineries, on sentait leurs odeurs méphitiques, quand les panaches de feu s'élevaient de leurs tours, consumant le gaz du pétrole distillé. À Newark, nous avions, nous aussi, d'énormes usines et de petits ateliers, nous avions la crasse noire, nous avions les odeurs, le quadrillage des rails, les tambours d'acier, les montagnes de copeaux métalliques, et les terrils hideux. Nous avions la fumée noire des hauts-fourneaux, des nuages de fumée jaillis de tous les côtés, la puanteur, celle des usines chimiques, celle du malt, et celle des porcheries Secaucus, qui déferlaient sur le quartier les jours de grand vent. Et puis nous avions des trains comme celui-ci, qui roulaient sur des quais, à travers les marécages, à travers les joncs et les roseaux, l'eau à perte de vue. La crasse nous l'avions, et la puanteur, mais ce que nous n'avions pas et ne pouvions avoir, c'était Hegeswich, où l'on fabriquait des tanks de guerre. Nous n'avions pas Hammond, où l'on construisait les tabliers des ponts. Nous n'avions pas ces silos à blé métalliques le long du canal d'expédition qui arrivait de Chicago. Nous n'avions pas ces hauts-fourneaux ouverts qui, lorsque les usines déversaient leur acier, éclairaient un ciel rouge que, par nuit claire, je pouvais voir depuis mon foyer jusqu'à Gary. Nous n'avions pas US Steel, ni Inland Steel, Jones Laughlin, Standard Bridge et Union Carbide, ni Standard Oil de l'Indiana. Nous, nous avions ce qu'avait le New Jersey : ici, au contraire, se trouvait concentrée la puissance du Midwest. Ce qu'ils avaient, eux, c'était une aciérie à l'échelle de deux États, déployée sur des kilomètres et des kilomètres le long du lac, la plus vaste du monde, des fourneaux à coke et d'autres à oxygène qui transformaient le minerai de fer en acier, des louches en hauteur transportant des tonnes d'acier en fusion, métal brûlant qui coulait comme de la lave dans des moules, et, parmi ce crépitement d'étincelles, cette poussière, ce danger, ce bruit, travaillant à des températures de quarante degrés, absorbant des vapeurs qui pouvaient leur ruiner la santé, des hommes au travail vingt-quatre heures sur vingt-quatre, des hommes à un travail jamais achevé. Cette Amérique-là n'était pas mon pays natal, ne le serait jamais, et pourtant, elle m'appartenait en tant qu'Américain. Je regardai par la vitre du train — et tandis que je considérais ce paysage moderne, expression d'une technique de pointe, parfait emblème du vingtième siècle industriel et pourtant immense site archéologique, aucun fait de ma vie ne me sembla plus sérieux.

À ma droite, je voyais des rangées entières de bungalows nappés de suie ; c'étaient les maisons des métallos, avec des tonnelles et des baignoires d'oiseaux dans leurs petites cours-jardins, et derrière ces maisons, les rues où s'alignaient les boutiques de plain-pied, ignominieuses, où les familles allaient faire leurs courses ; la vue de cette vie quotidienne des métallurgistes eut sur moi un tel impact, avec son côté rudimentaire, son austérité, l'âpreté d'un monde où les gens étaient pieds et poings liés par leurs dettes, leurs traites, je fus si inspiré par la pensée : *Pour le travail le plus dur, le salaire minimal ; pour s'éreinter à la tâche, les plus humbles récompenses* — que, faut-il le dire, mes sentiments, qui n'auraient en rien paru bizarres à Ira, auraient effaré Leo Glucksman.

« Alors elle est comment, cette femme que l'Homme de Fer a prise ? » telle fut presque la première chose que me dit O'Day. « Peut-être qu'elle me plairait si je la connaissais, mais ça, c'est un impondérable. Parmi les gens que j'estime, certains ont des amis intimes qui me laissent froid. La bourgeoisie confortable, le cercle où il vit avec elle, à présent... je me demande. C'est un problème avec les épouses, en général. La plupart des gars qui se marient sont trop vulnérables — ils offrent des otages à la réaction en la personne de leur femme, de leurs enfants. Et c'est comme ça qu'échoit à une petite coterie de célibataires endurcis le soin de veiller à ce sur quoi on doit veiller. C'est vrai qu'on en a assez, c'est vrai que ça doit être bien d'avoir un foyer, une femme douce qui vous attend le soir, et pourquoi pas un ou deux gosses. Même ceux qui ont compris les tenants et aboutissants du problème en ont marre parfois. Mais, moi, ma responsabilité immédiate, c'est le salaire horaire de l'ouvrier, et pour cet ouvrier, je ne fais pas le dixième de ce que je devrais faire. Quel que soit le sacrifice qui s'impose, il ne faut jamais oublier que des mouvements comme ceux-ci vont vers le haut, toujours, quelles que soient les données du problème immédiat. »

Le problème immédiat, c'est qu'O'Day s'était fait virer du syndicat, et qu'il avait perdu son boulot. J'allai le voir dans un meublé dont il n'avait pas payé le loyer depuis deux mois ; il lui restait une semaine pour rassembler l'argent, faute de quoi il se retrouverait à la rue. Sa petite chambre avait une fenêtre donnant sur un pan de ciel, et elle était bien tenue. Le matelas du lit à une place n'était pas posé sur un sommier à ressorts mais sur un cadre de fer ; le lit était fait avec soin, au carré, même ; quant au châlit de fer vert foncé, sa peinture n'était ni griffée ni écaillée, contrairement à celle du radiateur bruyant, mais il offrait tout de même un spectacle démoralisant. À bien y regarder, le mobilier n'était pas plus sommaire que dans la chambre de Leo à la Cité internationale, mais l'aura de désolation qui s'en dégageait me prit par surprise et, jusqu'à ce que la voix d'O'Day, sa voix tranquille, étale, et son élocution précise aient éclipsé par leur puissance toute autre présence que la sienne propre, j'eus envie de me lever pour m'enfuir. On aurait dit que ce qui ne se trouvait pas dans la pièce avait disparu du monde. Dès l'instant qu'il parut à la porte, me fit entrer, et m'invita poliment à m'asseoir en face de lui dans l'un des deux fauteuils de bridge de la chambre, à une table tout juste assez grande pour sa machine à écrire, j'eus le sentiment non pas tellement que tout avait été arraché à O'Day en dehors de cette existence, mais, pire, qu'O'Day s'était arraché lui-même, de manière presque fatale, à tout ce qui n'était pas cette existence.

À présent je comprenais ce qu'Ira faisait à la bicoque. À présent je comprenais où avait germé l'idée de la bicoque, je saisissais ce dépouillement absolu — cette esthétique du laid, tellement intolérable aux yeux d'Eve Frame — qui rendait son homme solitaire, monacal, mais le débarrassait du même coup de ses impedimenta, pour le laisser libre, audacieux, déterminé, inébranlable. Ce que la chambre d'O'Day représentait, c'était la discipline, cette discipline qui dit : J'ai beau avoir tous les désirs que je veux, je sais me limiter à cette chambre. On peut tout risquer quand on a la certitude qu'au bout du compte on est en mesure de supporter le châtiment ; et cette chambre faisait partie du châtiment. Elle inspirait des sentiments nets sur le rapport entre liberté et discipline, le rapport entre liberté et solitude, entre liberté et châtiment. La chambre d'O'Day, sa cellule, était l'essence spirituelle de la bicoque d'Ira. Et où était l'essence spirituelle de la chambre d'O'Day ? Je le découvris quelques années plus tard, lors d'un voyage à Zurich, quand je trouvai la maison portant le nom de Lénine sur une plaque commémorative, et que, graissant d'une poignée de marks suisses la patte du gardien, j'obtins de voir la chambre d'anachorète où le fondateur du bolchevisme avait passé un an et demi d'exil.

Le physique d'O'Day n'aurait pas dû me surprendre. Ira me l'avait décrit exactement tel qu'il était encore : un type d'un mètre quatre-vingts, bâti comme un héron, maigre, nerveux, un visage en lame de couteau, des cheveux gris en brosse, des yeux qui semblaient eux aussi avoir grisonné, un grand nez acéré comme une lame et une peau — un cuir — bien trop ridée pour un quadragénaire. Mais ce qu'Ira ne m'avait pas décrit, c'est que le fanatisme lui donnait l'apparence d'un homme incarcéré dans son corps pour y purger la lourde peine qu'était sa vie. C'était l'apparence d'un homme qui n'a pas le choix. Son histoire a été écrite d'avance. Il ne choisit rien. S'arracher à tout ce qui n'est pas sa cause, voilà ce qui lui reste à faire. Il n'est sensible à rien d'autre. Au-delà de son physique qui est un filament d'acier, d'une finesse enviable, son idéologie a, elle aussi, le tranchant d'un outil, les contours coupants du fuselage du héron.

O'Day, m'avait raconté Ira, transportait un punching-bag dans son paquetage, à l'armée ; il était si rapide et si fort qu'il pouvait rosser deux ou trois gars en même temps, « en cas de force majeure ». Au souvenir de ce détail, j'avais passé le voyage à me demander s'il y aurait un punching-bag dans sa chambre. Et il y en avait un. Il n'était pas pendu dans un coin à hauteur de tête, comme je l'avais imaginé, et comme il l'aurait été dans un gymnase. Il gisait par terre, sur le flanc, contre une porte de placard ; c'était un gros sac de cuir en goutte d'eau, si vieux et si fatigué qu'on aurait plutôt dit l'organe décoloré d'un cadavre d'animal — comme si, pour se maintenir en forme, O'Day s'entraînait sur le testicule arraché à un hippopotame mort. Idée saugrenue, mais que, à cause de ma peur de lui, au début, je ne pouvais chasser de mon esprit.

Je me rappelais les paroles qu'il avait prononcées le soir où il avait déversé ses frustrations à Ira parce qu'il ne parvenait pas à « construire le Parti ici même, dans le port » : « Je suis pas fameux, comme organisateur, c'est vrai. Il faut savoir prendre les bolcheviques timorés par la main, et moi, je serais plutôt porté à leur cogner la caboche. » Je me rappelais cette formule, car, aussitôt rentré chez moi, je l'avais mise dans la pièce pour la radio que j'étais en train d'écrire, une pièce sur une grève dans une aciérie, où chaque perle de l'argot d'O'Day ressortait intacte dans la bouche d'un certain Jimmy O'Shea. O'Day avait un jour écrit à Ira : « Je suis en passe de devenir le salopard officiel à East Chicago et ses environs, ce qui veut dire que je ne vais pas tarder à me retrouver Cité de la Cogne. » *Cité de la Cogne* fut le titre de ma pièce suivante. C'était plus fort que moi. Je voulais traiter des choses qui me semblaient importantes, et les choses qui me semblaient importantes étaient justement celles que je ne connaissais pas. Alors, avec le peu de mots dont je disposais, je transformais instantanément toute matière en agit-prop, si bien que, en quelques secondes, je perdais l'importance de l'important, et l'immédiateté de l'im médiat.

O'Day n'avait pas le sou, et le Parti était trop pauvre lui-même pour le payer comme permanent, ou pour lui apporter la moindre aide financière, si bien qu'il passait ses journées à écrire des tracts qu'il distribuait aux portes des usines, en prenant les quelques dollars versés en secret par ses vieux potes métallos pour payer le papier, la location de la ronéo, et une agrafeuse ; à la fin de la journée, il distribuait ses tracts lui-même dans la ville de Gary. Les trois sous qu'il lui restait lui servaient à se nourrir.

« Mon combat contre Inland Steel n'est pas fini », me dit-il, allant droit au vif du sujet. Il me parlait sans détour comme si j'étais son égal, un allié sinon déjà un camarade, et comme si Ira lui avait donné à penser que j'étais deux fois plus âgé, cent fois plus indépendant et mille fois plus courageux que je ne l'étais en réalité. « Mais, apparemment, la direction et les anticommunistes de l'USA-CIO m'ont fait virer et mettre sur la liste noire pour de bon. D'un bout à l'autre du pays, dans tous les milieux, on s'efforce d'écraser le Parti. Ils ne savent pas que ce n'est pas la CIO de Phil Murray qui décide des grands problèmes historiques. Prends la Chine, par exemple. Ici c'est le travailleur américain qui décidera des grands problèmes historiques. Dans ma branche, il y a déjà plus de cent métallurgistes au chômage adhérant au syndicat local. C'est la première fois depuis 1939 qu'il n'y a pas plus d'emplois que d'hommes, et même les métallurgistes, qui sont les plus obtus des salariés, commencent enfin à remettre la donne en question. Ça vient, ça vient, je t'assure que ça vient. N'empêche que j'ai été traîné devant les cadres du syndicat local, et viré à cause de mon appartenance au Parti. Ces salauds ne voulaient pas me virer, ils voulaient annuler mon adhésion. La presse scélérate, qui m'a dans le collimateur, ici, tiens, dit-il en me tendant une coupure posée à côté de la machine à écrire, c'est le *Gary Post Tribune* d'hier. La presse scélérate en aurait fait ses choux gras, et alors même que j'aurais pu garder ma carte de métallo, on se serait passé le mot chez les entrepreneurs et la mafia des patrons pour me mettre sur la liste noire. Les aciéries, c'est une industrie fermée ; me faire expulser du syndicat signifie que je perds la possibilité de travailler dans mon domaine. Eh bien, qu'ils aillent au diable ! Je lutterai mieux depuis l'extérieur. La presse scélérate et les faux jetons du syndicat, l'administration bidon des villes de Gary et d'East Chicago me considèrent comme dangereux ? Très bien. On essaie de m'empêcher de gagner ma vie ? Parfait. Moi, je n'ai personne à charge, et je ne dépends pas non plus d'amis, de femmes, de boulots, ni de toute autre béquille conventionnelle dans l'existence. Je me débrouille quand même. Si le *Gary Post* », il me reprit pour la plier soigneusement la coupure que je n'avais pas osé lire pendant qu'il parlait, « et le *Hammond Times* et tous les autres pensent qu'ils vont arriver à nous chasser tous, les rouges, du comté des Lacs par ce genre de tactique, ils se fourrent le doigt dans l'œil. S'ils m'avaient fichu la paix, je serais sans doute bientôt parti tout seul. Mais là, je n'ai plus de quoi partir où que ce soit, alors il leur faudra bien compter avec moi. À la porte des usines, quand je distribue mes tracts, les ouvriers me font bon accueil, en gros, ils sont intéressés. Ils me font le V de la victoire, et c'est dans des moments comme ça que je trouve mon compte. On a notre lot de travailleurs fascistes, bien sûr. L'autre soir, lundi, pendant que je distribuais mes tracts à la Grande Usine de Gary, un gros plein de soupe a commencé à me traiter de traître et de connard. Il en avait peut-être encore d'autres en réserve, mais je n'ai pas attendu de les entendre, et j'espère qu'il aime la soupe et les biscuits à la cuillère. Tu le raconteras à l'Homme de Fer », me dit-il en souriant pour la première fois, mais d'une manière pénible à voir, comme si se forcer à sourire était parmi les choses les plus difficiles pour lui. « Dis-lui que je tiens encore la forme. Allez, viens, Nathan », dit-il, et je fus chagriné d'entendre cet ouvrier au chômage m'appeler par mon prénom (en fait, ce qui me chagrinait, c'étaient l'obsession de mes études, mon sentiment de supériorité naissant, mon désintérêt de l'engagement politique) quand je venais juste de l'entendre décrire, de la même voix tranquille, étale, avec la même diction soignée, et avec une familiarité intime qui ne semblait pas livresque, les grands problèmes historiques, la Chine, 1939, et par-dessus tout, évoquer l'amère abnégation sacrificielle que lui imposait sa mission quant aux salaires horaires. « Nathan », de la voix même qui m'avait donné la chair de poule quand il avait dit : *Ça vient, ça vient, je t'assure que ça vient*. « On va aller te chercher de quoi manger », me dit-il.

La différence entre le discours d'O'Day et celui d'Ira n'avait pu que me frapper d'emblée. Peut-être parce qu'il n'y avait aucune contradiction dans les buts d'O'Day, peut-être parce qu'il prêchait d'exemple dans la vie qu'il menait, parce que son discours n'était pas qu'un prétexte, qu'il semblait provenir du centre cérébral de l'*expérience*, il y avait une pertinence tendue comme un arc dans ce qu'il disait. Sa pensée s'exprimait avec fermeté, les mots eux-mêmes apparemment injectés d'une volonté, rien d'enflé, pas de perte d'énergie, mais, au contraire, dans chaque énoncé, une sagacité rusée, et, malgré le caractère utopique des buts visés, un profond pragmatisme ; on sentait que sa mission était dans ses mains tout autant que dans sa tête ; contrairement à ce qui se passait en présence d'Ira, on sentait que c'était l'intelligence et non pas le manque d'intelligence qui lui procurait ses idées, et qui les maniait. On voyait sans peine que ce qui tenait lieu de discours à Ira n'était qu'une pâle imitation de celui d'O'Day. Toutes les paroles d'O'Day avaient la saveur de ce que je considérais comme le « réel ». La saveur du réel, oui, mais c'était aussi le discours de quelqu'un en qui rien ne riait jamais. De sorte qu'il y avait comme une folie dans son unité de propos, ce qui le distinguait aussi d'Ira. Chez Ira, qui attirait comme un aimant toutes les contingences qu'O'Day avait bannies de sa vie, il y avait de la santé mentale, la santé d'une vie s'épanouissant dans le désordre.

Lorsque je repris le train, ce soir-là, le pouvoir de la netteté de vision d'O'Day m'avait si bien désorienté que je n'avais plus qu'une idée en tête : comment annoncer à mes parents que trois mois et demi m'avaient suffi ; je laissais tomber l'université et j'allais m'installer à East Chicago, Indiana, ville des aciéries. Je ne leur demandais pas de m'entretenir ; j'allais trouver du travail pour subvenir à mes besoins, ce serait sans doute un boulot humble, ce qui n'était pas plus mal, voire parfaitement logique. Je ne pouvais plus justifier ces études entreprises pour satisfaire des ambitions bourgeoises — les leurs, mais aussi les miennes —, ce n'était plus possible après ma visite à Johnny O'Day, qui, malgré le ton mesuré qui cachait sa passion, me semblait l'être le plus dynamique que j'aie jamais rencontré, plus dynamique qu'Ira lui-même. Le plus dynamique, le plus indestructible, le plus dangereux.

Il était dangereux car il ne se souciait pas de moi comme Ira, et ne me connaissait pas comme Ira. Ira savait que j'étais le gosse d'un autre, il le comprenait de manière intuitive — pour faire bonne mesure, d'ailleurs, mon père le lui avait dit — et il n'essayait pas de me prendre ma liberté ou de m'arracher au milieu qui était le mien. Ira n'essaya jamais de m'endoctriner au-delà d'un certain point, jamais il ne s'accrocha à moi désespérément, même si, toute sa vie, il fut assez avide d'amour et privé d'amour pour désirer en permanence des liens étroits. Il se contentait de m'« emprunter » quand il passait à Newark ; parfois il m'empruntait pour avoir quelqu'un à qui parler quand il se sentait esseulé lors de ses visites, ou qu'il était seul à la bicoque, mais il se garda bien de m'emmener à un meeting communiste. Cette autre face de sa vie me demeurait tout à fait invisible. Moi, j'avais seulement droit à la harangue, aux élucubrations, à la rhétorique — à la vitrine. Il ne se laissait pas aller complètement avec moi, il avait du tact. Fanatiquement obsessionnel comme il l'était, il avait envers moi une grande décence, une tendresse, une conscience du danger qu'il voulait bien affronter pour sa part, mais auquel il ne voulait pas exposer un gamin. Avec moi, il était un grand costaud débonnaire, ce qui était l'autre face de sa fureur et de sa rage. Je ne vis jamais le zélote sous tous ses angles.

Mais pour Johnny O'Day, je n'étais pas le fils d'un autre placé sous sa protection. Pour lui, j'étais une recrue potentielle.

« Ne va pas te frotter aux trotskistes de l'université », me dit-il, comme si j'avais fait tout le trajet pour parler de ce problème avec lui. Blottis nez à nez dans le box d'une sombre taverne où il avait encore assez de crédit auprès du patron, un Polonais, nous mangions des hamburgers, situation qu'un jeune comme moi, naïvement avide d'intimité masculine, trouvait fort à son goût. Le long de la petite rue, à deux pas de l'usine, il n'y avait que des tavernes, si l'on excepte un épicier à un coin, une église à l'autre et, de l'autre côté de la chaussée, un terrain vague mi-terril, mi-décharge publique. Le vent d'est soufflait fort et sentait le dioxyde de soufre. Le bistrot, lui, sentait le tabac et la bière.

« Moi, je suis assez peu orthodoxe, je prétends qu'il n'y a pas de mal à faire joujou avec les trotskistes tant qu'on se lave les mains après, dit O'Day. Il y a des gens qui prennent des reptiles venimeux en main tous les jours, et qui vont jusqu'à leur sucer leur poison pour se procurer un antidote, et rares sont ceux qui meurent d'une morsure. Précisément parce qu'ils savent que ces reptiles sont venimeux.

— C'est quoi, un trotskiste ? demandai-je.

— Tu ne connais pas la divergence fondamentale entre les communistes et les trotskistes ?

— Non. »

Il passa les quelques heures suivantes à me l'expliquer. Son histoire était pleine de termes comme « socialisme scientifique », « néo-fascisme », « démocratie bourgeoise » ainsi que de noms qui m'étaient inconnus, à commencer par celui de Léon Trotski lui-même, suivi de ceux d'Eastman, Lovestone, Zinoviev, Boukarine, sans parler d'événements comme la « Révolution d'octobre » et les « procès de 1937 », elle fourmillait de formulations qui commençaient par : « Le précepte marxiste selon lequel les contradictions inhérentes à la société capitaliste... » « Obéissant à leur raisonnement fallacieux, les trotskistes conspirent à empêcher d'atteindre les buts fixés en... » Mais l'histoire pouvait bien être absconse ou complexe dans ses détails, venant d'O'Day, les mots me semblaient tous précis et nullement vagues ; il n'en parlait pas pour en parler, ni pour que j'écrive une composition trimestrielle dessus ; il en parlait comme d'un combat dont il avait subi toute la férocité.

Il était presque trois heures de l'après-midi lorsque sa mainmise sur mon attention se relâcha. Il avait une façon extraordinaire de vous obliger à écouter : on aurait presque dit qu'il promettait tacitement de ne pas vous mettre en péril tant que vous vous concentriez sur chacune de ses paroles. J'étais épuisé, la taverne était presque vide, et, pourtant, j'avais le sentiment qu'il se passait autour de moi toutes sortes de choses. Je me rappelais cette nuit où, encore lycéen à Newark, j'avais défié mon père pour me rendre à l'invitation d'Ira, lors du meeting de soutien à Wallace ; de nouveau, je me sentais en communion avec un débat de fond sur la vie, c'était la bataille glorieuse que je cherchais depuis l'âge de quatorze ans.

« Viens, me dit O'Day après un coup d'œil sur sa montre, je vais te faire voir le visage de l'avenir. »

Nous en étions là. J'étais là. Il était là, ce monde où depuis longtemps je rêvais en secret d'être un homme. Il y eut un coup de sifflet, les portes s'ouvrirent toutes grandes, et ils sortirent, les travailleurs ! Les hommes ordinaires, le tout-venant de Corwin, peu spectaculaires, mais libres. Le petit gars, l'homme du commun ! Les Polonais, les Suédois, les Irlandais, les Croates, les Italiens, les Slovènes ! Les hommes qui fabriquaient l'acier au péril de leur vie, qui risquaient de se faire brûler, écraser, souffler par une explosion, tout ça pour le profit de la classe dirigeante.

Dans mon effervescence, je ne voyais pas les visages, ni vraiment les corps. Je ne voyais qu'une masse brute de travailleurs passant les portes pour rentrer chez eux. La masse des masses américaines ! Ce qui me frottait au passage, qui se cognait contre moi, c'était le visage, la *force* de l'avenir ! L'envie de crier — de tristesse, de colère, d'indignation, de triomphe — me submergeait, de même que l'urgence de me mêler à cette populace, pas tout à fait populace, pas tout à fait menaçante pour entrer dans la chaîne, le flot des hommes aux galoches à semelles épaisses, et les suivre jusque chez eux. Ils faisaient le bruit de la foule dans l'arène, avant le combat. Et quel combat ? Celui pour l'égalité en Amérique.

O'Day sortit du sac qu'il portait en bandoulière une liasse de tracts, et me les fourra dans les mains. Et là, avec pour toile de fond l'usine, basilique fumante qui devait faire plus de quinze cents mètres de long, nous restâmes côte à côte pour distribuer notre tract à tout travailleur de l'équipe sept heures-trois heures, qui tendait la main pour le prendre. Leurs doigts touchèrent les miens, toute ma vie en fut retournée. Tout ce qui était contre ces hommes, en Amérique, était contre moi désormais. Je fis le vœu du distributeur de tracts : je ne serais rien d'autre que l'instrument de leur volonté, je ne serais que rectitude.

On se sentait entraîné par un homme comme O'Day, ça oui ! Il n'était pas homme à vous laisser vous débrouiller tout seul en chemin. Il vous emmenait jusqu'au bout. La révolution va effacer ceci pour le remplacer par cela — voilà ce qu'affirmait sans ironie la clarté de ce Casanova de la politique. Quand on a dix-sept ans, qu'on rencontre un type qui a une position offensive, qui a tout compris à sa manière idéaliste, et à sa manière idéologique, un type qui n'a pas de famille, pas de parents, pas de maison — toutes choses qui écartelaient Ira dans vingt directions différentes —, qui ne connaît pas non plus les *émotions* qui écartelaient Ira dans vingt directions différentes ; un type étranger à cette insurrection intérieure due à la nature d'Ira, exempt de la turbulence de celui qui veut faire une révolution qui changera le monde sans renoncer à prendre pour compagne une belle actrice, pour maîtresse une jeune fille, pendant qu'il fricote avec une pute sur le retour, rêve de fonder une famille, se débat avec la fille de sa femme, habite une demeure imposante dans la cité du show-business et une baraque prolétarienne en rase campagne, parce qu'il est résolu à affirmer une personnalité en secret, une autre en public, et une troisième dans les interstices, à être Abraham Lincoln, et Iron Rinn et Ira Ringold, le tout cohabitant dans un être frénétique aux nerfs à fleur de peau, quand on rencontre un homme que seule accapare son idée, qui ne rend de comptes qu'à elle, qui comprend de manière presque mathématique ce qu'il lui faut pour mener une vie honorable, alors on pense comme je le pensai : *Voilà ma place.*

Et c'est sans doute ce qu'Ira avait pensé en faisant

la connaissance d'O'Day en Iran. O'Day l'avait pareillement influencé de façon viscérale. C'était un homme qui venait vous chercher pour lier votre sort à la révolution mondiale. Sauf qu'Ira s'était retrouvé sans l'avoir voulu, de manière fortuite, imprévoyante, avec tout ce bazar, en train de jongler avec toutes ces balles, toutes déterminées à s'imposer dans le même effort colossal — tandis qu'O'Day n'avait rien, n'était rien, ne voulait rien d'autre que la réalité toute nue. Parce qu'il n'était pas juif ? Parce qu'il était goy ? Parce que, Ira me l'avait dit, il avait été élevé dans un orphelinat catholique ? Était-ce la raison pour laquelle il parvenait à vivre visiblement dans le dépouillement le plus total, sans le moindre état d'âme, nu et cru ?

Il n'avait aucune part de la mollesse que je savais être en moi. La voyait-il cette mollesse ? Je saurais l'en empêcher. Ma vie, purgée de toute mollesse, ici à East Chicago avec Johnny O'Day ! Là-bas, aux portes de l'usine, à sept heures du matin, à trois heures de l'après-midi, à onze heures du soir, je distribuerai mes tracts à chaque changement d'équipe. Il m'apprendra à les rédiger, il m'apprendra que dire et comment le dire pour pousser le travailleur à l'action, et faire de l'Amérique une société équitable. Il m'apprendra tout. Voici que je quitte la confortable prison de mon insignifiance humaine, et que, aux côtés de Johnny O'Day, j'entre dans ce médium saturé qu'est l'Histoire. Boulot minable, existence pauvre, soit, mais aux côtés de Johnny O'Day, une existence qui ne sera pas dénuée de sens. Au contraire, j'y trouverai tout ce qui est signifiant, tout ce qui est profond, important.

On pourrait croire que ces émotions m'engageaient sur une voie irréversible. Mais, à minuit, je n'avais toujours pas téléphoné à ma famille pour lui annoncer ma décision. O'Day m'avait donné deux brochures à lire dans le train du retour. L'une s'intitulait *Théorie et pratique du Parti communiste*, et c'était le premier cours d'une série d'« études marxistes » proposées par le département de l'Éducation nationale du Parti, où la nature du capitalisme, de l'exploitation capitaliste et de la lutte des classes était exposée de manière impitoyable en un peu moins de cinquante pages. Lors de notre prochaine rencontre, avait promis O'Day, nous discuterions de ce que j'avais lu, et il me passerait le cours suivant, qui approfondissait les sujets du premier en les prenant à un « niveau théorique supérieur ».

L'autre brochure que je rapportais pour le voyage, *Qui possède l'Amérique ?* de James S. Allen, soutenait — prédisait — que le capitalisme, même dans son incarnation la plus puissante, en Amérique, « menace de reproduire les désastres sur une échelle toujours croissante ». La couverture représentait une caricature en bleu et blanc : un gros homme porcin en haut-de-forme et queue-de-pie, assis avec arrogance sur un sac d'argent ventru marqué « Bénéfices », son propre ventre bouffi orné du signe du dollar. À l'arrière-plan, figurant la propriété injustement confisquée par la riche classe dominante aux « principales victimes du capitalisme » qu'étaient les travailleurs en lutte, on voyait fumer les usines d'Amérique.

J'avais lu les deux brochures dans le train ; dans ma chambre, au foyer, je les avais relues intégralement, espérant trouver dans leurs pages la force de téléphoner chez moi pour annoncer la nouvelle. Les dernières pages de *Qui possède l'Amérique ?* s'intitulaient « Deviens communiste ! ». Je les lus à haute voix, comme si j'y entendais O'Day s'adresser à moi en personne : « Oui, ensemble, nous gagnerons nos grèves. Nous construirons nos syndicats, nous nous rassemblerons pour combattre à tous les degrés et tous les stades les forces de la réaction, du fascisme, du militarisme. Ensemble, nous nous efforcerons de construire un grand mouvement politique indépendant qui disputera les élections nationales aux partis des trusts. Nous ne laisserons pas de répit aux usurpateurs, à l'oligarchie qui est en train de causer la ruine de la nation. Que personne ne doute de ton patriotisme, de ta loyauté à ton pays. Rejoins le Parti communiste ! Communiste, tu pourras, au sens plein du terme, assumer tes responsabilités d'Américain. »

Je me disais, pourquoi est-ce que tout cela ne serait pas accessible ? Tu n'as qu'à faire comme le jour où tu es monté dans ce bus qui allait en ville, le jour où tu as assisté au meeting de soutien à Wallace. C'est ta vie ou la leur ? Tu as le courage de tes convictions, oui ou non ? Cette Amérique, c'est celle où tu veux vivre, ou bien est-ce que tu es décidé à y faire la révolution ? À moins que tu fasses partie de ces étudiants « idéalistes » comme tu en connais tant, qui ne sont jamais que des hypocrites égoïstes, privilégiés nombrilistes ? De quoi as-tu peur ? Des épreuves, du danger, de l'opprobre, ou d'O'Day lui-même ? De quoi as-tu peur sinon de ta propre mollesse ? Ne compte pas sur tes parents pour te tirer de là. Pas la peine d'appeler pour demander la permission d'entrer au Parti communiste. Mets tes livres et tes vêtements dans ta valise, retourne là-bas, et passe à l'exécution. Si tu ne le fais pas, qu'est-ce qui va te différencier de Lloyd pour ce qui est d'oser le changement ? En quoi seras-tu plus audacieux que Brownie, le commis épicier qui veut hériter du siège de Tommy Minarek, là-bas, sur le terril de Zinc Town ? Entre un Nathan incapable de renoncer aux attentes de sa famille, de se battre pour parvenir à la liberté authentique et un Brownie incapable de s'opposer aux attentes de la sienne pour gagner la voie de sa liberté à lui, où sera la différence ? Il restera à Zinc Town pour vendre ses minéraux, tu resteras à la faculté pour étudier Aristote — au bout du compte, tu seras un Brownie diplômé.

À une heure du matin, je sortis de mon foyer en pleine tempête de neige, ma première rencontre avec le blizzard de Chicago, et traversai le Midway en direction de la Cité internationale. Le veilleur de nuit se trouvait être un étudiant birman ; il me reconnut et lorsqu'il déverrouilla la sécurité, et que je lui dis : « Mr Glucksman », il acquiesça et me laissa monter malgré l'heure tardive. Je parvins à l'étage de Leo et frappai à la porte. Quelques heures plus tôt, l'un des étudiants étrangers s'était fait à dîner sur la plaque chauffante de sa chambre, et le couloir sentait encore le curry. Je me disais : Voilà un Indien qui vient de Bombay jusqu'à Chicago pour étudier, et toi tu as peur d'aller vivre dans l'Indiana. Redresse-toi, bats-toi contre l'injustice ! Change de cap, vas-y, l'occasion t'appartient ! N'oublie pas les portes de l'usine !

Mais, après toutes ces heures passées sous tension, après toutes ces *années* d'adolescence où j'avais été submergé par ces nouveaux idéaux et ces visions de la vérité, lorsque Leo m'ouvrit la porte en pyjama, j'éclatai en sanglots, ce qui prêta à un fâcheux malentendu. Tout ce que je n'avais pas osé montrer à O'Day se déversait de moi. Toute cette mollesse, ce reste d'enfance, tout ce qui, dans mon être, me rendait indigne d'O'Day. Tout ce non-essentiel, qui faisait partie de mon être. Pourquoi cet idéal ne serait-il pas accessible ? Me manquait ce que je croyais manquer à Ira : un cœur sans dichotomie, un cœur à l'étroitesse enviable, comme celui d'O'Day, un cœur sans équivoque, prêt à renoncer à tous et à tout sauf à la Révolution.

« Oh, Nathan, me dit tendrement Leo, mon cher ami. » C'était la première fois qu'il m'appelait autrement que Mr Zuckerman. Il m'assit à son bureau et resta debout à quelques centimètres de moi, à me regarder — toujours en larmes — défaire les boutons de mon duffle-coat déjà trempé et lourd de neige. Peut-être crut-il que j'allais retirer le reste de mes vêtements. Or je me mis à lui parler de l'homme que je venais de rencontrer. Je lui expliquai que j'avais l'intention de m'installer à East Chicago pour travailler avec O'Day. Ma conscience l'exigeait. Mais pouvais-je le faire sans en parler à mes parents ? Je demandai à Leo si c'était honorable.

« Fumier, petite pute ! Fous le camp, sors d'ici ! Espèce de petite allumeuse hypocrite ! » s'écria-t-il, sur quoi il me jeta dehors en claquant la porte.

Je ne compris pas. Je ne comprenais pas vraiment Beethoven, Kierkegaard me donnait toujours du fil à retordre, et ce que Leo me criait, et pourquoi il le hurlait, m'était tout aussi incompréhensible. Mon seul tort était de lui avoir confié que j'envisageais de vivre aux côtés d'un communiste de quarante-huit ans, un métallo, que j'avais décrit comme un Montgomery Clift vieillissant — et voilà qu'il me jetait à la porte.

Outre l'Indien qui habitait la chambre en face, presque tous les étudiants indiens, asiatiques et africains du couloir sortirent sur leur porte pour voir l'origine de l'altercation. À cette heure de la nuit, la plupart étaient en caleçon ; ce qu'ils avaient sous les yeux, c'était un garçon qui venait de découvrir à l'instant que, à dix-sept ans, l'héroïsme est moins facile à atteindre que le talent qu'on a pour le désirer, ainsi que cet appétit de moralité dans presque tous les domaines. Ils crurent voir tout autre chose. Ce qu'ils crurent voir, je n'aurais guère pu me l'imaginer moi-même avant le prochain cours de lettres classiques. Mais, alors, je compris que désormais Leo Gucksman, loin de me considérer comme un type supérieur, et encore moins un futur grand homme, verrait en moi le béotien le plus naïf, le plus demeuré sur le plan culturel, le plus risible qu'on ait jamais accepté — un scandale, d'ailleurs — à l'université de Chicago. Et jusqu'à la fin de l'année, j'aurais beau intervenir en cours, rendre des devoirs, lui écrire des lettres circonstanciées afin de m'expliquer, m'excuser, faire ressortir que je n'*avais pas* quitté la fac pour rejoindre O'Day, il n'en démordrait pas.

Cet été-là, je vendis des magazines au porte à porte dans le New Jersey — ce n'était pas la même chose que de distribuer des tracts devant une aciérie de l'Indiana, à l'aube, au crépuscule et au cœur de la nuit. Mais j'eus tout de même Ira deux fois au téléphone, et il était prévu que je vienne le voir à la bicoque en août ; à mon soulagement, il dut décommander à la dernière minute, après quoi ce fut la rentrée. Quelques semaines plus tard, fin octobre 1951, j'appris que lui et Artie Sokolow, ainsi que le metteur en scène, le compositeur, deux autres acteurs vedettes de l'émission et le célèbre présentateur Michael J. Michaels s'étaient fait renvoyer de *The Free and the Brave.* Ce fut mon père qui m'annonça la nouvelle au téléphone. Je ne lisais pas le journal de manière régulière, et l'information, me dit mon père, était parue la veille dans les deux quotidiens de Newark, ainsi que dans tous ceux de New York. « L'Homme de Fer rouge », titrait le *New York Journal-American,* où Bryden Grant écrivait ses chroniques. L'histoire avait d'ailleurs éclaté dans « Grant's Grapevine ».

À la voix de mon père, je compris que ce qui l'inquiétait le plus, c'était moi, les ennuis que mon amitié avec Ira risquait de m'attirer. Je lui lançai donc avec indignation : « Parce qu'ils le traitent de communiste, parce qu'ils mentent et qu'ils traitent tout le monde de communiste... — Ils peuvent mentir et te traiter de communiste toi aussi, eh bien oui, répondit mon père. — Qu'ils essaient donc ! Qu'ils essaient ! » J'avais beau incendier mon père, podologue progressiste, comme s'il était le cadre de la radio qui avait viré Ira et ses compagnons, j'avais beau clamer que ces accusations ne s'appliquaient pas plus à Ira qu'elles ne se seraient appliquées à moi, je savais pour avoir passé un seul après-midi avec Johnny O'Day à quel point je pouvais me leurrer. Ira avait servi deux ans en Iran avec Johnny O'Day. O'Day avait été son meilleur ami. Quand je l'avais rencontré, il lui écrivait toujours de longues lettres, auxquelles l'autre répondait. Et puis il y avait Goldstine, et ce qu'il m'avait dit dans sa cuisine. *Ne le laisse pas te bourrer le mou avec ses idées communistes, petit. Quand les communistes trouvent un crétin comme Ira, ils l'utilisent. Sors de ma maison, espèce de connard communiste...*

J'avais délibérément refusé de relier tous ces éléments. Ainsi que le disque, et quelques autres.

« Rappelle-toi cet après-midi dans mon cabinet, Nathan, où il est venu de New York ? Je le lui ai demandé, et tu le lui as demandé, et qu'est-ce qu'il nous a répondu ?

— La vérité ! Il nous a dit la vérité !

— Êtes-vous communiste, monsieur Ringold, je lui ai demandé. Est-ce que vous êtes communiste, monsieur Ringold, tu lui as demandé. » Et, avec dans la voix une intonation choquante que je ne lui avais jamais entendue, mon père cria : « Si cet homme a menti, s'il a menti à mon fils... »

Ce qui passait dans sa voix, c'était une envie meurtrière.

« Comment peux-tu être en affaire avec quelqu'un qui te ment sur un point aussi fondamental ? Comment ? Ça n'était pas un mensonge d'enfant. C'était un mensonge d'adulte. Un mensonge délibéré. Un mensonge inexcusable. »

Pendant qu'il poursuivait, je pensais : Pourquoi Ira s'est-il donné ce mal ? Pourquoi ne m'avoir pas dit la vérité ? Je serais tout de même allé à Zinc Town, ou du moins j'aurais essayé. Seulement voilà, il n'y avait pas qu'à moi qu'il mentait. Ça n'aurait pas eu d'intérêt. Il mentait à tout le monde, sur ce chapitre. Dès qu'on ment à tout le monde, tout le temps, automatiquement, on le fait exprès pour changer son rapport à la vérité. Parce que personne ne peut improviser. Si l'on dit la vérité à un tel et un mensonge à tel autre, ça ne marche pas. Le mensonge fait donc partie de ce qui s'est passé quand il a endossé cet uniforme, me dis-je. Son engagement lui imposait de mentir. Dire la vérité, à moi surtout, ne lui a jamais traversé l'esprit ; non seulement cela aurait mis notre amitié en danger, mais cela m'aurait mis moi-même en danger. Il avait bien des raisons de mentir, mais aucune que je puisse expliquer à mon père, quand bien même je les aurais toutes comprises à l'époque.

Après cette conversation avec mon père (et ma mère qui me dit : « J'avais supplié papa de ne pas t'appeler, pour ne pas te mettre dans tous tes états »), je tentai de joindre Ira dans la Onzième Rue ouest. Le téléphone sonna occupé toute la soirée, et lorsque je rappelai le lendemain matin, et obtins la communication, Wondrous, la femme noire qu'Eve appelait à table par une clochette qu'Ira détestait, m'annonça : « Il habite plus ici », et raccrocha. Comme le frère d'Ira était encore trop mon professeur, à mes yeux, je m'abstins de lui téléphoner. Mais j'écrivis tout de même à Ira chez lui, aux bons soins de Mr Ringold, sur Lehigh Avenue, à Newark, et puis aussi à la boîte postale de Zinc Town. Je n'obtins pas de réponse. J'avais lu toutes les coupures que mon père me faisait suivre en m'écriant : « Mensonges, mensonges ! Mensonges infects ! » mais je me rappelais Johnny O'Day et Erwin Goldstine, et ne savais plus que penser.

Moins de six mois plus tard sortit en librairie — on en avait précipité la parution — *J'ai épousé un communiste*, d'Eve Frame, raconté à Bryden Grant. La première et la quatrième de couverture représentaient le drapeau américain. Sur la première de couverture, le drapeau était déchiré grossièrement, et on voyait en médaillon une photo récente, en noir et blanc, d'Eve et Ira ; Eve, douce et adorable coiffée d'un petit chapeau, avec la voilette à pois qu'elle avait mise à la mode, vêtue d'un manteau de fourrure et portant un sac rond. Elle souriait, radieuse, à l'objectif, qui l'avait saisie dans la Onzième Rue ouest au bras de son mari. Ira, en revanche, ne paraissait pas heureux du tout ; sous son fédora, derrière ses verres épais, il fixait l'appareil photo avec une expression grave et troublée. À peu près au centre de cette jaquette-cible qui claironnait : *J'ai épousé un communiste*, d'Eve Frame, raconté à Bryden Grant, la tête d'Ira avait été hardiment cerclée de rouge.

Dans le livre, Eve soutenait qu'Iron Rinn, « alias Ira Ringold », était un « communiste forcené ». Il avait tenté de lui imposer ses idées par l'intimidation et la violence, il les avait chapitrées, elle et Sylphid, en vociférant tous les soirs au dîner, il avait tenté par tous les moyens de leur laver le cerveau et de les enrôler dans la cause communiste. « De toute ma vie, je ne crois pas avoir rien vu d'aussi héroïque que ma jeune fille, qui aimait tant jouer sagement de la harpe toute la journée, argumenter pied à pied pour la défense de la démocratie américaine contre ce forcené communiste et ses mensonges staliniens totalitaires. Je ne crois pas avoir jamais rien vu d'aussi cruel que ce forcené communiste qui ne reculait devant aucune tactique en vigueur dans les camps de concentration soviétiques pour mettre cette courageuse enfant à genoux. »

En regard, on pouvait voir une photo de Sylphid, mais pas la Sylphid que je connaissais, pas la vaste fille de vingt-trois ans sarcastique en robe gitane qui était venue à mon secours par le rire pendant tout un dîner mondain, et qui m'avait ensuite réjoui en dépeçant l'un après l'autre les amis de sa mère, mais une toute petite Sylphid au visage rond, avec des nattes et de grands yeux noirs, en robe d'anniversaire, souriant à sa belle Môman devant un gâteau, à Beverly Hills. Sylphid en robe de coton blanc brodé de petites fraises, les fronces de sa jupe gonflées par des jupons et retenues par une ceinture à gros nœud dans le dos. Sylphid, six ans et vingt kilos, en socquettes blanches et chaussures vernies noires. Sylphid, fille non pas de Carlton Pennington, ni d'Eve Frame, mais de Dieu lui-même. Car ce miracle qu'Eve avait tenté d'emblée, par le rêve nébuleux du prénom qu'elle lui avait choisi, la photo l'accomplissait ; elle lavait sa fille de tout caractère profane, elle transmuait le solide en aérien, en éthéré. Sylphid était une sainte, parfaitement innocente de tous les vices, elle ne pesait pas sur la terre. Sylphid, l'antithèse même de la hargne.

« Maman, Maman, crie d'un air éperdu la courageuse enfant dans une scène de bravoure, les hommes qui sont montés dans son bureau parlent russe, ce sont des espions russes ! »

Agents russes, espions russes, documents russes, lettres secrètes, appels téléphoniques, messages remis de la main à la main à toute heure du jour et de la nuit et émanant de communistes de tout le pays. On tient des réunions de cellule chez Eve, ainsi que « dans le repaire secret des communistes, au fin fond de la campagne du New Jersey » et dans « un appartement traversant qu'il a brièvement loué à Greenwich Village, sur Washington Square, en face de la fameuse statue du général Washington, dans le but essentiel de fournir un havre de paix aux communistes traqués par le FBI ».

« Mensonges ! m'écriai-je ! Mensonges et délire ! » Mais comment en avoir la certitude absolue ? Qui aurait pu l'avoir ? Et si la préface ahurissante d'Eve à ce livre était *vraie* ? Pouvait-elle l'être ? Pendant des années, je refusai de lire son livre, pour protéger le plus longtemps possible ma relation première avec Ira, moi qui, pourtant, l'abandonnais de jour en jour, avec sa harangue, m'acheminant vers le rejet total. Pourtant, comme je ne voulais pas que ce livre soit la fin sordide de notre histoire, j'en lus des passages mais pas le texte intégral au-delà de la préface. Je ne m'intéressai pas avidement non plus à ce qu'écrivaient les journaux sur l'hypocrisie et la traîtrise de l'acteur vedette de *The Free and the Brave*, qui avait incarné toutes les grandes figures de l'Amérique alors même qu'il s'était choisi un rôle bien plus noir. Qui, selon le témoignage d'Eve, était personnellement responsable d'avoir soumis tous les scénarios de Sokolow à un agent russe pour qu'il les approuve et fasse ses suggestions. Voir publiquement traîner dans la boue un homme que j'avais aimé... pourquoi aurais-je pris part à la curée ? Cela ne me procurait aucun plaisir, et je n'y pouvais absolument rien.

À supposer qu'on écartât l'accusation d'espionnage, admettre que l'homme qui m'avait fait sortir dans le monde ait pu mentir à ma famille sur son appartenance au Parti, m'était tout aussi pénible que d'admettre qu'Alger Hiss ou les Rosenberg aient pu mentir à la nation en niant être communistes. Je refusais donc de lire quoi que ce soit sur ce chapitre, comme j'avais refusé hier de croire quoi que ce soit à son propos.

Ainsi commençait le livre d'Eve, par cette préface, cette page d'ouverture au vitriol :

Ai-je le droit de faire ce que je fais ? M'est-il facile de le faire ? C'est loin d'être facile, croyez-moi. C'est la tâche la plus pénible, la plus effroyable de ma vie. Qu'est-ce qui m'y conduit ? demandera-t-on. Comment puis-je donc considérer que mon devoir de patriote, mon devoir moral, m'oblige à dénoncer un homme que j'ai aimé comme j'ai aimé Iron Rinn ?

Parce que en tant qu'actrice américaine, je me suis juré de lutter avec toutes les fibres de mon être contre le noyautage de l'industrie du spectacle par les communistes. Parce que en tant qu'actrice américaine, j'ai une responsabilité sacrée envers le public américain qui m'a donné tant d'amour, de reconnaissance, de bonheur, j'ai la responsabilité sacrée, inébranlable, de révéler, de démasquer l'ampleur de la mainmise communiste sur la Communication, puisque je l'ai découverte par l'homme que j'ai épousé, un homme que j'ai aimé plus que tout autre dans ma vie, mais un homme résolu à se servir de l'arme de la culture de masse pour démolir le mode de vie américain.

Cet homme, c'était l'acteur de radio Iron Rinn, alias Ira Ringold, membre encarté du Parti communiste des États-Unis d'Amérique, chef de file de l'unité d'espionnage clandestine attachée à prendre le contrôle de la radio américaine. Iron Rinn, alias Ira Ringold, un Américain qui recevait ses ordres de Moscou.

Moi, je sais pourquoi j'ai épousé cet homme : par amour. Or, lui, pourquoi m'a-t-il épousée ? Parce que le Parti communiste lui en avait donné l'ordre ! Iron Rinn ne m'a jamais aimée. Iron Rinn m'a exploitée. Iron Rinn m'a épousée pour mieux infiltrer le monde du spectacle. Oui, j'ai épousé un communiste machiavélique, un homme malfaisant, extraordinairement rusé, qui a failli ruiner ma vie, ma carrière et la vie de ma fille chérie. Tout cela pour faire avancer le projet de Staline de dominer le monde.

7

« La bicoque. Eve l'avait en horreur. Au début de leur liaison, elle avait essayé de la lui arranger. Elle avait mis des rideaux, acheté des assiettes, des verres, des sets de table ; mais il y avait des souris, des guêpes et des araignées dans la place, qui lui fichaient une frousse bleue ; l'épicerie se trouvait à des kilomètres, et comme elle ne conduisait pas, il lui fallait s'y faire déposer par un fermier du coin qui puait le fumier. En somme, elle ne trouvait pas grand-chose à faire à Zinc Town, sinon se battre contre les nuisances, alors elle s'est mise à faire campagne pour qu'ils s'achètent quelque chose en France : comme le père de Sylphid y avait une villa, elle pourrait résider près de lui l'été. "Comment peux-tu être aussi provincial ? disait-elle à Ira. Comment veux-tu apprendre à faire autre chose que de vociférer contre Harry Truman si tu refuses de voyager, d'aller en France voir les paysages, en Italie voir les tableaux, si tu refuses de quitter le New Jersey ? Tu n'écoutes pas de musique, tu ne vas pas au musée, et si un livre ne parle pas de la classe ouvrière tu ne le lis pas. Comment est-ce qu'un acteur..." Et là, il l'interrompait : "Écoute, je ne suis pas acteur, moi, je suis un tâcheron qui gagne sa vie à la radio.

Tu en as déjà eu un, de mari chochotte, tu veux te remettre avec lui ? Tu veux un mari comme celui de ton amie Katrina, un ancien de Harvard, cultivé, comme Mr Dingo ? Mr Katrina Van Potin Grant ?”

« Chaque fois qu'elle remettait sur le tapis la France et l'idée d'y acheter une maison de vacances, Ira s'emballait — il ne lui en fallait pas beaucoup. Il était incapable de nourrir une antipathie tranquille à l'égard de quelqu'un comme Pennington ou Grant. Il était incapable de nourrir une antipathie tranquille à l'égard de quoi que ce soit. Son indignation faisait flèche de tout désaccord. “Si, j'ai voyagé, lui rétorquait-il. J'ai travaillé sur les docks, en Iran. J'ai vu assez de dégradation humaine comme ça...” et ainsi de suite.

« Résultat, Ira a refusé de lâcher sa bicoque, et ça a été une nouvelle source de litige entre eux. Au début, cette bicoque était le dernier bastion de sa vie passée ; pour Eve, elle faisait donc partie de son charme rustique. Au bout d'un moment, elle y a vu au contraire un territoire franc, hors de sa juridiction, et ça aussi, ça l'angoissait terriblement.

« Peut-être qu'elle l'aimait, et que c'était l'origine de cette peur de le perdre. Pour ma part, je n'ai jamais considéré comme de l'amour ses grandes démonstrations théâtrales. Eve se drapait dans le manteau de l'amour, dans le fantasme de l'amour, mais elle était trop faible, trop vulnérable pour ne pas être pleine de ressentiment. Tout l'intimidait trop pour qu'elle soit capable d'un amour raisonnable, vivable ; elle ne pouvait offrir qu'une caricature d'amour. C'est ce qu'elle a donné à Sylphid. Imagine quelle vie a dû avoir la fille d'Eve Frame — et de Carlton Pennington ! — et tu commenceras à comprendre comment Sylphid a tourné. Ça se fabrique pas du jour au lendemain, un pareil personnage.

« Tous les côtés qu'elle méprisait chez Ira, tous les aspects indomptés, repoussants de sa personne, Eve les voyait concentrés dans cette bicoque, et il ne voulait pas s'en défaire. D'abord, tant que la bicoque demeurait en l'état, Sylphid n'y mettrait pas les pieds et c'était déjà ça. Elle n'avait pas où coucher, sinon sur le canapé de la pièce de devant, et chaque été, les rares fois où elle était venue passer le week-end avec eux, elle s'était ennuyée et elle avait été malheureuse. Il y avait trop de vase dans l'étang pour qu'elle s'y baigne, trop de bestioles dans les bois pour qu'elle s'y promène, et Eve avait beau déployer tous ses efforts pour la distraire, elle passait un jour et demi à bouder entre les quatre murs, après quoi elle prenait le train pour retrouver sa harpe.

« Mais le dernier printemps qu'ils ont passé ensemble, ils ont commencé à faire des projets pour restaurer la maison. La grande rénovation devait débuter après la fête du Travail. Ils allaient moderniser la cuisine, la salle de bains, agrandir les fenêtres, poser des planchers neufs, des portes jointives, refaire l'éclairage, isoler, mettre un système de radiateurs à huile pour pouvoir passer l'hiver, peindre l'intérieur et la façade. S'agrandir largement sur l'arrière, en ajoutant toute une pièce avec une immense cheminée de pierre et une fenêtre panoramique donnant sur l'étang et les bois. Ira a engagé un charpentier, un peintre, un électricien, un plombier, Eve a fait des listes, des dessins, et tout devait être fini pour Noël. "Je m'en fous, moi, après tout, si elle en a envie !" m'avait dit Ira.

« Sa désintégration avait commencé, mais je ne m'en apercevais pas, et lui non plus. Il se croyait malin. Il pensait qu'il pouvait jouer en finesse, tu comprends. Mais ses douleurs le tuaient, il avait le moral à zéro, et sa décision n'avait pas été dictée par la force qui pouvait lui rester mais par ce qui était en train de s'effriter en lui. Il se disait qu'en la laissant arranger les choses à son goût, il pourrait minimiser leurs frictions et s'assurer sa protection contre la liste noire. Il avait peur, à présent, de la perdre en perdant son sang-froid, si bien que dans l'espoir de sauver sa peau sur le plan politique, il a laissé les tendances irréalistes de sa femme se déverser sur lui en toute liberté.

« Cette peur. Cette peur aiguë qui régnait à l'époque, cette incrédulité, cette anxiété à l'idée d'être découvert, ce suspense, cette menace qu'on sentait planer sur sa vie et ses moyens d'existence. Était-il convaincu que, s'il gardait Eve, elle serait en mesure de le protéger ? C'est peu probable. Mais quel autre recours avait-il ?

« Or, qu'est-il advenu de cette subtile stratégie ? Un jour il l'a entendue appeler la nouvelle aile la "chambre de Sylphid", et ça a été la fin de sa stratégie subtile. Eve était dehors, auprès du marteau piqueur, et elle disait, la chambre de Sylphid par-ci, la chambre de Sylphid par-là. Quand elle est rentrée dans la maison, toute rose de bonheur, Ira avait déjà subi sa transformation : "Pourquoi tu dis ça ? il lui a lancé. Pourquoi tu appelles cette pièce la chambre de Sylphid ? — Je n'ai rien dit de tel. — Mais si, je t'ai entendue. C'est pas la chambre de Sylphid. — Tout de même, c'est bien là qu'elle va s'installer. — Je croyais que ça devait être la grande pièce de derrière, le nouveau séjour. — Mais le canapé ? C'est sur le nouveau canapé qu'elle va dormir. — Ah bon ? Quand ça ? — Quand elle viendra. — Mais elle se plaît pas, ici. — Elle s'y plaira quand la maison sera jolie comme elle va l'être. — Stop, alors, merde ! La maison va pas être jolie. La maison va être merdique. On en parle plus, bordel. — Pourquoi est-ce que tu me fais ça ? Pourquoi est-ce que tu nous fais ça, à moi et à ma fille ? Qu'est-ce qui te prend, Ira ? — C'est fini. On abandonne la rénovation. — Mais pourquoi ? — Parce que je ne supporte pas ta fille, et que ta fille ne me supporte pas, voilà ! — Comment oses-tu dire quoi que ce soit contre ma fille ! Je m'en vais ! Je ne reste pas davantage. Tu persécutes ma fille ! C'est inacceptable !" Elle a décroché le téléphone pour appeler le taxi du coin, et cinq minutes plus tard, elle était partie.

« Quatre heures après, il a découvert où. Il a reçu un appel d'une femme agent immobilier de Newton. Elle voulait parler à Miss Frame. Il lui a dit que Miss Frame n'était pas là, alors elle lui a demandé s'il pouvait lui transmettre un message — les deux fermes adorables qu'elles avaient vues étaient bien à vendre, l'une ou l'autre serait parfaite pour sa fille, et elle pouvait les leur faire visiter le week-end prochain.

« Voilà ce qu'Eve avait fait, après son départ, elle avait passé l'après-midi à chercher une maison de campagne à acheter pour Sylphid dans le comté du Sussex.

« C'est là qu'Ira m'a téléphoné. Il m'a dit : "J'y crois pas ! Elle lui cherche une maison ici. Ça m'échappe ! — Pas à moi, je lui ai répondu. Le maternage mal compris est une affaire sans fin. Ira, l'heure est venue que tu t'engages dans une nouvelle extravagance."

« J'ai pris ma voiture et je suis monté à la bicoque. J'y ai passé la nuit, et le lendemain matin, j'ai ramené mon frère à Newark. Eve téléphonait chez nous tous les soirs pour le supplier de revenir, mais il lui a dit que c'était fini, que leur mariage était une affaire terminée et quand *The Free and the Brave* est revenu sur les ondes, il est resté chez nous en faisant la navette avec New York pour travailler.

« Je lui ai dit : “Tu es à la merci de ce phénomène, comme tout le monde. Tu vas plonger ou pas, comme tout le monde. La femme que tu as épousée ne va pas te protéger contre ce qui t'attend, ni toi, ni l'émission, ni ceux qu'ils ont décidé de faire tomber. Les traqueurs de rouges sont en marche. Personne n'est assez malin pour les tromper longtemps, même en menant une vie *quadruple.* Ils t'auront avec elle, ou bien ils t'auront sans elle, mais, au moins, tu ne t'encombreras pas d'un être inutile en période de crise.”

« Mais au fil des semaines, Ira était de moins en moins sûr que j'avais raison, et Doris non plus ; peut-être n'avais-je pas raison, du reste, Nathan. Peut-être que s'il s'était remis avec elle par intérêt, son aura, sa réputation, ses relations se seraient conjuguées pour le sauver, lui et sa carrière. C'est possible. Mais de ce mariage, qui allait le sauver ? Tous les soirs, dès que Lorraine était partie dans sa chambre, on s'installait à la cuisine, Doris et moi, pour refaire le tour de la question pendant qu'Ira écoutait. On se mettait autour de la table de cuisine, avec notre thé, et Doris disait : “Ça fait trois ans qu'il supporte ses absurdités sans raison valable. Pourquoi est-ce qu'il ne les supporterait pas encore trois ans, puisque au moins cette fois, il y a une raison valable de le faire ? Quels qu'en soient les mobiles, bons ou mauvais, il n'a jamais essayé d'en finir complètement avec ce mariage, depuis tout ce temps. Pourquoi veux-tu qu'il le fasse maintenant, alors que le fait d'être son mari a quelques chances de lui servir ? S'il peut en retirer un avantage quelconque, du moins, son union ridicule avec ces deux personnes n'aura pas été inutile.” Alors je répondais : “S'il retourne à cette union ridicule, il va s'y faire détruire. C'est pire que ridicule. Il passe la moitié du temps à être si malheureux qu'il lui faut venir dormir ici." À quoi Doris objectait : "Il sera plus malheureux encore le jour où il se retrouvera sur la liste noire. — Mais il va s'y retrouver, de toute façon. Avec sa grande gueule et son passé, il n'y coupera pas." Et Doris : "Je te trouve bien certain que tout le monde va passer à la casserole. C'est tellement irrationnel, ce phénomène, d'abord, ça n'a ni rime ni raison. — Doris, son nom a déjà été cité en quinze, vingt endroits différents. Ça va arriver. C'est inévitable. Et quand ça arrivera, on sait quel parti prendra Eve : pas celui de son mari, celui de Sylphid ; elle voudra protéger Sylphid de ce qui arrivera à Ira. Alors, moi, je dis, finissons-en avec ce mariage, ce malheur conjugal, et acceptons qu'il se retrouve sur la liste noire où qu'il soit. S'il se remet avec elle, ils vont se disputer, il va entrer en conflit avec sa fille, et bientôt, Eve va s'apercevoir des raisons de son retour, et alors ce sera pire. — Eve, s'apercevoir de quoi que ce soit ? a dit Doris. La réalité n'a pas de prise sur Miss Frame, on dirait. Pourquoi veux-tu que la réalité redresse la tête subitement ? — Non, j'ai dit, c'est trop humiliant, d'exploiter Eve cyniquement, de la parasiter comme une sangsue. Ça ne me plaît pas en soi, et ça ne me plaît pas parce qu'il est incapable de jouer ce rôle-là. Il est ouvert, impulsif, direct. Il est tête brûlée, incapable de jouer cette comédie. Et quand elle se rendra compte des raisons de son retour elle va rendre la situation encore plus douloureuse, encore plus inextricable. Ça n'est même pas la peine qu'elle s'en aperçoive toute seule, d'autres s'en apercevront pour elle. Ses amis, les Grant, s'en apercevront, si ce n'est pas déjà le cas. Ira, si tu y retournes, qu'est-ce que tu vas faire pour changer de vie avec elle ? Il va falloir que tu sois un toutou, pour elle, Ira. Tu en es capable ? Toi ? — Pourvu qu'il soit circonspect, il pourra faire ce qu'il voudra", a dit Doris. Et moi : "Il ne sait pas être circonspect et faire ce qu'il veut. Jamais il ne sera circonspect, dans cette maison, tout le rend fou ! — Soit, a reparti Doris, mais s'il perd tout ce pour quoi il a travaillé, s'il est puni dans son pays pour ses convictions, si ce sont ses ennemis qui ont le dessus, il va devenir encore plus fou." J'ai dit : "Ça ne me plaît pas. — Mais ça ne t'a jamais plu, Murray. Maintenant tu te sers de la situation pour lui faire faire ce que tu voulais qu'il fasse. Ce serait l'exploiter ? Eh, qu'il l'exploite, bon Dieu ! C'est à ça qu'elle sert. Que serait le mariage sans l'exploitation ? Les gens mariés s'entre-exploitent des millions de fois plus. Celui-ci exploite la position sociale de l'autre, celle-là son argent, un troisième sa beauté. Moi, je pense qu'il devrait se remettre avec elle. Au point où il en est, sa protection ne sera pas un luxe, précisément parce qu'il est impulsif, tête brûlée. Il est pris dans une guerre, Murray. Il est sous le feu ennemi. Il a besoin d'une couverture. C'est elle qui peut la lui assurer; elle assurait bien celle de Pennington parce que c'était un homosexuel, maintenant qu'elle assure celle d'Ira parce que c'est un rouge. Qu'elle serve à quelque chose ! Non, moi je n'y vois pas d'objection. Il l'a trimballée, cette harpe, non ? Il l'a bien sauvée, sa femme, de cette gamine qui voulait lui défoncer le crâne ? Il a fait ce qu'il pouvait pour elle, à présent, qu'elle fasse ce qu'elle peut pour lui. Aujourd'hui, par chance, c'est pure affaire de circonstance, ces deux femmes peuvent enfin faire autre chose que geindre et râler contre Ira, et se faire la guerre l'une à l'autre. Il n'est même pas nécessaire qu'elles le sachent. Sans le moindre effort de leur part, elles peuvent lui être utiles. Où est le mal ? — Le mal c'est que son honneur est en jeu, voilà, j'ai dit. Son intégrité est en jeu. C'est trop mortifiant. Ira, je me suis disputé avec toi quand tu es entré au Parti communiste. Je me suis disputé avec toi sur Staline, et sur l'URSS. Je me suis disputé avec toi, et rien n'y a fait : tu t'étais engagé envers le Parti communiste. Eh bien, cette épreuve fait partie de ton engagement. Je n'aime pas l'idée que tu te fasses servile. Peut-être qu'il est temps d'en finir avec tous ces mensonges mortifiants, ce mariage qui est un mensonge, ce parti politique qui en est un autre. L'un comme l'autre sont indignes de toi."

« Le débat s'est poursuivi cinq soirs de suite. Et ces cinq soirs-là, il n'a pas ouvert la bouche. Je ne l'avais jamais connu aussi muet. Aussi *calme*. À la fin, Doris s'est tournée vers lui en concluant : "C'est tout ce qu'on peut te dire, Ira. On a fait le tour du problème. C'est ta vie, ta carrière, ta femme, ton couple. C'est ton émission de radio. C'est toi qui décides, à toi de voir." Et il a répondu : "Si je réussis à garder mon poste, si je réussis à ne pas être balayé et mis au rebut, alors je serai plus utile au Parti qu'en restant le cul sur une chaise à m'inquiéter de mon intégrité. Je me fiche pas mal d'être humilié, moi, ce que je veux c'est être efficace. Je vais me remettre avec elle. — Ça ne va pas marcher, j'ai dit. — Ça va marcher, si je suis clair dans ma tête, si je sais pourquoi je le fais, je m'arrangerai pour que ça marche."

« Ce même soir, une demi-heure, trois quarts d'heure plus tard, on sonne en bas. Eve avait pris un taxi jusqu'à Newark. Elle avait les traits tirés, un visage fantomatique. Elle monte l'escalier quatre à quatre et quand elle me voit sur le palier avec Doris, elle nous décoche un sourire comme une actrice sait en faire sur commande — elle sourit comme si Doris était une admiratrice venue l'attendre à la porte du studio avec son appareil photo pour prendre un instantané d'elle. Et puis elle s'est retrouvée à côté de nous, elle a vu Ira, elle est tombée à genoux. Elle nous a refait le numéro de la bicoque. La Suppliante, le retour. La Suppliante, encore et toujours, avec tout un chacun. D'un côté il y avait les prétentions à l'aristocratie, à l'apparat, et de l'autre, le contre-pied absolu, cet étalage sans vergogne : "Ne me quitte pas, je t'en implore, je ferai n'importe quoi !"

« Notre petite Lorraine, notre bourgeon d'intelligence, se trouvait dans sa chambre à faire ses devoirs. Elle était entrée dans le séjour en pyjama pour dire bonsoir à tout le monde. Et voilà que chez elle, là, se trouve cette vedette célèbre qu'elle écoute toutes les semaines sur *The American Radio Theater*, ce personnage exalté qui épanche sa vie sans retenue. Lorraine voit les tréfonds de l'être, chaotiques et bruts, s'étaler sur le plancher du salon. Ira dit à Eve de se lever, mais au moment où il essaie de la soulever, elle lui entoure les jambes de ses bras, et le hurlement qu'elle pousse laisse Lorraine bouche bée. On l'avait emmenée voir les attractions du Roxy, on l'avait emmenée au Planétarium de Hayden, on était allés en voiture voir les chutes du Niagara, mais le clou de son enfance, ça a été ce spectacle-là.

« Je suis allé m'agenouiller auprès d'Eve. Je me suis dit, Soit, s'il veut se remettre avec elle, s'il n'en a pas eu sa dose, il va l'avoir, et jusqu'à la nausée. "Ça suffit, j'ai dit à Eve, venez, il faut se lever, allons dans la cuisine vous faire du café." Et c'est alors qu'Eve a levé les yeux, et qu'elle a vu Doris debout toute seule, tenant encore son magazine à la main. Doris, nature, en chaussons d'intérieur et robe de chambre, visage sans expression, oui, baba, mais sûrement pas moqueuse. Seulement le simple fait qu'elle soit là a suffi comme détonateur dans le grand drame qu'était la vie d'Eve Frame, et elle a fait feu aussitôt : "Et vous, là ! Qu'est-ce que vous regardez comme ça, affreuse petite Juive tordue !"

« Il faut que je te dise que je l'avais vu venir ; ou plutôt je voyais venir quelque chose qui n'arrangerait pas les affaires d'Eve, si bien que j'étais moins éberlué que ma petite fille, qui a éclaté en sanglots. Doris a dit : "Sortez-la d'ici." Ira et moi on l'a soulevée, on l'a emmenée dans le couloir, on lui a fait descendre l'escalier et on l'a conduite à Penn Station. Ira s'était assis devant avec moi, elle s'était mise derrière, on aurait dit qu'elle avait oublié ce qui s'était passé. Sur le chemin de la gare, elle a gardé ce sourire aux lèvres, ce sourire pour les photographes. Et sous ce sourire, il n'y avait rien, ni sa personnalité, ni son histoire, ni même son malheur. Elle se réduisait à ce qui s'étalait sur son visage. Elle n'était même pas seule : il aurait d'abord fallu *être*. Ces ténébreuses origines qu'elle avait passé sa vie à fuir faisaient qu'aujourd'hui elle était devenue une femme que la vie même avait fuie.

« Je me suis arrêté juste devant Penn Station, on est descendus de voiture tous trois, et sans la moindre expression, sans expression aucune, Ira lui a dit : "Rentre à New York." Elle a demandé : "Mais tu ne viens pas ? — Bien sûr que non ! — Pourquoi m'as-tu accompagnée jusqu'ici, alors ? Pourquoi es-tu venu m'accompagner au train ?" Était-ce la cause de son sourire ? Se figurait-elle qu'elle avait triomphé, et qu'il rentrait à Manhattan avec elle ?

« Cette fois la scène n'a pas été jouée dans l'intimité de ma petite famille. Cette fois, il y avait un public d'une cinquantaine de personnes qui se dirigeaient vers la gare — pétrifiées par le spectacle. Sans le moindre état d'âme, cette véritable reine pour qui le décorum revêtait tant d'importance, a tendu ses deux bras vers le ciel, et à la face de tout le centre-ville, elle a imposé l'immensité de son malheur. C'était une femme corsetée dans ses inhibitions, jusqu'au moment où les verrous sautaient. Soit elle était inhibée, ligotée par la honte, soit elle se laissait aller, jusqu'à l'impudeur. Il n'y avait rien entre les deux. "Vous m'avez trompée, je vous déteste ! Je vous méprise, tous les deux ! Vous êtes la pire engeance que j'aie connue !"

« Je me rappelle avoir entendu quelqu'un dans la foule, un type qui était accouru, demander : "Qu'est-ce qu'ils font ? Ils tournent un film ? C'est pas, comment déjà, Mary Astor ?" Et je me rappelle avoir pensé qu'elle n'en aurait jamais fini. Le cinéma, le théâtre, la radio, et puis ce numéro. La dernière grande carrière de l'actrice vieillissante — elle hurle sa haine dans la rue.

« Mais après ça, il ne s'est plus rien passé. Ira a repris son émission tout en habitant chez nous, et il n'a plus été question qu'il retourne dans la Onzième Rue ouest. Helgi venait le masser trois fois par semaine, et il ne s'est plus rien passé. Au tout début, Eve a essayé d'appeler, mais j'ai pris la communication pour dire qu'Ira ne pouvait pas lui parler. Et moi, est-ce que je voulais bien lui parler, ou du moins, l'écouter ? J'ai dit oui, que dire d'autre ?

« Elle sait bien quel tort elle a eu, m'explique-t-elle. Elle sait pourquoi Ira se cache à Newark. C'est parce qu'elle lui a parlé du récital de Sylphid. Ira était déjà assez jaloux de Sylphid avant, et il n'a pas pu se faire à l'idée de ce récital qui s'annonce. Mais elle avait préféré ne pas le lui cacher, parce qu'elle croyait de son devoir de lui révéler à l'avance tout ce qu'entraîne un récital. Parce que, m'explique-t-elle, il ne suffit pas de louer une salle, de paraître et de jouer.

Il s'agit d'une véritable production. C'est comme un mariage, un événement considérable qui consume la famille du musicien des mois à l'avance. Sylphid elle-même va se préparer une année entière. Pour qu'un spectacle mérite le nom de récital, il faut que l'artiste joue au moins soixante minutes, ce qui est une tâche énorme. Le simple choix du programme sera une tâche énorme, et qui ne va pas échoir à la seule Sylphid. Il y aura des discussions interminables sur le morceau par lequel elle devrait commencer, celui par lequel elle devrait finir, ainsi que sur le choix de la pièce de musique de chambre. Eve a voulu qu'Ira s'y attende, de sorte qu'il ne pique pas des crises chaque fois qu'elle l'abandonnera pour aller discuter du programme avec Sylphid. Elle a voulu qu'en tant que membre de la famille, il sache ce qui l'attend : la publicité, l'énervement, les crises — comme tous les autres jeunes musiciens, Sylphid aura le trac, elle voudra déclarer forfait. Mais il faut aussi qu'il sache que ça en vaudra la peine au bout du compte, elle veut que je le lui dise. Parce qu'un récital est ce qu'il faut à Sylphid pour percer. Les gens sont bêtes, me dit-elle. Ils aiment voir des harpistes grandes, blondes et longilignes ; Sylphid n'est ni grande ni blonde ni longiligne, mais c'est une musicienne extraordinaire, et le récital va le prouver une bonne fois pour toutes. Il aura lieu au Town Hall et Eve s'en portera caution, et Sylphid travaillera avec son vieux professeur de Juilliard, qui a accepté de l'aider à se préparer, Eve s'arrangera pour que tous ses amis soient présents, les Grant ont promis de faire venir les critiques de tous les journaux. Elle ne doute pas que Sylphid joue magnifiquement et obtienne des comptes rendus magnifiques, il ne restera plus alors qu'à les transmettre à Sol Hurok.

« Que pouvais-je dire ? Qu'est-ce que cela aurait

changé que je lui rappelle tel ou tel menu détail? C'était une amnésique sélective, qui n'avait pas son pareil pour minorer les faits déplaisants. Vivre sans mémoire était sa manière de survivre. Elle avait tout compris : Si Ira s'était installé chez nous, c'était parce qu'elle avait cru de son devoir de lui dire toute la vérité sur le récital au Town Hall, avec ce que cela entraînerait.

« Ma foi, le fait est que quand Ira était avec nous, il n'avait jamais parlé du récital de Sylphid. Il était bien trop préoccupé par la liste noire pour s'en inquiéter. Je doute qu'il ait enregistré la nouvelle quand Eve la lui avait annoncée. Après ce coup de téléphone, j'en suis même venu à me demander si elle lui en avait vraiment parlé.

« La lettre qu'elle a envoyée ensuite, j'y ai inscrit "destinataire inconnu", et avec le consentement d'Ira, je la lui ai renvoyée sans l'ouvrir. J'ai fait de même avec la suivante. Après quoi, lettres et appels ont cessé. Pendant un temps, on aurait cru que le désastre était derrière nous. Eve et Sylphid passaient les week-ends à Staatsburg avec les Grant. Eve devait leur dire pis que pendre d'Ira — et de moi, désormais, par la même occasion — et on devait lui dire pis que pendre du complot communiste. Mais il ne se passait pourtant rien, et je commençais à me dire qu'il ne se passerait rien tant qu'il resterait officiellement marié avec elle et que selon les Grant l'épouse courrait un quelconque danger si le mari était dénoncé dans *Red Channels* et viré.

« Et voilà qu'un beau samedi, l'invitée de *Van Tassel et Grant* n'est autre que Sylphid Pennington avec sa harpe. À mon avis, la caution que Sylphid a reçue ce jour-là en étant l'invitée de l'émission était une faveur faite à Eve, pour isoler sa fille de toute association fâcheuse avec son beau-père. Bryden Grant a interviewé Sylphid, elle lui a raconté des anecdotes amusantes sur sa vie avec l'orchestre du Music Hall, après quoi elle a joué un choix d'œuvres pour les auditeurs, puis Katrina s'est lancée dans son monologue hebdomadaire sur l'état des arts ; ce samedi-là, c'était une fantaisie longuette sur les espoirs que fondait le monde musical en la jeune Sylphid Pennington, dont les débuts au Town Hall étaient déjà très attendus. Katrina expliquait qu'elle avait fait jouer Sylphid devant Toscanini, qui avait dit d'elle ceci et cela, après quoi elle avait joué devant Phil Spitalny, qui avait dit et ceci et cela, bref, Katrina n'a omis aucun des noms de la musique, grands et moins grands, alors que Sylphid n'avait jamais joué pour ces gens-là.

« C'était audacieux, spectaculaire, dans le droit-fil des personnages. Eve était capable de dire n'importe quoi si elle avait le dos au mur. Katrina était capable de dire n'importe quoi n'importe quand. Exagérer, déformer, inventer de toutes pièces, elle savait le faire avec talent. Son mari aussi savait le faire, tout comme Joe McCarthy. Les Grant étaient des McCarthy avec un arbre généalogique. Avec de la *conviction*. On a un peu de mal à croire que McCarthy se soit englué dans ses mensonges comme ces deux-là. Contrairement à Katrina et Bryden, "Joe la Mitraille" n'a jamais su étouffer complètement son cynisme. Son peu de valeur humaine était bien mal couvert ; tandis que les Grant et leur absence de valeur humaine ne faisaient qu'un.

« Donc, puisqu'il ne se passait rien de rien, Ira s'est mis en quête d'un appartement à New York... et c'est là qu'il s'est passé quelque chose, mais par l'intermédiaire d'Helgi.

« Lorraine trouvait marrante cette grande bonne femme vulgaire, avec sa dent en or, ses cheveux teints ramassés dans un chignon en bataille, qui débarquait chez nous en trombe avec sa table de massage et parlait d'une voix aiguë, avec un accent estonien. Dans la chambre de Lorraine, Helgi riait toujours en massant Ira. Je me rappelle lui avoir dit : "Tu t'entends bien avec ces gens, non ? — Et pourquoi pas ? Il n'y a rien à leur reprocher." C'est alors que je me suis demandé si notre plus grave erreur n'avait pas été de l'empêcher d'épouser Donna Jones, pour gagner sa vie dans l'Amérique profonde, à fabriquer docilement des sucreries et fonder une famille avec son ex-strip-teaseuse.

« Enfin voilà qu'un matin d'octobre, Eve se trouve toute seule, désespérée, elle a peur, et elle se met en tête de faire remettre un message en mains propres à Ira par le biais d'Helgi. Elle l'appelle chez elle dans le Bronx et elle lui dit : "Prenez un taxi, venez chez moi, je vous donnerai de l'argent et puis vous lui porterez ma lettre quand vous irez à Newark."

« Helgi arrive sur son trente et un, en manteau de fourrure avec son chapeau le plus chic, sa plus belle tenue, et son éternelle table de massage. Eve est au premier, à écrire la lettre, Helgi s'entend dire d'attendre au salon. Elle pose la table qui l'accompagne partout, et elle attend. Elle attend, elle attend ; or il y a un bar, et la vitrine aux jolis verres, alors elle trouve la clef de la vitrine, elle prend un verre, elle repère la vodka, et elle se verse à boire. Eve est toujours là-haut dans sa chambre, vêtue d'un négligé, elle écrit lettre sur lettre et les déchire au fur et à mesure, pour recommencer. Aucune lettre ne lui agrée, et chaque fois qu'elle en commence une nouvelle, Helgi se verse un autre verre, allume une autre cigarette. Bientôt elle se balade dans le salon, dans la bibliothèque, dans le couloir ; elle regarde les photos d'Eve du temps que c'était une jeune actrice de cinéma superbe, des photos d'Eve avec Ira et Bill O'Dwyer, l'ancien maire de New York, et Impelliterri, le maire actuel; alors elle se verse un autre verre, allume une autre cigarette et pense à cette femme, son argent, sa célébrité, ses privilèges. Elle pense à son propre sort, sa dure vie, elle s'apitoie de plus en plus sur elle-même, et elle est de plus en plus soûle. Cette grande jument, la voilà qui se met à pleurer !

« Lorsque Eve descend enfin lui remettre la lettre, Helgi est étendue de tout son long sur le divan, dans son manteau et son chapeau, cigarette aux lèvres, verre à la main, mais à présent, elle ne pleure plus. À présent, elle est arrivée au comble de l'énervement, elle est furieuse. L'absence de contrôle de soi du buveur déborde les limites de sa soûlerie.

« "Pourquoi vous m'avez fait attendre une heure et demie ?" elle lui dit. Eve lui lance un seul coup d'œil et répond : "Sortez d'ici." Helgi ne bouge même pas du divan. Elle avise l'enveloppe qu'Eve a en main, et elle lance : "Qu'est-ce que vous lui dites, dans cette lettre, qui vous a pris une heure et demie ? Qu'est-ce que vous lui écrivez ? Vous vous excusez d'être une mauvaise épouse ? Vous vous excusez de ne pas satisfaire ses besoins physiques ? De ne pas lui donner ce qu'il faut à un homme ? — Fermez-la, pauvre idiote, et sortez immédiatement ! — Vous vous excusez de ne jamais lui faire de pipe, à cet homme ? Vous vous excusez de même pas savoir comment on fait ? Et vous savez qui les lui fait ses pipes ? C'est Helgi ! — J'appelle la police ! — C'est ça ! Appelez la police. Elle va vous arrêter, la police. Je vais leur montrer, moi : tenez, regardez comment elle le suce, sans jamais perdre sa distinction, et là ils vont vous boucler pour cinquante ans !"

« Quand la police arrive, Helgi n'a pas désemparé,

elle est toujours remontée à bloc — une fois dans la rue, elle lance à la face du monde : “Vous croyez que c’est sa femme qui lui fait des pipes ? Non. C’est la Paysanne.”

« On l’emmène au commissariat, on la boucle — ivresse, tapage, violation de domicile — et voilà Eve revenue dans le salon enfumé ; elle est à bout de nerfs, elle ne sait plus quoi faire, et c’est là qu’elle s’aperçoit que deux boîtes en émail ont disparu. Elle a une superbe collection de petites boîtes en émail sur un guéridon, deux d’entre elles ont disparu, elle rappelle le commissariat. “Fouillez-la, il y a des choses qui ont disparu.” Les flics regardent dans le sac à main d’Helgi, et, de fait, les deux boîtes y sont bien, ainsi qu’un briquet d’argent aux initiales d’Eve. On a découvert que chez nous aussi, elle en avait volé un. On n’avait jamais su où il était passé, moi je répétais : “Mais bon sang, où il est ce briquet”, et puis quand Helgi s’est retrouvée au commissariat, je m’en suis douté.

« C’est aussi moi qui ai versé sa caution. Après s’être fait boucler elle a passé un coup de fil chez nous pour prévenir Ira, mais c’est moi qui suis allé la récupérer. Je l’ai reconduite dans le Bronx et, sur le chemin, j’ai eu droit à sa tirade de poivrote sur la garce pleine de fric qui n’allait plus lui marcher sur les pieds. Une fois rentré, j’ai raconté l’affaire à Ira. Je lui ai dit qu’il avait attendu toute sa vie que la guerre des classes commence, et où avait-elle commencé, hein ? Dans son salon. Il avait expliqué à Helgi que Marx poussait le prolétariat à arracher les richesses à la bourgeoisie, et c’était exactement ce qu’Helgi avait entrepris de faire.

« La première démarche d’Eve, après avoir appelé les flics pour ce larcin, a été de prévenir Katrina. Katrina a quitté sa demeure de maître, elle est accourue, et avant la fin de la journée, tout le contenu du bureau d'Ira s'est retrouvé entre ses mains, de là, dans celles de Bryden ; de là dans ses colonnes, et, de là, en première page de tous les journaux new-yorkais. Dans son livre, Eve allait prétendre avoir fracturé elle-même le bureau d'acajou où elle avait trouvé les lettres qu'Ira recevait d'O'Day, ses journaux intimes, où il inscrivait les noms et les numéros matricules, les noms et les adresses personnelles de tous les marxistes rencontrés à l'armée. Elle a été abondamment louée pour ce haut fait dans la presse patriote. Mais l'effraction, selon moi, n'était qu'un numéro d'Eve parmi d'autres ; elle se vantait, elle jouait la comédie, elle jouait les héroïnes patriotes. Elle se vantait, et peut-être aussi qu'elle protégeait l'intégrité de Katrina Van Tassel Grant, qui n'aurait reculé devant aucune effraction pour sauver la démocratie américaine, mais dont le mari avait alors en vue sa première campagne législative.

« Là, à la chronique "Grant's Grapevine", dans le style même d'Ira, s'étalaient ses idées subversives, consignées dans son journal secret alors qu'il servait à dessein dans l'armée, loyal sergent. "Les journaux, la censure, et le reste ont déformé les nouvelles de la Pologne dans l'intention de creuser une brèche entre nous et la Russie. La Russie consentait et consent toujours au compromis, mais ce n'est pas ainsi que les choses ont été présentées dans nos journaux. Churchill préconise directement une Pologne ultra-réactionnaire." "La Russie requiert l'indépendance pour tous les peuples colonisés. Les autres puissances préfèrent parler d'autodétermination avec *trusteeships*." "Le cabinet britannique est dissous. Tant mieux. À présent la politique menée par Churchill contre la Russie et sa politique du statu quo ne se concrétiseront peut-être jamais."

« Et voilà. On était en plein dedans. C'était de la dynamite. Le sponsor et la chaîne ont eu une telle frousse qu'au bout d'une semaine, l'"Homme de Fer rouge" était fini, ainsi que l'émission avec une trentaine d'autres personnes qui se trouvaient mentionnées dans son journal. Mon tour n'allait pas tarder à venir.

« Du reste, mes activités syndicales avaient depuis longtemps fait de moi l'ennemi public numéro un aux yeux du censeur des études, si bien que le conseil d'administration du lycée aurait peut-être trouvé moyen de me coller l'étiquette "communiste" et de me virer, même sans l'héroïsme d'Eve. Avec ou sans son assistance, à terme, Ira et son émission auraient plongé, alors peut-être qu'il n'était pas nécessaire de confier les documents à Katrina pour que nous arrive tout ce qui nous est arrivé. Mais il est tout de même instructif de spéculer sur la part qu'elle y a prise en devenant la proie des Grant et en livrant Ira pieds et poings liés à ses ennemis. »

Une fois de plus, nous nous retrouvions au cours d'anglais de la dernière heure de la journée, et Mr Ringold était perché sur le bord de son bureau, vêtu de son costume écossais dans les bruns qu'il avait acheté sur Broad Street avec sa prime de retour à la vie civile ; ce costume de la boutique American Shop pour les GI démobilisés, qu'au cours de mes années de lycée je le vis alterner avec un autre, de même provenance, gris celui-là, en peau de requin à double boutonnage. D'une main il soulevait l'éponge de tableau, qu'il n'hésitait pas à lancer à la figure d'un élève dont la réponse n'avait pas satisfait son attente quotidienne minimale d'agilité mentale, tandis que, de l'autre, il fendait l'air régulièrement, tout en énumérant pour y insister chacun des points qu'il faudrait avoir retenus lors du contrôle des connaissances.

« C'est la démonstration même, me dit-il, que lorsqu'on décide de mêler un problème personnel à l'ordre du jour d'une idéologie, tout ce qui est personnel en est évacué, mis au rebut, pour ne garder que ce qui profite à l'idéologie. En l'occurrence une femme jette son mari et leurs difficultés de couple en pâture à la cause des anticommunistes fanatiques. Sur le fond, elle jette en pâture l'incompatibilité qu'elle n'a jamais su résoudre entre Sylphid et Ira — incompatibilité au demeurant classique entre les enfants d'un premier lit et le nouvel élément du couple, même si elle se trouve chez Eve à un degré aigu. Tout ce qu'Ira pouvait être avec Eve par ailleurs — bon mari, mauvais mari, gentil ou dur, compréhensif ou obtus, fidèle, infidèle —, tout ce qui constitue l'effort conjugal et l'erreur conjugale, tout ce qui découle du fait que le mariage n'a rien d'un rêve — est évacué ; seul demeure ce qui peut servir l'idéologie.

« Après quoi, la femme, si l'envie lui en prend (c'était peut-être le cas pour Eve, et peut-être pas), peut toujours protester : "Non, non, ça ne s'est pas passé comme ça. Vous ne comprenez pas. Il ne se réduisait pas au portrait que vous en faites. Avec moi, il ne ressemblait pas du tout au portrait que vous en faites. Avec moi il pouvait aussi être comme ceci ou comme cela." Dans l'après-coup, l'informatrice peut bien s'apercevoir que ce n'est pas seulement ce qu'elle a dit qui a suscité l'image déformée jusqu'à l'absurde qu'elle découvre dans la presse, c'est aussi ce qu'elle n'a pas dit. Ce qu'elle a tu sciemment. Seulement il est trop tard à présent. À présent l'idéologie n'a plus le temps de la prendre en compte, parce qu'elle ne lui sert plus à rien. "Comme ceci ou comme cela ? répond l'idéologie. Qu'est-ce que vous voulez que ça nous fasse ? Et la fille, qu'est-ce que vous voulez que ça nous fasse ? Elle fait partie de cette masse molle qu'est la vie. Qu'on nous en débarrasse. Tout ce qu'on vous demande, c'est de faire avancer notre juste cause. Nous voulons un dragon communiste de plus à terrasser ! Un nouvel exemple de trahison !"

« Quant au fait que Pamela se soit affolée... »

Mais il était onze heures passées, et je rappelai à Murray, dont les cours s'étaient terminés plus tôt ce jour-là et dont la narration vespérale me semblait avoir atteint son crescendo pédagogique, qu'il lui fallait prendre le car pour New York le lendemain matin, et qu'il était peut-être temps que je le ramène à sa résidence universitaire d'Athéna.

« Je pourrais t'écouter indéfiniment, lui dis-je, mais il faudrait peut-être que tu dormes un peu. Dans les annales de la vaillance narrative, tu as déjà arraché la palme à Schéhérazade. Ça fait six soirs qu'on se retrouve ici.

— Je me sens bien, dit-il.

— Tu n'es pas fatigué ? Tu n'as pas froid ?

— C'est superbe, ici. Non, je n'ai pas froid. Il fait bon, il fait délicieux. Les criquets comptent de un à mille, les grenouilles grognent, les lucioles sont inspirées, et je n'ai jamais eu l'occasion de parler de cette façon depuis que je dirigeais le syndicat des enseignants. Regarde, la lune, elle est orangée. C'est le décor idéal pour effeuiller les années.

— C'est bien vrai, convins-je. Ici, sur la montagne, de deux choses l'une, ou bien on perd contact avec l'histoire, et il m'arrive de choisir cette attitude, ou bien, en esprit, on fait ce que tu es en train de faire, au clair de lune des heures durant, on s'efforce d'en recouvrer la possession.

— Tous ces antagonismes, dit Murray, et puis le torrent des trahisons. Chaque âme est une usine à fabriquer les siennes, quels qu'en soient les mobiles : la survie, l'excitation, l'ambition, l'idéalisme. Faire du dégât, infliger de la douleur. Par cruauté. Pour le plaisir. Pour le plaisir de manifester son pouvoir latent. Le plaisir de dominer autrui, d'anéantir ses ennemis. On les surprend. N'est-ce pas là le plaisir de la trahison ? Le plaisir de tromper quelqu'un ? C'est une manière de faire payer à autrui le sentiment d'infériorité qu'il fait naître en vous, le sentiment d'être rabaissé par lui, ce sentiment de frustration dans votre relation. Parfois c'est sa simple existence que l'on trouve humiliante, parce qu'on n'est pas ce qu'il est, ou qu'il n'est pas ce qu'on est. Alors on le punit comme il le mérite.

« Bien entendu il y a aussi ceux qui trahissent parce qu'ils n'ont pas le choix. J'ai lu le livre d'un savant russe qui, sous Staline, a trahi son meilleur ami en le donnant à la police secrète. Il subissait des interrogatoires éprouvants, ça faisait six mois qu'on le torturait affreusement, si bien qu'il a dit : "Écoutez, je suis à bout, alors, s'il vous plaît, dites-moi ce que vous voulez, donnez-moi ce que vous voudrez à signer, je signerai."

« Il a donc signé tout ce qu'ils ont voulu. Il a lui-même été condamné à perpétuité, sans libération conditionnelle. Au bout de quatorze ans, quand les choses ont changé dans les années soixante, il a été libéré et il a écrit ce livre. Il explique qu'il a livré son meilleur ami pour deux raisons, la première parce qu'il ne pouvait plus résister à la torture, et la seconde parce qu'il savait que ça n'avait pas d'importance — le verdict du procès était établi d'avance, quoi qu'il ait pu dire ou faire. S'il n'avait pas parlé, quelqu'un d'autre l'aurait fait sous la torture. Il savait que son ami — à qui il a conservé son affection jusqu'au bout — le mépriserait, mais, soumis à une torture brutale, un être humain normalement constitué ne résiste pas. L'héroïsme fait exception dans les comportements humains. Une vie normale, faite de vingt mille petits compromis par jour, ne prépare guère à refuser brusquement tout compromis — et moins encore à résister à la torture.

« Il y en a qu'il faut torturer six mois pour les affaiblir. Certains partent avec cet avantage qu'ils sont déjà faibles. Il y a des gens qui ne savent que céder. Avec ceux-là, il suffit de dire : "Fais-le", et ils s'exécutent. Ça va si vite qu'ils ne se rendent même pas compte qu'ils sont en train de trahir. Comme ils font ce qu'on leur demande, ils n'y entendent pas malice. Quand la réalité des choses s'imprime dans leur esprit, c'est trop tard : ils ont déjà trahi.

« Il y a eu un article dans le journal, récemment, sur un type qui avait fourni des renseignements sur sa femme pendant vingt ans, en Allemagne de l'Est. On a trouvé des documents sur lui dans les dossiers de la police secrète est-allemande quand le mur de Berlin est tombé. Sa femme exerçait une profession libérale, la police voulait la suivre, c'était lui l'informateur. Elle ne s'en doutait même pas. Elle a découvert la vérité au moment où on a ouvert les dossiers. Ça a duré vingt ans. Ils avaient des enfants, des beaux-parents, ils recevaient du monde, ils payaient leurs factures, ils se faisaient opérer, ils faisaient l'amour, ils ne faisaient pas l'amour, l'été ils allaient à la plage, ils se baignaient dans la mer, et pendant ce temps-là, lui la *donnait*. C'était un avocat, intelligent, très cultivé, il écrivait même de la poésie. On lui a attribué un nom de code, il a signé un accord, il avait des rendez-vous hebdomadaires avec un officier, pas au QG de la police, mais dans un appartement privé réservé à cet usage. Ils lui avaient dit : "Vous êtes avocat et nous avons besoin de votre aide", il était faible, il a signé. Il avait un père à charge, ce père souffrait d'une terrible maladie invalidante. Ils lui ont dit que, s'il les aidait, ils prendraient le plus grand soin de son père, qu'il adorait. Ça marche souvent de cette façon. Tu as un père, une mère, une sœur malades, on te demande de coopérer, alors tu fais passer ton père malade avant tout, et c'est comme ça que tu justifies ta trahison, et que tu signes l'accord.

« Je suis convaincu qu'en Amérique on a trahi bien plus souvent dans la décennie de l'après-guerre — disons entre 46 et 56 — que dans toute autre période de notre Histoire. Cette saloperie qu'Eve lui a faite était typique de bien des saloperies commises par les gens à cette époque, soit qu'ils y aient été contraints, soit qu'ils aient cru l'être. La conduite d'Eve est à mettre au chapitre des délations quotidiennes de la période. C'est que la trahison se trouvait déstigmatisée et même récompensée comme jamais dans ce pays. Elle était partout en ces temps-là, accessible à tous, cette transgression ; elle était permissible, tout Américain pouvait la commettre. Le plaisir de trahison remplaçait l'interdit, et on pouvait même trahir sans renoncer à son autorité morale. On gardait sa pureté, on trahissait par patriotisme, tout en obtenant une satisfaction à la limite du sexuel, avec son mélange ambigu de plaisir, de faiblesse, d'agression et de honte : la satisfaction de saper, de saper celui ou celle qu'on aime, ses rivaux, ses amis. La trahison habite cette même zone de plaisir pervers, illicite, fragmentaire. Tel est l'intérêt de ce plaisir souterrain de la manipulation, il a bien de quoi tenter l'être humain.

« Il y a même des esprits assez brillants pour pratiquer le jeu de la trahison pour lui-même, de manière purement désintéressée, pour se distraire. C'est sans doute ce que veut dire Coleridge quand il parle de la "malignité sans mobile" avec laquelle Iago trahit Othello. En général, tout de même, je dirais qu'il y a un mobile pour attiser les énergies malfaisantes et faire ressortir la malignité.

« Le seul hic, c'est qu'au temps béni de la guerre froide, livrer quelqu'un aux autorités comme espion soviétique pouvait l'envoyer sur la chaise électrique. Parce que, enfin, Eve n'a pas dénoncé Ira au FBI en tant que mauvais mari qui baisait sa masseuse. La trahison est une composante inévitable de l'existence — qui ne trahit pas ? — mais confondre la haute trahison, c'est-à-dire l'acte de trahison publique le plus haïssable, avec toute autre forme de trahison mineure était mal inspiré en 1951. La haute trahison, contrairement à l'adultère, est un crime ; alors, quand on exagérait sans réfléchir, quand on se laissait aller au flou, à des accusations mensongères, ou même seulement à donner des noms, jeu qui n'est qu'en apparence moins brutal — on pouvait s'attendre aux conséquences les plus noires, à l'époque : nos alliés soviétiques nous avaient trahis en restant en Europe de l'Est et en faisant exploser une bombe atomique, nos alliés chinois nous avaient trahis en faisant une révolution communiste et en virant Tchang Kaï-chek, on avait une superbe excuse morale, elle s'appelait Staline et Mao Tsé-toung.

« Tous ces mensonges, ces fleuves de mensonges... On traduisait la vérité en mensonges, un mensonge en un autre. De quelle compétence les gens font montre, quand ils mentent ! De quelle habileté ! Ils prennent soigneusement la mesure d'une situation, et puis, d'une voix tranquille, sans se troubler, ils fabriquent le mensonge le plus rentable. Quand bien même ils énonceraient une vérité partielle, neuf fois sur dix, c'est au nom d'un mensonge. Je n'ai jamais eu l'occasion de raconter cette histoire telle quelle, dans tous ses détails, à qui que ce soit, Nathan. Je ne l'ai jamais dite et je ne la redirai jamais. Je voudrais la dire bien. Jusqu'au bout.

— Pourquoi ?

— Je suis la seule personne encore en vie qui sache l'histoire d'Ira, et toi tu es la seule personne encore en vie qui t'y intéresses. Voilà pourquoi : parce que tous les autres sont morts. » Et en riant il ajouta : « Ma dernière tâche, remettre à Nathan Zuckerman le bon à tirer de l'histoire d'Ira.

— Je ne sais pas ce que je pourrais en faire, dis-je.

— Ce n'est pas de mon ressort. Il me faut seulement te la raconter. Ira et toi avez beaucoup compté l'un pour l'autre.

— Eh bien alors, continue. Ça s'est terminé comment ?

— Il y a eu Pamela. Pamela Solomon. Elle s'est affolée. Quand elle a appris par Sylphid qu'Eve avait fracturé le bureau d'Ira. Elle s'est dit ce que les gens se disent quand ils découvrent qu'il est arrivé malheur à autrui : en quoi ceci m'affecte-t-il à titre personnel ? Untel, de mon bureau, a une tumeur au cerveau ? Ça veut dire qu'il va falloir que je me tape l'inventaire tout seul. Untel, à côté de chez moi, s'est écrasé dans un accident d'avion ? Il est mort ? Allons bon ! Il devait venir samedi réparer le vide-ordures.

« Il existait une photo de Pamela, prise par Ira à la bicoque. Une photo d'elle en maillot de bain, près de l'étang. Pamela craignait (à tort) que la photo soit dans le bureau avec la paperasse communiste, et qu'Eve l'ait vue, ou encore que, si elle ne s'y trouvait pas, Ira aille la montrer à Eve, la lui coller sous le nez en lui disant : "Tiens, regarde !" Et alors, qu'est-ce qui se passerait ? Eve serait furieuse, elle allait la traiter de traînée et lui fermer sa porte. Et Sylphid, qu'allait-elle penser ? Qu'allait-elle faire, aussi ? Et si on l'expulsait des États-Unis ? C'était la pire hypothèse. Pamela était étrangère, en Amérique. Si son nom se trouvait mêlé au merdier communiste d'Ira, et qu'il paraisse dans les journaux, et qu'elle se fasse expulser ? Et si Eve s'arrangeait pour la faire expulser, comme une voleuse de mari ? Adieu, vie de bohème ! Il faudrait revenir à la respectabilité étouffante de l'Angleterre.

« Compte tenu de l'atmosphère qui régnait alors en Amérique, Pamela ne s'exagérait pas forcément le danger que représentait pour elle le merdier communiste d'Ira. Partout, l'heure était aux accusations, à la menace, au châtiment. Pour une étrangère, en particulier, le phénomène avait des allures de pogrom démocratique ; il était terrifiant. Le danger ambiant suffisait à justifier la peur de Pamela. Dans un tel climat politique, ses inquiétudes n'étaient pas extravagantes. Et c'est donc pour répondre à ses inquiétudes que Pamela a analysé la situation avec son intelligence, son bon sens et son réalisme, qui étaient considérables. Ira avait raison de voir en elle une jeune femme à l'intelligence vive, lucide, qui savait ce qu'elle voulait, et qui le faisait.

« Pamela va donc trouver Eve pour lui raconter l'histoire suivante : Il y a deux étés, elle a rencontré Ira par hasard dans le Village. Il était dans sa camionnette et partait pour la campagne ; Eve l'y attendait déjà, lui dit-il, pourquoi ne pas embarquer immédiatement avec lui pour passer la journée ? Il faisait une chaleur accablante, elle ne s'est pas posé trop de questions. "D'acc, je prends mon maillot de bain." Il l'attend en bas, et les voilà partis pour Zinc Town. À l'arrivée, elle a découvert qu'Eve n'était pas là. Elle s'est efforcée d'être agréable, et de croire les bobards qu'il lui racontait. Elle est même allée jusqu'à passer son maillot pour se baigner avec lui. C'est là qu'il a pris cette photo et qu'il a essayé de la séduire. Elle a fondu en larmes, elle l'a repoussé, elle lui a dit ce qu'elle pensait de lui, et de ce qu'il était en train de faire à Eve, et puis elle a sauté dans un train pour New York. Comme elle ne voulait pas s'attirer d'ennuis, elle a gardé le silence sur ses avances. Elle craignait, si elle parlait, que tout le monde ne rejette la faute sur elle et la traite de traînée pour être montée en voiture avec lui. On la traiterait de tous les noms pour l'avoir laissé prendre cette photo. Personne n'écouterait sa version de l'histoire. Il l'écraserait sous toutes sortes de mensonges si elle osait dénoncer sa traîtrise et dire la vérité. Mais à présent qu'elle avait pris la mesure de sa duplicité, elle ne pouvait plus, en son âme et conscience, se taire plus longtemps.

« Et voilà que cet après-midi-là, après mon dernier cours, comme je me dirige vers mon bureau, je trouve mon frère qui m'attend. Il est dans le couloir, il signe des autographes pour deux professeurs qui l'ont reconnu ; j'ouvre la porte, il entre dans mon bureau et il jette sur ma table de travail une enveloppe marquée “Ira”. L'expéditeur en est le *Daily Worker.* À l'intérieur se trouve une seconde enveloppe, adressée à Iron Rinn, cette fois. On reconnaît l'écriture d'Eve, et son vélin bleu. Le directeur du *Worker* était un ami d'Ira. Il était venu jusqu'à Zinc Town pour la lui remettre en mains propres.

« Apparemment, le lendemain du jour où Pamela est venue lui raconter son histoire, Eve a fait ce qu'elle pouvait imaginer de plus audacieux, elle a frappé le plus grand coup qu'elle pouvait frapper en l'occurrence. Elle se met sur son trente et un : veste en lynx, robe de velours noir bordée de dentelle blanche — un rêve d'un million de dollars —, ses escarpins ouverts au bout les plus chics, feutre noir élégant avec voilette. Et où va-t-elle ? Pas déjeuner au "21" avec Katrina, non, elle va au bureau du *Daily Worker*. Ils avaient leurs bureaux sur University Place, à cette époque-là, à quelques rues seulement de la Onzième ouest. Eve prend l'ascenseur jusqu'au quatrième étage, et elle exige de voir le rédacteur en chef. On la fait entrer dans son bureau, et elle tire de son manchon de lynx la lettre qu'elle pose sur la table. "Pour le héros martyr de la révolution bolchevique, lui dit-elle. Pour l'artiste du peuple, le dernier et le plus bel espoir de l'humanité", sur quoi elle tourne les talons et quitte la pièce. Elle que toute opposition mettait au supplice, terrorisait, savait aussi être efficacement impérieuse quand elle avait fait le plein de ressentiment légitime et qu'elle était prise d'une de ses lubies de grande dame. Elle était capable de ces transformations, et elle ne faisait pas les choses à moitié. Aux deux bouts de son spectre émotionnel, les excès savaient convaincre.

« Le directeur reçoit la lettre, il prend sa voiture, et il l'apporte à Ira. Ira vivait à Zinc Town depuis son licenciement. Il prenait sa voiture toutes les semaines pour venir à New York consulter ses avocats — il avait l'intention de traîner devant les tribunaux la chaîne de radio, les sponsors et *Red Channels*. Une fois en ville, il allait dans l'Upper West Side rendre visite à Artie Sokolow qui venait d'avoir sa première crise cardiaque et qui devait garder le lit. Ensuite, il venait nous voir à Newark. Mais enfin, il passait le plus clair de son temps à la bicoque, ne décolérant pas, broyant du noir, ravagé, obsédé ; il faisait à manger à Ray Svecz, son voisin victime d'un accident de mine, il mangeait avec lui et il élucubrait sur ses malheurs devant ce type à moitié dérangé.

« Le jour où on lui a remis la lettre d'Eve, Ira vient donc à mon bureau, et je la lis. Elle est dans le dossier avec le reste des papiers d'Ira ; je ne peux pas lui rendre justice en la paraphrasant. Elle faisait trois pages. Incendiaires, manifestement écrites d'un trait, sans rature, parfaites. Doté d'un vrai mordant, c'était un document féroce et cependant très bien écrit. Sous l'empire de la colère, et sur du papier bleu à en-tête, Eve avait une élégance très Grand Siècle. Je n'aurais pas été surpris si cette remontrance s'était close par des alexandrins bien ronflants.

« Tu te souviens lorsque Hamlet maudit Claudius ? Le passage se trouve au deuxième acte, juste après que l'acteur jouant le roi a dit sa tirade sur la mort de Priam ? C'est au milieu du soliloque qui commence par "Ô quelle canaille, quel vil serf je fais !" "Traître sanglant et ribaud ! dit Hamlet. Traître sans pareil, luxurieux, déloyal, sans remords, vengeance !" Enfin voilà, en gros la lettre d'Eve était de la même veine : Tu sais combien Pamela compte pour moi, tu le sais, je te l'ai confié une nuit à toi et à toi seul. Voilà une jeune fille qui a un complexe d'infériorité (un complexe d'infériorité, c'est en ces termes qu'elle lui avait décrit le problème de Pamela), elle est loin de chez elle, de son pays, de sa famille ; elle est ma *protégée* ; elle est sous ma responsabilité, je veille sur elle, je la protège, mais toi, toi qui enlaidis tout ce que tu touches, tu entreprends de transformer une fille de son milieu en effeuilleuse comme Miss Donna Jones. Tu l'attires dans ce trou à rats au bout du monde sous de faux prétextes, tu salives comme un pervers en prenant sa photo en maillot de bain, tu poses tes grosses pattes de gorille sur son corps sans défense, et tout ça pour le plaisir, pour faire d'elle une vulgaire putain, pour nous humilier Sylphid et moi de la manière la plus sadique que tu puisses trouver.

« Sauf que, cette fois, tu es allé trop loin. Tu m'as dit, je m'en souviens, que sous la férule du grand O'Day, tu t'étais émerveillé devant *Le Prince,* de Machiavel. Maintenant je comprends ce que tu y as appris. Je comprends pourquoi mes amis essaient de me montrer depuis des années que dans tout ce que tu dis et tout ce que tu fais, tu n'es qu'un être machiavélique à la lettre, sans scrupule, dépravé, qui se moque du bien et du mal, et n'as de religion que le succès. Tu essaies de coucher de force avec cette jeune fille ravissante, talentueuse, qui se débat déjà contre son complexe d'infériorité. Pourquoi est-ce que tu n'essayais pas plutôt de coucher avec moi — pour m'exprimer ton amour, par exemple... ? Quand nous nous sommes rencontrés, tu vivais seul dans le Lower East Side, dans les bras sordides de ton lumpenproletariat chéri. Je t'ai offert une maison magnifique, pleine de livres, de musique, d'objets d'art. Je t'ai fourni un bureau rien que pour toi, je t'ai aidé à constituer ta bibliothèque. Je t'ai présenté tout ce que Manhattan compte de gens intéressants, intelligents, talentueux ; je t'ai ouvert les portes du monde d'une façon que tu n'aurais jamais osé rêver. Dans la mesure de mes moyens, j'ai essayé de te donner une famille. Alors, c'est vrai que j'ai une fille exigeante, une fille perturbée. Je le sais. Mais enfin, la vie est pleine d'exigences. Pour l'adulte responsable, la vie *est* exigences... Ça continuait dans cette veine-là, sans désarmer, c'était philosophique, mûr, sensé, entièrement rationnel — jusqu'à la menace finale :

« Tu n'auras peut-être pas oublié que ton modèle de frère ne m'a pas laissée te parler ni t'écrire lorsque tu te terrais chez lui. Il a donc fallu que je passe par tes camarades pour t'atteindre. Le Parti communiste, lui, semble pouvoir te joindre plus facilement que qui que ce soit, et, en tout cas, toucher ton cœur ou ce qui t'en tient lieu. Tu es bien Machiavel, oui, l'artiste suprême de la manipulation. Eh bien, mon cher Machiavel, puisque tu ne sembles pas encore comprendre les conséquences de tout ce que tu as fait à autrui pour arriver à tes fins, l'heure est peut-être venue qu'on te l'apprenne.

« Tu te souviens, Nathan, de cette chaise qu'il y avait dans mon bureau, à côté de ma table — la chaise électrique ? C'est là que vous preniez vos suées pendant que je commentais vos dissertations. C'est sur cette chaise qu'Ira était assis pendant que je commentais la lettre. Je lui demande : "C'est vrai que tu as fait des avances à cette fille ? — J'ai eu une liaison de six mois avec cette fille ! — Tu l'as baisée ! — Des tas de fois, Murray. Je croyais qu'elle était amoureuse de moi. Qu'elle ait pu faire ça, j'en reviens pas. — Tiens donc ! — J'étais amoureux d'elle, je voulais l'épouser, fonder une famille avec elle. — De mieux en mieux. Tu réfléchis vraiment jamais, hein ? Toi tu agis, tu agis, c'est tout. Tu gueules, tu baises, tu agis. Pendant six mois tu baises la meilleure amie de sa fille, sa fille symbolique, sa protégée. Et puis c'est la catastrophe et tu n'en reviens pas. — Je l'aimais. — Parle clair, dis que tu aimais la baiser. — Tu comprends pas. Elle venait à la bicoque. C'est vrai que j'étais fou d'elle. C'est vrai que j'en reviens pas. J'en reviens pas qu'elle ait fait ça. — Qu'*elle* ait fait ça ! — Me balancer à ma femme... et mentir, par-dessus le marché. — Soit. Et puis après ? Qu'est-ce qui t'étonne ? Tu es dans le pétrin ! Ta femme va te mettre dans le pétrin. — Ah oui ? Qu'est-ce que tu veux qu'elle fasse ? Elle l'a déjà fait, avec l'aide de ses amis les Grant. J'ai déjà perdu mon boulot. Je suis sur le sable. Elle veut faire passer ça pour une histoire de fesses, tu vois, mais c'était pas le cas. Pamela le sait bien, elle. — En tout cas, voilà ce que c'est devenu, à présent. Tu es pris, et ta femme t'annonce de nouvelles conséquences. Lesquelles, d'après toi ? — Aucune. Il ne reste plus rien. Cette ânerie", il me dit en agitant la lettre au *Worker*. "La voilà, la conséquence. Écoute-moi bien. Je n'ai jamais rien fait sans le consentement de Pamela. Quand elle n'a plus voulu de moi, ça m'a tué. Une fille comme elle, j'en avais rêvé toute ma vie. Ça m'a tué. Mais j'ai obéi. Je suis descendu, je suis sorti dans la rue et je l'ai plus importunée. Je l'ai jamais plus embêtée. — Quoi qu'il en soit. Tu as beau avoir accepté en parfait gentleman le congé que te donnait la fille symbolique de ta femme après six mois de joyeuse baise, maintenant, mon ami, il va t'arriver des bricoles. — Non, c'est à Pamela qu'il va arriver des bricoles. — Ah oui ? Tu te proposes d'agir, une fois de plus ? D'agir encore une fois sans réfléchir ? Non. Je ne vais pas te laisser faire."

« Je ne l'ai pas laissé faire et il n'a rien fait. Maintenant, de là à dire que cette lettre a donné à Eve l'élan nécessaire pour écrire son livre... difficile. Mais si Eve cherchait une raison de se dépasser et de commettre l'énorme acte irrationnel auquel elle était prédestinée, le coup de pouce de Pamela ne tombait pas plus mal. On pourrait croire qu'après avoir épousé un minus comme Mueller, puis un homosexuel comme Pennington, puis un escroc comme Freedman, puis un communiste comme Ira, elle se serait tenue quitte de toute obligation envers les forces de la déraison. On pourrait croire qu'elle avait tiré tous les effets de la grande scène du "Comment as-tu pu me faire ça ?" en allant au *Daily Worker* en veste de lynx avec manchon assorti. Mais non, la destinée d'Eve était de pousser son irrationalité vers des sommets toujours plus hauts. Et c'est là qu'on retrouve les Grant.

« Ce sont les Grant qui ont écrit ce livre. Un nègre à deux têtes. On a utilisé le nom de Grant sur la jaquette — raconté à Bryden Grant — parce que cela équivalait presque à utiliser celui de Winchell, un grand nom de la presse à scandale. Mais c'est leur talent à tous deux qui auréole l'entreprise. Qu'est-ce qu'Eve savait du communisme ? Il y avait des communistes aux meetings de soutien à Wallace où elle avait accompagné Ira. Il y en avait à l'émission *The Free and the Brave* qui venaient chez eux, aux dîners et à toutes les soirées. Ce petit groupe de gens qui travaillaient pour l'émisssion tenaient beaucoup à avoir un maximum de contrôle dessus. C'était le côté secret, le côté conspirateur — ils voulaient engager des gens pensant comme eux, pour influencer l'idéologie du scénario autant que faire se pouvait. Ira s'installait dans son bureau avec Artie Sokolow et il essayait d'introduire dans le texte tous les clichés ringards du Parti, tous les sentiments prétendument progressistes qu'ils pouvaient y caser sans s'attirer d'ennuis, ils manipulaient le scénario pour plaquer sur n'importe quel contexte historique toutes les âneries idéologiques qu'ils considéraient comme ayant un contenu communiste. Ils se figuraient qu'ils allaient influencer la pensée du public. *L'auteur ne doit pas se contenter d'observer et de décrire, il faut qu'il participe à la lutte. L'auteur non marxiste trahit la réalité objective; l'auteur marxiste contribue à la transformer. Le don du Parti à l'auteur est la seule vision du monde juste et vraie.* Ils y croyaient à tout ça. C'était du pipeaurama, de la propagande. Seulement le pipeaurama, la Constitution l'interdit pas. Et, à cette époque-là, il y en avait plein la radio.

Gangbusters. Your FBI. Kate Smith qui chantait *God Bless America.* Même Corwin, ton héros, faisait de la propagande, lui aussi, pour une démocratie américaine idéalisée. Au bout du compte, ça n'était pas bien différent. Ira Ringold et Artie Sokolow n'étaient pas des agents secrets, c'étaient des agents de publicité. Nuance. C'étaient des propagandistes au rabais, qui tombaient seulement sous le coup de la loi esthétique, et du bon goût littéraire.

« Et puis il y avait eu l'AFTRA, le syndicat, la bataille pour prendre le contrôle du syndicat. Ça a beaucoup gueulé, il y a eu des luttes intestines, mais ça, c'était à l'échelle du pays. Dans mon syndicat, comme dans presque tous, c'étaient la droite et la gauche, les libéraux et les communistes qui luttaient pour prendre les commandes. Ira faisait partie du comité directeur, il téléphonait aux gens, Dieu sait qu'il était capable de gueuler. Bien sûr qu'il s'est dit des choses en présence d'Eve. Et Ira ne parlait pas pour ne rien dire. Le Parti n'était pas le dernier salon où l'on cause, pour lui. Pas un club de discussion. Ce n'était pas la Ligue de défense des libertés civiques. Quand on dit révolution, ça dit bien ce que ça veut dire. Il prenait la rhétorique au sérieux. On ne peut pas se prétendre révolutionnaire sans s'engager sérieusement. C'était pas bidon, pour lui. C'était quelque chose d'authentique. Il prenait l'Union soviétique au sérieux. À l'AFTRA, il ne rigolait pas.

« Bon, maintenant, moi je n'ai jamais vu Ira dans ses pompes et ses œuvres. Je suis sûr que toi, tu ne l'as jamais vu non plus. Mais Eve, alors, en a vu moins que rien. Elle n'y a vu que du feu. La réalité immédiate n'était pas quelque chose qui comptait pour elle. Cette femme avait rarement la tête à ce que les gens étaient en train de dire autour d'elle.

Elle était totalement étrangère au commerce de la vie. Il était trop grossier pour elle. Elle ne pensait jamais au communisme, ni à l'anticommunisme. Elle ne pensait jamais à rien de présent, sauf quand Sylphid était présente.

« "Raconté à", ça voulait dire que toute cette prose de la malveillance avait été rêvée par les Grant. Or elle n'avait pas du tout été rêvée pour faire plaisir à Eve, ni même tellement pour détruire Ira. Certes, Katrina et Bryden ne pouvaient pas le sentir et les ravages du livre sur sa vie les ont réjouis, mais en prime seulement. Les Grant l'ont rêvé, ce livre, pour que Bryden caracole jusqu'à la Chambre sur le dada du communisme dans les médias.

« Cette écriture. La prose du *Journal-American*. Plus la syntaxe de Katrina. Plus la sensibilité de Katrina. C'est elle qui a laissé ses empreintes digitales partout. J'ai su tout de suite qu'Eve ne pouvait pas l'avoir écrit, elle aurait été incapable d'écrire aussi mal. Elle était trop cultivée, elle avait trop lu. Pourquoi avoir laissé les Grant écrire son livre ? Parce que, systématiquement, elle s'asservissait au premier venu. Car s'il est vrai que ce dont les forts sont capables est effarant, ce dont les faibles sont capables ne l'est pas moins. Tout est effarant.

« *J'ai épousé un communiste* est sorti en mars 1952, alors que Grant avait déjà annoncé sa candidature, et puis, en novembre, avec le raz-de-marée Eisenhower, il a été propulsé à l'Assemblée comme représentant de la 39e circonscription de New York. Il aurait été élu, de toute façon. Leur émission du samedi avait la faveur du public, et puis pendant des années il a eu cette chronique, et Ham Fish derrière lui, sans compter que c'était tout de même un Grant, un descendant de président des États-Unis. Je doute néanmoins que Joe McCarthy se serait déplacé en personne jusque dans le comté de Dutchess et qu'il se serait montré à ses côtés sans toutes les grosses légumes rouges que « Grant's Grapevine » avait aidé à dénoncer et expulser des chaînes de radio. Tout le monde était à Poughkeepsie, tout le monde faisait campagne pour lui. Il y avait Westbrook Pegler. Tous les éditorialistes de Hearst étaient ses copains. Tous ceux qui détestaient FDR et qui voyaient dans la souillure communiste un moyen d'enfoncer les démocrates. Soit Eve n'avait pas idée que les Grant étaient en train de se servir d'elle, soit, et c'est plus probable, elle le savait mais s'en fichait, parce qu'elle se sentait tellement forte, tellement courageuse, pour une fois qu'elle était l'agresseur, qu'elle rendait enfin leurs coups aux monstres.

« Mais tout de même, connaissant Ira comme elle le connaissait, comment est-ce qu'elle a pu publier ce livre sans s'attendre à un retour de bâton ? Ça n'était plus une lettre de trois pages expédiée à Zinc Town. Ça a été un énorme best-seller à l'échelle nationale, ce livre, il a fait du bruit. Il avait d'ailleurs tous les ingrédients d'un best-seller : Eve était célèbre, Grant était célèbre, le communisme était *le* grand péril international. Ira lui-même était moins connu qu'Eve ou Grant, mais si ce livre lui a fermé les portes de la radio pour toujours, s'il a mis un terme à sa carrière fortuite, la saison, les cinq ou six mois qu'il a été au sommet des ventes, Ira s'est trouvé sous les feux des projecteurs comme jamais. Eve faisait d'une pierre deux coups : elle s'éclipsait de sa vie, et elle dotait le spectre du communisme d'un visage humain : celui de son mari. J'ai épousé un communiste. J'ai couché avec un communiste. Un communiste a tourmenté mon enfant. L'Amérique innocente a écouté un communiste, déguisé en patriote, sur une chaîne de radio. L'abominable traître aux deux visages; les vrais noms des vraies vedettes; et en toile de fond panoramique, la guerre froide — évidemment, ça donne un best-seller. Ce type de réquisitoire contre Ira avait toutes les chances de valoir à Eve une vaste audience, dans les années cinquante.

« Pendant qu'elle y était, elle nommait tous les autres bolcheviques juifs affiliés à l'émission d'Ira, ça ne pouvait pas faire de mal. L'antisémitisme était l'une des sources latentes de la paranoïa qui caractérisait la guerre froide. Si bien que, sous la houlette morale des Grant — qui aimaient ces trublions gauchistes juifs omniprésents à peu près autant que Richard Nixon lui-même —, Eve a pu transformer un préjugé personnel en arme politique, et confirmer ainsi à l'Amérique non juive qu'à New York comme à Hollywood, à la radio comme au cinéma, le communiste caché sous chaque pierre était neuf fois sur dix juif par-dessus le marché.

« Mais est-ce qu'elle se figurait que cette tête brulée, ce type ouvertement agressif n'allait pas agir en retour ? L'homme qui se lançait dans ces discussions féroces à table, qui tempêtait dans son salon en engueulant les gens, qui après tout était bel et bien communiste et savait entreprendre une action politique, qui avait gagné le contrôle de son syndicat pied à pied, qui réussissait à réécrire les scénarios de Sokolow, à bousculer une brute comme Artie Sokolow — est-ce qu'elle se figurait qu'il n'allait pas agir ? C'était vraiment mal le connaître. Et le portrait qu'elle en faisait dans son livre, alors ? Si c'était Machiavel, c'était Machiavel, tous aux abris !

« Mais elle, elle se disait, je suis outrée. Je suis furieuse à cause de Pamela, à cause d'Helgi, à cause de la restauration de la bicoque et de tous les autres crimes contre Sylphid. Alors je vais me rappeler à l'attention de ce salopard sans cœur, machiavélique et lubrique. Un peu qu'elle s'est rappelée à son attention ! Seulement il tombe sous le sens que si on se rappelle à l'attention d'Ira en lui fourrant un tisonnier brûlant dans le cul en public, ça va le mettre en rage. Et il risque de vous sauter à la carotide. Les gens n'aiment pas voir sur la liste des best-sellers des réquisitoires qui les dénoncent de façon mensongère, pas la peine d'être Ira Ringold pour en prendre ombrage. Et pour prendre des mesures de rétorsion. Mais elle n'y pensait même pas. Avec le ressentiment vertueux qui alimentait son projet, l'irréprochabilité qui animait son projet, comment imaginer que quelqu'un lui fasse quoi que ce soit. Elle se contentait d'égaliser la marque. C'était lui qui avait commis toutes les horreurs, elle ne faisait qu'apporter sa version de l'histoire. Elle avait le dernier mot, et les seules conséquences qu'elle imaginait étaient celles qu'elle méritait. Il fallait bien qu'il en soit ainsi — quel mal avait-elle fait, elle ?

« L'aveuglement qui lui a attiré tant de douleur avec Pennington, avec Freedman, avec Sylphid, avec Pamela, avec les Grant, et même avec Helgi Pärn, tel est le ver qui a fini par la détruire. C'est ce que le professeur de lycée qui enseigne Shakespeare appelle la faille tragique.

« Une grande cause s'est emparée d'Eve : la sienne. Sa cause, présentée sous le voile grandiose d'une croisade de l'abnégation pour sauver l'Amérique de la marée rouge. Qui n'a pas un mariage raté ? Elle-même en a quatre. Mais pas question d'être comme tout le monde. C'est une vedette. Elle veut montrer qu'elle compte, elle aussi, qu'elle pense, qu'elle peut lutter. Qui est cet acteur, Iron Rinn ? C'est moi, l'actrice. C'est moi qui ai un nom, c'est moi qui possède le pouvoir du nom. Je ne suis pas cette faible femme à qui on peut faire toutes les misères qu'on veut. Je suis une vedette, bon sang ! Mon mariage raté n'est pas un banal mariage raté, c'est le mariage raté d'une vedette ! Je n'ai pas perdu mon mari à cause du piège affreux où je suis coincée avec ma fille, je n'ai pas perdu mon mari à cause de tous ces "je t'en supplie" à genoux, je n'ai pas perdu mon mari à cause de cette pute poivrote avec une dent en or. Il y faut plus de majesté, et il faut que j'en sorte immaculée. Le refus de reconnaître que le drame n'a qu'une dimension humaine le transforme en mélo bidon : vendable. Moi, j'ai perdu mon mari à cause du communisme.

« Et le vrai sujet du livre, ce qu'il était en train de permettre, Eve n'en avait pas la moindre idée. Pourquoi Iron Rinn était-il jeté en pâture au public sous les traits d'un dangereux espion soviétique ? Pour faire élire un républicain de plus à l'Assemblée. Pour faire entrer Bryden Grant à l'Assemblée, et mettre Joe Martin au perchoir.

« En fin de compte, Grant a été élu onze fois. Il est devenu un grand personnage au Congrès. Et Katrina est devenue l'hôtesse républicaine de Washington, la papesse de l'autorité mondaine pendant les années Eisenhower. Pour quelqu'un que dévorent l'envie et la vanité, il n'y a pas de position plus gratifiante au monde que de décider qui mettre à table en face de Roy Cohn. Son goût de la rivalité, son appétit tout cannibale de domination — donner et refuser à la classe politique elle-même ce qu'elle méritait ! — ont trouvé dans les dîners de Washington, avec leurs terribles enjeux de préséance, une voie impériale, je crois que c'est le terme. Cette femme vous dressait une liste d'invitations avec le sadisme despotique de Caligula. Elle, elle connaissait la jouissance qu'on éprouve à humilier les puissants. Elle, elle était capable de faire passer un frisson sur cette capitale.

Sous Eisenhower, et plus tard, sous Nixon, le mentor de Bryden, Katrina, a mené la société de Washington à la baguette de la peur.

« En 1969, quand on s'est mis à conjecturer un peu partout que Nixon allait trouver à Grant un poste à la Maison-Blanche, le député et son épouse hôtesse et romancière ont fait la couverture de *Life*. Finalement, non, Grant n'est jamais parvenu à devenir Haldeman, mais il a tout de même fini par chavirer avec le Watergate, lui aussi. Il avait pris le parti de Nixon, et malgré les preuves contre son chef, il a nié l'évidence et l'a défendu entre les murs mêmes de la Maison-Blanche jusqu'au matin de sa démission. C'est ce qui l'a fait battre en 74. Mais enfin, il imitait Nixon depuis le début. Nixon avait eu Alger Hiss, Grant avait eu Iron Rinn. Pour se catapulter vers les cimes politiques, à chacun son espion communiste.

« J'ai vu Katrina sur la chaîne C-SPAN, lors des funérailles de Nixon. Grant était mort quelques années plus tôt, et elle est morte depuis. Elle avait mon âge, un ou deux ans de plus, peut-être. Mais là-bas, à Yorba Linda, avec le drapeau américain qui flottait à mi-hampe au milieu des palmiers et le berceau de naissance de Nixon à l'arrière-plan, elle était toujours la Katrina que nous avions connue : cheveux blancs et rides en plus, mais œuvrant toujours pour les forces du bien, elle bavardait avec Barbara Bush, Betty Ford, Nancy Reagan. La vie semble ne l'avoir jamais contrainte à reconnaître, et encore moins abandonner, une seule de ses prétentions. Elle se voulait toujours la référence nationale en matière de rectitude, intraitable lorsqu'il s'agissait de faire les choses comme il faut. Je l'ai vue parler avec le sénateur Dole, notre autre grand phare moral. Elle ne m'a pas paru avoir moindrement renoncé à croire que chaque mot qui sortait de sa bouche était d'une importance capitale. Toujours étrangère aux vertus introspectives du silence. Toujours le chien de garde vertueux veillant sur l'intégrité d'autrui. Et sans remords. Divinement impénitente, elle brandissait cette ridicule image d'elle-même. Car à la bêtise, vois-tu, il n'est pas de remède. Cette femme est l'incarnation de l'ambition morale, avec toute sa toxicité et sa folie.

« Tout ce qui comptait pour les Grant, c'était qu'Ira serve leur cause. Or quelle était-elle, leur cause ? L'Amérique ? La démocratie ? À condition que le patriotisme soit un prétexte pour servir la réussite personnelle, le culte de sa petite personne… Tu sais, Shakespeare nous révèle que, quand on raconte une histoire, l'imagination ne peut pas relâcher sa sympathie pour un seul personnage. Mais moi je ne suis pas Shakespeare, et je méprise toujours ce bourreau et sa femme bourreau pour ce qu'ils ont fait à mon frère — et qu'ils ont fait sans le moindre effort, en se servant d'Eve comme on envoie un chien prendre le journal sur le pas de la porte. Tu te souviens de ce que Gloucester dit du vieux Lear : "Le roi est dans une haute rage." J'ai eu un bel accès de haute rage, moi, en voyant Katrina Van Tassel à Yorba Linda. Je me suis dit, Elle n'est personne, elle n'est rien qu'une figurante. Dans les longues annales de la malfaisance idéologique du vingtième siècle, elle n'a joué qu'un rôle de bouffonne muette, et rien d'autre. Mais la regarder m'était pourtant presque intolérable.

« C'est d'ailleurs toutes ces obsèques du trente-septième président des États-Unis qui m'ont été presque intolérables. La fanfare et le chœur des Marines, qui ont joué tous les chants susceptibles d'empêcher les gens de penser pour les mettre en transe : *Hail to the Chief, America, You're a Grand Old Flag, The Battle*

Hymn of the Republic, et puis, comme de juste, la drogue la plus enivrante, celle qui fait tout oublier à tout le monde temporairement, le narcotique national *La Bannière étoilée.* Pour faire tomber la foule en catalepsie, rien de tel que la parole exaltante de Billy Graham, un cercueil enveloppé dans le drapeau, et un groupe de soldats de toutes les races pour tenir les cordons du poêle — alors ajoute *La Bannière étoilée*, et tout juste après vingt et une salves d'honneur plus la sonnerie aux morts...

« Et puis les réalistes ont pris les commandes, ceux qui savent faire et défaire les accords, qui maîtrisent les techniques les plus éhontées pour détruire leur adversaire, ceux pour qui les préoccupations morales sont la cinquième roue du carrosse, et ils ont déballé l'éternel baratin bidon sur tout sauf sur les véritables passions du mort. Voilà Clinton qui exalte le "parcours remarquable" de Nixon, et s'enivrant de sa propre sincérité, exprime une gratitude discrète pour tous les "bons avis" que Nixon lui a prodigués. Voilà le gouverneur Pete Wilson qui nous assure que quand on pense à Richard Nixon, on pense le plus souvent à son "intellect hors du commun". Voilà Dole et son déluge de clichés larmoyants. Le "docteur" Kissinger, ce grand esprit si profond, qui s'efface avec ostentation, et parle avec la froide autorité de sa voix en dégel ; pour décrire "notre ami si brave", il cite un hommage prestigieux, celui de Hamlet, rien que ça, à son père assassiné : "C'était un homme, en tout point, je ne reverrai jamais son pareil." Pour ce sage si bien rembourré, la littérature n'est pas une réalité première, c'est un capiton de luxe, alors il n'a pas idée du contexte équivoque dans lequel Hamlet parle du roi hors pair. Mais enfin, parmi cette assistance tenue de rester héroïquement imperturbable à la cérémonie de la mise en bière, qui va prendre le Juif de la cour en flagrant délit de bourde culturelle parce qu'il s'est trompé de passage dans le chef-d'œuvre ? Qui va lui dire que ce ne sont pas les paroles d'Hamlet sur son père qu'il faut citer, mais celles sur son oncle, Claudius, Hamlet qualifiant la conduite du nouveau roi, l'usurpateur assassin de son père ? Parmi l'assistance de Yorba Linda, qui oserait l'interpeller pour lui dire : "Hé, docteur, citez plutôt : 'La terre les couvrirait-elle, les actes infâmes remontent toujours aux yeux des hommes.'"

« Qui ? Gerald Ford ? Gerald Ford ! Je ne me souviens pas d'avoir vu Gerald Ford si plein d'à-propos, si chargé d'intelligence qu'il l'était manifestement sur cette terre sainte. Ronald Reagan claquant des talons pour faire au garde d'honneur en uniforme son fameux salut, son salut qui a toujours été à moitié *messhougé*. Bob Hope, assis à côté de James Baker. Le trafiquant d'armes de l'Irangate, Adnan Kashoggi, assis à côté de Donald Nixon. Le cambrioleur G. Gordon Liddy, avec sa tête rasée arrogante. Le plus déchu des vice-présidents, Spiro Agnew, avec sa face de mafieux sans conscience. Le plus attendrissant des vice-présidents, le pétillant Dan Quayle, qui avait l'air clair comme du jus de chaussette, pauvre garçon, quel effort héroïque pour toujours essayer de représenter l'intelligence et toujours échouer. Ils étaient tous là à débiter les platitudes des oraisons funèbres, au soleil de la Californie, à la brise délicieuse, les accusés, les inculpés comme ceux qui ne l'avaient pas été, et cet intellect hors du commun dormant son dernier sommeil dans un cercueil à bannière étoilée ; il avait fini de se battre, de quêter un pouvoir où tous les coups sont permis, l'homme qui avait retourné le moral du pays comme un gant, l'auteur d'un désastre à l'échelle nationale, le premier et le seul président des États-Unis qui ait obtenu d'un successeur dûment choisi l'absolution pleine et inconditionnelle de toutes les infractions et effractions commises pendant son mandat.

« Et Van Tassel Grant, veuve adorée de Bryden, servante dévouée corps et âme à l'État, qui jouit de son importance et qui jacasse à cœur joie. Pendant toute la cérémonie, la bouche de la malignité impénitente clabaude le chagrin télévisuel que lui inspire notre grand deuil national. Quel dommage qu'elle soit née aux USA plutôt qu'en Chine ! Ici, elle a dû se contenter d'être une romancière à succès, un grand nom de la radio, une hôtesse du gratin à Washington. Là-bas, elle aurait pu diriger la Révolution culturelle de Mao.

« En quatre-vingt-dix ans d'existence, j'ai assisté deux fois à des funérailles exceptionnellement hilarantes, Nathan. Aux premières, j'avais treize ans ; les secondes, je les ai vues à la télévision, il y a trois ans seulement, et j'en avais quatre-vingt-sept. Des funérailles qui auront encadré ma vie consciente, en somme. Ce ne sont pas des événements mystérieux. Pas la peine d'être un génie pour en débusquer la signification. Ce sont simplement des événements humains naturels qui révèlent aussi clairement que les dessins de Daumier les signes distinctifs de l'espèce, les mille et une dualités qui déforment sa nature pour en faire le nœud humain. Les premières funérailles, c'étaient celles de Mr Russomanno pour son canari, Russomanno, ce cordonnier qui avait loué un cerceuil, des croque-morts et un corbillard tiré par un cheval pour enterrer son Jimmy bien-aimé en grande pompe — le jour où mon petit frère m'a cassé le nez. Les secondes sont celles de Richard Milhaus Nixon, qu'on a enterré avec vingt et une salves d'honneur. Mon seul regret, c'est que les Italiens du Premier arrondissement n'aient pas été à Yorba Linda avec le docteur Kissinger et Billy Graham. Ils auraient su profiter du spectacle, eux. Ils se seraient roulés par terre de rire quand ils auraient entendu ce que ces deux types étaient en train de dire, les indignités auxquelles ils s'abaissaient pour conférer de la dignité à cette âme si scandaleusement impure.

« Et si Ira avait été là pour les observer, il serait devenu fou de nouveau en voyant le monde tout comprendre de travers. »

8

« Toute sa harangue, Ira s'était mise à la retourner contre lui. Comment est-ce que cette farce avait pu briser sa vie ? Tout ce qui n'était pas l'essentiel, tous ces à-côtés de l'existence contre lesquels le camarade O'Day l'avait mis en garde : le foyer, le mariage, les maîtresses, l'adultère, toutes ces conneries bourgeoises ! Pourquoi est-ce qu'il n'avait pas vécu comme O'Day ? Pourquoi est-ce qu'il n'était pas allé voir les prostituées comme lui ? Les vraies prostituées, les professionnelles fiables qui comprenaient les règles, contrairement à une pute amateur comme sa masseuse estonienne toujours prête à bavasser.

« Les reproches qu'il se faisait se sont mis à le tarauder. Il n'aurait jamais dû quitter O'Day, il n'aurait jamais dû quitter le syndicat de l'usine de disques ; il n'aurait jamais dû venir à New York, épouser Eve Frame, ou, par folie des grandeurs, se prendre pour Iron Rinn. À ses yeux, désormais, il n'aurait en rien dû vivre comme il avait vécu depuis qu'il avait quitté le Midwest. Il n'aurait pas dû avoir un appétit d'être humain pour l'expérience, une incapacité d'être humain à déchiffrer l'avenir, une propension d'être humain à commettre des erreurs. Il n'aurait jamais dû s'autoriser un seul des objectifs de réussite sociale de l'homme viril et ambitieux. L'existence du travailleur communiste vivant seul dans une chambre sous une ampoule de soixante watts à East Chicago, tel était désormais le pinacle de l'ascèse dont il avait chu pour dégringoler en enfer.

« Il n'a pas résisté aux humiliations qui s'accumulaient, voilà la clef de ce qui s'est passé. Ce n'était pas un livre qu'on lui avait jeté à la face, c'était une bombe sous forme de livre. Vois-tu, McCarthy pouvait bien avoir deux cents, trois cents, voire quatre cents personnes sur ses listes fantômes, symboliquement, il fallait qu'il y en ait une pour répondre de toutes. Alger Hiss en est le meilleur exemple. Trois ans après lui, Ira en est devenu un autre. Qui plus est, pour les gens moyens, Hiss représentait le Département d'État et Yalta, ce qui l'éloignait tout de même de l'homme de la rue, tandis que le communisme d'Ira faisait partie de la culture populaire. Dans le flou de l'imagination populaire, Ira était un communiste à portée de tous. C'était Abe Lincoln. Rien de bien difficile à comprendre là-dedans : Abe Lincoln devenait le représentant scélérat d'une puissance étrangère, Abe Lincoln devenait le plus grand traître de l'Amérique au vingtième siècle. Ira devenait l'incarnation du communisme, aux yeux de la nation, le communisme prenait son visage. Iron Rinn était le traître communiste de l'Américain moyen comme Alger Hiss n'avait jamais pu l'être.

« Or ce géant, passablement fort, et à bien des égards passablement insensible, n'a finalement pas pu supporter l'accumulation de calomnies. Les géants aussi, on peut les abattre. Il savait qu'il ne pouvait pas échapper à son sort en se cachant, et il s'est dit, avec le temps, qu'il ne pouvait pas non plus attendre de pied ferme. Il s'est mis à penser que le pot aux roses découvert, il lui tomberait toujours une tuile sur le coin de la figure. Il n'a trouvé aucune parade efficace, le géant, et c'est alors qu'il s'est effondré.

« Je suis allé le chercher, et il a habité chez nous jusqu'à ce que la situation ne soit plus tenable — et alors je l'ai mis à l'hôpital. Le premier mois, il l'a passé dans son fauteuil, à se frotter les genoux et les coudes, à se tenir les côtes, qui le faisaient souffrir, mais prostré en dehors de ces gestes, les yeux baissés sur son giron, regrettant d'être en vie. J'allais le voir, il parlait à peine. De temps en temps il disait : "J'ai seulement voulu…", voilà tout. Il n'allait jamais plus loin, il ne parlait plus à haute voix. Pendant des semaines c'est tout ce qu'il m'a dit. Une ou deux fois il a marmonné : "Être comme ça..." "J'ai jamais voulu..." Mais il disait surtout : "J'ai seulement voulu…"

« On n'avait pas grand-chose pour soigner les troubles mentaux, à l'époque, les seuls comprimés étaient des sédatifs. Ira refusait de manger. Il ne sortait pas de cette unité de soins numéro un — le Service des troubles profonds, comme on l'appelait — où il y avait huit lits. Dans sa robe de chambre, son pyjama et ses pantoufles, jour après jour, il ressemblait de plus en plus à Lincoln, amaigri, épuisé, le masque de tristesse de Lincoln plaqué sur le visage. J'allais le voir, je m'asseyais auprès de lui, je lui tenais la main, et je me disais : Sans cette vacherie de ressemblance, rien de tout ça ne lui serait arrivé. Si seulement il n'avait pas été tributaire de son physique.

« Il a fallu quatre semaines pour qu'on le mette aux Troubles légers, où les patients s'habillaient et avaient droit à une thérapie par le jeu. Certains jouaient au volley ou au basket, mais lui ne pouvait pas, à cause de ses douleurs articulaires. Depuis un an, il vivait avec une douleur intraitable, et il est possible que ça l'ait démoli davantage encore que la calomnie. Peut-être que l'adversaire qui est venu à bout d'Ira n'est que la douleur physique, peut-être que le livre ne serait pas parvenu à le défaire, et de loin, si sa santé ne l'avait pas miné.

« L'effondrement était total. L'hôpital était abominable. Mais nous ne pouvions plus le garder chez nous. Il s'allongeait dans la chambre de Lorraine, il se maudissait, il pleurait toutes les larmes de son corps : O'Day le lui avait bien dit, O'Day l'avait prévenu. Sur les docks, en Iran, O'Day le savait déjà... Doris se mettait à son chevet, elle le prenait dans ses bras et il gémissait sans fin. Toute la force qu'il y avait derrière ces larmes, affreux ! On n'imagine pas toute la misère simple et banale que peut contenir un titan belliqueux qui affronte le monde et se bat avec sa propre nature depuis le jour de sa naissance. Voilà ce qui se déversait de lui, toute cette vacherie de lutte.

« Parfois, c'était moi qui paniquais. Je me faisais l'effet d'être encore à la guerre, sous les bombardements des Ardennes. Justement, parce qu'il était si grand, si arrogant, on avait le sentiment que personne ne pouvait rien pour lui. Je voyais sa longue face maigre déformée par le désespoir, l'abandon, l'échec, j'étais effaré moi-même.

« Quand je rentrais du lycée, je l'aidais à s'habiller, je le forçais à se raser et j'insistais pour qu'il m'accompagne faire un tour dans Bergen Street. Comment imaginer une rue plus sympathique, à cette époque ? Eh bien, Ira était entouré d'ennemis. La marquise du Park Theater lui faisait peur, les salamis de la vitrine de Kartzman lui faisaient peur — la boutique de bonbons de Schachtman lui faisait peur, avec son stand de journaux devant. Il était sûr que chaque journal racontait son histoire longtemps après que la presse avait fini de s'amuser de lui. Le *Journal-American* avait proposé des extraits du livre d'Eve. Sa bobine s'étalait en première page du *Daily Mirror*. Même le *Times*, avec sa dignité, n'avait pu résister. On y avait passé un reportage du type “le prix du vécu” sur les souffrances de la Sarah Bernhardt des ondes ; ils avaient pris au sérieux ces conneries sur l'espionnage russe.

« Mais c'est ce qui se passe : une fois la tragédie humaine consommée, on la livre aux journalistes pour qu'ils la banalisent de façon à la rendre distrayante. C'est peut-être parce que cette frénésie irrationnelle a forcé notre porte, et qu'aucun détail des insinuations vaseuses des journaux ne m'a échappé, mais il me semble que l'ère McCarthy a inauguré le triomphe du potin après-guerre ; le potin, credo consensuel de la république démocratique la plus vieille du monde. Le potin est notre foi. Le potin, parole d'évangile, religion nationale. En cette ère du potin, on se met à jeter en pâture au grand public pour l'amuser, non seulement la politique sérieuse, mais tout ce qu'il peut y avoir de sérieux. Le maccarthysme, premier bourgeon après-guerre de la décérébration américaine universellement florissante aujourd'hui.

« McCarthy ne s'est jamais mêlé d'affaires communistes ; si tout le monde l'ignorait, lui le savait. Le procès-spectacle tel que sa croisade patriotique le mettait en scène n'était que du théâtre. Les caméras qui filmaient ses procès ne faisaient que leur donner un simulacre de réalité. Bien mieux que les autres politiciens américains avant lui, McCarthy comprenait que le législateur aurait intérêt à jouer la comédie ; il comprenait la valeur récréative de la déchéance, et comment alimenter les plaisirs de la paranoïa. Il nous a ramenés à nos origines, au dix-septième siècle, où l'on mettait les fers aux gens. C'est comme ça que le pays a commencé, en faisant de la déchéance morale une distraction publique. McCarthy était un imprésario. Plus ses idées étaient chimériques, plus ses accusations étaient scandaleuses, plus on brouillait les repères, plus on s'amusait. *The Free and the Brave de Joe McCarthy,* tel était le spectacle dans lequel mon frère devait avoir le rôle de sa vie.

« Lorsque après les journaux de New York, ceux du New Jersey s'y sont mis, alors, pour Ira, ça a été le coup de grâce. Ils sont allés dénicher tous les gens qu'il avait connus dans le comté du Sussex, et ils les ont fait parler. Les fermiers, les vieux, les minus du coin que lui, la vedette de la radio, avait pris pour amis, chacun y est allé de son couplet sur Ira qui venait leur parler des maux du capitalisme. Il avait ce fameux pote, là-bas à Zinc Town, le taxidermiste, qu'il aimait bien aller écouter, et le taxidermiste leur a dit tout ce qu'ils voulaient entendre. Ira n'en revenait pas. Mais le taxidermiste en question a raconté qu'Ira lui avait toujours donné le change, jusqu'au jour où il était venu avec un jeune et qu'ils avaient tous deux essayé de les braquer lui et son fils contre la guerre de Corée. Ils avaient craché leur venin contre le général Douglas MacArthur. Ils avaient traité les États-Unis de tous les noms d'oiseaux.

« Le FBI s'est régalé, avec lui — avec la réputation qu'Ira avait là-bas. Pour t'empaler comme ça, pour te couler dans le milieu où tu vis, aller trouver tes voisins et s'arranger pour qu'ils te fichent dedans... Il faut que je te le dise, Ira a toujours pensé que c'était le taxidermiste qui t'avait balancé. Tu y es bien allé, avec Ira, à l'atelier de cet empailleur ?

— J'y suis allé. Horace Bixton, un tout petit bonhomme plein d'humour. Il m'a fait cadeau d'un orteil de cerf. J'ai passé la matinée à regarder dépecer un renard.

— Eh bien, tu l'as payé cher cet orteil de cerf. Quant à regarder écorcher le renard, ça t'a peut-être coûté ta bourse Fulbright.

Je me mis à rire : « Tu as bien dit qu'on avait braqué son fils contre la guerre, lui aussi ? Il était sourd comme un pot, le fils ! Il était sourd-muet, il entendait que dalle.

— On était dans l'ère McCarthy — on n'en était plus à ça près. Ira avait un voisin, sur la route, un mineur de zinc qui avait eu un grave accident de travail, et qui bricolait pour lui. Ira passait beaucoup de temps à écouter ces gars se plaindre de New Jersey Zinc, et il essayait de les retourner contre le système ; or ce type, qui était son voisin, et qu'il invitait tout le temps à manger chez lui, est celui-là même que le taxidermiste a employé pour relever les numéros d'immatriculation de tous les gens qui venaient à la bicoque.

— Je l'ai rencontré, le gars qui avait eu l'accident. Il mangeait avec nous. Ray. Un rocher lui est tombé dessus et lui a écrabouillé le crâne. Raymond Svecz. Il avait été prisonnier de guerre. Il bricolait pour Ira.

— M'est avis qu'il bricolait pour tout le monde, a dit Murray. Il relevait les numéros d'immatriculation des gens qui venaient voir Ira, et le taxidermiste les transmettait au FBI. Le numéro qui revenait le plus souvent était le mien, et ça a été retenu contre moi, ça aussi — je rendais visite si souvent à mon frère l'espion, parfois dans la journée. Il n'y a eu qu'un seul gars qui lui soit resté loyal. Tommy Minarek.

— Je l'ai connu, Tommy.

— Un vieillard charmant. Il n'était pas allé à

l'école, mais c'était un type intelligent. Il en avait dans le buffet. Ira a emmené Lorraine sur le terril, un jour, et Tommy lui a fait cadeau de quelque chose, elle n'arrêtait pas de parler de lui quand elle est rentrée. Quand Tommy a lu les journaux, il a pris sa voiture, il est allé tout droit à la bicoque, il a poussé la porte et il a dit à Ira : "Moi, si j'avais eu le culot, je me serais fait communiste."

« C'est Tommy qui a réhabilité Ira. C'est lui qui l'a fait sortir de son marasme et l'a ramené au monde. Il l'a fait asseoir à côté de lui au terril, quand il s'en occupait, et il a fait en sorte que les gens le voient. Tommy était respecté des gens de la ville, si bien qu'avec le temps ils ont pardonné à Ira d'être communiste. Pas tous, mais la plupart. Ils ont passé trois ou quatre ans à parler ensemble au terril, et Tommy a appris tout ce qu'il savait des minéraux à Ira. Et puis il a eu une attaque, et il est mort en léguant sa cave de cailloux à Ira, et c'est Ira qui a repris son boulot. La municipalité l'a laissé faire. Ira passait son temps assis dehors, lui, l'hyper-inflammatoire ; il se frottait les muscles et les articulations, qui lui faisaient mal, et il s'est occupé du terril jusqu'au jour de sa propre mort. Un jour d'été, en plein soleil alors qu'il vendait des minéraux, il s'est affaissé, mort. »

Je me suis demandé si Ira s'était jamais débarrassé de ce parti pris d'agressivité, de défi, voire d'illégalité au besoin, ou si ça le consumait toujours pendant qu'il vendait les spécimens de Tommy sur le terril, en face du magasin de machines où il y avait des toilettes. Ça a dû continuer de le consumer, sans doute ; rien ne s'éteignait jamais chez Ira. Personne au monde n'était moins doué que lui pour la frustration, ou pour maîtriser ses humeurs. Dire qu'il vendait des sachets de cailloux à cinquante cents aux gosses, avec une telle rage d'agir. Dire qu'il est resté assis là jusqu'au jour de sa mort, lui qui voulait être tout autre chose, qui croyait que ses attributs personnels, sa taille, son énergie, le père qu'il avait subi le destinaient à autre chose. Lui qui enrageait de n'avoir pas de porte de sortie pour changer le monde. Amère servitude ! Ça a dû l'étouffer, lui qui employait maintenant à se détruire son inépuisable capacité de ne jamais rendre les armes.

« Quand il rentrait de Bergen Street, me dit Murray, après avoir longé le kiosque à journaux de Schachtman, il était dans un état de délabrement pire encore qu'au départ, et Lorraine ne supportait pas de le voir comme ça. Son grand gaillard d'oncle, avec qui elle avait chanté le chant de l'ouvrier ordinaire "Ho ! hisse ! Ho ! hisse !", rabaissé comme ça, c'était trop éprouvant pour elle, alors il a fallu le mettre à l'hôpital à New York.

« Il s'imaginait qu'il avait coulé O'Day. Il était sûr d'avoir coulé tous ceux dont le nom et l'adresse figuraient dans les deux petits journaux intimes donnés par Eve à Katrina, et il ne se trompait pas. Mais O'Day était resté son idole, et ces lettres d'O'Day dont on a cité des phrases dans les journaux après qu'elles sont parues dans le livre, eh bien, Ira était sûr qu'elles avaient achevé O'Day, et il en concevait une honte affreuse.

« J'ai essayé de le contacter, Johnny O'Day. Je l'avais rencontré. Je savais combien ils avaient été proches, à l'armée. Je me souvenais qu'Ira avait été son comparse à Calumet City. Il ne me plaisait pas, cet homme. Ses idées ne me plaisaient pas, ni sa condescendance matoise, ce passeport moral qu'il estimait avoir reçu avec son affiliation au Parti. Mais je n'aurais jamais cru qu'il tenait Ira pour responsable de ce qui s'était passé. Je pensais qu'O'Day était assez grand pour se défendre, qu'il était fort et sans scrupule, que ce communiste à principes ne faisait pas de sentiment, contrairement à Ira. Je ne me trompais pas, d'ailleurs. Dans mon désarroi, je me suis dit que si quelqu'un pouvait ramener Ira à la raison, c'était O'Day.

« Mais je ne trouvais pas son numéro de téléphone. Il n'était plus sur les annuaires de Gary, de Hammond, d'East Chicago ni de Calumet City, ni même de Chicago. Quand j'ai écrit à la dernière adresse qu'Ira lui connaissait, l'enveloppe m'est revenue : "Inconnu à cette adresse." J'ai téléphoné à toutes les permanences de syndicat de Chicago, à toutes les libraires gauchistes, à toutes les compagnies que j'ai pu trouver pour essayer de le repérer. Au moment même où j'avais renoncé, le téléphone a sonné chez moi un soir, et c'était lui.

« Qu'est-ce que je voulais ? Je lui ai dit où était Ira, et dans quel état il était. S'il voulait bien venir ici un week-end, et aller à l'hôpital, juste pour s'asseoir à son chevet, pour s'asseoir auprès de lui, je me proposais de lui envoyer l'argent du billet de train, et il pourrait passer la nuit chez nous, à Newark. Ça ne me plaisait pas, mais pour l'engager à venir j'ai dit : "Vous comptez beaucoup pour Ira. Il a toujours voulu être digne de l'admiration d'O'Day. Je pense que vous seriez peut-être en mesure de l'aider."

« C'est alors qu'à sa manière tranquille et explicite, de sa voix de dur, de fils de pute inaccessible, qui ne connaît qu'un seul rapport à la vie, il m'a répondu : "Écoutez, professeur, votre frère m'a joué un tour de cochon. Je m'étais toujours flatté de savoir reconnaître qui est bidon et qui est sincère. Mais cette fois-ci, je me suis fait avoir. Le Parti, les meetings, tout ça, c'était une couverture pour servir son ambition personnelle. Votre frère s'est servi du Parti pour accéder à son poste, et puis il l'a trahi. Un rouge qui en aurait eu dans le buffet serait resté là où était la lutte — c'est-à-dire pas à Greenwich Village, New York. Mais tout ce qui intéressait Ira, c'est qu'on le prenne pour un grand héros. C'était un imitateur, jamais lui-même. Parce qu'il était grand, ça suffisait pour être Lincoln ? Parce qu'il bavait : 'Les masses, les masses, les masses', ça suffisait à en faire un révolutionnaire ? Il n'était pas révolutionnaire, il n'était pas Lincoln, il n'était rien du tout. Ça n'était pas un homme — il jouait à être un homme entre autres choses. Il jouait à être un *grand* homme. Il aurait imité n'importe qui. Il quittait un déguisement pour en mettre un autre. Non, votre frère n'est pas aussi réglo qu'il voudrait le faire croire. Votre frère n'est pas un type très engagé, sauf dans sa cause personnelle. C'est un imposteur, un crétin et un traître. Il a trahi ses camarades révolutionnaires, et il a trahi la classe ouvrière. C'est un vendu. Il s'est fait acheter. C'est la créature de la bourgeoisie, entièrement. Il s'est laissé séduire par la célébrité, l'argent, la richesse, le pouvoir. Et par la chatte. La chatte chic, celle d'Hollywood. Il ne lui reste pas un iota de son idéologie révolutionnaire, rien. Ce n'est plus qu'un pantin opportuniste — qu'un indic opportuniste. Vous n'allez tout de même pas me dire qu'il a laissé ces papiers dans son bureau par inadvertance ? Un type du Parti laisser ces papiers par inadvertance ? Ça ne serait pas plutôt un coup monté avec le FBI, professeur ? Dommage qu'il ne soit pas en Union soviétique. Ils savent s'occuper des traîtres, là-bas. Je ne veux pas entendre parler de lui, et je ne veux pas le voir. Parce que si jamais je le vois, gare à lui, vous pouvez le lui dire. Il aura beau m'entortiller l'histoire dans toutes les rationalisations qu'il voudra, ça va saigner sur les briques."

« Voilà. Ça va saigner. Je n'ai même pas essayé de

répondre. Qui oserait expliquer la faillite de la pureté à un militant qui fut toujours pur et dur ? Au cours de sa vie, O'Day n'avait jamais offert un visage à un tel pour en présenter un autre à tel autre, et un différent à un troisième. L'inconstance des créatures, il y était étranger. L'idéologue est plus pur que nous tous, parce qu'il est idéologue avec tout le monde. J'ai raccroché.

« Dieu sait combien de temps Ira aurait pu languir aux Troubles légers sans l'intervention d'Eve. L'hôpital n'encourageait pas les visites, et d'ailleurs il ne voulait voir personne que Doris et moi. Mais voilà que, un soir, Eve se présente. Le médecin n'était pas là, l'infirmière avait la tête ailleurs, Eve s'annonce comme sa femme, l'infirmière lui désigne le bout du couloir, et la voilà. Il était émacié, encore prostré, il ne parlait presque pas, si bien qu'à sa vue, elle s'est mise à pleurer. Elle était venue lui demander pardon, disait-elle, mais sa seule vue la faisait pleurer. Elle lui demandait pardon. Il ne fallait pas qu'il la déteste, elle ne pourrait pas vivre sa vie si elle savait qu'il la détestait. Elle avait subi des pressions terribles, il ne pouvait pas comprendre à quel point. Elle n'avait pas voulu. Elle avait tout fait pour éviter ça...

« Le visage dans ses mains, elle ne cessait de pleurer, jusqu'au moment où elle lui a enfin dit ce que nous savions pour avoir lu une seule phrase de ce livre. Elle a dit à Ira que les Grant en avaient écrit chaque mot.

« C'est alors qu'Ira a parlé : "Pourquoi tu les as laissés faire ? il a dit. — Ils m'ont forcée. Elle m'a menacée, Ira. Dingote. C'est une femme vulgaire, horrible. Une femme horrible, horrible. Je t'aime toujours. C'est ce que je suis venue te dire. Laisse-moi le dire, je t'en prie. Elle n'a pas pu m'empêcher de t'aimer, jamais. Il faut que tu le saches. — Comment elle t'a menacée?" C'était la première fois depuis des semaines qu'il faisait des phrases construites. "Elle ne s'est pas contentée de me menacer, moi. Elle m'a menacée. Elle m'a dit que j'étais finie si je refusais de collaborer. Elle m'a dit que Bryden veillerait à ce qu'on ne me donne plus un rôle, que je finirais dans la misère. Mais comme je disais non quand même, non, Katrina, je ne peux pas, je ne peux pas, malgré tout ce qu'il m'a fait, je l'aime... c'est là qu'elle m'a dit que si je ne m'exécutais pas, la carrière de Sylphid serait brisée dans l'œuf."

« Alors là, subitement, Ira est redevenu lui-même. Il a sauté au plafond du service des Troubles légers. Ça a été le capharnaüm. Les troubles légers, c'est quand même des troubles, et les types de cette salle-là, ils avaient beau jouer au basket ou au volley, c'étaient quand même des fragiles, alors il y en a deux qui ont disjoncté complètement. Avec la voix qu'il avait, Ira gueulait à pleins poumons : "Tu l'as fait pour Sylphid? Tu l'as fait pour la carrière de ta fille?" Et Eve s'est mise à hurler : "Il n'y a que toi qui comptes, tu ne penses qu'à toi! Et mon enfant? Le talent de mon enfant?" L'un des pensionnaires s'est mis à crier : "Fous-lui une raclée, fous-lui une raclée!" Un autre a éclaté en sanglots, et quand le personnel est arrivé dans le hall, Eve était face contre le plancher, qu'elle martelait de ses poings en piaillant : "Et ma fille?"

« On lui a passé la camisole de force, c'est ce qu'on faisait de ce temps-là. On ne l'a pas bâillonnée, tout de même, si bien qu'elle a pu crier tout son soûl : "J'ai dit à Katrina : 'Non, tu ne peux pas étouffer dans l'œuf un pareil talent.' Elle voulait détruire Sylphid. Je ne pouvais pas détruire Sylphid. Je savais que tu ne pouvais pas détruire Sylphid, toi non plus.

J'étais impuissante, totalement impuissante ! Je lui ai donné le moins que je pouvais, pour l'apaiser. Parce que Sylphid, avec son talent ! Ça aurait été injuste ! Quelle mère au monde aurait accepté de faire pâtir son enfant ? Quelle mère aurait agi différemment, Ira, réponds-moi ? Faire pâtir mon enfant de la bêtise des adultes, de leurs idées, de leurs comportements ? Comment peux-tu m'accuser ? Est-ce que j'avais le choix ? Tu n'as pas idée de ce que je supporte. Tu n'as pas idée de ce que n'importe quelle mère supporterait si on lui disait : 'Je vais briser la carrière de ton enfant.' Tu n'as jamais eu d'enfant. Tu ne comprends rien aux parents et aux enfants. Tu n'as pas eu de parents et tu n'as pas d'enfant, tu ne sais pas ce que c'est que le sacrifice. — J'ai pas d'enfant ? » Ira a hurlé. Les infirmiers l'avaient mise sur un brancard, ils étaient déjà en train de l'emmener, si bien qu'il a couru après eux en hurlant dans le hall : "Pourquoi j'ai pas d'enfant, hein ? À cause de toi. À cause de toi et de ta salope de fille, avide et égoïste !"

« Ils l'ont roulée dans le chariot, chose qu'ils n'avaient apparemment jamais eue à faire pour quelqu'un venu en visite. Ils lui ont donné un sédatif, et ils l'ont couchée au Service des troubles profonds ; ils l'ont bouclée là, et ils ont attendu le lendemain matin pour la laisser sortir, parce qu'ils avaient pu joindre Sylphid, et qu'elle est venue chercher sa mère. Quelle mouche avait piqué Eve, de venir à l'hôpital ? Y avait-il du vrai dans ce qu'elle disait, à savoir que les Grant l'avaient forcée à commettre cette vilaine action ? Est-ce que c'était le dernier-né de ses mensonges ? Est-ce que sa honte même était sincère, nous ne l'avons jamais vraiment su.

« Peut-être que c'était vrai. C'était bien possible. À cette époque-là, tout était possible. On se battait pour sauver sa peau. Si c'est vraiment ce qui s'est passé, alors Katrina était géniale, elle avait le génie de la manipulation, elle savait par quel bout prendre Eve. Elle a laissé à Eve le choix de la personne à trahir, et Eve, qui affectait d'être impuissante, a choisi ce qu'elle ne pouvait que choisir. On est condamné à être soi-même, surtout Eve Frame. Elle est devenue l'instrument de la volonté des Grant. Ils se sont servis d'elle comme d'un agent, exactement. »

« Bref, quelques jours plus tard, Ira passait au Service des calmes, et la semaine suivante, il sortait, et alors il est vraiment devenu...

« Enfin, a ajouté Murray après un instant de réflexion, il a peut-être seulement retrouvé cette clairvoyance indispensable à sa survie du temps qu'il creusait les fossés, avant que l'échafaudage de la politique, du foyer, de la réussite et de la célébrité soit monté autour de lui, avant qu'il enterre vivant le terrassier pour coiffer le chapeau d'Abe Lincoln. Peut-être qu'il est redevenu lui-même, l'acteur de son propre destin. Ira n'était pas un acteur génial qu'on a abattu. Il a simplement été ramené à son point de départ.

« "Vengeance", il m'a dit, aussi simplement et calmement que ça. Un millier de taulards condamnés à perpète qui auraient cogné des cuillères contre les barreaux de leur cellule n'auraient pas pu le dire mieux. "Vengeance." Entre le pathos du plaidoyer pour sa cause et la tentation de la vengeance pour rééquilibrer la marque, il n'y avait pas le choix. Je le revois se pétrir lentement les articulations, et me dire qu'il va la détruire. Je le revois me dire : "Jeter sa vie dans le cloaque qu'est sa fille ! Et jeter la mienne avec ! Je le digère pas, ça, Murray, c'est pas juste. C'est dégradant pour moi, Murray. Je suis son ennemi mortel ? D'accord, eh bien, elle est la mienne."

— Et il l'a effectivement détruite ?

— Tu sais ce qu'il est arrivé à Eve Frame.

— Je sais qu'elle est morte. D'un cancer, non ? Dans les années soixante.

— Elle est morte, mais pas d'un cancer. Tu te souviens de cette photo dont je t'ai parlé, celle qu'une des anciennes petites amies de Freedman lui avait envoyée par courrier, celle qu'il voulait utiliser pour compromettre Eve ? Celle que j'ai déchirée ? J'aurais dû le laisser s'en servir.

— Tu me l'as déjà dit. Pourquoi ?

— Parce que l'intérêt de cette photo, c'est qu'à travers elle, il cherchait un moyen de ne *pas* tuer Eve. Toute sa vie il avait voulu éviter de tuer quelqu'un. Quand il est rentré d'Iran, il a passé sa vie à désamorcer ses pulsions violentes. Cette photo… je n'avais pas compris ce qu'elle déguisait, ce qu'elle signifiait. Quand je l'ai déchirée, quand je lui ai interdit d'en faire une arme, il a dit : "C'est bon, tu as gagné", et je suis rentré à Newark en pensant bêtement que je venais de réussir un exploit ; seulement là-bas, à Zinc Town, il s'est mis à faire des cartons dans les bois. Il avait des couteaux, aussi. Je suis retourné le voir la semaine suivante, et il ne s'est même pas donné la peine de me cacher quoi que ce soit. Il avait l'imagination trop enfiévrée pour ça. Il n'avait que le meurtre à la bouche. "L'odeur de la poudre et des balles, c'est un aphrodisiaque", il m'a dit. Complètement dingue. Je ne savais même pas qu'il possédait un revolver. Je ne savais que faire. Enfin j'ai perçu leur affinité véritable, à Eve et à lui, leur lien irrémédiable d'âmes en état de guerre : chacun porté désastreusement vers ce phénomène qui ne connaît pas de limites une fois enclenché.

Son recours à la violence était le corrélat masculin de la prédisposition d'Eve à l'hystérie — c'étaient les manifestations sexuellement différenciées de la même cataracte.

« Je lui ai dit de me remettre toutes ses armes. Ou bien il me les donnait tout de suite, ou bien j'appelais la police. “J'ai souffert autant que toi, je lui ai dit, j'ai souffert plus que toi, à la maison, parce que j'ai dû faire face le premier. Pendant six ans, tout seul. Tu ne sais rien de rien. Tu te figures que je ne sais pas ce que c'est d'avoir envie de prendre un flingue et de tuer quelqu'un ? Tout ce que tu as envie de lui faire maintenant, j'ai eu envie de le faire quand j'avais *six ans* ! Et puis tu es arrivé. Je me suis occupé de toi, Ira. J'ai essayé de t'éviter le pire aussi longtemps que je suis resté à la maison.

« “Tu ne t'en souviens pas, de cette histoire. Tu avais deux ans, j'en avais huit, et tu sais ce qui s'est passé ? Je ne te l'ai jamais raconté. Tu avais ta part d'humiliations. Il a fallu qu'on déménage. On n'habitait pas encore Factory Street. Tu étais bébé et on habitait sous la voie ferrée de Lackawanna. Nassau Street, au 18, Nassau Street, l'arrière de l'immeuble donnait sur les voies. Quatre pièces, pas de lumière, un boucan du diable. On payait seize dollars et demi par mois, et le propriétaire a passé le loyer à dix-neuf dollars ; on n'a plus pu payer, on s'est fait virer.

« “Tu sais ce qu'il a fait notre père, une fois qu'on a sorti nos affaires ? Toi et moi et Maman, on s'est mis à pousser notre bazar vers le deux-pièces de Factory Street, et lui, il est resté dans le vieil appartement vide ; il s'est accroupi au beau milieu de la cuisine, et il a chié. Au milieu de notre cuisine. Un tas de merde dans la pièce où on passait à table, tous. Il en a peint les murs. Sans pinceau. Il en a pas eu besoin. Il a étalé la merde à la main. À grands coups, en long, en large et en travers. Quand il a fini toutes les pièces, il s'est lavé dans l'évier et il est parti sans même refermer la porte derrière lui. Tu sais comment les autres gosses m'ont appelé pendant des mois ? Merdaumur. De ce temps-là tout le monde avait un surnom. Toi on t'appelait Bou-hou, moi on m'appelait Merdaumur. Voilà ce qu'il m'a légué, notre père, à moi, son grand garçon, son fils aîné.

« "Je te protégeais alors, Ira, et je te protégerai encore aujourd'hui. Je ne vais pas te laisser faire ça. J'ai trouvé la voie de la civilisation à ma manière, et toi, tu as trouvé la tienne, et il n'est pas question de régresser. Laisse-moi t'expliquer quelque chose que tu n'as pas l'air de comprendre. Pourquoi est-ce que tu es devenu communiste, au départ ? Ça ne t'a jamais effleuré ? Ma voie vers la civilisation ça a été les livres, la fac, mon métier d'enseignant, la tienne ça a été O'Day et le Parti. C'est une voie qui ne m'a jamais convaincu. Je m'y suis même opposé. Mais les deux voies étaient légitimes, et les deux ont marché. Seulement ce qui vient de se passer à présent, tu ne le comprends pas non plus. On t'a dit qu'on avait décidé que le communisme n'était pas la voie qui permet de sortir de la violence, mais un protocole de violence. On a criminalisé ton choix politique, et on t'a criminalisé toi-même dans la foulée — et, toi, tu vas leur donner raison. On te traite de criminel et, toi, tu charges ton flingue, tu t'attaches un couteau à la cuisse et tu dis : 'Et comment, j'en suis un ! L'odeur de la poudre et des balles, quel aphrodisiaque !'" Nathan, je me suis égosillé à lui parler. Mais quand on est en présence d'un fou en phase homicide, ce genre de discours ne le calme pas, il l'enflamme encore davantage. En présence d'un fou en phase homicide, raconter un souvenir d'enfance avec plan de l'appartement en prime...

« Écoute, a repris Murray, je ne t'ai pas tout dit sur Ira. Ira avait déjà tué un homme. C'est pour ça qu'il avait quitté Newark en direction de la brousse et qu'il avait travaillé dans les mines quand il était adolescent. Il était en cavale. Je l'ai emmené dans le comté du Sussex, qui était au diable vauvert, à l'époque, mais pas si loin que je ne puisse avoir l'œil sur lui et l'aider à s'en sortir. Je l'y ai conduit moi-même, je lui ai dit son nouveau nom, et je l'ai caché. Gil Stephens, ça a été le premier de ses noms d'emprunt.

« Il a travaillé à la mine jusqu'au jour où il a pensé qu'ils avaient retrouvé sa trace. Pas les flics, la Mafia. Je t'ai parlé de Ritchie Boiardo, qui dirigeait les rackets dans le Premier arrondissement. Le gangster qui tenait le restaurant Vittorio Castle. Ira a eu vent que les tueurs de Boiardo étaient à ses trousses. C'est là qu'il s'est mis à brûler le dur.

— Qu'est-ce qu'il avait fait ?

— Il avait tué un type à coups de pelle. Ira a tué un homme à seize ans. »

Ira avait tué un homme à coups de pelle. « Où ? demandai-je. Comment ? Qu'est-ce qui s'est passé ?

— Ira travaillait à La Taverne, où il faisait le ménage. Il avait ce boulot depuis six semaines, à peu près, quand un soir, après avoir fini de nettoyer le sol, sur le coup de deux heures, il est sorti dans la rue pour rentrer à la chambre qu'il louait. Il habitait une petite rue coquette, du côté de Dreamland Park, là où on a construit les cités, après-guerre. Au niveau d'Elizabeth Avenue il a tourné sur Meeker Street, et il s'est mis à descendre dans l'obscurité de la rue de l'autre côté de Weequahic Park, en direction de Frelinghuysen Avenue, quand un type est sorti de l'ombre, là où il y avait autrefois le kiosque à hot dogs de Millman. Il est sorti de l'ombre, là, et il lui a mis un coup de pelle en visant la tête; il l'a touché aux épaules.

« C'était un Italien de la bande des terrassiers où Ira avait travaillé au sortir de l'école. Ira avait justement arrêté de creuser les fossés pour débarrasser les tables à La Taverne à cause de tous les ennuis que ce type lui faisait. C'était en 1929, l'année où La Taverne a ouvert. Il espérait monter les échelons sur le tas et devenir serveur. C'était son but. Je l'avais aidé à obtenir ce boulot. L'Italien était ivre, il lui a balancé un coup, alors Ira lui a arraché sa pelle, et lui a fait cracher ses dents avec. Puis il l'a traîné derrière chez Millman, dans le parking où il faisait noir comme poix. De ton temps les jeunes allaient s'y garer pour peloter leur petite amie, et c'est là qu'Ira a mis une raclée à ce type.

« Il s'appelait Strollo. De toute la bande des terrassiers, c'était celui qui détestait le plus les Juifs. "*Mazzu Crist, giude maledett.* Tueur de Christ, maudit Juif...", tu vois le genre. C'était sa spécialité. Il avait une dizaine d'années de plus qu'Ira, et c'était pas un petit gabarit; il était presque aussi grand qu'Ira. Ira l'a cogné sur la tête jusqu'à ce qu'il perde connaissance, et il l'a laissé sur le carreau. Il a jeté la pelle de Strollo, et il est ressorti dans la rue pour rentrer chez lui, mais il y avait en lui quelque chose qui n'en avait pas fini. Il y avait en Ira quelque chose qui n'en avait *jamais* fini. Il avait seize ans, il était plein de force, plein de rage, il avait chaud, il était en sueur, monté, énervé — *excité* —, alors il a fait demi-tour, il est retourné derrière chez Millman, et il a frappé Strollo sur la tête jusqu'à ce que mort s'ensuive. »

Chez Millman, c'était là qu'Ira m'emmenait manger un hot dog après nos balades dans le parc de Weequahic. Quant à La Taverne, c'était là qu'il avait emmené Eve dîner avec Murray et Doris le soir où il la leur avait présentée. Ça se passait en 1948. Vingt ans plus tôt il avait tué quelqu'un, à cet endroit. La bicoque de Zinc Town — cette bicoque avait pour lui un sens que je n'avais jamais compris. C'était sa maison de redressement. Son lieu de réclusion.

— Et qu'est-ce que Boiardo vient faire là-dedans ?

— Le frère de Strollo travaillait au Castle, le restaurant de Boiardo. Il était aux cuisines. Il est allé trouver Boiardo, et il lui a raconté ce qui s'était passé. Au début, personne n'a pensé lier Ira au meurtre parce qu'il avait déjà quitté le quartier. Mais deux ans plus tard, c'était bien lui qu'ils recherchaient. Je soupçonne que ce sont les flics qui ont branché Boiardo sur Ira, mais je n'en ai jamais été sûr. Tout ce que je sais c'est qu'on a frappé chez nous pour demander mon frère. C'était Ptit Minou qui venait me voir. Je le connaissais depuis mon enfance, Ptit Minou. Il dirigeait les jeux de dés sur Aqueduct Alley. Il dirigeait aussi les tables de ziconette dans l'arrière-salle du Grande jusqu'à ce que les flics démantèlent le réseau. Je jouais au billard avec lui au Grande. Son surnom lui venait de ses débuts dans la cambriole comme monte-en-l'air, il se glissait sur les toits et il entrait par les fenêtres avec son frère aîné, Gros Matou. Dans les petites classes, ils passaient déjà leurs nuits à voler. Quand par hasard ils prenaient la peine de venir en cours, ils s'endormaient sur leurs bureaux et personne n'osait les réveiller. Gros Matou est mort de mort naturelle, mais Ptit Minou s'est fait liquider en 1979 dans la grande tradition des gangs : on l'a retrouvé dans son appartement de Long Branch avec vue sur l'océan, en peignoir de bain avec trois balles de .32 dans la tête. Le lendemain, Ritchie Boiardo dit à l'un de ses compères : “Ça valait peut-être mieux... il parlait trop.”

« Ptit Minou voulait donc savoir où était mon frère. Je lui ai dit que je ne l'avais pas vu depuis des années. Il me dit : “Cabina le cherche.” On appelait Boiardo Cabina parce qu'il passait ses appels depuis ce que les Italiens du Premier arrondissement nommaient une “cabina téléphonique”. “Et pourquoi il le cherche ? je demande. — Parce que Cabina protège le secteur. Parce qu'il aide les gens quand ils sont dans le besoin.” C'était vrai. Boiardo se promenait avec une boucle de ceinture incrustée de diamants et il était tenu en plus haute estime encore que le saint homme, prêtre de leur paroisse. J'ai parlé de Ptit Minou à Ira, et on l'a revu qu'en 1938, sept ans plus tard.

— Alors ça n'était pas à cause de la Crise qu'il brûlait le dur ? C'est parce qu'il était traqué.

— Tu es surpris de l'apprendre ? me demanda Murray. D'apprendre ça sur quelqu'un que tu admirais comme tu l'admirais ?

— Non, dis-je, non. Je ne suis pas surpris. Ça fait sens.

— C'est l'une des raisons pour lesquelles il a déjanté. C'est pour ça qu'il a fini par se retrouver en larmes dans le lit de Lorraine. “Tout a échoué.” La vie façonnée pour surmonter ça s'était écroulée. L'effort avait été vain. Il était renvoyé au chaos des origines.

— Quelles origines ?

— Quand il est rentré de l'armée, Ira voulait mettre autour de lui des gens devant qui il ne pourrait pas se permettre d'exploser. Il est allé les chercher. Il avait peur de sa propre violence. Il vivait dans l'angoisse qu'elle refasse surface. Et moi aussi.

Quand quelqu'un montre une propension à la violence de si bonne heure, qu'est-ce qui va l'arrêter ?

« C'est pourquoi Ira voulait le mariage. C'est pourquoi il voulait cet enfant. Et c'est pourquoi l'avortement l'a démoli. C'est pourquoi il est venu habiter chez nous le jour où il a découvert ce qu'il y avait derrière cet avortement. Et le lendemain même, il a fait ta connaissance. Il a rencontré ce garçon qui était tout ce qu'il n'avait jamais été lui-même, et qui avait tout ce qu'il n'avait jamais eu. Ce n'était pas Ira qui te recrutait. Ton père l'a peut-être cru, mais non, c'était toi qui le recrutais. Quand il est venu à Newark ce jour-là, la blessure de l'avortement encore à vif, il t'a trouvé irrésistible. Lui, il était le gosse de Newark, le mirot, celui qui avait eu une situation familiale douloureuse, et pas d'instruction. Toi, tu étais le gosse de Newark qui avait reçu une éducation intelligente, et à qui on avait tout donné. Tu as été son Prince Hal. Tu as été son Johnny O'Day Ringold — voilà tout ce que tu as représenté pour lui. C'était ton boulot, que tu le saches ou non. L'aider à se blinder contre sa nature, contre toute la force de ce grand corps, cette rage meurtrière. Ça a été mon boulot toute ma vie, à moi aussi. C'est le boulot de beaucoup de gens. Ira n'était pas une rareté. Des hommes qui essaient de refouler leur violence. Les voilà les origines du chaos. Ça ne manque pas, ces hommes-là, ils sont partout.

— Ira a tué un type à coups de pelle. Qu'est-ce qui s'est passé ensuite ? Qu'est-ce qui s'est passé cette nuit-là ?

— Je n'étais pas prof à Newark. C'était en 1929. On n'avait pas encore bâti le lycée. J'étais prof au lycée d'Irvington. C'était mon premier poste. J'habitais une chambre au-dessus de la scierie de Solondz, près des voies ferrées. Il était à peu près quatre heures du matin quand Ira est arrivé devant chez moi. J'habitais au rez-de-chaussée, il a frappé aux carreaux. Je suis sorti, j'ai vu d'un seul coup d'œil le sang sur ses chaussures, son pantalon, ses mains, son visage, je l'ai mis dans ma vieille Ford, et on est partis. Pour où, je n'en avais pas la moindre idée. N'importe où, loin de la police de Newark. Je pensais aux flics, pas à Boiardo.

— Il t'a dit ce qu'il avait fait.

— Oui. Et tu sais à qui d'autre il l'a dit ? À Eve Frame, des années plus tard. Pendant la période où il la courtisait. Au cours de cet été qu'ils ont passé seuls à New York. Il était fou d'elle et il voulait l'épouser, mais il voulait lui dire la vérité sur l'homme qu'il avait été, et la pire action qu'il avait commise. Si l'horreur la faisait fuir, tant pis, mais il voulait qu'elle sache qui elle prenait. Il voulait qu'elle sache qu'il avait été un forcené, mais que ce forcené avait disparu. Il l'a dit pour la raison qui pousse les repentis à avouer leur faute : pour qu'elle ne le tienne jamais quitte de ses engagements. Il ne comprenait pas, et n'a jamais compris qu'un forcené était ce dont Eve avait le plus besoin.

« À l'aveuglette, car c'était sa manière, Eve sentait ce qui était en elle. Elle avait besoin de la brute. Elle *réclamait* la brute. Qui pourrait mieux la protéger ? Avec une brute, elle était en sécurité. Ça explique qu'elle ait pu rester avec Pennington pendant toutes ces années où il sortait draguer des garçons, passait la nuit avec eux et rentrait chez lui par une petite porte spéciale qu'il avait fait percer dans son bureau. C'est à la demande d'Eve qu'il l'avait fait percer, cette porte, pour ne pas qu'elle l'entende rentrer de ses escapades à 4 heures du matin. Ça explique qu'elle ait épousé Freedman. Ça explique quels hommes l'attiraient. Sa vie amoureuse consistait à changer de brute. Qu'une brute vienne à passer, elle était en première ligne. Elle avait besoin d'une brute pour la protéger, et elle en avait besoin pour être irréprochable. Les brutes étaient les garants de son innocence préservée. Tomber à genoux et les supplier revêtait pour elle la plus haute importance. La beauté et la soumission, tels étaient ses principes de vie, son secret pour aller à la catastrophe.

Elle avait besoin de la brute pour racheter sa pureté, tandis que la brute avait besoin d'être apprivoisée. Qui pourrait mieux la domestiquer que la femme la plus aristocratique du monde ? Qu'est-ce qui pourrait en faire un animal de compagnie mieux que les petits dîners pour ses amis, la bibliothèque lambrissée pour ses livres, et une délicate actrice à la diction exquise pour femme ? Voilà comment, quand Ira a raconté à Eve l'histoire de l'Italien et de la pelle, elle a pleuré sur ce qu'il avait fait à seize ans, ce qu'il avait souffert, ce à quoi il avait survécu, lui qui s'était si bravement transformé en homme parfait, en homme extraordinaire, et ils se sont mariés.

« Qui sait, peut-être pensait-elle qu'un meurtrier était parfait pour une autre raison encore : quand un homme se présente comme un forcené, un assassin, on peut en toute sécurité lui imposer la présence qu'on imposerait à personne : celle de Sylphid. Devant Sylphid, un homme ordinaire aurait pris ses jambes à son cou en hurlant. Mais une brute ? Il avait la carrure.

« Quand j'ai découvert par les journaux qu'elle était en train d'écrire un livre, j'ai pensé au pire. Vois-tu, Ira lui avait même dit le nom du gars. Qu'est-ce qui allait empêcher cette femme — car elle en était capable, à l'heure où elle se croyait acculée — de dire n'importe quoi à n'importe qui ? Qu'est-ce qui allait l'empêcher de crier sur les toits :

“Strollo, Strollo, Strollo ! Je sais qui a tué le terrassier Strollo.” Mais quand j'ai lu le livre, on n'y faisait pas mention du meurtre. Soit Eve n'a jamais parlé à Katrina et Bryden d'Ira et Strollo, car elle ne se permettait tout de même pas tout, et qu'elle se rendait compte de ce que des gens comme les Grant — autre couple de brutes sur sa liste — pourraient faire à Ira, soit elle avait oublié comme elle savait commodément oublier les faits déplaisants. Je n'ai jamais su si c'était l'un ou l'autre. Les deux, peut-être.

« Mais Ira était sûr que ça allait ressortir. Il allait apparaître aux yeux du monde comme il était paru aux miens cette nuit où je l'avais conduit dans le comté du Sussex. Couvert du sang d'un mort. Le visage ensanglanté par l'homme qu'il venait de tuer. Et en train de me dire avec un rire — un gloussement de gosse cinglé : “Strollo a tiré le gros lot.”

« Cet acte de légitime défense, au départ, il en avait fait l'occasion de tuer quelqu'un. Il avait saisi sa chance. La légitime défense comme instigation au meurtre. “Strollo a tiré le gros lot”, me dit mon petit frère. Ça lui avait plu, Nathan.

« “Et toi, Ira, qu'est-ce que tu viens de faire ? je lui ai demandé. Tu le sais ? Tu viens de prendre le mauvais chemin. Tu viens de faire l'erreur de ta vie. Tu as changé le cours des choses du tout au tout. Et pourquoi ? Parce que le type t'avait attaqué ? Et alors ? Tu lui as mis une raclée. Tu l'as battu comme plâtre. Tu l'as eue, ta victoire. Tu as passé ta rage en le mettant en bouillie. Mais il faut que ta victoire soit totale, alors tu y retournes, et tu le tues. Pour quoi faire ? Parce qu'il a tenu des propos antisémites ? Ça mérite la mort ? Tout le poids de l'histoire juive repose sur tes épaules, peut-être, Ira Ringold ? Allons donc ! Tu viens de faire quelque chose d'ineffaçable, Ira — un acte maléfique, fou, qui s'est enraciné dans ta vie pour toujours. Ce que tu viens de faire cette nuit, rien ne pourra jamais le racheter. Tu ne pourras pas faire amende honorable en public pour ce meurtre et le racheter, Ira. Rien ne rachète un meurtre. Jamais ! Le meurtre ne met pas fin qu'à une vie mais à deux. Le meurtre met fin à la vie du meurtrier aussi, sa vie humaine ! Tu ne pourras jamais te délivrer de ce secret. Tu l'emporteras dans la tombe. Tu le traîneras avec toi pour toujours !"

« Tu vois, moi, si quelqu'un commet un meurtre, je me figure que la réalité dostoïevskienne l'attend au tournant. Je suis un homme de livres, un professeur d'anglais, je m'attends qu'il manifeste les dégâts psychiques dont parle Dostoïevski. Comment commettre un meurtre sans éprouver d'angoisse après ? On serait un monstre, alors. Car enfin, quand Raskolnikov tue la vieille, il ne coule pas des jours pépères les vingt années suivantes. Un tueur de sang-froid comme Raskolnikov s'interroge toute sa vie sur son sang-froid. Mais Ira n'avait jamais été enclin à l'introspection. Ira, c'était une machine à agir. N'empêche que le crime avait gauchi les comportements de Raskolnikov... Eh bien, Ira a payé le prix, d'une manière différente. Sa pénitence à lui — le mal qu'il a eu à ressusciter sa vie, en penchant en arrière pour mieux se redresser — est d'une tout autre nature.

« Écoute, je ne croyais pas qu'il pourrait vivre avec son crime, et je n'ai jamais cru que je pourrais le faire moi-même. Vivre avec un frère qui était allé commettre un meurtre comme ça ? On penserait que j'allais le renier, ou le forcer à passer aux aveux. Comment imaginer que je vive avec un frère meurtrier en m'asseyant tout bonnement sur le fait, que je puisse considérer avoir rempli mes devoirs d'humanité... Le meurtre est trop grand pour ça. Et pourtant, Nathan, c'est bien ce que j'ai fait, je me suis assis dessus.

« Or malgré mon silence, quelque vingt ans plus tard, la racine de la racine de tous ces maux allait être mise à nu quand même. L'Amérique allait voir quel tueur de sang-froid Ira était sous le chapeau d'Abraham Lincoln. L'Amérique allait découvrir que c'était un enfoiré.

« Et Boiardo allait obtenir vengeance. À cette époque-là, il avait quitté Newark pour un palazzo-citadelle dans les faubourgs de Jersey, mais ça ne voulait pas dire que la plainte des Strollo contre Ira était oubliée de ses lieutenants qui régnaient sur le bastion du Premier arrondissement. J'avais toujours peur qu'un gros bras de la salle de billard rattrape Ira, que la Mafia envoie quelqu'un lui faire son affaire, surtout depuis qu'il était devenu Iron Rinn. Tu sais, le soir où il nous a tous emmenés dîner à La Taverne, pour nous présenter Eve, Sam Teiger nous a photographiés et il a accroché la photo dans le hall. Bon sang, que ça m'a déplu ! Qu'est-ce qu'on aurait pu faire de pire ? Il fallait vraiment que la métamorphose d'Ira, son héroïque réinvention de lui-même en Iron Rinn, lui soit montée à la tête. Il revient quasiment sur les lieux de son crime, et il laisse épingler sa bobine au mur ? S'il avait oublié qui il avait été, et ce qu'il avait fait, Boiardo allait s'en souvenir, lui, et il allait le flinguer.

« Mais c'est un livre qui s'en est chargé. Dans un pays où, depuis *La case de l'oncle Tom*, aucun livre n'a jamais moindrement infléchi le cours des choses. Un banal livre de révélations scandaleuses sur le show-biz, un livre écrivaillé par deux opportunistes exploitant une proie facile nommée Eve Frame. Ira avait réussi à semer Ritchie Boiardo, mais il n'a pas su échapper aux Van Tassel Grant. Ça n'est pas un sbire dépêché par un parrain qui lui a réglé son compte — c'est un chroniqueur à scandales.

« Pendant toutes ces années de vie commune avec Doris, je ne lui avais jamais parlé de ce qu'avait fait Ira. Mais le matin où je suis rentré de Zinc Town avec son revolver et ses couteaux, j'ai été tenté de le faire. Il était dans les 5 heures du matin quand il m'a remis toutes ses armes. Je suis allé directement au lycée avec cet arsenal sous mon siège avant, ce matin-là. Je ne suis pas arrivé à faire cours de toute la journée — j'étais incapable de penser. Et la nuit je n'ai pas pu dormir. C'est à ce moment-là que j'ai failli parler à Doris. J'avais emporté son revolver et ses couteaux, mais je savais bien que ça ne résolvait rien. D'une manière ou d'une autre, il allait la tuer.

« "*And thus the whirligig of time brings in his revenges/* Ainsi le tourbillon du temps porte-t-il ses vengeances." Une ligne de prose. Tu la reconnais ? C'est le dernier acte de *La nuit des rois*. Feste le clown, à Malvolio, juste avant de chanter cette chanson charmante pour clore la pièce : "*A great while ago the world begun,/ With hey-ho, the wind and the rain*, Il y a bien longtemps le monde a commencé, /Lon la, dans le vent et la pluie." Je n'arrivais pas à sortir cette phrase de ma tête : *And thus the whirligig of time brings in his revenges*. Ces *g*, cryptographiques, la subtilité de leur allègement, le *g* dur de *whirligig* suivi du *g* nasalisé de *brings*, puis du *g* doux de *revenges*. Les *s* finaux, *thus brings in his revenges*. L'insolite sifflement du pluriel *revenges*. Gueu, jeu, zeu. Les consonnes se plantaient en moi comme autant d'aiguilles. Et puis les voyelles, leur pulsation, la marée montante de leur hauteur me submergeait, les graves cédant aux aiguës. Les basses et les tenors cédant aux altos. L'allongement décisif du *i* juste avant que le rythme passe de l'iambe au trochée, et la prose qui marque le tournant de l'allongement. *I* bref, *i* bref, *i* long, *i* bref, *i* bref, *i* bref, boum, *revenges, brings in his revenges. His revenges*, avec ses sifflantes. *Hize.* En rentrant à Newark avec les armes d'Ira dans ma voiture, ces dix mots, leur réseau phonétique, l'omniscience écrasante... j'avais le sentiment de m'asphyxier dans Shakespeare.

« Le lendemain après-midi, au sortir des cours, je suis retourné à la bicoque. "Ira, j'ai dit, je n'ai pas dormi de la nuit, et je n'ai pas pu faire cours de toute la journée parce que je sais que tu ne t'arrêteras pas avant de t'être attiré une calamité bien plus abominable que de te trouver sur la liste noire. Un jour, il n'y aura plus de listes noires. Il n'est pas dit que ce pays ne fera pas ses excuses aux gens qu'il a traités comme toi, seulement si tu vas en prison pour meurtre... Ira, qu'est-ce que tu as en tête en ce moment ?"

« De nouveau, il m'a fallu la moitié de la nuit pour le découvrir, et quand il a fini par me le dire, j'ai annoncé : "J'appelle les médecins de l'hôpital, Ira. Je vais demander un mandat. Cette fois je vais te faire boucler pour de bon. Je veillerai à ce que tu passes le restant de tes jours dans un hôpital psychiatrique."

« Il se proposait de la garrotter. Avec sa fille. Il allait les garrotter toutes les deux avec les cordes de la harpe. Il avait déjà le cutter. Il ne plaisantait pas. Il allait couper les cordes, leur serrer le cou avec et les étrangler toutes les deux.

« Le lendemain matin c'est avec le cutter que je suis rentré à Newark. Mais ça ne servait à rien et je le savais. Après les cours, je suis arrivé chez moi et j'ai dit à Doris ce qui s'était passé, et c'est là que je lui ai parlé du meurtre. Je lui ai dit : "J'aurais dû les laisser l'embarquer. J'aurais dû le livrer à la police, et laisser la loi faire son office." J'ai dit à Doris que j'avais lancé en partant : "Elle a une fille avec qui vivre, Ira. C'est son châtiment, un châtiment terrible, et un châtiment qu'elle s'est attiré toute seule." Il s'était mis à rire : "Certes, un châtiment terrible, mais pas assez terrible à mon goût."

« De toutes ces années de commerce avec mon frère, c'était la première fois que je m'effondrais. J'ai tout dit à Doris, et je me suis effondré. J'étais sincère dans ce que je lui disais. Par loyauté mal comprise, j'avais fait ce qu'il ne fallait pas. J'avais vu mon petit frère couvert de sang, je l'avais mis dans ma voiture, j'avais vingt-deux ans, et j'avais fait ce qu'il ne fallait pas. Et à présent, parce que le tourbillon du temps apporte ses vengeances, Ira allait tuer Eve Frame. La seule chose à faire serait d'aller trouver Eve et de lui dire de quitter la ville en prenant Sylphid avec elle. Mais j'en étais incapable. J'étais incapable d'aller les trouver, elle et sa précieuse fille, pour leur dire : "Mon frère est sur le sentier de la guerre, vous feriez mieux de vous planquer."

« J'étais vaincu. J'avais passé ma vie à apprendre à être raisonnable face à la déraison, à apprendre ce que je me plaisais à nommer un pragmatisme vigilant — toutes choses que j'avais essayé d'apprendre moi-même d'abord, puis d'enseigner à mes élèves, à ma fille, à mon frère. Et j'avais échoué. Dé-iraiser Ira relevait de l'impossible. Je l'avais déjà prouvé en 1929. On était en 1952, j'avais quarante-cinq ans et on aurait dit que toutes ces années étaient passées pour rien. Je me retrouvais face à mon petit frère dont toute la puissance et toute la rage étaient de nouveau tendues vers le meurtre, et, une fois de plus, j'allais me faire complice du crime. Après tout ce qui s'était passé, tout ce qu'il avait fait, tout ce que nous avions tous fait, il allait de nouveau commettre l'irréparable. »

« Quand j'ai dit ça à Doris, elle a pris la voiture, et elle est montée tout droit à Zinc Town. Elle a pris la situation en main. C'est une autorité qu'elle avait. En rentrant, elle m'a annoncé : "Il ne va tuer personne. Note bien que ça ne m'aurait pas déplu qu'il la tue. Mais il ne va pas le faire. — Et qu'est-ce qu'il va faire, alors ? — On a négocié un accord. Il va jouer ses pions. — C'est-à-dire ? — Il va faire appel à des amis. — Qu'est-ce que tu racontes ? Pas des gangsters ? — Des journalistes. Ses amis journalistes. Ce sont eux qui vont la détruire. Laisse Ira tranquille, je me charge de lui."

« Pourquoi a-t-il écouté Doris alors qu'il refusait de m'écouter ? Comment l'a-t-elle convaincu ? Va savoir ! Doris savait le prendre. Elle savait y faire, je lui ai remis mon frère.

— Qui c'était, ces journalistes ?

— Des compagnons de route. Il y en avait des tas. Des types qui l'admiraient, lui, l'homme du peuple, avec son authenticité culturelle. Ira avait beaucoup de poids auprès d'eux à cause de ses origines ouvrières, à cause de ses luttes au sein du syndicat. Ils venaient souvent chez lui, aux soirées.

— Et ils ont fait ce qu'il voulait ?

— Ils ont taillé Eve en pièces. Pour le faire, ils l'ont fait. Ils ont montré que le livre avait été fabriqué de A à Z. Qu'Ira n'avait jamais été communiste, qu'il n'avait rien à voir avec les communistes. Que cette histoire de complot communiste pour infiltrer les ondes était un tissu de mensonges invraisemblables. Ce qui n'a pas ébranlé la confiance de Joe McCarthy, Richard Nixon ou Bryden Grant, mais qui pouvait couler et qui a effectivement coulé Eve

Frame dans le monde du divertissement à New York. C'était un monde ultra-libéral. Représente-toi la situation. Voilà que tous les journalistes viennent la voir et notent pieusement tout ce qu'elle raconte pour le répercuter dans les journaux. New York, grand réseau d'espions à la radio, et le chef de réseau, c'est son mari. La Légion américaine prend Eve au mot, et lui demande de s'adresser directement à elle. Une organisation religieuse anticommuniste qui s'est baptisée Croisade chrétienne prend ses déclarations au sérieux ; ses membres reproduisent des chapitres entiers du livre dans leur mensuel. Le *Saturday Evening Post* y va de son reportage à la gloire d'Eve Frame. Le *Reader's Digest* publie l'abrégé d'un chapitre — ils raffolent de ce type de sujet — si bien qu'entre le *Post* et le *Digest*, Ira se retrouve dans la salle d'attente de tous les médecins et de tous les dentistes du pays. Tout le monde veut recueillir les confidences d'Eve Frame, tout le monde veut lui parler. Et puis le temps passe, plus aucun journaliste ne se présente, plus personne n'achète le livre, et petit à petit, plus personne ne veut lui parler.

« Au début, on ne doute pas de sa bonne foi. On ne remet pas en question une actrice de la renommée et de la stature d'Eve Frame, une femme si délicate qui fait l'actualité avec de pareilles conneries à fourguer. *L'Affaire* * Frame n'a pas beaucoup stimulé les neurones du public. Le Parti a ordonné à cet homme de l'épouser ? C'était son sacrifice de communiste ? Même ça, on l'a gobé sans discuter. Tout est bon pour purger la vie de son absurdité, du chaos de ses contingences, tout est bon pour imposer au contraire une grille de lecture simplificatrice qui rende la réalité cohérente, au risque de la défigurer du tout au tout. Le Parti le lui a ordonné. Tout est un complot du Parti ! Comme si Ira n'avait pas le talent nécessaire pour faire cette boulette tout seul. Comme s'il avait eu besoin du Komintern pour contracter un mariage malheureux !

« Communiste, on n'avait que ce mot à la bouche, alors que personne en Amérique n'avait la moindre idée de ce que ça pouvait être, un bon Dieu de communiste. Qu'est-ce qu'ils font, qu'est-ce qu'ils disent, à quoi ils ressemblent ? Quand ils sont entre eux, ils parlent russe, chinois, yiddish, espéranto ? Est-ce qu'ils fabriquent des bombes ? Personne n'en savait rien, et c'est pourquoi il a été si facile d'exploiter la menace comme le livre d'Eve l'a fait. Mais alors, les journalistes d'Ira se sont mis au travail, et les articles ont commencé à sortir, dans la *Nation*, le *Reporter*, la *New Republic*, elle s'est fait écharper. La machine publique qu'elle avait mise en route ne va pas toujours dans la direction qu'on voudrait. Elle a son autonomie. La machine publique qu'elle voulait voir détruire Ira s'est peu à peu retournée contre elle. C'était dans l'ordre des choses. On est en Amérique. Dès l'instant qu'on met en route cette machine publique, la seule issue, c'est la catastrophe pour tout le monde.

« Ce qui l'a sans doute désarçonnée le plus, affaiblie le plus, s'est produit au début de la contre-offensive d'Ira, avant qu'elle ait eu le temps de comprendre ce qui se passait, avant qu'on la prenne en charge pour lui dire ce qu'il ne fallait pas faire dans une bataille comme celle-là. Bryden Grant a mis la main sur la première attaque, un article encore à l'état d'épreuve, qui devait paraître dans la *Nation*. Pourquoi Grant devait-il s'inquiéter davantage de ce qui se publiait dans la *Nation* que de ce qui se publiait dans la *Pravda*... Qu'est-ce que la *Nation* aurait bien pu écrire d'autre ? Toujours est-il que sa secrétaire envoie l'épreuve à Eve, et que cette dernière s'empresse de téléphoner à son avocat : elle souhaite qu'un juge fasse une injonction à la *Nation* pour l'empêcher de publier l'article, qui n'est qu'un ramassis de mensonges malveillants, sans autre but que de détruire son nom, sa carrière et sa réputation. Mais une injonction serait une contrainte préalable, représente l'avocat, légalement, un juge ne saurait prendre une telle mesure. *Après* la parution, elle pourra les poursuivre en diffamation. Ça ne fait pas l'affaire d'Eve, il sera trop tard, elle sera déjà coulée. Elle se rend donc tout droit dans les bureaux de la *Nation* et exige de voir l'auteur de l'article. Il s'agit de L.J. Podell, Jake Podell, le fouille-merde attitré du journal, celui qu'on charge des basses besognes. Les gens ont peur de lui, à bon droit. Mieux vaut avoir affaire à lui qu'à Ira armé d'une pelle, mais tout juste.

« Elle entre dans le bureau de Podell, et c'est là qu'elle va jouer la scène de Bravoure, celle qui devrait lui valoir un prix d'interprétation. Elle dit à Podell que cet article est un tissu de mensonges, de mensonges odieux, et tenez, devinez lequel de tous ces mensonges est le plus odieux ? Dans tout l'article ? Podell l'épinglait comme Juive honteuse. Il a en effet écrit qu'Eve, née Chava Fromkin, a vu le jour en 1907 à Brownsville, quartier de Brooklyn, qu'elle a grandi au coin de Hopkinson Street et Sutter Street, que son père était un pauvre immigrant polonais sans instruction, peintre en bâtiment de son état. Personne de sa famille ne parlait anglais, ni son père, ni sa mère, ni d'ailleurs son frère et sa sœur aînés, tous deux étant nés dans la vieille Europe des années avant elle. Ils parlaient tous yiddish, sauf Chava.

« Podell a même exhumé Mueller, le premier mari,

ce fils de barman de Jersey, cet ex-matelot avec qui elle s'est sauvée à l'âge de seize ans. Il vit toujours en Californie ; c'est un flic en retraite qui touche une pension d'invalidité — il est malade du cœur —, il a une femme et deux enfants. Ce brave type n'a que du bien à dire de la petite Chava. Quelle belle fille c'était. Elle en avait dans le buffet. Une vraie petite tornade, croyez-le si vous voulez. Comment elle s'est enfuie avec lui ! Non pas parce qu'elle aurait pu aimer le grand idiot qu'il était à l'époque, mais parce que, il le savait bien, elle voyait en lui sa chance de quitter Brooklyn. En toutc connaissance de cause, et en toute affection, il ne l'a jamais encombrée, il ne l'a jamais harcelée pour en obtenir de l'argent, y compris après sa réussite spectaculaire. Podell est d'ailleurs en possession de quelques clichés que Mueller lui a obligeamment remis — pour quellc somme, cela n'est pas dit. Il les fait voir à Eve : Chava et Mueller sur une plage encore sauvage de Malibu, le Pacifique tonnant à l'arrière-plan, deux beaux jeunes gens, sains, réjouis, robustes dans leurs costumes de bain des années vingt, prêts à faire le grand plongcon, impatients même. Ces clichés finiront par être reproduits dans le magazine *Confidential.*

« Podell ne s'était jamais fait une spécialité de dénoncer les Juifs honteux. Il était lui-même un Juif indifférent à sa judaïté, et Dieu sait qu'il n'a jamais soutenu Israël. Mais il avait en face de lui une femme qui avait menti sur ses origines toute sa vie, et qui mentait à présent sur Ira. Il citait les témoignages concordants de toutes sortes de vieillards de Brooklyn, certains se disant les voisins de Chava et d'autres ses parents. Eve objecte que ce sont des racontars idiots, et que s'il rapporte comme vraies les inventions des crétins sur les célébrités, elle traînera le magazine en justice jusqu'à ce qu'il n'ait plus qu'à disparaître, et qu'elle lui réclamera à lui personnellement jusqu'à son dernier sou en dommages et intérêts.

« Un type du journal avait son appareil photo sur lui, il entre dans le bureau et prend un instantané de l'ancienne vedette de cinéma au moment où elle rappelle à Podell les ennuis qu'elle peut lui causer. Alors, là, la dernière goutte d'empire sur soi qui pouvait lui rester disparaît, le peu de recul rationnel s'évapore, et elle se précipite dans le couloir en sanglotant. Le rédacteur en chef vient à passer, qui l'emmène dans son bureau, l'assied sur une chaise et lui demande : "Vous n'êtes pas Eve Frame ? Je suis un de vos grands admirateurs. Qu'est-ce qui se passe ? Qu'est-ce que je peux faire pour vous ?" Elle le lui explique. "Oh la la, mais ça ne va pas du tout, ça." Il la calme et lui demande ce qu'elle veut voir changer dans l'article. Sur quoi elle lui répond qu'elle est née à New Bedford dans le Massachusetts, au sein d'une famille de gens de mer, petite-fille et arrière-petite-fille de capitaines de clippers. Certes, ses parents étaient loin de nager dans l'opulence et elle a perdu son père, avocat-conseil, toute petite, mais après la mort de celui-ci, sa mère a tout de même tenu un charmant salon de thé. Le rédacteur en chef lui dit qu'il est ravi d'entendre la vérité. Il la met dans un taxi et lui assure qu'il veillera personnellement à ce que ce soit sa version à elle qui paraisse. Derrière la porte, Podell ne perd rien de leur conversation, il prend des notes, et, de fait, tout paraîtra dans le magazine.

« Car après son départ, Podell revient sur son article, et il y insère l'incident dans sa totalité — la visite d'Eve aux bureaux du journal, la scène de Bravoure et tout le tralala. C'est une vieille machine de guerre sans scrupule, et il raffole de ce genre d'exercice — par-dessus le marché, il aime beaucoup Ira, et il a trouvé Eve antipathique. Il enregistre donc méticuleusement le conte de New Bedford dans ses moindres détails, et le place en conclusion de son article. Les journalistes qui écriront après lui se serviront de ce canevas, et on trouvera un autre motif récurrent dans les reportages anti-Eve : une des raisons pour lesquelles elle a livré Ira, qui n'est nullement communiste, c'est qu'il est en revanche juif pratiquant et fier de l'être, etc. Ce qu'ils disent d'Ira n'a guère plus de rapport avec lui que ce qu'Eve en dit. Mais lorsque ces intellects féroces qui s'en tiennent aux faits en auront fini avec la malheureuse, il faudrait avoir un microscope pour retrouver le moindre atome de la triste vérité de l'histoire du couple.

« À Manhattan, l'ostracisme commence. Elle se met à perdre ses amis. On ne vient plus à ses soirées. On ne l'appelle plus au téléphone. Personne ne veut lui parler. Personne ne la croit plus. Elle a coulé son mari par des mensonges ? Ça en dit long sur ses qualités humaines... Peu à peu, on ne lui propose plus un seul rôle. Le théâtre radiophonique est d'ailleurs moribond, laminé par les listes noires et de surcroît concurrencé par la télévision. Eve a pris du poids, elle n'intéresse pas la télévision.

« Je ne l'ai vue jouer que deux fois à la télé. Je crois que ce sont d'ailleurs les deux seules fois qu'elle y soit passée. La première fois, Doris était sidérée. Mais réjouie. Elle m'a dit : “Tu sais à qui elle ressemble maintenant qu'elle a pris de l'ampleur ? À Mrs Goldberg, de Tremont Avenue, dans le Bronx.” Tu te souviens de Molly Goldberg, Nathan, dans *The Goldberg*, avec son mari Jake, et ses enfants, Rosalie et Samily ? Et Philip Loeb, tu te rappelles Philip Loeb ? Tu ne l'as jamais rencontré par Ira ? Ira l'avait amené chez nous. Phil a joué Papa Jake pendant des lustres dans l'émission *The Goldberg*, depuis les années trente, où la série avait commencé à la radio. En 1950 il s'est fait virer parce que son nom était sur la liste noire. Il n'a plus trouvé de travail, il n'a plus pu payer ses factures, il n'a plus pu payer ses dettes, si bien que, en 1955, il a pris une chambre au Taft Hotel, et il s'est suicidé aux somnifères.

« Les deux fois qu'Eve a joué, c'était dans des rôles de mère. Effroyable ! À Broadway c'était une actrice discrète, pleine de tact, intelligente ; à présent on la voyait sangloter et se répandre partout — hélas, ça n'était guère un rôle de composition. Mais désormais elle devait être livrée à elle-même le plus souvent, sans personne pour la guider. Les Grant habitaient Washington, ils n'avaient pas le temps ; il ne lui restait plus que Sylphid.

« Même ça, ça ne devait pas durer. Un vendredi soir, elles sont passées ensemble à la télévision, dans une émission qui avait beaucoup de succès alors, *The Apple and the Tree*. Tu t'en souviens ? C'était une émission hebdomadaire d'une demi-heure sur les enfants qui ont hérité un talent, une profession ou un trait quelconque de leurs parents. Il y avait là des savants, des gens de l'art, du show-business, des athlètes. Lorraine aimait bien regarder cette émission, et il nous arrivait de la regarder avec elle. C'était agréable, drôle, chaleureux, et même parfois intéressant, mais ça n'était tout de même que de l'article léger, du divertissement passablement superficiel. Sauf le jour où on a invité Sylphid et Eve. Elles se sont crues obligées de donner au public une version abrégée du *Roi Lear*, avec Sylphid dans le rôle de Goneril et Regan.

« J'entends encore Doris me dire : "Elle qui a lu et compris tous ces livres, qui a lu et compris tous les rôles qu'elle a joués, comment se fait-il qu'elle ait tant de mal à revenir à la raison ? Qu'est-ce qui fait que quelqu'un d'aussi expérimenté soit si désespérément niais ? Quarante-cinq ans, une telle expérience du monde, et si peu de jugement."

« Ce qui m'a intéressé, c'est qu'après avoir publié *J'ai épousé un communiste* et assuré sa promotion, elle n'ait jamais, si peu que ce soit, une seconde, en passant, assumé sa propre vilenie. Peut-être avait-elle commodément oublié le bouquin et toutes ses conséquences. L'Ira qui ressortait à présent était peut-être une version antérieure au monstre *grantifié*, un Ira avant *van-tasselisation* en règle. Toujours est-il que le virage à cent quatre-vingts degrés qu'elle prenait avec sa nouvelle version de l'histoire valait le coup d'œil.

« Lors de ce passage à la télévision, Eve n'a su que dire combien elle était amoureuse d'Ira, combien elle avait été heureuse avec Ira, et que son perfide communisme était seul responsable de la destruction de leur couple. Elle a d'ailleurs versé quelques larmes sur tout ce bonheur brisé par son perfide communisme. Je me souviens que Doris s'est levée pour s'éloigner du poste, et qu'elle est revenue s'asseoir devant en fulminant. Elle m'a dit ensuite : "La voir fondre en larmes de cette façon, à la télévision, ça m'a choquée presque autant que si je l'avais vue incontinente. Elle peut pas s'arrêter de pleurer deux minutes ? C'est une actrice, bon Dieu ! Si elle s'essayait à un rôle de son âge !"

« C'est ainsi que les caméras ont pu regarder pleurer l'innocente épouse du communiste, c'est ainsi que tout le royaume télévisuel a pu regarder pleurer l'innocente épouse du communiste, en suite de quoi l'innocente épouse du communiste a séché ses larmes, et — avec des coups d'œil inquiets en direction de sa fille toutes les deux secondes pour que cette dernière corrobore, que dis-je, *autorise* ses propos — elle a signifié sans équivoque qu'entre elles, tout était de nouveau merveilleux, la paix restaurée, le passé enterré, la confiance et l'amour de naguère rétablis. Après l'éradication du communiste, on n'aurait pas trouvé de famille aux liens plus étroits, de famille en meilleurs termes, sinon, peut-être, de l'autre côté de l'Atlantique, celle des Robinson suisses...

« Et chaque fois qu'Eve lançait à Sylphid ce pauvre sourire plaqué comme un masque, qu'elle tentait de la regarder avec l'expression d'attente la plus pitoyable, une expression qui la suppliait quasiment de dire : “Oui, Môman, je t'aime, c'est vrai”, cette expression qui la suppliait de manière flagrante ou presque de le dire, ne serait-ce que pour la télévision, Sylphid vendait la mèche en lui lançant un regard noir ou condescendant, ou encore en détournant avec agacement chaque mot sorti de sa bouche. On en est arrivé à un point tel que Lorraine elle-même est sortie de ses gonds. Tout à coup la gosse qu'elle était a crié à l'écran : “Témoignez-vous un peu d'amour, vous deux !”

« Sylphid n'a pas manifesté un quart de seconde d'affection pour cette femme pathétique qui s'accrochait si désespérément. Pas un atome de générosité, encore moins de compréhension. Pas une réplique conciliante. Je ne suis pas un enfant, Nathan, je ne te parle pas d'amour. Je ne parle même pas de bonheur, d'harmonie, d'amitié. Je te parle seulement de conciliation. Ce que j'ai compris en regardant l'émission, c'est que cette fille ne pouvait pas avoir aimé sa mère — jamais. Parce que si on a aimé sa mère, ne serait-ce qu'un peu, on est capable de voir parfois en elle autre chose que sa mère, justement. On voit son bonheur, son malheur. On voit sa santé. On voit sa solitude. On voit sa folie. Mais cette fille n'avait pas d'imagination pour concevoir ces choses. Elle n'avait pas la moindre compréhension de ce que c'est qu'une vie de femme. Tout en elle disait : *J'accuse* *. Tout ce qu'elle voulait, c'était traduire sa mère en justice devant la nation entière, pour lui faire perdre la face de toutes les manières possibles. Broyer les os de Môman en public.

« Je n'oublierai jamais cette image : Eve ne cessant de regarder vers Sylphid, comme si toute l'idée qu'elle se faisait d'elle-même, de sa propre valeur, elle la tirait de cette fille-juge, le juge le plus implacable des manquements de sa mère. Il fallait voir le sarcasme chez Sylphid, elle se moquait de sa mère dans chacune de ses grimaces de dédain, elle la rejetait dans chaque rictus, elle la dérouillait en public. Enfin sa colère trouvait une tribune. Elle malmenait sa célèbre mère devant les caméras. Elle avait désormais le pouvoir de dire dans un simple retroussis de lèvres : "Toi qu'on a tant admirée, tu n'es qu'une sotte." Pas très généreux. La plupart des gosses dépassent cette attitude sur le coup de dix-huit ans. C'est impitoyablement révélateur d'une nature. Quand ça perdure aussi tard dans la vie, on y soupçonne une forme de plaisir sexuel. Entre le cabotinage de la mère sans défense, et la canaillerie impitoyable de la fille perfide, l'émission mettait mal à l'aise. Mais le plus effrayant, c'était le visage d'Eve, ce masque. On n'aurait pas pu imaginer masque plus malheureux. J'ai compris qu'il ne restait plus rien d'elle. Elle paraissait anéantie.

« Enfin, le présentateur de l'émission a annoncé le récital de Sylphid qui devait avoir lieu prochainement au Town Hall, si bien que Sylphid s'est assise à sa harpe. Voilà ! C'était pour ça qu'Eve avait accepté de se dégrader de cette manière devant les caméras de télévision. Bien sûr! Pour la carrière de Sylphid! Comment trouver meilleure métaphore de leur relation, je me disais : Eve pleure en public sur tout ce qu'elle a perdu tandis que sa fille, qui s'en fiche, joue de la harpe et place son récital.

« Deux ans plus tard, sa fille l'abandonnait. Quand sa mère était en train de couler, et avait le plus besoin d'elle, Sylphid a découvert son indépendance. À trente ans, elle a décidé qu'il n'était pas bon pour l'équilibre affectif d'une fille de rester au foyer, collée à une mère quinquagénaire qui la bordait dans son lit tous les soirs. Alors que la plupart des enfants quittent leurs parents à l'âge de dix-huit ou vingt ans, vivent leur indépendance une quinzaine ou une vingtaine d'années, et puis, avec le temps, reviennent se réconcilier avec leurs parents vieillissants, pour être leur soutien, Sylphid a préféré faire l'inverse. Forte des meilleures raisons de la psychologie moderne, elle est partie en France, vivre aux frais de son père.

« À l'époque Pennington était déjà malade. Deux ans plus tard, il mourait. Cirrhose du foie. Sylphid a hérité de la villa, des voitures, des chats, et de la fortune familiale des Pennington. Elle a tout récupéré, y compris le beau chauffeur italien de son père, qu'elle a épousé. Eh oui, elle s'est mariée. Elle a même engendré un fils. Qu'est-ce que tu dis de la logique de la réalité? Sylphid Pennington est devenue mère. On en a beaucoup parlé dans la presse à scandale, à cause d'un interminable litige lancé par un célèbre décorateur de théâtre français, son nom m'échappe, qui avait longtemps été l'amant de Pennington. Il prétendait que le chauffeur était un arnaqueur, un captateur d'héritage, qui n'était entré en scène que récemment, qui avait lui-même été l'amant de Pennington à l'occasion, et qui aurait plus ou moins trafiqué ou rectifié le testament.

« Lorsque Sylphid a quitté New York pour s'établir en France, Eve Frame était devenue une alcoolique irrécupérable. Elle avait été obligée de vendre la maison. Elle est morte après un coma éthylique dans un hôtel de Manhattan, en 1962, dix ans après l'affaire du livre. Oubliée. À l'âge de cinquante-cinq ans. Deux ans plus tard Ira est mort. À l'âge de cinquante et un ans. Mais il avait eu le temps de la voir souffrir. Et ne crois pas qu'il n'en ait pas joui. Ne crois pas qu'il n'ait pas joui de voir Eve lâchée par Sylphid. "Où est-elle, l'adorable fille dont on a tant parlé ? Où est-elle la fille qui dirait : Je viens à ton secours, Maman ? Disparue !"

« La mort d'Eve a ranimé chez Ira des satisfactions primaires ; elle a déchaîné le principe de plaisir du terrassier. Quand toutes les parures de la respectabilité, toutes les structures sociales civilisatrices sont retirées à un homme qui a passé le plus clair de sa vie à fonctionner sur des pulsions, on a un geyser, hein ? Ça jaillit d'un seul coup. Quoi de meilleur que de voir son ennemi anéanti ? Certes, la chose avait pris un peu plus longtemps qu'il ne l'espérait, et il est vrai que cette fois, il n'avait pas eu le plaisir d'agir lui-même, de sentir le sang chaud lui gicler au visage, mais tout de même, je n'ai jamais vu Ira se réjouir davantage que lors de la mort d'Eve.

« Tu sais ce qu'il m'a dit, quand elle est morte ? La chose même qu'il m'avait dite la nuit où il a assassiné l'Italien et où nous avons organisé sa fuite : "Strollo a tiré le gros lot." C'était la première fois qu'il prononçait ce nom depuis plus de trente ans. "Strollo a tiré le gros lot", et il a poussé ce gloussement de gosse dingue. Ce rire qui disait : "Qu'ils essaient un peu de m'avoir, tiens !" Ce rire de défi que je n'avais pas oublié depuis 1929. »

J'aidai Murray à descendre les trois marches de la terrasse, et le guidai jusqu'à ma voiture dans l'obscurité du chemin. Nous restâmes silencieux en descendant les virages de la route de montagne qui longe le lac Madamaska pour entrer dans Athena. Lorsque je levai les yeux, je vis qu'il avait rejeté la tête en arrière, et fermé les paupières. Tout d'abord je pensai qu'il dormait, et puis je me demandai s'il était mort ; si, après s'être remémoré toute l'histoire d'Ira, après s'être entendu la *dire* en entier, ce modèle d'endurance n'avait pas perdu la volonté de poursuivre. Et alors je me le rappelai en train de nous faire cours d'anglais au lycée, assis sur un coin de son bureau, mais sans l'éponge de tableau comminatoire, en train de nous lire des scènes de *Macbeth* en faisant toutes les voix, sans craindre les effets spectaculaires, sans craindre de jouer ; et je me rappelai combien j'étais impressionné de constater à quel point la littérature paraissait virile lorsqu'il la vivait. Je me souvins d'avoir entendu Mr Ringold lire la fin de l'acte IV, où Macduff apprend par Ross que Macbeth vient de massacrer sa famille. C'était la première fois que je voyais quelqu'un dans une sorte de transe esthétique, qui rejette tout le reste à l'arrière-plan.

Il lisait la réplique de Ross : « Votre château est surpris, votre femme et vos bébés / sauvagement massacrés... » puis, après un long silence où Macduff comprend sans comprendre, il lisait sa réplique — sans hausser le ton, d'une voix sans timbre, presque une voix d'enfant, précisément : « Mes enfants aussi ? — Femme, enfants, serviteurs, disait Mr Ringold-Ross. Tout ce qui se trouvait là. » Macduff était de nouveau sans voix. La classe aussi ; en tant que classe, elle avait disparu de la salle. Tout s'était évanoui, sauf les mots incrédules qui suivent. Mr Ringold-Macduff : « Ma femme aussi, tuée ? » Mr Ringold-Ross : « Je vous l'ai dit. » Au mur, la grande pendule s'achemine vers 2 h 30. Dehors, un bus n° 14 grimpe en ferraillant la pente de Chancellor Avenue. On n'est plus qu'à quelques minutes de la fin du huitième cours, et de la longue journée de classe. Mais tout ce qui compte — qui compte plus que ce qu'on fera à la sortie, ou même dans l'avenir — c'est l'instant où Mr Ringold-Macduff va saisir l'incompréhensible. « Il n'a pas d'enfants », dit Mr Ringold. De qui parle-t-il ? Qui n'a pas d'enfants ? Quelques années plus tard, on m'a appris l'interprétation classique — c'est de Macbeth que parle Macduff, c'est Macbeth le « il » qui n'a pas d'enfants. Mais dans la lecture de Mr Ringold, ce « il » dont parle Macduff n'est autre que lui-même, comble d'horreur. « Tous mes jolis petits, vous avez dit tous ? Tous ? / Mes jolis poussins et leur mère ? / Emportés d'un coup par l'aile du rapace ? » Et puis c'est Malcolm qui parle, rudement, comme pour secouer Macduff : « Supportez le choc comme un homme. — Je le ferai », répond Mr Ringold-Macduff.

Et puis, cette réplique linéaire qui allait, par la voix de Mr Ringold, s'affirmer cent fois, mille fois au cours de ma vie : « Mais je dois aussi l'éprouver comme un homme. *But I must also feel it like a man.* » « Dix syllabes, nous fit remarquer Mr Ringold le lendemain. C'est tout. Dix syllabes, cinq accents, un pentamètre… neuf mots en tout, et l'accent du troisième iambe tombe parfaitement, avec naturel sur le cinquième mot, le plus important… neuf mots d'une seule syllabe, et le seul mot qui en comporte deux est un mot aussi commun, ordinaire, utile que n'importe quel mot de la vie quotidienne... pourtant, mis ensemble, et à ce moment de la scène, quelle puissance, ces mots! Simples, simples — mais ils cognent comme un marteau.

« Mais je dois aussi l'éprouver comme un homme. » Et Mr Ringold referme le gros volume des pièces de Shakespeare, en nous disant, comme à la fin de chaque cours : « À la prochaine. »

Lorsque nous arrivâmes à Athena, Murray avait ouvert les yeux, et il était en train de me dire : « Voilà que je me trouve avec un ancien élève des plus éminents, et que je ne lui en ai pas laissé placer une. Je ne t'ai même pas demandé de tes nouvelles.

— La prochaine fois.

— Pourquoi tu vis tout seul là-haut, comme ça? Pourquoi tu n'as plus le cœur d'aller dans le monde?

— J'aime mieux cette vie-là.

— Non, je t'ai regardé m'écouter. Je n'en crois rien. Je ne crois pas un instant que ton exubérance t'ait abandonné. Tu étais pareil tout jeune. C'est pourquoi tu me plaisais tant — tu étais attentif. Tu l'es toujours. Mais attentif à quoi, là-haut? Tu devrais te sortir de ton problème, quel qu'il soit. Céder à la tentation du renoncement n'est pas malin. À un certain âge, ça peut te liquider aussi sûrement que n'importe quelle autre maladie. Tu veux vraiment voir ta vie rétrécir avant l'heure? Prends garde à l'utopie de l'isolement. Prends garde à l'utopie de la bicoque dans les bois, cette oasis pour se défendre contre la rage et le chagrin. Cette solitude inexpugnable. C'est ainsi que la vie s'est finie, pour Ira, et bien avant le jour où il est tombé mort. »

Je me garai dans une des rues de la faculté et remontai avec lui l'allée de la résidence universitaire. Il était près de 3 heures du matin, toutes les chambres étaient éteintes. Murray était probablement le dernier des étudiants du troisième âge à partir, et le seul qui coucherait là cette nuit. Je regrettai de ne pas l'avoir retenu chez moi. Mais je n'avais pas le cœur de le faire non plus. Avoir quelqu'un qui dormirait dans mon champ visuel, sonore, ou olfactif aurait rompu la chaîne de conditionnement que j'avais eu assez de mal à me forger.

« Je vais venir te voir dans le New Jersey, dis-je.

— C'est en Arizona qu'il va falloir que tu viennes. Je n'habite plus le New Jersey. Ça fait longtemps que je vis en Arizona, à présent. J'appartiens à un club de lecture tenu par l'Église unitaire ; à part ça, les ressources sont maigres. Ça n'est pas l'adresse idéale pour qui a une cervelle, mais j'ai aussi d'autres problèmes. Il faudra que tu viennes en Arizona si tu veux me voir. Seulement, ajouta t il avcc un sourire, ne traîne pas. La terre tourne très vite, Nathan, et le temps n'est pas mon allié. »

Avec les années, il n'y a rien que je sache moins bien faire que dire au revoir à quelqu'un lorsque je lui suis très attaché. Je ne me rends pas toujours compte à quel point je lui suis attaché avant le moment de lui dirc au revoir.

« Pour une raison ou pour une autre, je me figurais que tu habitais toujours le New Jersey. » Tel fut le sentiment le moins dangereux que je trouvai à exprimer.

« Non, j'ai quitté Newark quand Doris s'est fait tuer. Doris a été assassinée, Nathan. Sur le trottoir d'en face, derrière l'hôpital. Moi, je ne voulais pas quitter la ville, tu vois. Je n'allais tout de même pas m'en aller de la ville où j'avais vécu et enseigné toute ma vie sous prétexte que c'était devenu une ville noire et pauvre, une ville à problèmes. Même après les émeutes, quand Newark s'est vidé, on est restés sur Lehigh Avenue, seule famille blanche de la rue. Doris, malgré ses maux de dos, est retournée travailler à l'hôpital. J'enseignais à South Side. Après ma réintégration, je suis retourné à Weequahic, où, déjà, le métier n'était plus une partie de plaisir, et au bout de deux ans, on m'a demandé de reprendre le département d'anglais à South Side, où ça se passait encore plus mal. Comme personne n'arrivait à enseigner à ces jeunes Noirs, on m'a demandé de le faire. J'y ai passé mes dix dernières années, jusqu'à la retraite. Je ne suis jamais arrivé à apprendre quoi que ce soit à qui que ce soit. J'arrivais tout juste à contenir le chahut, alors, enseigner... On faisait de la discipline, c'était tout. On faisait de la discipline, on patrouillait dans les couloirs, on s'engueulait avec eux jusqu'à ce qu'un jeune vous en mette une, on les renvoyait. Ç'a été les dix années les pires de ma vie. Je ne dirais pas que c'est le désenchantement qui m'a ravagé. J'étais en phase avec la réalité de la situation. Mais l'expérience elle-même était destructrice. Brutale. On aurait dû déménager, on ne l'a pas fait, voilà l'histoire.

« Mais toute ma vie j'avais été un boute-feu au sein du système, non ? Mes vieux compères me disaient que j'étais dingue. Ils s'étaient tous installés en banlieue, à l'époque. Mais comment est-ce que j'aurais pu me débiner ? Il m'importait qu'on traite ces jeunes avec respect. S'il y a une chance de changer la vie, où commencerait-elle sinon à l'école ? Et puis, en tant que professeur, chaque fois qu'on m'avait demandé de faire quelque chose que je jugeais intéressant et profitable, j'avais dit : "Oui, ça me dirait bien de le faire", et j'avais foncé. Nous sommes restés sur Lehigh Avenue, je suis allé à South Side, et j'ai dit aux professeurs du département : "Il faut qu'on trouve des moyens de pousser nos élèves à s'engager", etc.

« Je me suis fait braquer deux fois. On aurait dû déménager dès la première fois, et la seconde à coup sûr. La seconde, je venais de tourner le coin de la maison. Il était 4 heures de l'après-midi quand trois jeunes m'ont encerclé en sortant un flingue. Mais nous n'avons pas déménagé. Et un soir, Doris quittait l'hôpital pour rentrer chez nous, elle n'avait que la rue à traverser, tu t'en souviens. Eh bien, elle n'a pas pu. On lui a donné un coup sur la tête. À moins d'un kilomètre de l'endroit où Ira avait tué Strollo, on lui a fracassé le crâne avec une brique. Pour un sac à main qui ne contenait rien. Tu sais ce que j'ai compris ? J'ai compris que je m'étais fait avoir. L'idée ne me plaît pas, mais j'ai dû vivre avec depuis.

« Je m'étais fait avoir par moi-même, au cas où tu te poserais la question. Par mes principes. Je peux pas trahir mon frère, je peux pas trahir mon métier, je peux pas trahir les déshérités de Newark. Ah non, pas moi. Moi je ne déserte pas. Moi je ne me défile pas. Que mes collègues fassent ce que bon leur semble, moi je n'abandonne pas ces jeunes Noirs. Alors moi, je trahis ma femme. Je fais porter la responsabilité de mes choix par quelqu'un d'autre. C'est Doris qui a payé le prix de mon civisme. C'est elle qui a été victime de mon refus de... Écoute, on ne s'en sort pas. Quand on essaie, comme j'ai tenté de le faire, de se départir des illusions flagrantes — la religion, l'idéologie, le communisme — on est encore tributaire du mythe de sa propre bonté. Voilà le leurre final, celui auquel j'ai sacrifié Doris.

« Mais basta, chaque acte produit de la perte, dit-il. C'est l'entropie du système.

— Quel système ?

— Le système moral. »

Pourquoi ne m'avait-il pas parlé de Doris plus tôt ? Fallait-il mettre cette omission au compte de l'héroïsme ou de la douleur ? Un drame de plus dans sa vie. Et quoi d'autre ? Nous aurions pu rester six cents nuits sur ma terrasse avant que j'aie entendu toute l'histoire de Murray Ringold, et comment cet homme, qui avait choisi de n'être rien de plus extraordinaire qu'un professeur de lycée, n'avait pu échapper aux turbulences de son temps et de son lieu, et n'était pas moins victime de l'histoire que son frère, au bout du compte. Telle était l'existence que l'Amérique lui avait préparée ; telle était l'existence qu'il s'était préparée lui-même, en pensant, en prenant sa revanche personnelle sur son père par la réflexion critique, par son attitude raisonnable face à l'absence de raison. Voilà où l'avait mené l'activité pensante en Amérique. Voilà où l'avaient mené le courage de ses convictions et la résistance à la tyrannie du compromis. *S'il existe une chance de changer la vie, où commencerait-elle sinon à l'école ?* Irrémédiablement prisonnier des meilleures intentions, attaché de manière tangible tout au long de sa vie à une attitude constructive qui n'est plus qu'illusion désormais, à des formulations et des solutions devenues caduques.

On réussit à s'abstenir de trahir d'un côté, et voilà qu'on a trahi ailleurs. Parce que le système n'est pas statique. Parce qu'il est vivant. Parce que tout ce qui vit est en mouvement. Parce que la pureté est une pétrification. Parce que la pureté est un mensonge. Parce que sauf à être un parangon d'ascétisme comme Johnny O'Day et Jésus-Christ, on est aiguillonné par des centaines de choses. Parce que sauf à foncer dans la vie en brandissant comme un pieu une vertu ostentatoire, à la manière des Grant, sauf à entretenir le gros mensonge de la vertu ostentatoire pour justifier ce qu'on fait, il faut se demander, à longueur de temps : « Et pourquoi est-ce que je fais ce que je fais ? » Et il faut se supporter soi-même sans connaître la réponse.

À ce moment-là, en même temps, nous cédâmes à l'urgence de nous étreindre. Quand j'eus Murray dans les bras, je pressentis — je fis plus que pressentir — sa décrépitude. On avait du mal à comprendre où il avait trouvé la force, six nuits d'affilée, de revisiter avec une telle intensité les événements les plus sombres de sa vie.

Je ne dis rien, car je pensais que, quoi que je dise, je rentrerais chez moi en regrettant de ne pas m'être tu. Comme si j'étais encore son élève innocent et désireux de bien faire, je mourais d'envie de lui dire : « Non, tu ne t'es pas fait avoir, Murray. Ce n'est pas le jugement qu'il faut porter sur ta vie. Il faut bien que tu le saches. » Mais comme je suis moi-même un homme vieillissant qui sait à quelles conclusions désabusées on parvient quand on passe son histoire au crible, je m'abstins.

Après m'avoir laissé le serrer dans mes bras près d'une minute, Murray me donna une claque dans le dos : « Quelle émotion éprouvante, me dit-il en riant, de quitter un homme de quatre-vingt-dix ans.

— Oui. Ça. Et tout le reste. Ce qui est arrivé à Doris. La mort de Lorraine, dis-je. Ira. Tout ce qui est arrivé à Ira.

— Ira et sa pelle. Tout ce qu'il s'est imposé, tout ce à quoi il s'est astreint, tout ce qu'il a exigé de lui-même à cause de cette pelle. Ses idées malencontreuses et ses rêves naïfs. Toutes ses romances, à lui. Il se voulait passionnément un homme qu'il ne savait pas être. Il n'a jamais découvert sa vie, Nathan. Il l'a cherchée partout — à la mine de zinc, à l'usine de disques, à la fabrique de fondant, au syndicat, dans le radicalisme politique, dans les pièces qu'il jouait à la radio, dans les harangues pour soulever la foule, dans la vie prolétaire, dans la vie bourgeoise, dans le mariage, dans l'adultère, dans l'état sauvage, dans la société civilisée. Il n'a jamais pu la trouver. Ce n'est pas un communiste qu'Eve a épousé ; elle a épousé un homme perpétuellement affamé de sa propre vie. C'est ce qui l'enrageait, qui l'embrouillait, c'est ce qui l'a perdu : il n'a jamais pu s'en construire une qui tienne. Tout l'effort de cet homme n'était qu'une maldonne colossale. Mais nos erreurs finissent toujours par refaire surface, n'est-ce pas ?

— Tout n'est qu'erreur, répondis-je. N'est-ce pas ce que tu es en train de me dire ? Il n'y a que de l'erreur. Le voilà, le cœur du monde. Personne ne trouve sa vie. C'est ça la vie.

— Écoute, je ne veux pas passer les bornes. Je ne te dis pas que je suis pour ou contre. Tout ce que je te demande, quand tu viendras à Phoenix, c'est de me dire ce que c'est.

— Quoi donc ?

— Ton être seul, à toi. Je me rappelle les commencements, ce garçon tellement intense, tellement impatient de participer à la vie. Le voici à présent au milieu de la soixantaine, seul dans les bois. Je suis surpris de te voir hors du monde comme tu l'es. Tu mènes une vie rudement monacale. Il ne te manque plus que les cloches pour t'appeler à la méditation. Excuse-moi, mais il faut bien que je te le dise : pour moi, tu es un homme encore jeune, beaucoup trop jeune pour t'isoler là-haut. Quels coups tu cherches à parer ? Qu'est-ce qui a bien pu se passer ? »

Ce fut mon tour de rire de lui, et mon rire me rendit ma substance, mon indépendance totale, moi, le reclus avec qui compter. « J'ai écouté ton histoire avec attention, voilà ce qui s'est passé. Au revoir, monsieur Ringold !

— À la prochaine. »

Sur la terrasse, la bougie à la citronnelle brûlait encore dans son godet d'aluminium quand je rentrai, et ce petit pot de feu était la seule lueur indiquant ma maison, avec le faible éclat d'une lune orangée qui découpait la silhouette basse du toit. Au moment où je quittais ma voiture pour me diriger vers la maison, la longue flamme vacillante me rappela le cadran de la radio — pas plus gros qu'un cadran de montre et couleur peau de banane mûre, sous les chiffres noirs. C'était tout ce qu'on voyait dans l'obscurité de notre chambre lorsque, au mépris des directives parentales, mon petit frère et moi veillions au-delà de 10 heures pour écouter notre émission favorite. Nous étions couchés dans nos lits jumeaux, avec entre nous, sur la table de chevet, l'imposante Philco Jr, une radio en forme de cathédrale que nous avions héritée le jour où notre père avait acheté une console Emerson pour le séjour. Le poste jouait aussi bas que possible, mais il restait assez de volume pour attirer notre oreille comme un aimant.

Je soufflai la flamme parfumée de la bougie, m'étendis dans la chaise longue, sur la terrasse, et je compris qu'écouter dans le noir d'une nuit d'été la voix d'un Murray à peine visible avait été un peu comme écouter la radio de la chambre quand j'étais un garçon ambitieux de changer le monde en diffusant dans tout le pays, sous le couvert de la fiction, des convictions jamais encore mises à l'épreuve de la vie. Murray, la radio : des voix venues du vide et contrôlant tout l'intérieur de l'être, les volutes d'une histoire flottant dans les airs jusqu'à l'oreille, de sorte que le drame est perçu bien au-delà des yeux, et que la boîte, la boîte crânienne, se transforme en globe infini, en théâtre où nos semblables sont tout entiers contenus. Que nous avons l'ouïe profonde ! Réfléchissez à tout ce qu'implique le fait de comprendre quelque chose qu'on a simplement entendu. Avoir une oreille nous rend semblables aux dieux. N'est-ce pas à tout le moins un phénomène semidivin que d'être précipité dans la maldonne la plus intime d'une existence humaine sans avoir rien fait d'autre que de rester dans le noir, à écouter ce qui se dit ?

Jusqu'à l'aube je demeurai sur la terrasse, allongé sur le transat, les yeux dans les étoiles. La première année que j'avais passée seul dans la maison, j'avais appris à reconnaître les planètes, les grandes étoiles, les groupes d'étoiles, la configuration des constellations antiques, et à l'aide d'une carte d'astronome amateur située dans un coin de page du supplément dominical du *New York Times*, deuxième cahier, je repérais la logique ellipsoïdale de leurs voyages. Ce fut bientôt tout ce qui m'intéressa dans ce pavé de nouvelles et d'images. Je détachais l'encart sur deux colonnes intitulé « L'observation du ciel », qui comporte, au-dessus du texte explicatif, un planisphère céleste indiquant les coordonnées des constellations à 22 heures tous les jours de la semaine à venir — et je balançais les deux kilos de journal restants. Bientôt, j'en arrivai à balancer de même mon quotidien ; bientôt, je me débarrassai de tout ce avec quoi je ne désirais plus me colleter, de tout, sauf de l'indispensable pour vivre et travailler. J'entrepris de trouver mon content dans ce qui m'aurait paru naguère bien insuffisant à moi-même, je résolus d'habiter avec passion le seul domaine du discours.

Si le temps n'est pas mauvais, si la nuit est claire, avant de me coucher je passe un quart d'heure vingt minutes sur la terrasse, à regarder le ciel; à moins que, muni d'une lampe de poche, je ne prenne avec précaution le chemin de terre qui mène au grand pré, en haut de ma colline, depuis lequel, par-dessus la cime des arbres, je peux voir déployée tous azimuts la bannière des étoiles, et cette semaine, par exemple, Jupiter à l'est et Mars à l'ouest. On a peine à y croire et c'est un fait, un fait tout simple et indiscutable : nous naissons; « ici » désigne où je suis. Il est, à ma connaissance, de pires façons de finir la journée.

Le soir du départ de Murray, je me rappelai que quand j'étais tout petit — ce tout-petit n'arrivait pas à dormir parce que son grand-père venait de mourir, et qu'il voulait absolument comprendre où le mort était parti — on m'avait dit que grand-père était devenu une étoile. Ma mère m'avait sorti de mon lit, et emmené dans l'allée bordant la maison; tous les deux, nous avions levé les yeux vers le ciel nocturne tandis qu'elle m'expliquait que l'une de ces étoiles était mon grand-père. Une autre était ma grand-mère. Ce qui se passe quand les gens meurent, m'avait expliqué ma mère, c'est qu'ils montent au ciel vivre pour toujours, sous la forme d'étoiles luisantes. Je scrutai le firmament et demandai : « C'est celle-ci, grand-père ? » Ma mère me dit que oui, nous rentrâmes et je m'endormis.

L'explication faisait sens, alors, et contre toute attente, elle fit de nouveau sens la nuit où, trop bien réveillé par le stimulus de cet engorgement narratif, je restai dehors jusqu'à l'aube, à me dire qu'Ira était mort, Eve morte, et à l'exception peut-être de Sylphid, là-bas dans sa villa de la Côte d'Azur, riche septuagénaire, tous ceux qui avaient joué un rôle dans le récit de Murray sur la ruine de l'Homme de Fer n'étaient plus empalés dans leur moment, mais morts, libérés des pièges que leur avait tendus leur temps. Désormais ce n'étaient plus les idées de leur temps ni les espoirs de l'espèce qui déterminaient leur destin ; seul l'hydrogène le déterminait. Il n'y a plus d'erreurs à commettre pour Eve, ni pour Ira. Il n'y a pas de trahison. Il n'y a pas d'idéalisme. Il n'y a pas d'imposture. Il n'y a pas de conscience morale ni d'absence de conscience. Il n'y a pas de mères ni de filles, pas de pères ni de beaux-pères. Il n'y a pas d'acteurs. Il n'y a pas de lutte des classes. Il n'y a pas de discrimination, pas de lynchage, pas d'apartheid à la Jim Crow, et il n'y en a jamais eu. Il n'y a pas d'injustice, ni de justice. Il n'y a pas d'utopies. Il n'y a pas de pelles. Contrairement à ce qu'en dit le folklore, à part la constellation de la lyre — qui se trouvait perchée très haut à l'orient, à peine à l'ouest de la Voie lactée, et au sud-est des deux Ourses — il n'y a pas de harpes. Il n'y a que le brasier d'Ira et le brasier d'Eve, qui brûlent à vingt millions de degrés. Il y a le brasier de la romancière Katrina Van Tassel Grant, le brasier du député Bryden Grant, le brasier du taxidermiste Horace Bixton, celui du mineur Tommy Minarek, de la flûtiste Pamela Solomon, de la masseuse estonienne Helgi Pärn, celui de la laborantine Doris Ringold, et de sa fille Lorraine, nièce affectueuse d'Ira. Il y a le brasier de Karl Marx, celui de Joseph Staline, celui de Léon Trotski, de Paul Robeson et de Johnny O'Day. Il y a le brasier de Joe la Mitraille McCarthy. Ce que l'on voit depuis les rostres de silence, là-haut sur ma montagne, par la claire splendeur d'une nuit comme celle où Murray m'a quitté pour de bon — car le frère loyal entre tous, la perle des professeurs d'anglais est mort à Phoenix deux mois plus tard —, c'est cet univers que n'obstrue pas l'erreur. On voit l'inconcevable : l'absence d'antagonisme, spectacle colossal. On voit de ses propres yeux le vaste cerveau du temps, galaxie de feu qu'aucune main humaine jamais n'alluma.

On ne saurait se passer des étoiles.

DU MÊME AUTEUR

Aux Éditions Gallimard

GOODBYE, COLUMBUS (Folio nº 1185)

LAISSER COURIR (Folio nº 1477 et 1478)

PORTNOY ET SON COMPLEXE (Folio nº 470)

QUAND ELLE ÉTAIT GENTILLE (Folio nº 1679)

TRICARD DIXON ET SES COPAINS

LE SEIN (Folio nº 1607)

MA VIE D'HOMME (Folio nº 1355)

DU CÔTÉ DE PORTNOY ET AUTRES ESSAIS

PROFESSEUR DE DÉSIR (Folio nº 1422)

LE GRAND ROMAN AMÉRICAIN

L'ÉCRIVAIN DES OMBRES (repris en Folio nº 1877 sous le titre L'ÉCRIVAIN FANTÔME, qui figure dans ZUCKERMAN ENCHAÎNÉ avec ZUCKERMAN DÉLIVRÉ, LA LEÇON D'ANATOMIE et ÉPILOGUE : L'ORGIE DE PRAGUE)

ZUCKERMAN DÉLIVRÉ

LA LEÇON D'ANATOMIE

LA CONTREVIE (Folio nº 2293)

LES FAITS

PATRIMOINE (Folio nº 2653)

TROMPERIE (Folio nº 2803)

OPÉRATION SHYLOCK (Folio nº 2937)

LE THÉÂTRE DE SABBATH (Folio nº 3072)

PASTORALE AMÉRICAINE (Folio nº 3533)

L'HABIT NE FAIT PAS LE MOINE, *précédé de* DÉFENSEUR DE LA FOI, *textes extraits de* GOODBYE, COLUMBUS (Folio à 2 € nº 3630)

J'AI ÉPOUSÉ UN COMMUNISTE (Folio nº 3948)

LA TACHE

Composition Bussière
et impression Bussière Camedan Imprimeries
à Saint-Amand (Cher), le 13 octobre 2003.
Dépôt légal : octobre 2003.
Numéro d'imprimeur : 34886-034810/1.
ISBN 2-07-030478-7./Imprimé en France.

125368